塵土記

DUST

休豪伊　著
陳宗琛　譯

鸚鵡螺文化

INFINITIME

鸚鵡螺，典故來自不朽科幻經典
《海底兩萬哩》中的傳奇潛艇，
未來，鸚鵡螺將在無限的時空座
標中，穿越小說之海的所有疆界
，深入從未有人到過的最深的海
域，探尋最頂尖最好看的，失落
的經典。

口碑席捲全台，不可思議的奇蹟

誠 品

年度文學類暢銷冠軍。年度翻譯文學暢銷冠軍

年度不分類暢銷排行榜第4名。自出版起蟬聯翻譯文學排行榜32週。32週冠軍

金石堂

獲選年度十大影響力書籍（唯一翻譯文學）。年度文學類新人作品暢銷冠軍

年度文學類暢銷書排行榜第4名。年度不分類暢銷排行榜第9名。空降文學榜冠軍並蟬聯三週

自出版起蟬聯文學榜24週。今年總計上榜27週

博客來

年度翻譯文學新人作品暢銷冠軍。年度翻譯文學新書暢銷排名第7名

年度翻譯文學暢銷排行榜第11名。自出版起蟬聯文學小說排行榜28週

編輯報告

《塵土記》是《羊毛記》的完結篇，直接延續《羊毛記》的故事，但書中有很多「第一地堡」的篇章，情節和《星移記》的內容有關。《星移記》大體上是《羊毛記》的前傳，描述地堡的起源，主要是「第一地堡」的故事。

時間大約是2050年，全球的「奈米科技」有驚人的發展，「奈米醫療」已經到了出神入化的境界。「奈米微型機」是一種比空氣中的懸浮微粒更細微的精密機器，可以深入人體組織和血液，進行修補治療。然而，這樣的技術，當然也會成為一種極度致命的殺人武器。於是，在大多數人類還沒有察覺的情況下，全球已經逐漸陷入「奈米戰爭」的陰影中。

瑟曼是極有權勢的美國參議員，而他也是第一個警覺到「奈米戰爭」一觸即發，恐怖份子即將威脅美國的優勢地位。於是，他先下手為強，著手進行一項範圍遍及全球的毀滅性計畫，大氣中開始瀰漫著無以數計的奈米微型機，彷彿無所不在的微塵，殺人於無形。就這樣，全球人類滅絕了，只剩瑟曼建立的、象徵美國五十州的五十座「地堡」。幾千個美國人像種子一樣被儲存在地堡裡。

地堡裡的人都被藥物抹滅了記憶，而主宰他們命運的，是「第一地堡」。在所有的地堡中，只有第一地堡擁有最先進的科技，而且操控在極少數人手中。這些極少數的統治者利用冬眠技術，輪流甦醒監督地堡的運作，進行長達數百年的「輪值」統治，準備在幾百年後創造出一個「新世界」。

然而，這個完美的計畫卻出現了一個漏洞。他是唐諾，一個年輕的美國議員，第一地堡的領導人之一。後來，他開始危及這個計劃，因為，他的「前世記憶」沒有完全被抹滅。他和第十八地堡有極深的淵源。

《星移記》是第一地堡的故事，也是唐諾的故事。

序曲

「有人聽到嗎?」

「喂?是我,我聽到了。」

「噢,盧卡斯。你怎麼都沒說話?剛剛我還以為……以為是別人。」

「呃,是我沒錯。剛剛我在調整耳機,今天早上好忙。」

「怎麼了?」

「也沒什麼,只是些無聊事,委員會開會。我們這邊目前人力不太夠,很多職務都要重新找人接任。」

「局面應該穩住了吧?還有暴動嗎?」

「沒有沒有。情況漸漸恢復正常了。大家每天一早起來就開始工作,晚上累得倒頭就睡。這個禮拜我們辦了一次大型的生育抽籤,很多夫妻都很開心。」

「那就好。非常好。對了，六號伺服器的工作還順利吧？」

「很順利，多虧你了，你給我的密碼很有用。目前找到的大多是一些重複的資料，不過，我實在看不出來這些東西為什麼重要。」

「繼續看吧，所有的資料都很重要。伺服器裡會有那些資料，一定有它的道理。」

「這話我已經聽你說第二遍了。密室裡那些藏書有很多奇奇怪怪的條目，你也是說那一定有它的道理。可是，有很多條目，我再怎麼看都覺得那實在沒什麼意義，所以我忍不住有點懷疑，這些東西到底是不是真的。」

「怎麼了？你看到什麼？」

「我已經讀到字母C開頭條目的部份。今天早上，我看到某種……黴菌。你等一下，我把書翻開……呃，找到了，在這裡……『冬蟲夏草』。」

「那是一種黴菌？沒聽過。」

「條目裡說這種東西會影響螞蟻的腦部，像重新設定機器一樣，改變牠的行動，導致螞蟻在死亡之前會不由自主的爬到樹頂上──」

「你是說，那就像是一種重新設定腦部的無形機器？嗯，我幾乎可以確定，藏書裡會記載這個條目，的確有它的用意。」

「哦？那代表什麼？」

「那代表……代表我們並不自由。在我們的世界裡，沒半個人是自由的。」

「聽你這麼說，還真是令人振奮。現在我明白了，為什麼她要我負責接你電話。」

「哦，你是說你們首長嗎？她就是因為這樣才——？她已經很久沒有接我電話了。」

「呃，不是這個原因。她目前正在忙別的，人不在這裡。」

「忙什麼？」

「我還是別說的好。你可能不會喜歡聽。」

「你為什麼會這麼認為？」

「因為我自己也不喜歡她做這件事。我拚命想勸止她，可是她……有時候有點……頑固。」

「如果她做這件事會惹出什麼麻煩的話，你一定要告訴我。我是站在你們這邊的，我想幫你們。我有辦法掩蓋，不會驚動任何人。」

「問題就在這裡……她不信任你。她甚至不相信每次打電話來的人都是你。」

「是我，真的是我。是通訊裝置的關係，我的聲音聽起來會怪怪的。」

「這我懂。剛剛我只是想讓你知道她心裡在想什麼。」

「真希望她不要再誤會，我真的很想幫你們。」

「我相信你。不過，我覺得目前你最迫切需要做的，就是為我們禱告。」

「為什麼？」

「因為我有預感，這件事恐怕不會有好結果。」

第一部 挖掘

1 第十八地堡

打樁機的撞擊力道驚人，機電區走廊灰塵瀰漫，劇烈震動，彷彿快崩塌了，箍在天花板上的電線搖搖晃晃，水管震個不停。發電廠傳來斷斷續續的撞擊聲，迴盪在整個機電區。聽到那種聲音，很容易就會回想起從前那段日子：當時發電機轉軸還沒校正，就是這種驚天動地的駭人巨響。

此刻，茱麗葉人就在驚天動地的發電廠，身上的工作服前襟敞開，拉鏈拉到腰部，兩條袖子綁在腰上，襯衣上滿是汗水塵土，乍看之下彷彿沾滿泥漿。打樁機的活塞巨大沈重，一次又一次衝撞第十八地堡的水泥外牆，她靠在機身上，滿是肌肉的手臂也隨之不停震動。

她全身的每一根骨頭、每一處關節都在震動，震得連牙齒都格格打顫，震得全身的舊傷口隱隱作痛。幾個礦工站在一邊看著她，一臉不高興。打樁機平常都是他們在操作的。茱麗葉原本盯著粉碎的水泥牆，後來，她轉頭看看那些壯碩的礦工，發現他們個個虎背熊腰，雙臂交叉在胸前，皺著眉頭臭著一張臉。她猜，他們不高興，可能是因為她碰了他們的機器，不過也可能是因為她觸犯禁忌，動到不該挖掘的地方。

茱麗葉把滿嘴的沙粒粉塵吞進肚子裡，全神貫注看著逐漸粉碎的牆面。過了一會兒，她忽然又想到，這些礦工對她充滿敵意，可能還有另一個原因。她忍不住會這樣想：當初，有多少人因她而死。其中有機電工，有礦工，都是好人。當初，她不肯清洗鏡頭，掀起了慘烈的戰爭，而此刻，站在她旁邊這些男男女女的工人，有多少人曾經因為她失去心愛的人，失去親人好友？其中有多少人會怨她？當然，她很自責，而且她覺得一定有很多人怪她。

接著，打樁機突然震了一下，發出一聲金屬碰撞的巨響。茱麗葉把鑽鑿頭移到一邊，看到灰白的水泥中露出越來越多的鋼筋，這意味著，她已經在地堡外牆挖出一個水平方向的小凹洞。第一排鋼筋就懸在她頭頂上方，她舉起噴燈湊近一看，發現鋼筋的截斷面光滑平整，彷彿熔化的蠟燭。接著，她又驅動鑽鑿頭，沿著軌道往前鑿開了六十公分的水泥牆，截斷了另一排鋼筋。地堡外牆比她想像的更厚。於是，就這樣，她操作機器沿著固定的方向繼續往前挖，斧頭形的鑽鑿頭不斷震碎鋼筋間的水泥，而她的手腳已經震得發麻，全身的神經已經快要承受不了刺激。其實，要不是因為她親眼看過地堡的分佈圖，要不是因為她知道其他地堡的存在，她早就放棄了。此刻，挖掘水泥牆，感覺就像要挖穿地球那麼艱鉅。她的手臂手掌劇烈震動，乍看之下只見一團模糊的影像。此刻，她感覺自己彷彿在攻擊敵人，而那敵人就是地堡的外牆，她一心一意只想穿破它，衝向外面的世界。

那些礦工顯得手足無措，焦躁不安。茱麗葉不再看他們，轉頭盯著水泥牆，忽然看到鑽鑿頭又撞上了鋼筋。她全神貫注對準鋼筋間的灰白水泥，用腳去踩推進踏板，整個人湊近機器，於是，打樁機又在軌道上往前推進了幾公分。她忽然覺得，剛剛實在不應該停下來休息。她嘴裡全是粉塵，簡直快要不能呼吸，口乾舌燥，而且兩條手臂已經震得痠軟無力。水泥碎屑幾乎快淹沒了打樁機的底座，淹沒她的腳。她踢開幾個大水泥塊，驅動機器繼續往前鑽。

她不敢停下來，因為她擔心，萬一她再停下來，他們可能會阻止她繼續往前挖。他們已經不管她是不是首長，是不是老大。他們原本是一群勇敢無畏的人，但此刻，他們卻一個個皺著眉頭走出發電廠。他們一臉恐懼，彷彿認為地堡外牆是某種防護罩，一旦被她挖破了，外面的毒氣就會滲進來。茱麗葉注意到他們看她的眼神，心裡明白他們認為她已經脫離了他們的世界，彷彿把她當成鬼了。很多人拚命想跟她保持距離，彷彿她會傳染可怕的疾病。

她咬緊牙根，苦澀的沙粒被咬得窸窸窣窣。接著，她又踩下推進踏板，機器又開始前進了幾公分。只有幾公分。茱麗葉暗暗咒罵，詛咒機器，詛咒痠痛的手腕。他媽的，當初大家為什麼要打打殺殺？她那些好朋友為什麼要死？他媽的，她為什麼老是會想起孤兒和那幾個孩子？他們孤零零的在另一座地堡裡，她想去救他們，可是眼前卻隔著數不清的堅硬岩石。他媽的，當什麼狗屁首長，突然間，大家彷彿把她當成神了，認定她什麼都懂，每層樓大大小小的事都要她管，而且，就算怕她怕得要死，還是得乖乖聽她的話，什麼狗屁——

打樁機又往前推進了幾公分，然後，撞擊活塞突然發出一聲驚天動地的巨響，茱麗葉有一隻手被震得脫離操縱桿，整台打樁機突然往上揚，彷彿快爆炸了。那些礦工嚇得驚慌失措，有好幾個立刻朝她衝過來，旁邊的小學徒也跟著聚集過來。茱麗葉趕緊按下紅色的停機鈕。按鈕被粉塵覆蓋，一片灰白，差點就找不到。那一剎那，幾乎快失控的打樁機立刻往後一震，往上一彈，然後就停住了。

「挖穿了！挖穿了！」

這時，她全身早已痠軟麻木，雷夫把她整個人抱住往後拉。他長年挖礦，白皙的手臂肌肉結實。其他人朝著她大喊，說她辦到了。一切都結束了。剛剛打樁機發出驚天動地的巨響，彷彿有某條連接桿粉碎斷裂，而巨大的引擎發出那種駭人的嘎吱聲，聽起來好像運轉徹底失控，快爆炸了。茱麗葉放開操縱桿，整個人癱倒在雷夫懷裡。接著，她忽然又感到一陣絕望，因為她想到她的朋友。他們還困在那座彷彿巨大墳墓的地堡裡，而她卻救不了他們。

「挖穿了——趕快回來！」

這時忽然有人伸手按住她的嘴，免得她吸到外面的毒氣。那隻手滿是油污，有一股臭味。茱麗葉沒辦法呼吸。過了一會兒，瀰漫的水泥粉塵漸漸消散，眼前赫然出現一個黑漆漆的小洞。

她仔細一看，那個小黑洞穿過了水泥牆的兩層鋼筋網，牆外是空的，向上可以從機電區直通到最頂層。

她挖通了，通到「外面」。此刻，她看到的是另一種很不一樣的「外面」。

她的嘴被雷夫緊緊掩住，根本沒辦法呼吸，於是她用力扯開他的手，喘了口氣，然後嘀咕了一句：「拿火來，噴燈給我，還有手電筒。」

2 第十八地堡

「媽的，整個鏽爛了。」

「看起來像是液壓管。」

「至少有一千年歷史了。」

說最後那句話的人是費茲，他是煉油工人，嘴裡缺了幾顆牙，講起話來有點漏風。剛剛鑽牆的時候，那些礦工機電工都躲得遠遠的，現在都湊過來了，站在茱麗葉背後，看著她用手電筒照進小洞後面那一片漆黑。手電筒的光束中還飄散著一絲絲的粉塵。雷夫站在她旁邊，他是白化症患者，整個人白得像空氣中飄散的粉塵。牆上那個凹洞大概有兩公尺深，他們兩個鑽進去。雷夫眼睛瞪得好大，腮幫子整個鼓起來，嘴唇抿得好緊，幾乎快沒有血色了。他不敢呼吸。

「雷夫，儘管呼吸沒關係。」茱麗葉對他說。「這不是外面，只是另一個場地。」

雷夫終於放心了，把憋了很久的一口氣吐出來，然後轉頭叫後面的人不要擠。茱麗葉把手電筒交給費茲，然後從洞裡鑽出來，一路擠過人群，心臟怦怦狂跳，因為她剛剛從洞口瞥見牆外有一部機器。而且，她聽到旁邊的人議論紛紛，好像在說看到什麼支柱、螺帽、管線、鋼板、油漆斑點和鏽痕。那是一座巨大機器的機身，像一面巨大的鋼牆，往左右和上方延伸，非常巨大，手電筒昏暗的光線甚至照不到邊緣。

她的手還在發抖，有人把一個裝了水的鋼杯塞進她手裡。茱麗葉狼吞虎嚥的大口喝水。她已經累得筋疲力盡，可是腦中卻思緒起伏。她迫不及待想趕快回去拿無線電，把這件事告訴孤兒，告訴盧卡斯。她看到了希望，一個深埋地底的希望。

「那接下來呢？要做什麼？」道森問她。

他是新上任的大夜班領班，剛剛拿水給茱麗葉的就是他。道森還不到四十歲，可是卻因為長期在深夜工作，而且人手不足，太勞累，所以看起來比實際年齡蒼老。他指關節很大，因為他的手指曾經斷過，而且又常常扭到。有幾次是在工作的時候，不過也有幾次是因為跟人打架。茱麗葉把杯子遞還給他。道森低頭看看杯底，看到裡面還有水，立刻端起來一口喝乾。

「接下來就是把洞挖大一點。」她對他說。「然後進去裡面看看那部機器還有沒有救。」

這時候，茱麗葉瞄到嗡嗡響的主發電機頂端好像有人在動，立刻抬頭去看，看到雪莉正皺著眉頭盯著她。接著，雪莉轉身走了。

茱麗葉掐了一下道森的手臂。「如果只把這個洞挖大，不知道要搞多久牆才打得通。」她說。

「所以，我們必須在牆上打幾十個小洞，讓整面牆上全是洞，這樣我們才能一口氣打塌一大片牆。你去把另一台打樁機弄過來，然後叫大家拿十字鎬一起過來全力挖。還有，可能的話，儘量不要搞得粉塵滿天飛。」

道森點點頭，幾根手指輪番敲打那個空杯。「不用炸藥嗎？」他問。

「不要用炸藥。」她說。「雖然還不知道牆外那部是什麼機器，但還是要小心，千萬不要炸壞。」

他點點頭。她把挖掘的工作交代給他，然後就轉身走開，慢慢靠近發電機。雪莉也和她一樣，工作服前襟敞開，拉鏈拉到腰部，兩條袖子纏在腰上，露出汗水濕透的襯衣，在胸口形成一個深暗的三角形。她兩手各拿著一條抹布，正在擦洗發電機頂端，從一頭擦到另一頭，擦掉一些累積已久的油垢，還有剛剛挖洞的時候散落的粉塵。

茱麗葉解開纏在腰上的兩條袖子，套回手臂上，遮掩她燒傷的疤痕，然後開始沿著發電機側邊往上爬。她非常熟悉發電機，知道什麼部位會很燙，什麼部位不會燙，手應該要抓什麼地方。快爬到頂端的時候，她忽然開口問：「需要人幫忙嗎？」全身痠痛的肌肉微微顫動，感覺熱熱的。她喜歡這種感覺。

雪莉把襯衣下襬拉起來起來擦擦臉，搖搖頭說：「不用了，謝謝。」

「不好意思，把這裡搞得全是破水泥塊。」發電機的巨大活塞上下推動，隆隆作響，茱麗葉不得不拉高音量。她忽然想到，不久之前，轉軸嚴重偏離，還沒校正，當時站在發電機頂端，簡直連牙齒都會震斷。

雪莉轉身把滿是泥漿的白抹布往下丟，丟給她的學徒卡莉，而卡莉接到之後，立刻丟進那桶髒兮兮的水裡。現在，雪莉是新任的機電區負責人，而此刻她卻在做這種最瑣碎的工作，清洗發電機，茱麗葉看在眼裡，感覺很怪異。她想到諾克斯。很難想像諾克斯會做這種事。接著，她立刻又想到自己也和雪莉一樣。已經不知道有多少次，她也會意識到自己已經是首長了，可是卻還是忙著在牆上挖洞鑿鋼筋，這豈不是跟雪莉沒什麼兩樣？卡莉在水桶裡搓揉抹布，然後又丟上去還給雪莉。雪莉伸手一把抓住，肥皂水花四散飛濺，然後立刻彎腰繼續擦她的發電機，悶不吭聲。茱麗葉看著老朋友，心裡明白雪莉這樣的舉動在表示什麼。

茱麗葉轉頭看看底下那群正在鑽牆的工人，看到他們正在清理水泥碎塊，把洞挖大。雪莉手下的工人都被調去挖牆，害得她人手不足，更何況，挖破地堡外牆是長久以來的禁忌，她很不高興。那次暴動之後，很多人傷亡，當時就已經開始有人手不足的問題。另外，雪莉的丈夫在暴動期間死去，這件事她會怪罪茱麗葉嗎？在茱麗葉看來，雪莉怎麼想已經不重要了，重要的是，她怪罪自己。也因此，兩人之間陷入一種微妙的緊張。

沒多久，打樁機又開始撞擊牆面，茱麗葉轉頭一看，發現操作機器的人是巴比。他操縱鑽掘頭的時候，兩條粗壯的手臂猛烈震動，乍看之下只見一團模糊。她手下那群工人原本都很不情願，如今，他們發現牆外竟然埋藏著一部奇怪的機器，大家精神都來了。原先的恐懼、疑慮，如今都一掃而空，大家反而迫不及待想趕快挖通外牆，一探究竟。這時候，有個運送員送食物來了，他穿著短袖衣服和短褲，露出壯碩的胳膊和大腿。茱麗葉注意到他聚精會神的打量那些工人鑽牆。過了一會兒，他把水果和熱騰騰的午餐安置好，然後就走了。他剛剛看到的景象，已經夠他到外面去大肆吹噓了。

茱麗葉站在嗡嗡響的發電機頂端，心中思緒起伏。她拚命想說服自己，沒什麼好擔心的。她告訴自己，他們現在正在做的事是正確的。不久前，她曾經站在沙丘頂端，看著遼闊的地表，親眼看到這個世界是多麼巨大。而此刻，她唯一該做的，就是讓大家知道外面世界的真相，這樣一來，大家就會跟她一樣，一心一意想把牆打通，不會再畏懼。

3 第十八地堡

他們已經挖出一個夠大的洞口，人可以鑽得過去。茱麗葉搶先鑽進去。她抓著手電筒，從一大堆水泥碎屑上面爬過去，從斷裂彎曲的鋼筋間鑽過去。一到了發電廠牆外，空氣立刻變得有點涼颼颼，感覺很像在深深的礦坑裡。空氣中瀰漫著粉塵，她忽然感覺喉嚨鼻子很癢，不由得掩住嘴巴咳了兩下。接著，她鑽出洞口，跳到地面上。

「小心。」她告訴後面的人。「地面不是平的。」

地面不平，一方面是因為有水泥碎塊掉在裡面，另一方面是因為地面原本就不是平面，感覺上彷彿是一個巨人徒手挖出來的。

她手電筒先照著腳下的地面，然後慢慢照向高高的天花板，接著，她照向機器的鋼板，仔細打量。跟這部巨大的機器比起來，地堡裡的發電機和抽油機簡直就像侏儒。這麼巨大的機器，是怎麼造出來的都不知道，修理就更別提了。她的心陡然往下沈。她本來抱著希望，這具深埋地底的機器說不定可以挖出來修理好，但現在，希望好像越來越渺茫了。

雷夫也跟在她後面鑽進這冷颼颼的大黑洞，走到她旁邊，衣服上夾帶的水泥碎屑沿路掉了一地。他的白化症有一種隔代遺傳的特徵，眉毛睫毛稀疏到幾乎看不見，皮膚白得像豬奶，而在礦坑這種黑漆漆的地方，一般人看起來都黑得像煤炭，反而他卻顯現出一種正常人的膚色。茱麗葉不難想像，雷夫為什麼會從小就離開農場，寧願到黑漆漆的礦坑裡工作。

雷夫舉起手電筒上下左右照射整部機器，吹了聲口哨。過了一會兒，口哨的回音反彈回來，乍聽之下彷彿有一隻鳥在黑暗中嘲笑他。

「這東西只有神才造得出來。」他不自覺的自言自語。

茱麗葉沒吭聲。她從來不覺得雷夫會相信神父那一套，然而，眼前的機器確實會令人不由自主的驚嘆。先前在第十七地堡，孤兒曾經讓她看過一些書。沙丘上那些高聳殘破的大樓，是很久很久以前的人建造的，而茱麗葉認為，眼前的巨大機器也是那些人造出來的。當然，地堡本身也是那些人建造的，光是這一點就令茱麗葉自嘆不如。她伸手摸摸機身。這機器已經有千百年沒人看過，沒人摸過。她不由得暗暗讚嘆，從前那些人真是厲害。說不定神父說的那些神話，不完全是胡說八道……

「真是神。」道森窸窸窣窣擠到他們旁邊，嘴裡咕噥著。「我們要怎麼處理這玩意兒？」

「是啊，祖兒。」雷夫接著問。這個幽暗的洞穴和這具歷史悠久的機器令他心生崇敬，說話的時候不自覺輕聲細語。「這麼大的機器，我們要怎麼挖出去？」

「我們不需要挖。」她一邊對他們說，一邊沿著水泥牆和機器之間的空間快步往前走。「這機器自己會挖出去。」

「妳認為我們有辦法開動這部機器？」道森問。

發電廠裡的工人把洞口擠得滿滿的，遮住了光線。茱麗葉不停轉動手電筒，光束在地堡外牆和機器之間的狹窄空間上下左右照來照去，看看有沒有什麼門能進那部機器。她走到機器的一頭，整個人隱沒在黑暗中，爬上一個小斜坡。

「我們一定可以開動這部機器。」她很堅定的告訴道森。「只要搞清楚機器是怎麼運作的，我們就可以開動。」

「小心。」雷夫警告她。她腳邊一顆石頭鬆脫，朝雷夫的方向滾過去。沒多久，她已經爬到比他們頭還高的位置了。她發現，這空間左右兩邊的遠處看不到直立的牆面，而是一個斜坡，越高越陡，往上延伸繞成一個大圈。

「這是一個大圓洞。」她大喊了一聲，聲音迴盪在空間裡。「看起來，機器這一面並不是挖掘的部位。」

「這裡有一個門。」道森大喊了一聲。

茱麗葉從斜坡溜下來，跑到他和雷夫旁邊。這時候，發電廠裡又有另一個人拿手電筒從洞口照出來，光束和茱麗葉手電筒的光束重疊，同時照在那個門上。門上有鉸鏈。道森抓住門把，拚命想拉開門。他用盡全身的力氣，不由自主的呻吟起來，過了一會兒，門終於發出嘎吱一聲巨響，被他拉開了。

一進門，他們赫然發現機器的內部空間大得可怕，茱麗葉嚇了一跳。她回想起當初在第十七地堡的時候，在孤兒的地下密室看過地堡藍圖。此刻，她終於明白，藍圖中的鑽土機是完全按照比例畫的。在藍圖上，地堡底層旁邊那部鑽土機看起來簡直像一隻小蟲，而此刻，眼前的機器足足有一層樓高，兩層樓深，一個巨大的鋼鐵圓筒，緊緊塞在一個圓洞裡，彷彿是它把自己埋在裡面。接著，他們開始朝機器內部走進去，茱麗葉叫大家要小心。十幾個工人也跟在他們後面走進來，七嘴八舌，喧鬧聲迴盪在偌大的機器內部。他們丟下手邊的挖掘工作，跟著跑進來看，又好奇又驚歎，完全忘了他們正在觸犯禁忌。

「這玩意兒是用來清除土屑的。」有人忽然說。手電筒的光束照到幾條金屬槽溝，槽溝底部是一長排串連在一起的鋼板，鋼板底下有輪子和齒輪，再底下又是另一連串的鋼板。一片片的鋼板邊緣互相重疊，乍看之下有如蛇的鱗片。茱麗葉立刻就想通槽溝是怎麼運作的。鋼板的一邊有鉸鏈固定，移動到槽溝後端就會繞著齒輪轉到下層，最後又回到最前端。鋼板向後移動的時候，石塊土屑就放在上面被送到後端。槽溝兩邊各有一條長長的鋼板，形成一道矮牆，免得石塊土屑掉到旁邊。所以，鑽頭鑿下來的碎屑就這樣被送到後端，讓工人用手推車運走。

「整個都鏽死了。」

「沒有我想像的那麼糟。」茱麗葉說。這機器少說有好幾百年歷史了，她本來以為應該早就鏽成一團廢鐵，沒想到鋼板表面很多部位都還散發出金屬光澤。「我認為這洞裡原本是真空的。」她不自覺的自言自語，因為她忽然想到，剛剛鑿開洞口那一剎那，感覺有一股風吹在脖子後面，一陣沙塵被吸進洞裡。

「這東西是液壓驅動的。」巴比忽然說，口氣有點失望。他本來認為這機器是神造出來的，一定很不一樣，現在發現神用的也是液壓系統，害他好失望。而茱麗葉內心又燃起了希望。她發現，只要引擎沒壞，這東西是有辦法修理的。他們有能力操作這部機器，因為它結構很簡單，彷彿神早就預見到，以後會找到這部機器的人，頭腦一定比較簡單，能力比較弱。機器裡有履帶輪，看起來有點像挖掘機的履帶輪，不過長得多，從頭到尾連貫整部機器，輪軸上凝結著油污。而且，履帶輪不只一組，兩側也有，頂上也有，都是用來在土坑中推進機器的。茱麗葉比較想不透的是，這機器一開始怎麼挖土？他們沿著輸送槽溝往裡面走，一路上看到各種裝置，都是用來把碎石塊土屑傳送到機器後端的，沒多久，他們走到一大片鋼牆前面。圓筒形的機身周圍有幾條貫穿前後的縱樑和走道，不過到了鋼牆前面，縱樑和走道就不見了。整面鋼牆往上延伸，隱沒在上方深處的黑暗中。

「我完全搞不懂。」雷夫伸手指向鋼牆上方遠處。「妳看那些輪子。這機器到底是朝哪個方向走的？」

「那不是輪子。」茱麗葉拿手電筒照向那些輪子。「機器整個前頭是會旋轉的。這就是轉軸。」她把手電筒的光束指向圓筒機身中央一根巨大的軸心，足足有兩個男人身體那麼粗。「而這些看起來像輪子的圓盤可以往前伸到外面去，切碎石頭。」

巴比哼了一聲，一副不敢置信的口氣：「這機器可以穿過硬邦邦的岩石？」

茱麗葉伸手去摸其中一個圓盤，試試看能不能轉得動，但根本轉不動。看樣子，勢必要加點潤滑油。

「我想她說得沒錯。」雷夫忽然說。他掀開了一個鐵箱的蓋子，拿著手電筒往裡面照。那鐵箱的大小和一座雙層床差不多。「看起來有點像變速箱。」

茱麗葉也跟著探頭往鐵箱裡看。裡面有很多螺旋形的齒輪，大小和男人腰圍差不多，潤滑油都已經乾涸。齒輪和鋼牆上的齒紋緊緊密合，顯然是用來驅動這面圓形的鋼牆。這個變速箱，看起來和主發電機的變速箱一樣堅固，大小也差不多。不對，比較大。

「不妙。」巴比忽然說。「妳看看傳動軸另外一頭。」

三個人同時舉起手電筒，光束沿著傳動軸照向機器後端。另一頭是空的。原來，這巨大的機器內部之所以空蕩蕩的，是因為這個大怪獸的動力心臟不見了。

「這玩意兒哪裡也去不了。」雷夫嘀咕了一聲。

茱麗葉快步走向機器後端。那裡有一座巨大的支架，上面原本應該放著一座發電機，可是現在卻空蕩蕩的。剛剛她和幾個機電工人討論了半天，猜不透引擎動力在哪裡，現在她知道了。那座支架看起來很眼熟，上面有六根大螺栓，直徑大約二十公分，表面覆蓋著一層潤滑油，由於年代太久，都已經乾涸。每根螺栓都附帶著一枚巨大的螺帽，就掛在底下支架的鉤子上。這機器是很久以前的「神」製造的，而他們似乎想透過這支架跟她溝通，教導她。這是古人流傳下來的訊息，而傳達的方式，只有懂機電的人才看得懂。彷彿他們隔著遙遠的時空在對她說：**就在這裡，照我教妳的方法做**。

煉油工人費茲跪到茱麗葉旁邊，拍拍她的胳膊。「很遺憾，沒辦法去救妳的朋友了。」他說的就是孤兒和那幾個孩子。然而，茱麗葉聽他的口氣，覺得他似乎很開心，彷彿在為大家慶幸。她沒辦法再繼續往前挖了，挖掘的工作到此為止，大家都會很高興。不過，茱麗葉反而感覺更興奮，因為她開始看到目標了。這部機器埋在這裡，目的並不是要讓大家找不到。相反的，機器是被人妥善安置在這裡，細心整理保存，表面塗滿潤滑油，目的就是為了避免被空氣侵蝕。不過，這樣做，用意是什麼，她一時還想不透。

「要把牆封起來嗎？」道森問。就連這個白髮斑駁的老工人也巴不得別再挖。

「這機器一直在等待我們。」茱麗葉說。她從鉤子上拿起一個大螺帽，擺到塗滿潤滑油的螺栓上端。這麼大的螺帽，看起來似曾相識，她不由得回想起上次校正主發電機的事。那彷彿上輩子的噩夢。「我們註定要打開這個門。」她說。「這機器的設計，本來就是要讓我們有一天可以進到這裡面來。你們看看機器後面，我們剛剛進來那個門。那個門板本來就應該要拆掉。那個門，不只是要把石塊土屑送出去，也是要讓我們能夠進來。而且，這機器的引擎並沒有失蹤。它一直都在。」

雷夫站在她旁邊，拿手電筒照在她胸口，這樣他才看得到她的表情。

「我已經明白，他們為什麼會把機器放在這裡。」她告訴他。這時候，其他人正在檢查機器後端。「我已經明白，他們為什麼會把這機器放在發電廠旁邊。」

4　第十八地堡

茱麗葉從鑽土機裡走出來，這時候，雪莉和卡莉還在清洗主發電機。巴比正在教大家怎麼把鑽土機後端的門拆掉，拆掉哪幾個螺帽，門板怎麼拆。茱麗葉叫人測量支架那六根螺栓之間的寬度，然後再去測量備用發電機底座的尺寸，確認兩者是否相同規格。其實，她早已心裡有數。他們挖出來的那部機器，簡直就像一本活生生的指南。事實上，那真的是從前的人留下來訊息。發現這部機器之後，接著他們會發現更多東西。

茱麗葉看著卡莉擰掉抹布的泥水，丟進第二個水桶裡。那桶裡的水比較沒那麼髒。這時候，茱麗葉忽然想到一件事：引擎這種東西，如果丟在一邊擺了一千年沒人管，結果一定會爛成一團廢鐵。引擎必須有人使用，有一大群人貢獻心力保養它，照顧它，它才會有生命。此刻，主發電機嗡嗡作響，雪莉拿著抹布在上面擦洗，肥皂水流到歧管上，冒出陣陣蒸氣。沒想到這麼多年來他們不眠不休照顧發電機，原來是為了這一刻。她的老朋友雪莉現在是機電區的負責人，多年來，她全心全意幫助茱麗葉，儘管現在她恨死了茱麗葉的計劃。備用發電機就在主發電機旁邊，比較小，可是卻有一種更大的用途。

「備用發電機的底座，規格和那座支架一模一樣。」雷夫對她說。他手上拿著一把尺。「他們做那個機器，就是為了要把發電機送到這裡來嗎？妳認為呢？」

這時候，雪莉又把一條髒抹布丟下來，卡莉把一條乾淨的丟上去，師徒倆默契十足，宛如發電機裡運轉順暢的活塞。

「也許正好相反，備用發電機是要用來把那部鑽土機『送』到別的地方去。」她告訴雷夫。不過，她想不通的是，從前那些人怎麼會想要把備用發電機弄走？少了備用發電機，就算只是短短的一陣子，整個地堡隨時都有可能會崩潰。此刻，她腦海中已經開始在醞釀一個計畫，不過，她不敢想像有人會同意。

這時候，上面又有一條抹布飛下來，掉進桶子裡，可是這一次，卡莉並沒有丟一條抹布上去，而是一直盯著發電廠門口。茱麗葉順著她視線的方向看過去，立刻感到臉上一陣熱。門口有一群機電區工人，有男有女，個個都是全身又黑又髒，可是他們中間卻站著一個乾乾淨淨的年輕人，身上穿著閃閃發亮的銀色制服。他正在跟人問路，有人抬起手指出方向。於是，盧卡斯凱爾開始朝茱麗葉的方向走過來。他是她的情人，也是資訊區的負責人。

「去把備用發電機準備好。」茱麗葉告訴雷夫。雷夫立刻緊張得全身僵直，他似乎感覺到接下來會發生什麼事。「我們必須把它裝到機器上，觀察一段時間，看看機器有什麼功效。反正我們本來也就一直想找機會清理那台發電機的歧管，現在機會來了。」

雷夫點點頭，不自覺的咬咬牙。茱麗葉拍拍他背後，然後朝盧卡斯走過去。她一直不敢抬頭去瞄雪莉。

「你跑到底下來幹什麼？」她問他。她昨天才和盧卡斯聯絡過，可是他並沒有提到他要下來。他的目的，顯然是想當面把她逼到死角。

盧卡斯猛然停下腳步，皺著眉頭，那種態度，茱麗葉看了很難過。他沒有過來擁抱她，沒有充滿熱情的抓住她的手。今天發現了那部鑽土機，她太興奮，太緊繃。

「這句話該是我來問才對吧？」他的視線飄向遠處牆上那個被挖破的凹洞。「妳是首長，可是卻跑到底下來挖洞，結果變成我這個資訊區負責人在幹首長的工作。」

「從前不一直都是這樣嗎？」茱麗葉笑起來，試著想舒緩緊繃的氣氛，可是盧卡斯卻毫無笑容。她伸手搭住他的手臂，攬著他走出發電廠，走到外面的走廊。「對不起。」她說。「我只是沒想到會見到你。你實在應該先告訴我你要來——」

「然後呢，就算用無線電，我們不是一樣吵這些？」

茱麗葉嘆了口氣。「也對。不過，真的……看到你我好開心。如果你需要我到上面去簽什麼文件，我會很樂意。如果你希望我到上面去跟大家說說話，抱著小孩親親，我一定毫不猶豫。可是，上禮拜我已經告訴過你，我要想辦法去救我的朋友，本來我打算從外面的山丘走過去，可是你反對……」

盧卡斯目瞪口呆，沒想到茱麗葉竟然這麼魯莽，當眾說出禁忌的話。他趕緊轉頭看看四周有沒有人。「祖兒，妳就只擔心少數幾個人，反而不在乎我們地堡，搞得大家人心惶惶。我們上層那邊已經流言四起，對妳的做法很不以為然。上次妳引發了暴動，而現在又開始有人蠢蠢欲動了，只不過，這次他們是衝著我們來的。」

茱麗葉感覺全身一熱，手不自覺放開盧卡斯的手臂，垂到身旁。「我根本不希望大家因為我起來暴動，甚至，我人根本不在這裡。」

「這次妳可以親身體驗了。」他說這話的時候，眼神中流露出來的，並不是憤怒，而是哀傷。這時候，茱麗葉忽然明白，他在上面的樓層，跟她在底層的機電區一樣，日子也並不好過。過去這一個禮拜來，他們兩個幾乎沒說到什麼話，相形之下，先前她還在第十七地堡時候，兩個人還比較有話說。現在，兩個人之間的距離變近了，可是兩顆心卻反而漸行漸遠。

「你希望我怎麼做？」她問。

「第一，求求妳別再挖了。貝爾寧已經處理了十幾次投訴案件，底層附近的居民已經開始擔心，不知道接下來會出什麼事。甚至有人說，外面的世界快要吞噬地堡了。在中段樓層，有一個神父甚至每星期做兩次禮拜，警告大家，威脅已經來臨。他說，神讓他看見一幕景象：外面的毒塵瀰漫了整個地堡，好幾千個人死了……」

「神父——」茱麗葉呸了一聲。

「沒錯，就是神父，不過妳要知道，他的信徒遍布高段樓層和底層，他們不遠千里跑到中段樓層聽他講道。如果有一天，他一星期做三次禮拜，那麼，我們面對的就是一大群暴民了。」

茱麗葉搔搔頭髮，一大堆碎石土屑掉出來，揚起一陣粉塵，害她覺得有點不好意思。「我被丟到地堡外面去清洗鏡頭，這件事大家有什麼看法？他們是怎麼說的？」

「有些人根本不太相信那是真的。」盧卡斯說。「那聽起來太像神話。呃，我們資訊區的人知道真相，可是，其他人，甚至有很多都懷疑妳從頭到尾都沒有出去清洗鏡頭。我聽過一種傳言，說那根本就是選舉策略。」

茱麗葉暗暗咒罵了一聲。「那其他地堡的事呢，他們不是都聽說了嗎？」

「過去很多年來，我拚命想告訴大家，天上那些星星就跟我們的太陽一樣，結果根本沒人願意相信。其他地堡的事也一樣。有些東西太過於龐大，一般人很難塞得進腦子裡。而且，就算妳真的把妳朋友救出來了，大家還是一樣不會相信他們是別的地堡來的。不信的話，妳可以試試看，把妳那個搞無線電的朋友帶到市集去給大家看看，告訴大家他是另一個地堡來的，妳看大家信不信。」

「老沃克？」茱麗葉搖搖頭，不過她心裡明白他說得沒錯。「聽我說，盧卡斯，我想去救我的朋友，並不是為了要證明我真的去過別的地堡。不，這並不是為了我，而是因為，他們住的地方，已經沒有活人了。他們簡直就像住在鬼城。」

「我們不也是一樣嗎？我們吃的東西，都從埋死人的土裡種出來的。祖兒，我求求妳，為了去救那少數幾個人，妳可能會害死成千上百的人。說不定，他們留在那裡，日子反而比較好過。」

她深深吸了一口氣，憋住氣，努力壓抑滿肚子的怒火。「盧卡斯，他們的日子並不好過。我想去救的那個人，已經是半瘋了，因為這麼多年來，他自己一個人住在一個全是死人的地方。至於那幾個孩子，甚至還生了更小的孩子。他們需要我們這裡的醫生，需要我們幫忙。更何況……我承諾過要回去救他們。」

他聽著她的祈求，眼中卻依然是同樣的哀傷神色，顯然不為所動。茱麗葉心裡明白，沒有用的。你能指望一個大男人去關心那些他見都沒見過的人嗎？茱麗葉期望他的，是他根本不可能做得到的事。更何況，反過來，茱麗葉自己不也一樣辦不到嗎？她真的關心地堡裡的人嗎？那些一星期去做兩次禮拜的居民，或是任何一個選她當首長而她卻根本不認識的人，她真的關心嗎？

「我本來就不想當首長。」她對盧卡斯說。她實在很難掩飾自己那種責難的口氣。當首長是別人要她當的，她自己根本不想。不過，如果是現在選首長，還會選她的人，大概沒有當時那麼多了。

「當初怎麼會被資訊區負責人抓去當學徒，我自己也莫名其妙。」盧卡斯說到一半，似乎還想說什麼，可是正好有一群礦工走出發電廠，雜沓的腳步揚起一陣沙塵，他只好把話吞回去。

「你還想說什麼嗎？」她問。

「我想說的是，如果妳真的非挖不可，拜託妳，私下偷偷挖就好，不要張揚。或者，妳自己不要挖，叫那些人挖就好了，妳跟我回──」

他說到一半就停住了，那念頭實在說不出口。

「如果你是要我跟你回家，我只能告訴你，這裡就是我家。而且，說真的，比起從前那些控制地堡的人，我們真的有比較好嗎？我們不是也欺騙大家嗎？我們不也一樣在搞陰謀嗎？」

「我覺得我們比他們更糟糕。」他說。「他們所做的一切，是為了要讓我們活下去。」

茱麗葉大笑起來。「我們？你忘了他們打算把我們丟出去送死？」

盧卡斯嘆了口氣。「我說的是其他人。他們那樣做，是為了要讓其他人可以活下去。」說到這裡，茱麗葉還是一直笑，他終於憋不住也笑了出來。她抬起手想擦掉臉上的淚水，結果卻弄得滿臉泥漿。

「再給我幾天時間待在下面可以嗎？」說是這樣說，她的口氣並不像請求，而是一種她願意妥協的姿態。「我先試試看有沒有辦法繼續挖，然後，我就會上去幫你抱小孩親親，為死者舉行葬禮，呃，當然啦，不一定按照這個順序。」

聽到她這種病態的嘲諷口氣，盧卡斯不由得皺起眉頭。「所以說，妳不會再大肆宣揚其他地堡的事？」

她點點頭。「要是真的有辦法繼續挖，我會悄悄挖。」說是這樣說，她自己都有點懷疑是否真有可能暗中進行。那機器一旦發動了，挖起土來一定是驚天動地。「另外，我正在打算要放一天限電假。做這件事需要一點時間，這段期間，我不能讓主發電機負荷太重。當然啦，只是以防萬一。」

盧卡斯點點頭。茱麗葉忽然發現，原來說謊是這麼容易，而且非說不可。她本來一直在考慮要把另一個構想告訴他。當初還在醫務室裡等燒傷痊癒那段期間，她腦海中就已經開始出現那個念頭，到現在已經醞釀了好幾個禮拜。那件事，必須到「上面」去做。不過，她看得出來，現在他不會有心情答應她做其他事。所以，她告訴他的，只是她計畫中的一小部份，他聽了不會不高興的部份。

「等底下這邊的事開始進行，我打算到上面去待一陣子。」說著她握住他的手。「回家待一陣子。」

盧卡斯露出笑容。

「不過，我必須告訴你。」她忽然感到一股衝動想警告他。「盧卡斯，我看過外面的世界。有時候，我常常半夜不睡覺，一直在聽沃克的無線電。外面有很多像我們一樣的人，像我們一樣活在恐懼中，被隔離，被隱瞞。我必須先告訴你，除了把我的朋友救出來之外，我還有別的計畫。我打算把牆外面的世界徹底搞清楚。」

盧卡斯忽然感覺喉嚨哽住，臉上的笑容也消失了。「妳太貪心了。」他口氣還算溫和。

茱麗葉露出笑容，握住情人的手。「當初是誰每天晚上跑到上面去看星星？誰比較貪心？」

5 第十七地堡

「孤兒！孤兒先生！」

遠處隱約傳來一個小女孩的聲音，傳到土耕區最深處。這裡已經沒有植物燈，只剩一畦畦光禿禿的冰冷土堆，什麼作物都沒有。吉米帕克孤零零的坐在死寂的土堆上，一幕幕的記憶湧上心頭。這裡埋著他的老朋友。

他無意識的撿起地上的土塊，用力捏碎。如果他全神貫注的想像，他彷彿會感覺到有爪子在碰觸他的工作服，彷彿聽得到「影子」的肚子裡咕咕響，聲音聽起來像抽水馬達。而現在，那孩子一直在喊他的名字，聲音越來越近，他也越來越無法專心想像。前面不遠處是一大叢植物，那幾個孩子給那個地方取了個綽號，叫「荒野」。過了一會兒，忽然有一道手電筒的光束透過那一大叢植物穿過來。

「找到你了！」

小艾莉絲大叫了一聲，那洪亮的嗓門和她矮小的身體完全不成比例。她腳上那雙靴子也大得不成比例，踩著沈重的腳步朝他走過來。看著她一步步走近，吉米忽然回想起，很久很久以前，他曾經多麼渴望「影子」會說話。不知道多少次，他夢見「影子」變成一個小男孩，全身長滿黑毛，嗓門洪亮。而現在，吉米已經很久沒有再做過這樣的夢。現在，他反而很慶幸那些年他的老朋友「影子」不會說話。

小艾莉絲掙扎著從柵欄中間擠過來，一把抱住吉米的手臂。她手上那把手電筒貼在他胸口，刺眼的強光照在他臉上，他幾乎睜不開眼。

「該走了。」艾莉絲一直扯他。「孤兒先生，該走了。」

面對刺眼的強光，他眨眨眼，心裡明白她說得沒錯。艾莉絲是那群孩子當中年紀最小的，但她卻很少惹麻煩，反而平息了不少紛爭。吉米又捏碎了一個土塊，把土屑撒在地上，然後伸手在大腿上擦了幾下。他並不想離開，然而他心裡明白，他們不能再留在這裡了。他告訴自己，離開只是暫時的。這是茱麗葉說的。她說過，不久之後，會有其他人到這個地堡來，他以後還可以再回來，和他們一起生活。到時候，地堡裡會有很長一段時間不再舉行生育抽籤，人會越來越多，然後，這個古老的地堡又會住得滿滿的。

一想到這種人滿為患的景象，吉米不由得打了個冷顫。艾莉絲一直扯他的手臂。「走啦，我們走啦。」她說。

這時候，吉米忽然明白自己到底在怕什麼。他怕的並不是有一天必須離開這座地堡，當然，這一天還不會這麼快來臨。另外，他怕的也不是去住在底層，因為那裡的積水都已經抽乾，他已經不怕了。他害怕的，是他可能再度面臨的一種狀況。這座地堡，是到了人都死光之後才變得安全，而且，就在不久前，當這裡忽然又出現其他人的時候，他又被攻擊了。內心深處，他反而渴望自己一個人過日子。他寧願當「孤兒」。

他站起來，乖乖讓艾莉絲牽著他走回樓梯平台。她抓住他長滿老繭的手，拚命拉著他走，走到平台，開始整理樓梯上的行李。瑞克森和另外幾個孩子已經在下面了，他們的聲音迴盪在悄然寂靜的水泥樓梯井。平台上的緊急照明燈沒有亮，於是，貫穿整座樓梯井的一長排幽暗綠光中出現了一小片黑暗。艾莉絲調整了一下側揹袋，再拉緊背包的帶子。側揹袋裡放的是她的剪貼簿，背包裡放的是水和食物、換洗的衣服、電池、一只褪色的洋娃娃、還有她的梳子。這就是她全部的家當了。吉米拉開她背包的肩帶，讓她把手伸進去，接著，他揹起自己的背包。這時候，底下那幾個孩子的聲音已經聽不見了，只隱約感覺到樓梯在震動，隱約聽得到他們下去的腳步聲。要「出去」，竟然是要往下走，這個方向還真是相當詭異。

「祖兒還要多久才會來救我們？」艾莉森問。她牽著孤兒的手，兩人並肩繞著螺旋梯往下走。

「就快了。」這句話等於在說他也不知道。「她正在嘗試。那要花很長很長的時間，就像當初我們讓積水下降，很久很久才全部抽乾一樣，這樣妳懂嗎？」

艾莉絲點點頭。「懂啊，水面下降了幾個樓梯，是我算的啊。」

「對，是妳算的。呃，不過現在她們必須在很硬的岩石裡鑽一個洞，才有辦法過來救我們。那是很困難的。」

「漢娜說會有十幾個人跟祖兒一起過來。」

吉米嚥了一口唾液。「是好幾百個人。」他嗓子有點嘶啞。「甚至好幾千個人。」

艾莉絲緊緊握了一下他的手，兩個人又往下走了幾步樓梯，兩個人都默默在計算。算太大的數字，對他們兩個都有困難。

「瑞克森說，他們並不是來救我們的，而是來搶我們的地堡。」

「嗯，他看到的是人壞的一面。」吉米說。「就好像，妳看到的都是人好的一面。」

艾莉絲抬頭看看吉米。兩個人都算糊塗了。他有點懷疑，她真的懂什麼叫好幾千個人嗎？他自己都已經快要想不起來了。

「真希望他也能像我一樣，看到人好的一面。」她說。

這時他們已經快走到下一層樓的平台，吉米忽然停下腳步。艾莉絲緊緊抓著他的手，抓著搖搖晃晃的側揹袋，他一停下來，她也跟著停下來。接著，他忽然跪到她面前。她噘起嘴，他可以清楚看到她嘴裡少了一顆牙齒。

「每個人多多少少都有好的一面。」吉米抓著小艾莉絲的肩膀，感覺自己喉嚨有點哽住了。「不過，有時候也會有不好的一面。」

他很不願意跟她說這些，很不想把這種事塞進艾莉絲的小腦袋裡。可是，他愛她。她就像他自己的孩子。他希望能夠為她築起一扇無形的鐵門，在地堡又住滿人的時候，能夠保護她。這也就是為什麼他願意把那些裝在鐵盒裡的書拿給她看，任由她把喜歡的書頁撕下來。這也就是為什麼他幫她挑出比較重要的幾本。他挑的，都是能夠幫助她活下去的書。

「妳必須開始學瑞克森，學著從他的角度看這個世界。」吉米痛恨自己跟她說這些。然後，他站起來，牽著她繼續下樓梯。他不再計算了。他趁艾莉絲沒注意偷偷擦掉眼角的淚水。他不想讓她看到他在哭，不想讓她有機會追問那些他根本答不出來的問題。

6 第十七地堡

資訊區的老窩明亮又舒適，吉米實在捨不得離開，可是，他已經答應要搬到底段樓層的農耕區。在農耕區，那幾個孩子會比較自在。他們很快又開始在菜圃裡忙得不亦樂乎。另外，這裡距離積水區比較近。積水已經所剩無幾了。

由於積水剛退不久，樓梯上冒出新的鏽痕，踩上去滑溜溜的。吉米小心翼翼，一步步往下走，同時聽著滴答滴答滴答的水聲。那是水滴在泥坑和鐵梯板上的聲音。很多緊急照明燈曾經浸泡在積水裡，其中有不少現在還亮著，不過燈罩邊緣還殘留著髒兮兮的泡沫。吉米忽然想到，現在站的位置，曾經淹在水底，有很多魚游來游去。現在，儘管積水退了，還是有不少魚在殘留的積水裡游。他一直以為水裡的魚早就被他抓光了，不過，在積水消退的過程中，他還是曾經看到水裡有不少魚。而現在，還是有些魚被困在殘留的水坑裡。現在，要抓魚真是不費吹灰之力。他教過艾莉絲怎麼釣魚，可是她老是學不會怎麼把魚鉤從魚嘴裡拿下來，而且，魚抓在手上滑不溜丟的，老是掉回水裡。吉米消遣她，說她是故意的。艾莉絲也承認，釣魚很好玩，吃魚她倒沒什麼興趣。而他也由著她一次又一次把魚釣起來，一次又一次的丟回水裡，到最後，他終於覺得那些魚實在很可憐，就不再讓她玩了。瑞克森、漢娜，還有那兩個雙胞胎兄弟，他們倒是很樂於拯救那些奄奄一息的魚，讓牠們脫離苦海。他們讓魚進了他們肚子裡。

吉米抬頭看看上面的欄杆，彷彿看得到半空中漂浮著釣魚用的浮標，彷彿看到「影子」從欄杆中間探出頭來看著底下的他，朝他伸出爪子，彷彿吉米現在變成了一條魚，被困在水底，牠想去抓。他噘嘴想吹出泡泡，卻只感覺到嘴邊的鬍子碰到鼻子，有點癢。

他們繼續往下走，最後終於走到樓梯盡頭，僅剩的積水在這裡形成一個小水坑。這裡地面是平的，而不是設計成排水用的窪地形狀。地堡的設計，從來不曾預估積水會淹那麼高。吉米點亮手電筒，光束照進幽暗的機電區深處。有一條電線蜿蜒扭曲，沿著空蕩蕩的走廊往內延伸，跨過警衛崗哨，一條糾纏的空氣管和那條電線併行往內延伸，不過到了看不見的深處，那條空氣管又循原路折回，形成雙線管。電線和空氣管都是通向抽水馬達，那是當初茱麗葉留下來的。

吉米沿著那兩條管線往裡面走。不久前，積水退了之後，他曾經來過這最底層一次。那是他第一次來，當時這裡臭氣熏天，滿地都是垃圾碎屑和爛泥，他在裡面找到了茱麗葉的頭盔。當時他盡力把那裡清理了一下，找到了幾片金屬墊圈。那是很久以前他用來綁在紙降落傘的東西。在滿地的垃圾碎屑裡，那些墊圈看起來就像一枚枚的銀幣。不過，當時他雖然已經盡力清理過了，這裡卻依然一片狼藉，垃圾堆積如山。那堆垃圾當中，唯一被他撿起來保存的，就只有她的頭盔。

電線和空氣管繞著一座四方形的樓梯間往下延伸。吉米沿著管線往下走，小心翼翼避免被絆倒。天花板上的水管電線偶爾會有水滴下來，滴在他肩上和頭上，水花四濺，在手電筒的光束中晶瑩閃爍。除此之外，四下一片黑暗。他試著想像這裡淹水的時候是什麼模樣，可是卻發覺自己辦不到。這個地方，就算沒淹水也已經夠可怕了。

一大滴水掉在他頭上，然後沿著臉頰流進他鬍子裡。「應該可以說差不多已經乾了。」吉米自言自語。沒多久，他已經走到樓梯盡頭。到了這裡，空氣管已經不見了，只剩下電線指引方向，而且很難看得清楚。他走向大廳的時候，腳下踩到一灘淺淺的積水。茱麗葉交代過他，馬達抽乾了水的時候，一定要有人在場，這很重要。一定要有人在場開馬達關馬達。水還是會不斷的滲進來，所以，必要的時候就要打開馬達，繼續抽水。不過，千萬不能讓馬達空轉，因為裡面有一種叫「渦輪葉片」的東西會燒掉。她交代過他。

吉米看到馬達了。馬達發出刺耳的隆隆聲。有一條粗大的水管延伸到大水坑邊緣向下彎。茱麗葉警告過他，小心別掉進水坑裡。坑底傳來咕嚕咕嚕的抽水聲，吉米用手電筒照向坑底，發現水坑差不多已經乾了，坑底只剩下大約三十公分高的積水，大水管已經抽不到，水管的吸力導致水面波濤翻騰。

他從胸前口袋裡掏出一把剪線鉗，然後從地面淺淺的積水中拉起那條電線。馬達發出刺耳的金屬碰撞聲，空氣中飄散著電熱的燒灼味，圓筒型的電力箱冒出蒸氣。吉米把並聯的兩股線分開，用鉗子剪斷其中一條。馬達繼續運轉了一下，而後漸漸停了。茱麗葉教過他該怎麼處理。他抓住剪斷的電線，剝掉線頭的外皮，把銅線折彎。當水坑裡又積水的時候，吉米就必須用手把電線接回去，啟動馬達。幾個禮拜前，她就是這樣啟動馬達的。他和那幾個孩子可以輪流下來啟動馬達。他們會住在上面沒有淹過水的樓層，照顧「荒野」裡僅剩的作物，同時繼續抽乾地堡裡的積水，等茱麗葉回來救他們。

7 第十八地堡

為了發電機的事，她和雪莉吵到不歡而散。儘管後來雪莉妥協了，但茱麗葉並沒有勝利的感覺。她看著老朋友忿忿跺著腳步越走越遠，心裡卻暗暗尋思，如果她是雪莉，她會有什麼感覺。雪莉的丈夫馬克死了，到現在還不過幾個月，而當年，茱麗葉失去喬治之後，她整整一年活得像個行屍走肉。如今，她這個地堡首長對機電區負責人施壓，硬是要把備用發電機拆走。也就是說，硬是搶走。這樣一來，地堡隨時會面臨電力中斷的風險。萬一齒輪有一顆輪牙斷裂，那麼，在發電機修好之前，整個地堡會陷入一片黑暗，農耕區的抽水機也無法運轉。

這種種危險，茱麗葉自己都心知肚明，不需要雪莉來提醒她。此刻，她獨自站在昏暗的走廊，聽著老朋友的腳步聲漸漸遠去，漸漸消失，不由得心中暗忖，她真的知道自己在幹什麼嗎？現在，就連跟她最親近的人都開始對她失去信賴。為什麼呢？為了一個承諾，或只是因為她太頑固？

隔著工作服，手臂上有一處傷疤忽然很癢，她不由自主的搔搔手臂，心裡忽然想到上次跟爸爸碰面的情景。父女倆都很頑固，誰也不肯讓步，二十年來就這樣互相避不見面，直到那一次。兩個人都不肯承認自己有多頑固，但那種頑固根本就是尼寇爾斯家的血統，兩人都心知肚明。這就是他們性格中的缺陷。這種頑固，主宰著他們的人生，趨使他們得到很高的成就，但同時也常常會留下遺憾。這是一種會傷人的自尊。

茱麗葉轉身走回發電廠。遠處那面牆傳來轟隆聲，她不由得回想起從前年輕的時候……那段「很不穩定」的日子。過去的歲月有如一部扭曲變形的發電機：年輕、火熱，危險，感覺就像那鑽牆的轟隆聲。

備用發電機的拆除工作已經在進行了。道森和他手下的工人已經拆掉了廢氣管接頭，雷夫拿著一把巨大的扳手，正在拆前底座的一顆大螺帽，準備把發電機從老舊的支架上拆下來。這時候，茱麗葉才真正意識到自己在幹什麼，難怪雪莉會氣瘋。

她走到發電廠最裡面，鑽進牆上的一個洞，低頭避開鋼筋，看到巴比就站在大鑽土機後面，抬起手搔著滿臉大鬍子。巴比身材高大壯碩，留著長長的頭髮，編成辮子。礦工都喜歡這種裝扮。他天生皮膚黝黑，反而不容易看出來他長年在黑漆漆的坑裡挖礦。他和白化症的雷夫是好朋友，但兩個人卻形成黑白鮮明的對比。海拉站在他旁邊，她是他的女兒，也是他的學徒。

「進行得怎麼樣了？」茱麗葉問。

「進行？也許妳應該問這機器要前進到哪裡。」巴比轉頭打量了她一眼。「我可以告訴妳這個生鏽的大鐵桶會前進到哪裡。這玩意兒跟妳期待的不一樣，它是不會轉彎的，一開動就走直線，沒辦法控制的。」

茱麗葉跟海拉打了聲招呼，然後打量了一下鑽土機準備工作的進度。機器已經清理得很乾淨，看起來很壯觀。她一手搭在巴比手臂上。「它會轉彎的。」她很堅定的告訴他。「我們會在右邊的坑壁上塞進梯形的鐵塊，就在這裡。」她指出那個部位。坑洞上頭的泛光燈照亮了黝黑的岩石。「當鑽土機後半部壓到鐵塊之後，前半部就會被迫轉彎。」她舉起一隻手代表鑽土機，然後用另一手推推手腕，手掌歪向一邊，象徵機器的動作。

巴比有點不情願的咕噥了一聲，表示同意。「這樣機器速度會變慢，不過，應該有效。」他攤開一張很高級的紙，那是五十座地堡的分佈圖，圖上有茱麗葉畫的路線。他仔細打量了一下。這張圖是茱麗葉從盧卡斯的密室裡偷來的，上面畫了一條弧線，連接第十七和第十八地堡的發電廠。這是她規劃的挖掘路線。「另外，我們同時還要調整上下的角度。」巴比告訴她。「它目前的方向有點往上仰，似乎是設定要到地面上去。」

「很好。另外，坑道支撐的問題，有辦法解決嗎？」

海拉轉頭看看兩個大人，一手拿著記錄用的石板，一手抓著炭條轉來轉去。巴比抬頭瞄瞄坑洞頂上，皺起眉頭。

「艾瑞克好像不太願意把他的鋼樑借給我們用。他說，他那邊多出來的鋼樑，大概夠用來支撐一千公尺的坑洞。可是我告訴他，妳需要的，至少要五到十倍的數量。」

「那麼，看樣子我們勢必要到礦坑裡去拆一些出來。」茱麗葉朝海拉點點頭，瞄了她手上的石板一眼，意思是叫她記錄下來。

「我看妳是巴不得我和艾瑞克兩邊的人馬打起來吧？」巴比扯著鬍子，顯然有點激動。海拉本來在石板上寫字，聽到這句話，立刻抬起頭來看看爸爸，再看看茱麗葉，似乎不知道該怎麼辦。

「我會找艾瑞克談一談。」她告訴巴比。「我會告訴他，等我們到了另一座地堡，那裡會有用不完的鋼樑可以給他。我相信，我這樣一說，他就會被我壓得死死的。」

巴比揚起一邊的眉毛。「那傢伙是礦工，壓得死死的這種字眼好像不太吉利。」

過了一會兒，他笑了出來，笑得有點不自在。這時茱麗葉正朝他女兒比了個手勢。「我們需要三十六根橫樑，七十二根支柱。」她說。

海拉有點不安的瞄了巴比一眼，然後記下來。

「這玩意兒要是真的動起來，會製造出一大堆沙石。」巴比說。「這些沙石必須運到碾碎機去處理，可是碾碎機在礦坑裡，搬運到那邊所需要的人力，恐怕會跟挖坑洞的人一樣多。」

礦渣都是運到碾碎機房打成粉末，然後排送到廢氣歧管。那景象觸動了她記憶中的傷痛。茱麗葉努力揮開昔日的思緒，用手電筒照向巴比腳邊。「我們不用處理那些沙石。」她告訴他。「六號礦坑就在這裡正下方，我們往下挖個洞就通了。」

「妳的意思是，妳要把這些沙石填到六號礦坑裡？」巴比問，口氣有點不敢置信。

「六號礦坑裡的礦反正也差不多挖光了，更何況，一旦我們挖到另一座地堡，我們就會有兩倍的礦源。」

「艾瑞克鐵定會氣炸。看樣子，妳是沒打算放過任何人？」

茱麗葉看了巴比一眼。「放過任何人？」

「我看妳是打算把所有的人都氣死。」

茱麗葉懶得理他的冷嘲熱諷，轉頭對海拉說：「通知柯妮，備用發電機必須先徹底檢查維修，確定完全沒有問題才可以裝上去。一旦裝上去，機器就完全沒有空間可以拆上蓋檢查密封墊圈，因為天花板太低。」

說完茱麗葉又繼續查看鑽土機的其他部位，巴比跟在她後面。「妳應該會在現場監督吧？」他問。「發電機要裝上這機器的時候，妳應該會在現場指揮吧？」

她搖搖頭。「我恐怕沒辦法在現場。道森會負責。盧卡斯說得沒錯，我應該要到上面去看看——」

「狗屁。」巴比說。「祖兒，到底怎麼回事？我從來沒看過妳在任務進行到一半時候跑掉，更何況這次工程那麼浩大，還要日夜趕工。」

茱麗葉轉頭瞪了海拉一眼。在地堡裡，隨便哪個小孩或學徒看到她那種眼神，立刻就會明白，大人有話要說，小孩子閃遠一點。於是，海拉站在原地不敢動，看著兩個大人漸漸走遠。

「我一直待在下面，地堡裡會很不平靜。」茱麗葉告訴巴比，口氣平靜。在巨大的機器旁邊，她的聲音忽然變得好微弱。「盧卡斯到底下來找我，這件事算是做對了。」說著她狠狠瞪了巴比一眼。「還有，剛剛我說的這句話要是傳到他耳朵裡，你會被我打得滿地找牙。」

他大笑起來，兩手一攤。「這用不著妳交代，我也是結過婚的。」

茱麗葉點點頭。「你們挖坑道的時候，我最好不要在現場。如果我應該做的，是不要讓這裡的事驚動到地堡其他人，那我就去引開別人注意。」這時候，他們已經走到空空的支架旁邊。再過不久，發動機就會送進來裝上去。這真是很高明的規劃，把發電機移到地堡裡，讓人持續使用，維修保養。發動機移走了，鑽土機就只剩下一個空鐵殼和幾個齒輪，塗上潤滑油保存起來。

「妳那些朋友。」巴比忽然說。「他們真的值得我們這樣大費周章去救嗎？」

「絕對值得。」茱麗葉凝視著她的好朋友巴比。「不過，這件事並不只是為了他們，也是為了我們自己。」

巴比咬咬嘴邊的鬍鬚，猶豫了一下，然後說：「我不太懂。」

「我們必須先證明這部機器能用。」她說。「這只是開始。」

巴比瞇起眼睛盯著她。「嗯，但願這真是我們新未來的開始。」他說。「否則的話，說得悲哀一點，就恐怕會是我們現有的一切的結束。」

8 第十八地堡

茱麗葉走到老沃克工坊門口，停了一下，敲敲門，然後開門走進去。她聽人家說，暴動期間，老沃克竟然走出工坊，在外面到處走動，但她根本無法置信，無法想像。對她來說，這根本就是神話傳說，而同樣的，對地堡裡絕大多數的人來說，她去過其他的地堡，然後又回來，這件事也難以置信，只不過是個傳言，一個神話。她只不過是個機電區的女工人，竟然敢說她看過別的地堡？大家當然不相信這種神話，除非這種神話能夠發展成宗教信仰。

「祖兒！」埋首桌前的老沃克猛然抬起頭，臉上還戴著放大眼鏡，隔著鏡片，有一隻眼睛看起來像像番茄一樣大。他摘下眼鏡，眼睛立刻就恢復正常了。「太好了，太好了，真高興看到妳。」他揮揮手叫她過去。房間裡有一股頭髮燒焦的味道，似乎這個老人太湊近電烙鐵，不小心燒到了灰白的頭髮。

「我是想來跟孤兒通無線電，告訴他一些事。」她說。「同時也想讓你知道一下，我會離開一陣子。」

「哦？」老沃克皺起眉頭。他把一些小工具一一放進胸前的皮圍兜，把電烙鐵塞進濕海綿裡，發出滋滋聲。那聲音讓她想起從前那隻很兇的貓。牠平常都躲在抽水馬達房，從黑暗中對她發出滋滋的吼聲。「是那個盧卡斯來把妳拖走的吧？」老沃克問。

茱麗葉立刻又想到，老沃克雖然是個標準的穴居動物，不過消息卻比誰都靈通，因為他有很多運送員朋友，而那些運送員也喜歡跟老沃克的點數代幣交朋友。

「那是其中一個原因。」她老實承認。接著，她拉了一條板凳坐下來，低頭打量自己的雙手。她手上全是擦傷，沾滿油污。「另一個原因是，挖坑道這件事恐怕會搞很久，而你也知道我這個人很沒耐性，沒辦法坐在那邊等。所以，我打算去進行另一個計畫。這計畫我已經盤算很久了，而且，那恐怕會比挖坑道更惹人厭。」

老沃克打量了她一眼，翻起眼珠子瞄瞄天花板，接著忽然瞪大眼睛。他似乎明白她打算幹什麼了。「妳很像柯妮做的辣椒醬。」他嘀咕著。「總是搞得上面辣，下面也辣。」

茱麗葉忍不住笑出來，可是心裡又暗暗有點失望，因為她竟然這麼容易被人看穿，完全在別人預料之中。

「我還沒告訴盧卡斯。」她提醒他。「也還沒告訴彼得。」

老沃克聽到後面那個名字，皺起眉頭，一臉困惑。

「彼得貝爾寧。」她說。「是新任的保安官。」

「噢，對了，我想起來了。」他拿起電烙鐵，在濕海綿上輕輕觸了一下。「我忘了妳已經不是保安官。」

我從來沒有真的當過保安官吧。她暗暗嘀咕。

「我只是想告訴孤兒，我們快要開始挖了，所以，我必須先確定他那邊積水的狀況是不是已經控制住了。」說著她伸手指向無線電。那具無線電除了在地堡本身上下聯絡之外，還能和別的地堡通話，就像資訊區伺服器地下密室的無線電一樣。

「是應該要確定一下。可惜妳馬上就要走，不然，如果妳能夠晚個一兩天走，我這裡有一台手提式無線電已經快要做好了。」他指著一個塑膠盒給她看。那盒子比從前她和副保安官用的無線電要來得大一點，他們平常都掛一具在屁股上。那盒子的電線還露在外面，外面還接著一個很大的電池。「等我做好了，妳就可以用這個轉盤轉換頻道，裡面裝了中繼器，左右轉動就可以依順序接到各個地堡。」

她小心翼翼拿起那盒子，猜不透他到底在說什麼。老沃克指著一個轉盤，轉盤周圍有三十二個數字的刻度。這下子她懂了。

「剩下的工作，就是去把那個舊的充電電池拿來裝上去，然後調整電壓。」

「你真厲害。」茱麗葉嘀咕了一句。

老沃克露出笑容。「厲害的是發明這東西的人。人家幾百年前做出來的東西，現在我再怎麼樣也沒辦法做得比他們好。以前的人可沒妳想像的那麼笨。」

茱麗葉很想告訴他，她看過一些書，而書中那些從前的人，看起來不像是從前的人，反而比較像是未來的人。

老沃克在一塊舊抹布上擦擦手。「我提醒過巴比他們，現在，我覺得也應該提醒妳一下。坑道挖得越深，無線電的通訊越不好，要等到你們挖通到另外一邊，才會恢復正常。」

茱麗葉點點頭。「這我聽說過。柯妮說，他們會派傳令員負責聯絡，就像在礦坑裡一樣。挖掘的工作，我交給她負責了。她心思很細膩，該注意的地方幾乎都想到了。」

老沃克皺起眉頭。「我聽說她打算在我們這一頭也裝上炸藥，萬一另一頭不小心挖到毒氣，就可以馬上把我們這一頭封住。」

「那是雪莉的主意。她只是想盡辦法找藉口阻止我挖坑道。不過，你應該很了解柯妮，只要她下定決心要做一件事，她一定會辦到。」

老沃克搔搔頭。「只要她沒忘記送飯來給我吃，那我一定不會有事。」

茱麗葉笑起來。「我相信她一定不會忘記。」

「呃，希望妳這次上去一切順利。」

「謝啦。」說完她伸手指向工作檯上那具大無線電。「你可以幫我接通嗎？我想跟孤兒說話。」

「當然，當然。十七。不好意思，我忘了妳不是專程來跟我聊天的。來，我來呼叫妳的朋友。」說著他搖搖頭。「不過，我不得不說，跟他說過話之後，覺得他真是個怪人。」

茱麗葉微微一笑，仔細打量老沃克的表情，結果發現他並不是在開玩笑——他是很認真的。茱麗葉忍不住大笑起來。

「怎麼了？」老沃克打開無線電開關，把話筒拿給她。「我說錯了什麼嗎？」

＊＊＊

孤兒跟她報告的狀況，有好的，有不好的。機電區的積水已經抽乾了，這是好事，不過，速度比她當初預期的快太多。他們挖坑道，至少要好幾個禮拜或甚至好幾個月才能挖到那邊，看看還能搶救什麼東西，可是現在，積水已經抽乾，所有的東西很快就會生鏽。不過，這並不是那麼迫切的問題，所以茱麗葉決定把這些問題先擱到一邊，專心應付眼前能夠立即處理的問題。

這次上去會用到的東西，全部都被她塞進一個小側揹袋裡：一套乾淨的銀色工作服，還有襪子，襯衣，水壺，一把棘輪扳手，還有一套起子組。那套工作服她很少穿，襪子襯衣才剛在水槽裡洗過，還是濕的，水壺凹凸不平，上面沾滿油污。另外，她口袋裡塞了一把瑞士刀，還有二十枚點數代幣。雖然自從她擔任首長以來，一直沒什麼機會用這些代幣，但她還是一直擺在口袋裡。該有的東西差不多都有了，唯一缺的，就是一具好用的無線電。不過，老沃克已經拆掉了兩具可用的無線電，打算重新組裝成另一具新的，只是現在還沒有完成。

身上揹著簡陋的行李，心裡懷著一種莫名的愧疚，覺得自己背棄了朋友，而就這樣，她啟程出發了，離開機電區。經過走廊，走上樓梯間的時候，她還聽得到打樁機的隆隆聲。接著，她通過警衛崗哨，感覺自己彷彿跨過了一座無形的心理門檻。她回想起幾個禮拜前走出氣閘室的情景。有些東西就像制動活門一樣，是單向的，有去無回。她忽然有點畏懼，不知道這一去要多久才能回來。想到這個，她忽然感覺喘不過氣來。

她慢慢走上樓梯，在樓梯井中偶爾會碰上其他人。茱麗葉感覺得到他們都在看她，而他們那種咄咄逼人的眼神，會令她不由得回想起外面沙丘上的狂風。那種不信任的目光，有如挾帶著毒酸的狂風一樣向她襲來——但那只是短暫的一瞬間，他們都很快就撇開視線。

沒多久，她開始明白盧卡斯說的是什麼意思。當初她被丟到外面清洗鏡頭，而她不但不肯清洗，而且竟然還活著回來，這件事轟動了全地堡，她被大家捧為英雄，而如今，大家對她的好感已經開始在瓦解了，有如被打樁機撞碎的水泥牆。她被丟到外面去卻活著回來，這件事為大家帶來了希望，然而，她打算挖一條坑道到地堡外面，這件事引發的反應卻截然不同。她經過商店門口，店家用一種畏怯的眼神偷看她。她和一對母子擦身而過，那個媽媽趕緊抱住孩子。一路上，很多人都在竊竊私語，可是一看到她又立刻悄無聲息。所到之處，她帶給大家的是恐懼。

沿著樓梯井往上走，沿路有些人還是會朝她點點頭，稱呼她一聲「首長」。她碰到一個她認識的年輕運送員，他停下腳步和她握手，似乎很興奮看到她。然而，當她走到一百二十六樓的底層土耕區，到一百二十三樓借廁所的時候，她感覺得到自己並不受歡迎，那種感覺很像滿身油污的工人跑到頂樓去。但不管怎麼樣，他們畢竟還是她的同胞。無論受不受歡迎，她還是他們的首長。

看到他們的反應，她開始有點猶豫，不知道該不該去找漢克。漢克是底段樓層的副保安官。暴動期間，漢克也介入了戰鬥，親眼看到雙方人馬的死傷慘況。其實，交戰的雙方，並無所謂的好人壞人。來到一百二十樓，茱麗葉走進保安分駐所，心裡還是有點猶豫。她應該繼續趕路呢，還是去找漢克談談?停下來找他，會不會是錯誤的決定?然而，她不能再逃避了。從前年輕的時候，她不敢去見爸爸，埋首工作逃避這個世界，而現在，她這種逃避心理意味著她還是從前的她。她不能再逃避了。對地堡，對地堡裡所有的人，她有重責大任。她應該去找漢克。她搔搔手背上的傷口，鼓起勇氣走進保安分駐所。她告訴自己，現在妳是首長，不再是準備送出去清洗鏡頭的囚犯。

漢克原本埋首辦公桌，一聽到有人進來，立刻抬起頭來，發現來的人是她，不由得目瞪口呆。她回來之後，到現在還沒跟漢克見過面說過話。他立刻從座位上站起來，快步走到她面前，停下腳步，那一剎那，茱麗葉在他臉上看到一種複雜的表情，混雜著緊張和興奮。此刻她忽然明白，剛剛不敢來找他，一直想逃避他，並不是沒有道理的。漢克怯生生的伸出手，彷彿很怕她不肯跟他握手，似乎只要她一拒絕，他隨時要把手縮回去。不管當初她令他多麼痛苦，到現在，他似乎還是很內疚，因為當時他必須奉命把她送出去清洗鏡頭。

茱麗葉握住他的手，然後把他拉過來緊緊抱住。

「對不起。」他輕聲嘀咕著，聲音裡是毫無保留的愧疚。

「什麼對不起。」茱麗葉放開漢克的手，往後退了一步打量著他的肩膀。「該說對不起的人恐怕是我吧。你的手臂還好嗎？」

他聳聳肩，扭扭肩膀。「還是有點痛。」他說。「不過，要是妳敢跟我說對不起，我立刻就逮捕你。」

「那我們就算是扯平了。」她說。

漢克露出笑容。「扯平了。」他說。「不過我還是想說——」

「你只是在盡你的職責，而我也只是想盡辦法做我該做的。所以，這事就別再提了。」

他點點頭，低頭看著鞋子。

「你這邊狀況怎麼樣？盧卡斯說，我底下進行的工作，上面有人在抱怨。」

「只是有少數人在作怪，並不算太嚴重。暴動結束後，絕大多數人都很忙，忙著料理善後，沒有太多閒工夫。不過，我確實聽到一些流言。妳大概不知道，有很多人申請轉調，想離開這裡，調到中段樓層或甚至高樓層。這種申請案比平常多出了十倍。看樣子，你目前正在進行的工作，大家都不想靠得太近。」

茱麗葉用力一咬嘴唇。

「一部份原因，是因為大家有點茫然，不知道何去何從。」漢克說。「本來不想再加重妳的負擔，不過我還是得說，我自己和幾個保安人員都不知道接下來會怎麼樣。平常保安官都會指派工作給我們，可是現在都沒有動靜，而妳的辦公室……」

「也沒有動靜。」茱麗葉接他的話。

漢克搔搔後腦勺。「沒錯。不過，妳自己倒是很不平靜。有時候，我們站在平台上都聽得到底下的震動。」

「這就是為什麼今天我要來找你。」她告訴他。「我要告訴你，你擔心的問題，正好就是我擔心的。現在我正要回上面的辦公室待一兩個禮拜，半路上，我會經過中段樓層的分駐所，到時候我也會去關照一下。未來，地堡的狀況一定會有所改善，在很多方面。」

漢克皺起眉頭。「妳應該知道，我完全信任妳，可是，當妳告訴大家以後狀況會有改善的時候，他們會把『改善』這兩個字解釋為『改變』。對他們來說，沒有任何事比有乾淨的空氣可以呼吸更重要，活命全靠這個。對他們來說，『改變』這兩個字代表某種涵義，唯一的一種涵義。」

茱麗葉想了一下自己的全盤計劃，包括底層的計畫，還有上面的計劃。「只要有你這樣的好人肯信任我，我們一定可以平安無事。」她說。「另外，我還要請你幫個忙。」

「妳需要睡覺的地方，對吧？」漢克朝羈押室揮揮手。「我幫妳保留了妳最愛的房間，我可以幫妳把臥鋪床板放下來——」

茱麗葉大笑起來。她很高興，兩個人已經可以這樣開玩笑了。就在幾個月前，那間羈押室還代表某種慘痛的經驗。「不用了。」她說。「不過還是謝了。天黑前我必須趕到中段樓層的農耕區。那裡有一片新的耕地，我必須在場種下第一株作物。」她兩手一攤。「你也知道，就是這麼回事。」

漢克笑著點點頭。

「我想拜託你的是，你要幫我多留意樓梯井的動靜。盧卡斯告訴我，上面有很多人不高興，現在我正要上去安撫他們。不過，我希望你能夠提高警覺，以防狀況失控的時候有人想衝下去。底下人手不夠，大家都繃得太緊，情緒很容易失控。」

「妳是擔心會有麻煩嗎？」漢克問。

聽到這個問題，茱麗葉想了一下。「是的。」她說。「如果你這邊需要補充人手，我會撥預算給你。」

他皺起眉頭。「平常，上面要撥預算下來，當然是多多益善。」他說。「可是，這次我怎麼覺得有點毛毛的？」

「這就是為什麼我要撥預算給你。」茱麗葉說。「我們都心知肚明，你的工作就是要處理這種問題。」

9 第十八地堡

走出保安分駐所之後，茱麗葉繼續往上爬。接下來的樓層，是戰鬥最激烈的地方，她再次目睹地堡受到戰火蹂躪的痕跡。她一步步往上走，看著越來越觸目驚心的戰鬥遺跡，那都是她不在的時候所留下的。樓梯板和欄杆上，老舊的漆面被劃出一道道銀亮的缺口，水泥牆上佈滿焦黑和凹痕，鋼筋露在外面，乍看之下有如斷骨破皮而出。

大半輩子，她盡全力保護地堡，讓地堡維持正常運作。而地堡的回報，就是讓大家有乾淨的空氣可以呼吸，有農作物可以吃，死者有安身之地。人和地堡必須互相依賴才能共存。沒有人，這座地堡就會和孤兒那座地堡一樣，荒廢凋零，被水淹沒。而沒有地堡，她會曝屍在那山丘之上，變成一具枯骨茫然看著烏雲密布的天空。

她的手扶著欄杆慢慢往上滑。欄杆上有新的焊接痕跡，而她的手也滿佈疤痕，摸起來粗粗的。大半生，她和地堡總是互相扶持，一直到現在，他們卻差一點互相毀滅。機電區受到不少損傷，例如馬達發出怪聲，水管漏水，排氣管漏氣。她希望有一天可以好好修補。而現在，她看到了更殘破的景象。這一切都是她被送出去之後所導致的。跟這裡比起來，機電區的損害可以說是微不足道。那種感覺，就好像在一具血肉模糊的屍體上，你再也看不到從前的小傷疤。她年輕的時候所犯的錯誤就像這些小傷疤，如果有一天，她犯下一個致命的大錯，那這些小傷疤就會顯得微不足道了。

她一步步踩著樓梯往上走，終於走到一處被炸毀的現場。這裡有一整段樓梯都不見了，缺口上搭著拼湊的鐵板，架起網狀鐵杆充當臨時欄杆，平台也被炸掉了一大片，空間變窄了。牆上用炭條寫了幾個名字，那都是在爆炸中喪生的人。茱麗葉小心翼翼從破爛的鐵板上踩過去，抬頭一看，看到物資區已經換了新的門。這裡是戰鬥最激烈的地方。那群穿黃衣服的人付出了慘痛的代價，一切只為了和她那群穿藍衣服的朋友並肩作戰。

茱麗葉來到九十九樓的教堂時，禮拜已經結束了，信徒陸陸續續走出來，大量人潮沿著樓梯井往下走，走向市集區。她剛剛才從那裡經過。神父佈道的內容想必很嚴肅，幾個鐘頭下來，每個人都神情嚴厲，渾身像燙得筆挺的工作服一樣僵硬。他們逐一和茱麗葉擦身而過，茱麗葉注意到，他們瞥見她的時候，眼神中充滿敵意。

她走到平台上的時候，人潮已經差不多散了。那座小教堂座落的地點，就在底層的水耕區和工人宿舍裡，而且是早在她出生前就已經有了。有一次，諾克斯告訴過她那座教堂是怎麼出現在九十九樓。那是很久很久以前的事，當年諾克斯的爸爸還只是個小男生。當時，每逢禮拜天，大家都會聚在市集上唱歌演戲，可是卻有一大群人跑到那裡去抗議。後來，抗議人潮越來越多，市集外甚至變成一個臨時營地，保安人員卻袖手旁觀。很多人睡在樓梯板上，把樓梯井都堵住了，到最後甚至寸步難行。市集上面那層樓就是水耕區，為了供養那一大群人，水耕區的作物被掃蕩一空，到最後，甚至水耕區整層樓都幾乎被他們占領了。後來，二十八樓的教堂終於在這裡設立了一座分駐教堂，而如今，這座教堂反而比二十八樓的本堂規模更大。

茱麗葉走上最後一圈樓梯的時候，看到溫德爾神父就在平台上，他就站在教堂門口，逐一和每位信徒握手寒暄。信徒臨走之前紛紛表示慶賀，說禮拜做得很成功。他身上的白袍彷彿自己會發光，亮得像他光禿禿的頭頂。每當他聲嘶力竭向教友佈道的時候，他頭頂就會閃閃發亮。白袍發亮，頭頂發亮，溫德爾整個人容光煥發，和茱麗葉正好形成強烈對比。茱麗葉才剛從一個滿是爛泥油污的地方出來，光是看到他那閃閃發亮的白袍，她不由得自慚形穢。

「謝謝你，神父。」有個媽媽微微一鞠躬，和他握握手。她背後揹了個小孩，那孩子頭靠在她肩上，睡得不省人事。溫德爾摸摸孩子的頭，說了幾句話。那媽媽又再次向他道謝，然後就走了。接著，溫德爾開始和後面那個男人握手。

茱麗葉靠著欄杆，站在一個很顯眼的位置，看著最後那幾個信徒一一和神父握手離開。她看到一個男人猶豫了一下，然後把幾枚點數代幣放在溫德爾神父手上。「謝謝你，神父。」他最後說再見的聲音，聽起來有點像在唱聖詩。接著，那老人從她旁邊經過走上螺旋梯的時候，她發覺他身上的味道聞起來很像羊騷味。他可能是要回畜牧區。他是最後一個離開的。溫德爾神父轉身看著茱麗葉，對她微微一笑，那姿態表示他已經看到她了。

「妳好，首長。」溫德爾攤開手。「真是太榮幸了，妳要來參加我們十一點的禮拜嗎？」

茱麗葉抬起手腕看看那小小的錶。「剛剛那不就是十一點的禮拜嗎？」她問。她上樓的速度似乎太快了點。

「那是十點鐘的禮拜。我們又加了一場禮拜。樓上有很多人到底下來參加禮拜。」

茱麗葉有點納悶，那些住在高段樓層的人為什麼會千里迢迢跑到這裡來。這次上樓，她刻意計算進度，目的就是想避開做禮拜的時間，不過她轉念一想，也許這是一種錯誤的決定。聰明一點的話，實在應該聽聽看神父到底說了些什麼，為什麼大家會這麼著迷。

「我恐怕只能在這裡待一兩分鐘。」她說。「不過，接下來你應該還會再做禮拜吧？說不定等我回下面的時候，半路上正好可以趕上。」

溫德爾皺起眉頭。「妳要回下面？什麼時候？我聽說妳是要回上面去履行首長的職責，不是嗎？神和地堡的居民選妳出來，就是希望妳能夠好好領導大家。」

「我大概會在上面待幾個禮拜吧。大概夠我忙的。」

這時有個年輕的輔祭走到平台上，手上捧著一個很華麗的木碗。他把碗端到溫德爾面前，讓溫德爾看看裡面的東西。茱麗葉聽到一陣窸窸窣窣的聲音，是點數代幣在碗裡晃來晃去。那孩子穿著一件棕色斗蓬，他朝溫德爾鞠躬的時候，她注意到他頭頂上有一個剃光頭髮的圓圈。接著，當他轉身要走的時候，溫德爾忽然拉住他手臂。

「沒看到首長嗎？還不趕快問候？」他說。

「首長好。」輔祭朝她鞠了個躬，面無表情。黑黑的眼睛，黑黑的眉毛，嘴唇沒什麼血色。茱麗葉感覺得到，這年輕人應該是從早到晚都被關在教堂裡。

「不需要稱呼我首長。」她溫和的對他說。「叫我茱麗葉就可以了。」說著她朝他伸出手。

「我叫雷米。」那年輕人從斗蓬裡伸出一隻手，和茱麗葉握手。

「好啦，趕快去整理座位。」溫德爾說。「接下來還有一場禮拜。」

雷米朝他們兩個鞠了躬，然後就快步走開了。茱麗葉忽然覺得那年輕人很可憐，可是卻又說不上來為什麼。溫德爾隔著她看著平台另一頭，似乎在聽腳步聲。有很多人正要過來。他擋著門讓門開著，揮揮手要茱麗葉進去。「請進。」他說。「進來把水壺裝滿，我要幫妳禱告一下，祝妳一路平安。」

茱麗葉搖搖水壺，發現裡面的水差不多空了。「謝謝你。」說著她跟在他後面走進去。

溫德爾帶著她穿過接待廳，伸手指著最裡面那間祈禱室，要她進去。很多年以前，她也曾經在那裡做過好幾次禮拜。雷米在長椅和座位間穿梭，忙得不亦樂乎。他更換坐墊，更換佈告。佈告是用很粗糙的紙做的，窄窄的一長條，上面的字是手寫的。她注意到，他一邊忙著還一邊偷瞄她。

「神很想念妳。」溫德爾神父說這話，目的是要暗示她，他知道她已經多久沒來教堂做禮拜了。祈禱室變大了，和她印象中最後一次來的時候不一樣。裡頭有一股鋸木屑的味道，一聞就知道是很高級的木頭，聞起來會讓人覺得有點頭暈。那些木器都是用廢棄的門板和舊木材打造的，顯然剛做好沒多久。她伸手摸摸一條長椅，一摸就知道那一定很貴。

「呃，不管我在什麼地方，神都找得到我。」她的手放開那條長椅，說話的時候面帶微笑。她說這句話，有一半是真心的，可是她發現神父臉上閃過一絲失望的神色。

「有時候，我還真有點懷疑妳是不是故意想盡辦法要躲開神。」他說。溫德爾神父朝聖壇後面的彩繪玻璃點點頭。玻璃後面的燈光是全亮的，五彩繽紛的光芒映照著地板和天花板。「每次有人出生，或是有人死亡，我都會在上面的教堂主持典禮，每次都會看到妳寫的公告，我注意到妳都會把榮耀歸給神。」

茱麗葉很想告訴他，那些公告根本不是她寫的，是別人幫她寫的。

「可是，有時候我很懷疑妳到底相不相信神，因為妳似乎根本沒把神的戒律當一回事。」

「我相信神。」茱麗葉聽到這樣的指控，火氣上來了。「我相信地堡是神創造的。我真的相信。還有其他地堡——」

溫德爾立刻皺起眉頭。「褻瀆！」他輕輕咒罵了一聲，眼睛瞪得好大，彷彿茱麗葉說的話是會致命的。他狠狠瞪了雷米一眼，那孩子趕緊一鞠躬，飛快朝大廳走過去。

「是的，這是褻瀆。」茱麗葉說。「不過，我相信山丘後面那些大樓也是神建造的，那是神留下的線索，要我們想辦法離開這裡。溫德爾神父，我們在地堡最底下找到一種工具，一種挖掘的工具，可以帶我們到一個新的地方。我知道你可能不同意，不過，我相信這工具是神給我們的，我打算好好利用。」

「妳說的那種挖掘工具是魔鬼的傑作，它被埋在魔鬼的地獄裡。」溫德爾說。他臉上的祥和已經不見了，手上拿著一條方形的手帕猛擦額頭。「世界上沒有妳說的那種神，只有惡魔。」

那一剎那，茱麗葉忽然明白了。這就是他的佈道詞。她漸漸明白他做禮拜要說的是什麼。

她朝他湊近一步，氣得渾身發熱。「也許真的有惡魔躲在那些神中間。」她模仿他的口吻。「不過，我相信的神……我崇拜的神，是建造這個地堡的那些人，而他們還創造了別的地堡。他們創造了這個地方，是為了保護我們，讓我們遠離那個被他們毀滅的世界。他們是神，也是惡魔。不過，他們留下這個地方給我們，是要讓我們解救自己。神父，他們希望我們能夠自由，所以留了工具給我們。」她抬起手指著自己腦袋側邊。「他們教我的方法就在這裡。他們留給我們一部鑽土機。這是真的。使用那部鑽土機並不是褻瀆，而且，我親眼看過別的地堡。我知道你不相信，可是我真的進去過。」

溫德爾猛然往後退了一步，伸手抓住掛在脖子上的十字架。茱麗葉瞥見雷米正躲在門後面偷看，黑眼睛籠罩在黑眉毛的陰影下，只見一團漆黑。

「我們應該好好利用神給我們的所有的工具。」茱麗葉說。「不過，你用的工具除外。你一直在用你的力量散佈恐懼給大家。」

「我？」溫德爾神父一手按住胸口，另一手指著她。「妳才是那個散佈恐懼的人。」他朝四周揮揮手，指向長椅，指向凌亂的椅子，指向教堂後面那些木箱和桶子。「大家把這裡擠得水洩不通，一天做三次禮拜，就是因為妳做的那些魔鬼的工作。小孩子半夜嚇得睡不著，因為他們怕妳會害死大家。」

茱麗葉張大嘴，可是卻說不出話來。她想到剛剛在樓梯井，大家看她的那種眼神，想到那個媽媽緊緊摟住孩子，想到很多她認識的人都不再跟她打招呼。「我可以拿書給你看。」她輕聲說，心裡想到那些保存「資源」的書架。「我可以拿書給你看，你就會明白。」

「天底下只有一本書值得看。」溫德爾眼睛瞄向講道壇旁邊的講桌。講桌上有一本巨大的書，裝飾得很華麗，邊緣鍍金，上面蓋著一個半圓形的籠子。茱麗葉還記得神父講過很多那本書的內容。有幾次，她隔著黝黑的籠子瞥見書頁上那些神祕的句子。另外，她也注意到講桌被焊接在鐵講台上，焊接的手法很粗糙，表面全是縐褶，顯然很外行，很急躁。神父相信神能夠保護全地堡的人，可是卻不相信神有能力保護一本書。

「我該走了。你一定忙著要準備十一點的禮拜。」她說。她有點後悔剛剛情緒失控。

溫德爾兩手垂下來。她感覺到兩個人都失態了，而且兩個人都心裡有數。她本來希望能夠平息神父的疑惑，結果卻適得其反。這下子，神父內心的疑惑更深了。

「我還是希望妳能夠留下來。」溫德爾對她說。「至少把水壺的水裝滿。」

她手伸進背包裡，掏出水壺。雷米飛快走過來，身上那件厚重的棕色斗蓬咻咻作響，頭頂上那光禿禿的圓圈全是汗，閃閃發亮。「我會把水壺裝滿。」茱麗葉說。「謝謝你，神父。」

溫德爾點點頭，朝雷米揮揮手。雷米從祈禱室的水盆裡舀水灌進水壺，這時候，神父還是一聲不吭。他剛剛還說要幫茱麗葉祈禱，祝她一路平安，顯然他已經完全忘了這回事。

10 第十八地堡

茱麗葉到中段樓層土耕區的時候，時間已經有點晚了。她主持了一場種植儀式，吃了中飯，然後又繼續趕路上樓。爬到三十幾層樓的時候，地堡已經快熄燈了。她發覺自己忽然好渴望能夠睡在自己熟悉的床。

盧卡斯站在平台上等她。他微笑著跟她打招呼，而且堅持要幫她拿揹袋，雖然那揹袋根本不重。

「你實在用不著等我。」她嘴裡這麼說，心裡還是很甜蜜。

「我才剛到。」他說。「有個運送員告訴我妳已經快到了。」

茱麗葉這才想到，剛剛在四十幾樓的時候，有個穿淡藍色工作服的年輕女運送員追上她，先跑上樓。很容易就會忘記，盧卡斯到處都有耳目。他推開門，讓門開著，於是，茱麗葉走進了一個混雜著矛盾記憶和感情的地方。諾克斯就是死在這裡，詹絲首長就是在這裡被下毒。就是在這裡，有人判了她死刑，把她送出去清洗鏡頭，而也就是在這裡，醫生把渾身燒傷的她救活了。

她瞄瞄會議室，回想起當時他們就是在那裡說要選她當首長。而也就是在那裡，她對盧卡斯和貝爾寧說，應該要把真相告訴大家：這世界並不是只有他們一個地堡。儘管他們反對，到現在她還是認為那樣才對。不過，從另一個角度來看，與其告訴他們真相，還不如讓他們自己「看見」真相。她有一個想法：從前，地堡的居民會千里迢迢爬樓梯到頂樓去看大螢幕，那麼，為什麼不鼓勵他們到底下去看看？讓成千上百的居民到她底層的世界，親眼看看那些維持他們生存的機器是什麼樣子。他們從來沒去過，從來沒看過。他們到機電區之後，就可以走進那個坑道，走到另一座地堡。他們在這個過程中，他們一定會很驚嘆，因為主發電機是如此巨大，那低沈的隆隆聲是多麼沈穩。他們會很驚嘆，工人挖的那個坑道是多麼壯觀。然後，當他們住進那座空蕩蕩的地堡，他們會很驚嘆，原來這世上竟然有一個和他們的家如此相像的地方，住起來這麼舒服。

盧卡斯拿他的識別證在感應器上掃了一下，十字旋轉門立刻發出嗶嗶聲，那一剎那，茱麗葉立刻回過神來。旋轉門後面的警衛朝她揮揮手，茱麗葉也揮揮手。而警衛後面，資訊區大廳顯得空蕩蕩，一片沈寂。絕大多數的工作人員都已經下班回家了。因為看不到半個人，茱麗葉忽然聯想到第十七地堡，彷彿看得到孤兒在角落裡走來走去，手上拿著半條麵包，鬍子上沾滿麵包屑，一看到她，臉上立刻露出笑容。這間大廳，看起來就像另一間大廳，差別只在於，第十七地堡的大廳電燈都壞了，燈泡吊在電線底下晃來晃去。

當她跟在盧卡斯後面走向他的密室，一路上她一直沈緬在兩種不同的回憶中。兩個世界，有著一模一樣的格局，卻過著截然不同的生活。一種生活在這裡，另一種生活在那裡。和孤兒一起生活的那幾個禮拜，感覺就像一輩子麼漫長，而在那種壓力下，兩個人反而緊緊聯繫在一起。想像中，小艾莉絲隨時可能會從辦公室裡衝出來，抱住茱麗葉的大腿。那幾個孩子就是住在辦公室裡。那對雙胞胎兄弟在轉角撿到東西，兩人立刻搶起來，吵成一團。瑞克森和漢娜會躲在暗處偷偷親吻對方，竊竊私語討論那個小嬰兒。

「——不過，如果妳同意。」

茱麗葉趕緊轉頭問盧卡斯。「什麼？噢，對了，那很好。」

「妳根本沒在聽我說什麼，對不對？」他們已經走到門口，他又拿出識別證掃描。「感覺上，有時候妳好像神遊到另外一個世界去了。」

茱麗葉聽得出那是擔憂的口氣，不是生氣。她拿起他手中的揹袋，站到一邊。盧卡斯打開燈，把識別證丟到床邊的櫃子上。「妳還好嗎？」他問。

「只是因為爬樓梯有點累。」茱麗葉坐到床緣，解開鞋帶，脫掉靴子，擺在老地方。對她來說，盧卡斯的房間就像第二個家，熟悉而舒適。她在六樓有一間自己的宿舍，可是對她來說，那裡有如異國。她去過兩次，可是卻從來沒有在那邊過夜。在那邊過夜，就代表她完全接受了首長的身分。

「我正在考慮要請人送晚餐過來。」盧卡斯在衣櫥裡東翻西找，拿出一件輕暖的布袍，掛在浴室門板的鉤子上。茱麗葉每次洗完澡後最喜歡穿那件布袍。「妳要我幫妳放熱水洗澡嗎？」

茱麗葉倒抽了一口氣。「我是不是很臭？」她抬起手聞聞手背，看看有沒有油臭味，結果卻聞到噴燈的酸氣味，打樁機的廢氣臭味——那些味道，就像礦工身上的刺青一樣，烙在她身上永遠揮之不去。雖然她出發前已經先在機電區洗過澡，但還是洗不掉那味道。

「不是啦——」盧卡斯似乎有點受傷。「我只是覺得，妳應該會想洗個舒服的熱水澡。」

「我想，明天早上再洗吧。另外，我也不想吃晚餐。這一整天，一路上我一直在吃東西。」她伸手把旁邊的床單壓平。盧卡斯露出笑容，坐到她旁邊的床上。每次他們親熱過後，她都會看到他臉上出現那種充滿期待的微笑，眼睛炯炯發亮。然而，接下來當她開口說「我們必須好好談一談。」，他臉上的微笑立刻就消失了。

他臉色一沈，垂頭喪氣。「妳該不會是不想去正式登記吧？」

茱麗葉打量著他的手。「噢，不是啦，我不是要談那個。我們當然要去登記啊，當然要去。」她拉起他的手按在自己胸口，忽然想起很久很久以前的一段戀情。當年，由於「公約」不容許，她隱藏了那段戀情，內心深受折磨。現在，她不容許自己再犯那種錯誤。「我要談的是挖坑道的事。」她說。

盧卡斯深深吸了一口氣，閉住氣，接著忽然笑出來。「原來是這樣。」他微笑著說。「沒想到在妳心目中，挖坑道的事還比不上結婚登記那麼可怕。」

「我還想做另外一件事，一件你可能不會喜歡的事。」

他揚起一邊的眉毛。「如果妳是想告訴大家其他地堡的事，告訴大家外面是什麼樣子，那妳應該知道，我和彼得的立場是什麼。我認為那些事說出去是有危險的，沒人會相信妳。至於那些會相信的人，都是想惹麻煩的人。」

茱麗葉想到溫德爾神父，想到有那麼多人竟然會相信他說的那些不可思議的故事，而那些故事竟然會變成一種信仰。然而，說不定那是因為他們「想」相信那些東西。也許盧卡斯說得沒錯，並不是每個人都「想」相信真相。

「我並沒有打算告訴他們什麼。」她告訴盧卡斯。「我是想讓他們自己親眼『看見』。有件事，我必須在高段樓層這邊進行，不過這需要你和你們資訊區的人幫忙。我需要你派幾個人來幫我。」

盧卡斯皺起眉頭。「聽起來不像什麼好事。」他揉揉她的手臂。「這件事，我們明天再談好不好？今天晚上，我只希望能夠好好陪陪妳。就一個晚上，我們把工作撇到一邊。我可以假裝自己只是一個伺服器技師，而妳呢，妳可以……假裝自己不是首長。」

茱麗葉緊緊握住他的手。「你說得對。我們是應該這樣。而且，說不定我應該趕快去洗個熱水澡——」

「不，不要洗。」他吻吻她的脖子。「我就喜歡妳身上的味道。明天早上再洗吧。」

她沒有抗拒。盧卡斯又吻吻她的脖子，然後開始拉開她工作服的拉鏈，這時候，她要他把燈關掉。這次他並沒有像往常一樣抱怨，說她都不肯讓他好好看看她。這次，他沒有把浴室的燈關掉，而是把浴室門關上，只留一條縫，露出一點點光。雖然她喜歡和他肌膚相親，但她並不喜歡他看她的身體。上次燒傷治療之後，她身上留下一塊塊的疤痕，乍看之下有點像鑿穿花崗岩的礦坑，身體上布滿一塊塊的白斑。

這些疤痕，除了不太好看之外，對碰觸也很敏感。每一塊疤痕，都像是從她體內深處延伸出來的神經末梢。盧卡斯輕撫她身上的傷疤，彷彿電工循著電路圖摸索電線，每碰觸到一個傷疤，他的手指就彷彿接通了電池的兩極。他們在黑暗中緊緊相擁，他的手探索著她的身體，她感覺彷彿有一股電流流遍全身。茱麗葉感覺得到自己身體開始發熱，她知道，今天晚上兩個人不會很快就入睡。在他輕柔的撫觸下，她滿腦子的危險計畫漸漸模糊消散。今夜，她會彷彿回到年輕的歲月一樣，回到一種簡單的生活，用心去感覺，不需要思考——

「咦，奇怪。」盧卡斯忽然停手。

茱麗葉並沒有開口問他什麼奇怪，只希望他什麼都別理會。但她又太害羞，實在說不出口叫他繼續輕撫她。

「我最喜歡的小傷疤不見了。」他輕揉著她手臂上的某個點。

茱麗葉忽然感覺全身一陣火熱，彷彿突然又回到氣閘室，被火焰吞噬。悄悄撫觸她的傷疤她不介意，但開口說出她身上有傷疤，她就受不了了。她立刻抽回她的手臂，翻身躺到旁邊，心中暗忖，今天晚上還是乖乖睡覺吧。

「別這樣，在這裡，讓我看看。」他求她。

「你太殘忍了！」茱麗葉罵了他一聲。

盧卡斯揉揉她背後。「我發誓，這一點也不殘忍。拜託妳，讓我看一下妳的手臂好不好？」

茱麗葉在床上坐直起來，拉起被子蓋住膝蓋，兩條手臂環抱在胸前。「我不喜歡聽你提到我身上的傷疤。」她說。「你甚至還敢說你最喜歡某個傷疤，你怎麼可以這樣說？」說著她朝浴室點點頭。浴室的門縫有燈光流瀉出來。「你去把門關上好不好？要不然就把燈關掉。」

「祖兒，我對天發誓，不管妳身上怎麼樣，我還是一樣愛妳。從一開始，我看到的妳就是這樣。」

聽到這句話，她認為他的意思是，他只是沒見過她還沒受傷之前赤裸身體，並不是說他覺得不管怎樣她還是永遠美麗。茱麗葉跳下床，走過去要關掉浴室的燈。她把被子裹在身上拖著走，結果剩下盧卡斯一個人赤裸裸躺在床上。

「那傷疤在妳的臂彎裡。」盧卡斯說。「總共有三條，互相交叉，看起來像一顆小星星。其實，我偷偷吻過那裡一百多次了。」

茱麗葉關掉燈，獨自站在黑暗中。她感覺得到盧卡斯一直盯著她看。平常，就算穿著衣服，她還是感覺大家都盯著她身上的傷疤。接著她又想到，從前喬治也是這樣看著她——想到這裡，她忽然覺得喉嚨哽住了。

一片黑暗中，盧卡斯走過來站在她旁邊，伸手摟住她，輕吻她的肩頭。「我們回床上好不好？」他說。「對不起，我們把燈關掉好了。」

茱麗葉猶豫了一下。「我不喜歡你太熟悉我身上的傷疤。」她說。「我不希望我的身體變成你的星圖。」

「我知道。」他說。「可是我實在忍不住。那已經是妳身體的一部份，也是我所熟悉的妳。這樣吧，哪天我們去找妳爸爸，讓他看看——」

她掙脫他的擁抱，衝過去打開燈，從鏡子裡看看自己的臂彎，先看看右手，再看看左手，心裡想，他一定是搞錯了。

「你確定我手上真的有傷疤？」她努力想從密布的傷疤之間找出一片光滑的皮膚，彷彿想從滿天的烏雲間尋找一小片藍天。

盧卡斯輕輕拉住她的手腕和手肘，慢慢往上抬到嘴邊吻了一下。

「就在這裡。」他說。「我已經吻過上百次了。」

茱麗葉擦掉臉頰上的淚水，笑了起來，心中忽然湧現一陣激動，輕輕嘆了口氣。接著，她抬起手，讓盧卡斯看著一處特別嚴重的傷疤，長長的一條環繞著她的小臂。她還是很介意，但她已經原諒他了。

「你可以吻這裡。」她說。

11 第一地堡

無人機上的碳化矽電池大概有烤麵包機那麼大。夏綠蒂估計，每顆電池的重量大概是十五到二十公斤。她從兩架無人機上拆下兩顆電池，然後從補給箱裡找出尼龍織帶，緊緊捆住。夏綠蒂一手提著一顆電池，跨著弓步，繞著軍火庫慢慢走，準備繞一圈。她大腿很痠，發軟顫抖，兩條手臂都麻了。

沿著她走的路線，地上拖著長長的汗跡，但她還有很多圈要走。她暗暗咒罵自己，自己的身體怎麼完全走樣了？當年新兵訓練的時候，拚命跑步，拚命運動，練出一身肌肉，而現在，她卻幾乎是整天坐在操控台操縱無人機，坐著玩戰爭遊戲，坐在餐廳裡吃流質食物，坐著讀書。

結果，她變得太胖。她被人冷凍在冬眠系統裡，沈睡了好幾百年，對她來說，這一切彷彿一場噩夢。後來，當她從噩夢中醒來，發現自己的身體完全變了。醒過來之後，她迫不及待想趕快起來，到處活動。現在，她渴望自己的身體能夠趕快回復到記憶中的狀態，希望兩腿還是像從前一樣矯健，希望兩臂還是像從前一樣有力。現在，她連刷個牙都會覺得手痠。也許她太天真了，以為自己還能夠回到從前，變回從前的自己，重回她記憶中的世界。也或許，她只是有點不耐煩，因為復原的速度實在太慢。復原是需要時間的。

後來，她終於繞了一圈，回到無人機旁邊。繞了軍火庫整整一圈，這代表她有進步了。自從那天她哥哥幫她解除冬眠之後，到現在已經好幾個禮拜，這段時間，她每天就是吃喝、運動、操控無人機，這一切例行公事已經開始習以為常。她被喚醒之後，覺得眼前的世界看起來很瘋狂，很虛幻，不像真的，而現在，這個世界感覺越來越真實了。這令她感到恐懼。

她把電池放到地上，拚命喘氣，然後又把電池拿起來。現在的生活，和她從前的軍隊生活很像。或許這就是為什麼她承受得了眼前的一切，不至於發瘋。對她來說，眼前的一切都是熟悉的。她也曾經過著囚犯般的生活。她也曾經住在一個荒廢的世界裡，出去會有生命危險。她也曾經和一大群可怕的男人一起生活。從前，「第二次伊朗戰爭」期間，她曾經駐紮在伊拉克。現在，夏綠蒂從不離開基地，不想離開她的臥鋪床和廁所。她已經漸漸習慣了這一切。她已經習慣這樣和環境搏鬥，藉此保持神智清楚。除了身體需要鍛鍊，她的心理也需要鍛鍊。

她走進無人機操控台旁邊的一間小浴室，沖個澡，用毛巾擦乾身體，然後拿起三套工作服湊近鼻子聞一聞，那一剎那，她立刻就決定要趕快叫唐諾來把衣服拿去洗。她從裡面挑出比較沒味道的一套，穿到身上，把毛巾掛在上鋪床尾晾乾，然後拿出當年在空軍訓練出來的本事，把床鋪得平平整整。唐諾原先住在軍火庫另一頭的會議室，不過夏綠蒂卻早就習慣一個人住在空蕩蕩的營房，感覺就像自己家。

從營房沿著走廊走到底，那裡有一間導航室，裡面大部份東西都用塑膠布蓋著。有一面牆上裝著好幾面大螢幕，底下還有一條長長的桌子。無線電就組裝在這個桌上。先前，她哥哥常常跑到樓下的儲藏室偷備用零件，一次偷一件帶進來，到現在已經收集了一大堆。大概要等幾十年或是幾百年後，才有人會發現那些東西不見了。

桌子上方裝了一個燈泡，是夏綠蒂裝的。她開了燈，打開無線電開關。她已經能夠鎖定好幾個地堡的頻道。她調整轉鈕，聽到一陣靜電雜訊，就把轉鈕定在那個位置，等著聽人說話。她常常會想像那靜電雜訊是另一種聲音，有時候，她想到的是海浪拍打沙灘的聲音，有時候，她想到的是雨滴打在厚葉片上的聲音，也有時候，她想到的是有人在一片漆黑的戲院裡竊竊私語的聲音。她走到唐諾放零件的大箱子前面，東翻西找，想找一對好一點的喇叭。目前無線電還缺一個麥克風之類的東西，才有辦法傳訊。每到這樣的時刻，她就會有點遺憾，自己為什麼沒有多一點電子方面的天賦。她只會組裝東西，比如組裝步槍，或組裝電腦。她就只懂得把裝得上去的零件裝在一起，然後打開開關。有一次，她組裝的無線電打開後竟然冒煙，不過還好只有那一次。這種工作需要耐性，偏偏她沒什麼耐性。這種工作需要時間，而她正好有用不完的時間。

這時候，走廊那邊傳來腳步聲，這意味著有人送早餐來給她吃了。夏綠蒂把無線電音量關小，清理了一下桌子，清出一點空間，這時唐諾正好走進來，手上端著一個托盤。

「早啊。」她打了聲招呼，站起來從他手上接過托盤。她剛剛運動太激烈，兩腿痠軟站不太穩。她哥哥從幽暗的走廊裡冒出來，立刻就籠罩在燈泡的光暈中，夏綠蒂注意到他皺著眉頭。「怎麼了？」她問。

他搖搖頭。「可能有麻煩了。」

夏綠蒂立刻放下托盤。「怎麼了？」

「我在『第一輪值』期間認識一個人，剛剛不小心撞見他。我們搭同一部電梯，他是個雜務工。」

「那可不妙。」托盤裡有兩個盤子，盤子上有蓋子。她掀開其中一個有凹陷的盤蓋，盤子裡有一片電路板和一卷電線，還有一隻小螺絲起子，那是她特別交代他要帶來的。

「妳的蛋在另外一個盤子裡。」

她把蓋子放在一邊，拿起叉子。「他有認出你嗎？」

「不確定。我一直低著頭，一直到他走出去。不過，不光是他，地堡裡很多人也都是我從前認識的。很久以前，我跟他借過工具，拜託他幫我換燈泡，可是感覺上卻很像是昨天的事。天曉得他會有什麼感覺。那可能是昨天，也可能是好幾十年前的事。在我們這裡，人的記憶是很詭異的。」

夏綠蒂咬了一口蛋。好鹹，唐諾放了太多鹽。她不難想像，剛剛他在打蛋的時候，手一定在發抖。「就算他認出你。」她邊咬蛋邊說。「說不定他會以為你又再輪值。第一輪值的時候，你用的是真實的身分唐諾，說不定現在他還是認定你是唐諾，因為他不知道你假冒瑟曼的身分。到底有多少人以為你是瑟曼？」

唐諾搖搖頭。「不多。但不管怎麼樣，我的身分隨時有可能會被拆穿，到時候我們就麻煩大了。對了，我會去儲藏室找一些食物給妳，比較乾的食物。另外，我已經進入系統，變更了妳識別證的許可層級，現在妳可以用電梯了。還有，我已經反覆確認過，不可能會有別人到這裡來。萬一我出了什麼事，害妳被困在這裡，我會很遺憾。」

夏綠蒂用叉子叉著蛋在盤子裡滑來滑去。「我不太願意去想那些。」她說。

「還有另一個問題。再過一個禮拜，地堡首長的輪值期就滿了，要被送進冬眠系統，這樣一來，情況會變得更複雜。目前我正依賴他去引導下一任首長認定我的身分。到目前為止，所有的事情還真的進行得太順利了點。」

夏綠蒂忍不住笑出來，又咬了一口蛋。「太順利了點？」她搖搖頭說。「難不成你巴不得事情不順利嗎？對了，你最喜歡的地堡，目前狀況怎麼樣？」

「今天那邊的資訊區負責人終於接電話了。盧卡斯。」

夏綠蒂覺得她哥哥口氣似乎有點失望。「然後呢？」她問。「有什麼新的狀況嗎？」

「他又設法破解了另一台伺服器，不過裡面的資料還是差不多一樣，都是和那邊的居民有關，做什麼職務，從出生到死亡所有的親屬關係朋友關係。我真搞不懂，那些伺服器光是用這些資料，怎麼有辦法把地堡分等級。感覺上那似乎是一些雜七雜八的資料，所以，一定還有什麼別的東西是我們沒找到的。」

他掏出一張摺好的紙，那是最新的地堡等級表。夏綠蒂把工作檯桌面清出一片小空間，他把那張紙放上去，用手壓平。

「妳看。等級順序又變了。問題是，那是依據什麼決定的？」

她邊吃邊打量那張表格，這時候，唐諾拿出他的筆記檔案夾。他花了很多時間在會議室整理這些東西，因為那裡桌面比較寬敞，可以把文件攤開，而且空間夠大，他可以在裡面走來走去。而夏綠蒂卻比較喜歡他待在無人機操控室裡陪她，有時候他會坐在那裡整理他的筆記，一坐就是好幾個鐘頭，而夏綠蒂則是在旁邊弄無線電，兩個人一起聽著無線電裡傳來陣陣雜訊和人說話的聲音。

「第六地堡又排第一了。」她嘀咕著。邊吃東西邊看那個表格，她會想像自己是在看麥片盒側邊的標示，這樣一來，表格上的數字會比較容易看得懂。表格上有一欄標題是「場所」，唐諾說那代表地堡。每個地堡旁邊都有一個百分比數字，看起來很像每天所需的維他命比例：99.992%，99.989%，99.987%，99.984%。表格上最後一個有百分比數字的地堡，數據是99.974%。那一列底下，還有另外幾個地堡，不過不是被劃掉，就是旁邊寫著「不存在」。第四十地堡，第十二地堡，第十七地堡，還有另外幾個地堡都在裡面。

「你是不是還認為，只有排名第一的地堡才有機會存活？」她問。

「沒錯。」

「那，這件事，你告訴過第十八地堡的人了嗎？因為他們排在後面。」

他沒吭聲，就只是皺起眉頭瞪了她一眼。

「所以，你根本沒告訴他們。你只是在利用他們幫你搞清楚這件事。」

「什麼話！我哪有在利用他們？我不是救了那個地堡嗎？那地堡出事的時候，我一直在替他們隱瞞，沒有報告。」

「好吧。」夏綠蒂又繼續吃她的蛋。

「更何況，搞不好是他們在利用我。哼，我覺得每次跟他們談過話之後，他們似乎比我想通了更多事情。盧卡斯，那裡的資訊區負責人，他會一直拿一大堆問題來轟炸我，問我這個世界從前是什麼樣子——」

「那個首長呢？」夏綠蒂轉頭仔細看著她哥哥。「她想通了什麼？」

「妳是說茱麗葉？」唐諾快速翻過整個檔案夾。「她很喜歡威脅我。」

夏綠蒂大笑起來。「我還真想聽聽看她怎麼威脅你。」

「要是妳有辦法把那台無線電弄好，說不定妳會聽得到。」

「然後你就會多花點時間在這底下做你的事？那很好啊，你應該知道我喜歡這樣。這樣你被人家認出來的風險就會降低。」她拿叉子把盤子裡的蛋渣掃進嘴裡。其實，她不想承認，她希望他待在底下，真正原因是，他不在的時候，這裡感覺好空虛。

「那當然，只要妳搞好了，我一定會常常待在這裡。」唐諾搓搓自己的臉，夏綠蒂這才注意到他是多麼疲憊。接著，他的視線又回到表格上的數字。

「那些數字實在看不出什麼頭緒，對吧？」她問。「如果這些數字真的代表你想的那個意思，那這些數值實在太接近了。」

「我不覺得設計這些地堡的人會在乎這些數字。他們需要的，就只是其中一個地堡，至於是哪一個，那並不重要。這些地堡，很像是放在箱子裡的備用零件。你可以隨便挑一個出來，而你唯一在乎的，是這個零件到底能不能用。就怎麼回事。他們要的，就是百分之百，各方面都要百分之百。」

夏綠蒂實在不敢相信這就是那些人的目的，可是唐諾讓她看過「公約」，看過很多筆記，所以她不得不相信。他們只要一個地堡，其他地堡都會被消滅，包括第一地堡在內。

「下一架無人機還要多久才能起飛？」他問。

夏綠蒂啜了一口果汁。「再一兩天吧，說不定三天。我真的已經盡力減輕它的重量，可是我還是不確定它到底能不能飛。」前面那兩架，飛得還沒有第一架那麼遠。她已經快要絕望了。

「好吧。」他又搓搓臉，手搓到嘴巴，講話的聲音有點模糊。「時間已經不多了，我們很快就必須決定接下來要怎麼辦。如果我們毫無作為，這場噩夢又要持續兩百年，而我們兩個恐怕活不了那麼久。」他開始笑起來，可是笑沒多久忽然猛咳起來。唐諾立刻把手伸進工作服裡，掏出手帕，而夏綠蒂則是撇開頭。他又發作了，她不忍心看，只能盯著黑漆漆的螢幕。

她不忍心告訴他，其實她寧願讓一切順其自然。看起來，似乎有一大批精密的儀器主宰了人類的命運，而她比她哥哥更信任電腦。她已經花了好幾年時間操縱無人機，但事實上，那些無人機根本就可以自己飛，自己決定要攻擊哪個目標，讓飛彈精準命中某個地點。她常常覺得，自己並不太像飛行員，反而比較像騎師，騎著一匹狂暴的馬，而那匹馬自己會跑，只是需要有人偶爾拉拉韁繩，給牠打氣。

她又轉頭瞄瞄表格上的數字。那些百分比數字會決定誰該死，誰該活，而絕大多數的人都會死。

當那件事發生的時候，她和她哥哥不是還在冬眠，就是已經死了。這是慘絕人寰的大屠殺，而這些冷冰冰的數字卻令這場大屠殺看起來是那麼的……隨機隨興。

唐諾舉起手上的檔案夾指向那張表格。「妳有沒有注意到第十八地堡晉升了兩名？」

她注意到了。「你會不會覺得自己對他們太……太投入了？」

他撇開頭。「從前這座地堡和我有點關聯。如此而已。」

夏綠蒂猶豫了一下。她本來不想逼問，但實在忍不住。「我說的不是地堡，是她。」她說。「每次你和她談過之後……好像就會變得有點怪怪的。」

他深深吸了一口氣，慢慢呼出來。「她曾經被送出去清洗鏡頭。」他說。「她去過外面。」

有那麼一剎那，夏綠蒂以為他已經說完了，可是他只是停了一下，眼珠子飛快的左右瞄來瞄去。

「被送出去的人從來沒有活著回來的。」他終於說。「我認為電腦的運算系統根本沒有把這種狀況列入評估範圍。而且，不光是她還活著，整個第十八地堡都還活得好好的。根據電腦的計算判斷，他們根本不可能還活著。如果他們辦到了……那麼，妳不覺得他們是我們最大的希望嗎？」

「是你覺得吧？」夏綠蒂糾正他，揮揮手上那張紙。「老哥，再怎麼樣我們也不可能比電腦聰明。」

唐諾顯然很感傷。「不過我們比電腦慈悲。」他說。

夏綠蒂硬是按捺住衝動，沒再跟他爭辯。她本來很想提醒他，他關心那座地堡，純粹只是因為他和茱麗葉之間的關係。假如他認識的是其他地堡的人，假如他知道他們所經歷的一切，他也會一樣關心他們嗎？她心裡很清楚，這才是真相，然而，點破真相實在有點殘酷。

唐諾又用手帕按住嘴巴咳嗽，然後，他注意到夏綠蒂盯著他，盯著他手上那塊血跡斑斑的手帕。他趕緊把手帕收起來。

「我好怕。」她告訴他。

唐諾搖搖頭。「我不怕。我不怕這一切。我不怕死。」

「我知道你不怕。顯然你根本不怕，要不然你一定會去找醫生。可是，人總不能天不怕地不怕吧？」

「我也是會怕啊。我怕很多東西，很怕被活埋，很怕做錯事。」

「那就什麼都別做啊。」她還是堅持己見，幾乎忍不住想哀求他，不要再做這件瘋狂事，不要再讓他們孤零零的面對這一切。只要放掉這一切，他們就可以放心回去冬眠，把一切交給電腦，把這個世界交給某些人的邪惡計畫。「我們就什麼都別做吧。」她哀求他。

她哥哥忽然站起來，抱了一下她的肩頭，然後就轉身走了。「這樣做才真正是天大的錯誤。」他很平靜的說。

12 第一地堡

那天晚上，夏綠蒂被噩夢驚醒。她夢見自己在飛，她從床上坐起來，床墊的彈簧嘎吱嘎吱響。她彷彿還感覺到自己正從雲端跌落，強風猛刮她的臉。

她總是夢見自己在飛，夢見自己墜落。天空沒有半絲風，她控制不了飛機，拉不起機頭。她看到一顆炸彈朝一個男人和他的家人直直掉落，而在最後一剎那，那男人轉頭遮住眼睛，避開中午刺眼的陽光，而就在爆炸前那一瞬間，她彷彿看到她的爸爸媽媽哥哥和她自己，然後訊號中斷——

後來，床墊的彈簧不再出聲了。夏綠蒂的手本來緊緊扯住被子，現在慢慢鬆開了。在噩夢中，她全身肌肉緊繃，滿身大汗，床單都濕掉了。整個營房感覺昏暗凝滯，她感覺得到四周那空蕩蕩的床鋪，彷彿從前那些飛行員夥伴都在夜間出任務去了，剩下她孤零零的一個人。她站起來，在黑暗中摸索著，穿過走廊走向浴室，然後打開電燈開關。開關是分段式的，她只開了一格，讓燈泡維持昏黯的光度。她明白，為什麼哥哥有時候寧願住在軍火庫裡頭的會議室，因為空蕩蕩的走廊整個被黑暗盤踞，彷彿鬼影幢幢。她感覺自己彷彿走過一條滿是鬼魂的走廊，而鬼魂都在沈睡。

她上完廁所，沖馬桶，洗了手，可是她覺得不必再回床上睡覺了，因為做了那種噩夢之後，她不可能睡得著。夏綠蒂拿起一套紅色的工作服穿上。先前唐諾帶了三套工作服來給她，總共有三種顏色，算是給她的囚禁生活增添一點變化。她已經想不起來，藍色和金色工作服是做什麼用的，不過她記得很清楚，她對紅色最有感覺。紅色工作服上有很多口袋，她工作的時候都是穿那套，所以它老是三套當中最髒的。如果口袋裝滿東西，那套工作服會將近有十公斤重，走起路來叮叮噹噹。她拉上胸前的拉鏈，沿著走廊走向軍火庫。

奇怪，現在一定是大半夜，可是軍火庫的燈是亮著的。她從來不會忘記關燈，而且也沒有別人會到這一層樓來。她忽然感到口乾舌燥，躡手躡腳走向那些蓋著防水布的無人機，走向一片陰影。那裡傳來窸窸窣窣的聲音，好像有人在竊竊私語。

她從無人機旁邊經過，慢慢靠近幾座很高的櫃子。櫃子上放的是備用零件和工具，還有應急用的口糧。這時候，她看到一個男人跪在櫃子旁邊的地上，地上還有另外一具很像人體的東西。那個人一聽到她身上那叮叮噹噹的聲音，立刻轉過頭來。

「唐諾？」

「什麼事？」

她鬆了一口氣，同時也看清楚了，地上那具手腳攤開的人體並不是人體，而是一套蓬鬆的防護衣，袖子褲管攤開著，空洞，了無生氣。

「現在什麼時候了？」她揉揉眼睛問。

「大半夜。」他抬起袖子擦擦額頭。「不過也可以說是大清早，就看你從什麼角度看。妳是被我吵醒的嗎？」

夏綠蒂注意到他忽然挪了挪身子，想擋住她的視線，不讓她看到防護衣。他折起一條褲管，開始把防護衣折成一堆。他膝蓋邊的地上放了一把大剪子，一卷銀色膠帶，一頂頭盔，一副手套，還有一個看起來像氧氣瓶的瓶子。另外，還有一雙靴子。他折防護衣的時候，發出窸窸窣窣的聲音。她剛剛以為自己聽到有人在說話，其實是那個聲音。

「嗯？哦，沒有，我不是被你吵醒的，我只是起來上廁所，可是聽到好像有什麼聲音。」她在說謊。其實她是想要在半夜修理這些無人機，讓自己保持清醒，那樣會感覺心裡比較踏實點。唐諾點點頭，接著忽然從胸前的口袋掏出一條手帕，掩住嘴巴咳了一下，然後又把手帕塞回去。

「你在幹嘛？」她問。

「我只是在檢查一些裝備。」唐諾把防護衣的零件疊成一堆。「上面可能會需要這些東西，先幫他們準備好拿上去，免得有人跑到下面來找，那太危險了。」他瞄了妹妹一眼。「要我幫妳弄一些熱的東西來吃嗎？」

夏綠蒂兩手抱胸，搖搖頭。他這句話，等於是在提醒她，她被困在這裡，甚至需要人家送東西來給她吃。她很不願意想到這件事。「箱子裡那些口糧，我已經漸漸吃習慣了。」她對他說。「美軍的口糧包味道還真不錯。」說著她忽然笑起來。「還記得當年新兵訓練的時候，我真的恨死這些東西。」

「要是妳真想吃點別的，儘管說，我去幫妳弄。」唐諾顯然是想找個藉口趕快離開這裡，轉移話題。「另外，無線電還缺最後一些零件，我也得趕快去弄。我已經申請了一個麥克風，因為到處都找遍了，實在找不到。通訊室有一支麥克風有點故障，要是到最後實在找不到麥克風，我就去偷那支。」

夏綠蒂點點頭。她看著哥哥把那套防護衣塞進一個大塑膠袋。哥哥顯然還隱瞞了什麼。做哥哥的好像都是這樣。

夏綠蒂走到距離最近的一架無人機旁邊，掀開塑膠布，拿出一組扳手擺在機翼上。她本來笨手笨腳，不太會用工具，不過這幾個禮拜來，她一直在組裝無人機，到後來竟然也越來越順手了。也許她沒什麼耐性，但她很有毅力。「那麼，他們要這防護衣幹什麼？」她儘量裝出不經意的口氣。

「可能跟反應爐有關。」他揉揉脖子後面，搓搓額頭。夏綠蒂沒吭聲。這樣哥哥應該就會明白她沒那麼好騙。說謊也不打草稿。

夏綠蒂掀開機翼外殼，這時候，她忽然回想起當年，她和一大群男人一起接受新兵訓練，後來，當她回到家的時候，已經練出渾身肌肉，還有一股不服輸的拚勁，一直到後來她下部隊服役，才漸漸鬆懈下來。剛回到家的時候，她才十幾歲，渾身肌肉，而唸研究所的哥哥正好也放假回到家。他嘲笑她滿身肌肉像個男人婆，她立刻抓住他手臂反扭到背後，把他壓倒在沙發上。一開始，他還是笑個不停，一直嘲笑她。

他的臉被壓著埋在座墊裡，根本沒辦法呼吸，沒多久，他笑不出來了，開始慘叫。本來只是兄妹打打鬧鬧，到最後，事情變得有點可怕。被壓在座墊裡沒辦法呼吸，感覺很像是被活埋，而那種感覺觸發了她哥哥內心深處潛藏的巨大恐懼。他的反應嚇壞了她。從此以後，她再也不敢刺激他，因為她永遠不想再看到他那可怕的模樣。

此刻，他把那袋防護衣放進箱子裡，鎖上箱蓋，放回櫃子底下。夏綠蒂看著這一幕，立刻就明白防護衣根本不是別人要用的。唐諾又開始咳起來，趕緊伸手去掏手帕。她假裝專心組裝無人機，假裝沒看到他發作。唐諾不想談防護衣的事，也不想談他肺的問題，而她能夠體會他為什麼會這樣。她哥哥快死了。夏綠蒂心裡有數，知道哥哥快死了。此刻，看著他，感覺上就彷彿看著夢中的他。在夢裡，在爆炸前的一瞬間，他也轉頭遮住眼睛，遮住有如日正當中的刺眼強光。夢中她看到的他，就像夢中她看到的所有人一樣，同樣面臨生命中的最後一刻。她看到唐諾那俊秀的臉孔，看到他仰頭望向天空，看著那無可逃避的厄運從天空墜落。

他快死了，這也就是為什麼他拚命幫她囤積食物，而且預做安排，確保她能夠離開這個地方。這也就是為什麼他一定要弄一台無線電給她，這樣她才有辦法跟別人聯絡說話。她哥哥快死了，而且，他不想被活埋，不想死在底下。對他來說，底下就像地底的洞穴一樣，會令他窒息。

夏綠蒂很清楚那套防護衣是做什麼用的。

13 第十八地堡

有一套防護衣攤開在工作檯上，一條袖子垂在工作檯邊緣外面，手肘部位折成一種奇怪的角度。頭盔連接在防護衣上，面罩正對著天花板，裡頭的小螢幕被拆掉，整片塑膠面罩是透明的，戴在頭上可以看得到外面的世界。茱麗葉低頭湊近防護衣，拿著六角螺絲起子把頭盔下緣鎖在防護衣上，臉上偶爾會有汗珠滴在防護衣上。這時候，她不由得回想起上次準備防護衣的情景。

實驗室另一頭有另一張一模一樣的工作檯，尼爾森正在那裡埋頭工作。他是資訊區的技師，負責防護衣實驗室。茱麗葉挑選他擔任這個計畫的助手。他很年輕，對防護衣很熟悉，而且似乎對她沒有敵意。其實，最後一項才是重點。年不年輕，對防護衣熟不熟，她根本不在乎。

「我們必須討論的下一個議題是人口報告。」說話的人是瑪莎，她是茱麗葉的助理，很年輕。儘管茱麗葉並沒有說她需要助理，但首長一定要配一位助理。瑪莎手上拿著十幾個檔案夾翻個不停，後來終於找出她要的那份。工作檯上堆滿了文件，都是再生紙，東一堆西一堆，結果，原本是用來製作防護衣的工作檯，現在變成了辦公桌。茱麗葉抬頭一看，看到瑪莎正在翻一個檔案夾。她這位助理個子瘦瘦小小，才剛二十出頭，臉頰紅潤，滿頭黑髮紮成幾個髮髻。瑪莎也當過前兩任首長的助理，時間很短暫，不過卻是歷經動盪。這位助理就像茱麗葉的金色識別證和六樓的宿舍一樣，都是她當了首長才有的。

「找到了。」瑪莎咬了一下嘴唇，快速瀏覽那份文件，而茱麗葉注意到文件上只有邊緣有印文字。她辦公室消耗紙張所用的花費，足以用來養活住宿區一整層樓的人一整年。有一次，盧卡斯跟她開玩笑說，這樣用紙，資源回收員才有工作可以做。當時茱麗葉並沒有笑出來，因為他很可能說得沒錯。

「能不能把那些襯墊拿過來給我？」茱麗葉指著瑪莎旁邊的桌面。

那女孩伸手指向一盒固定墊片，茱麗葉搖搖頭，接著她又指向一盒各式各樣的彈簧鎖，茱麗葉還是搖搖頭。最後，她的手終於移到襯墊上方，茱麗葉立刻點點頭。「謝謝。」

「目前，地堡人口低於五千人，這是三十年來第一次。」瑪莎又繼續讀文件。「我們……我們流失了很多人。」茱麗葉全神貫注要把襯墊塞進防護衣領口，但她還是感覺得到那女孩在偷瞄她。

「生育抽籤委員會要求我們給他們一份正式統計報告，這樣我們才有辦法判斷——」

「那個委員會一天到晚想統計人口，如果有辦法，他們甚至會一個禮拜統計一次。」茱麗葉用手指在襯墊上塗潤滑油，然後才塞進領口裡。

瑪莎忍不住笑出來。「是啊，呃，他們想儘快辦一次抽籤。他們要求增加兩百個名額。」

「名額。」茱麗葉咕噥了一句。有時候她會覺得，數字不就是盧卡斯的電腦最擅長的嗎？那些大機器一天到晚輸出數字。「我打算全面開放，根本不用抽籤，這妳告訴他們了嗎？地堡的空間很快就要加倍了，這他們應該知道了吧？」

瑪莎有點不安的扭動了一下身體。「我告訴過他們了。」她說。「而且我還告訴他們地堡的空間會變大，可是我覺得他們好像不太相信。」

實驗室另一頭的尼爾森本來埋頭工作，聽到她們說話，他也抬起頭來了。實驗室裡只有他們三個人。這個實驗室本來的工作，是準備防護衣，把人丟出去送死，不過現在有點不太一樣。現在，雖然他們還是在做防護衣，準備送人出去，不過，目的不太一樣。

「嗯，委員會的人是怎麼說的？」茱麗葉問。「等我們挖通到另一座地堡，我必須帶很多人過去，把那邊的各項機能重新建立起來，讓那裡重新開始運作，所以，這邊的人口會大量減少，這他們應該知道吧？」

尼爾森又低下頭繼續工作。瑪莎闔上人口報告的檔案夾，低頭看著鞋子。

「暫時停止抽籤這件事，他們有什麼反應？」

「他們什麼都沒說。」瑪莎抬頭看著她，天花板上的燈照著她的眼睛，她眼裡好像有點濕濕的。

「我覺得他們並不相信外面有另一座地堡。」

茱麗葉忽然笑起來，搖搖頭，繼續把最後一顆固定螺絲鎖上領口，手有點發抖。「不管他們怎麼想，好像也改變不了什麼，對吧？」話雖這麼說，其實她心裡明白，無論她怎麼想，同樣也改變不了什麼。每個人都一樣。不管你有多懷疑，或是抱著多大的希望，或是多麼痛恨，外面的世界還是依然故我。「挖掘工作已經在進行了，他們一天能夠推進一百公尺，我想，也許委員會的人應該到底下去親眼看看。妳可以這樣告訴他們。叫他們自己去看。」

瑪莎皺起眉頭，把那句話記錄下來。「接下來，我們要討論的是……」她拿起石板。「我們接到很多申訴，是關於——」

這時忽然有人敲門，茱麗葉轉頭一看，發現是盧卡斯走進實驗室，面帶微笑。他朝尼爾森揮揮手，尼爾森也朝他揮揮手，手上抓著一把3/8英吋的扳手。盧卡斯看到瑪莎也在，似乎有點驚訝。他拍拍她的肩膀。「她首長辦公室裡那張大木頭辦公桌，妳實在應該幫她搬到下面來。」他開了個玩笑。「妳不是有搬運的預算嗎？」

瑪莎淡淡一笑，扯了一下頭上的髮髻，然後轉頭看看實驗室四周。「好像真的有需要。」她說。

這位年輕的助理在盧卡斯面前臉紅了，茱麗葉看在眼裡，暗暗覺得好笑。這時候，頭盔喀嚓一聲裝上了防護衣領口。茱麗葉扯了幾下，看看卡榫牢不牢。

「我可以借用一下你們首長嗎？」盧卡斯問。

「當然可以。」瑪莎說。

「不行。」茱麗葉檢查了一下防護衣的袖子。「進度落後了。」

盧卡斯皺起眉頭。「什麼進度，進度不就是妳訂的嗎？更何況，是誰批准妳做防護衣的？妳有沒有告訴妳的助理妳為什麼要做防護衣？」

茱麗葉有點不好意思的瞄瞄他。「還沒。」

「對喔，為什麼？妳為什麼要做這個？」瑪莎忽然把石板放下來，仔細打量那套防護衣，彷彿她是第一次看到。

茱麗葉不理她，一直瞪著盧卡斯。「進度落後，是因為我必須在他們挖通之前做好這件防護衣。鑽土機忽然開始突飛猛進，他們已經挖到軟土了。他們挖通的時候，我真的很希望能夠在現場。」

「至於我，我很希望今天的會議妳能夠準時出席。現在，妳再不走，就要遲到了。」

「我不去。」茱麗葉說。

盧卡斯瞄了尼爾森一眼，尼爾森立刻放下扳手，拉著瑪莎走出門去了。茱麗葉看著他們走出去，忽然明白這位年輕的盧卡斯比她想像中更有權力。

「這是每月一度的地堡大會。」盧卡斯說。「也是妳當選首長以後的第一次。我已經跟畢肯審判官說過妳會出席。祖兒，妳一定要好好扮演首長的角色，否則妳這個首長恐怕幹不了多久了——」

「太好了。」她忽然舉起雙手。「那現在開始我就不是首長了。我恨死了當首長。」她抓著螺絲起子在半空中劃了一下。「不是簽字就是蓋章。」

「真的好嗎？妳覺得下一任長會怎麼解釋這些防護衣？」他朝四周的工作檯揮揮手。「妳以為妳還有辦法繼續這樣亂搞嗎？妳要是不幹首長，這地方很快就會恢復到原來的用途。」

茱麗葉很想大聲告訴他，她不是在亂搞，她是在做一件很重要的事，攸關地堡的存亡，但她還是忍住了，沒有開口。

盧卡斯撇開頭，不去看她的臭臉。他的視線落在她的行軍床邊。那張床是她帶進來的，旁邊擺了一大疊書。有時候，每當他們兩個吵過架，或是她想自己一個人靜一靜的時候，她就會跑到這裡來睡。不過，最近她其實很少睡覺。她揉揉眼睛，很認真的想了一下，上次她好好睡飽四個鐘頭是什麼時候的事？晚上的時間，她都在氣閘室裡弄焊接，白天的時間，她幾乎都待在防護衣實驗室，要不然就是窩在通訊中心。她幾乎沒怎麼睡，從早到晚忙東忙西。

「那些書不是應該藏起來鎖好嗎？」盧卡斯指著那些書。「不應該拿出來。」

「就算有人翻開來看，也不會相信裡面的東西。」茱麗葉說。

「他們會對那些紙有興趣。」

她點點頭。他說得沒錯。在她眼裡，那些書代表資訊，可是在別人眼裡，那些書等於錢。「我會把它們拿下去。」說著，她氣也消了。她忽然想到小艾莉絲。有一次，她在無線電裡告訴茱麗葉，她正在做一本書。她從很多書裡把她最喜歡的頁面撕下來，拼湊成一本。茱麗葉也需要一本那樣的書，差別在於，小艾莉絲那本書裡一定全是漂亮的魚和鳥，而茱麗葉的書裡會全是黑暗可怕的東西，人類心中的邪惡。

盧卡斯往前湊近一步，一手搭在她手臂上。「這場大會——」

「我聽說他們正在考慮要重辦選舉。」茱麗葉打斷他的話，伸手撥開臉上的一縷頭髮，撥到耳朵後面。「反正我這個首長也幹不了多久了。所以，這也就是為什麼我必須趕快把這件事做完。如果能夠在大家投票之前完成，那就不用擔心了。」

「為什麼？因為到時候妳已經變成另外一座地堡的首長了嗎？這就是妳的計畫？」

茱麗葉伸出一隻手按住頭盔。「不，因為到時候我已經找到我要的答案，而大家也就會明白了。到時候，他們就會相信我。」

盧卡斯雙臂交叉在胸前，深深吸了一口氣。「我得趕快到伺服器那邊去一下。」他說。「要是沒人接電話，辦公室的燈會開始閃，大家就會開始問東問西，疑神疑鬼。」

茱麗葉點點頭。她看過那種狀況，而且她知道盧卡斯和她一樣，喜歡用伺服器後面的電話和那個人說話，每次都說很久。不過差別在於，他接電話的時候，雙方談話的氣氛會比較好，可是如果接電話的是她，雙方常常會吵起來。盧卡斯比較圓融，善於解決紛爭，把事情弄清楚。

「拜託妳，祖兒，答應我去出席大會好不好？」她瞄瞄另外一張工作檯上的防護衣，看看尼爾森進度怎麼樣。到時內閘門會有另一個人接應，所以需要多一套防護衣。要是她不睡覺連夜趕工，再加上明天一整天——」

「就算是幫我一個忙吧。」他哀求她。

「好吧，我會去。」

「謝謝妳。」盧卡斯瞄瞄牆上那口老鐘。塑膠鐘面都已經霧化模糊了，不過紅色指針還看得到。

「晚上一起吃飯吧？」

「好啊。」

他湊向前在她臉上親了一下，然後轉身準備走開，這時候，茱麗葉開始把工具整齊擺在皮革護套上，準備等一下再用，然後拿起一條乾淨的抹布擦擦手。「噢，對了，盧卡斯？」

「怎麼了？」他走到門口猛然停下腳步。

「幫我跟那個王八蛋打個招呼。」

14 第十八地堡

盧卡斯走出防護衣實驗室，朝伺服器房走過去。伺服器房就在三十四樓的另一頭。他從一間空蕩蕩的技師辦公室門口經過。原本在裡面工作的人，現在都調到底下的機電區和物資區幫忙，因為很多工人都死了。資訊區的人被派去遞補那些被他們殺死的人。

現在，底下的機電區是茱麗葉的好朋友雪莉負責管理。她一天到晚跟盧卡斯抱怨人手不夠，可是每次他增派人手給她，她還是繼續抱怨。她到底想怎麼樣？他猜，她需要人手，可是她不想要他的人。

有幾個技師和警衛站在休息室門口，一看到盧卡斯走過來，他們忽然都安靜下來。他朝他們揮揮手，而他們也很有禮貌的跟他揮揮手。「長官好。」有人開口問候他，可是盧卡斯卻不由得渾身起了雞皮疙瘩。過了一會兒，他才剛繞過走廊的轉角，他們又開始聊天了。盧卡斯忽然想起，從前他的老闆也曾經這樣從大家面前經過，而他也是這樣和一夥人聊天。

白納德。盧卡斯本來認為自己懂得什麼叫領導。所謂的領導，就是可以為所欲為，隨心所欲的做決定，可以為嚴厲而嚴厲。而現在，他發現自己會同意去做一些很糟糕的事，這在從前是根本無法想像的。現在，他已經體會到這是一個多麼可怕的世界，不是他這樣的人有辦法領導的。這些念頭，是不能公然說出口的，不過，也許重新選地堡首長是個好辦法。茱麗葉如果不當首長，她可以到資訊區來工作。她會是一個很棒的實驗室技師。電烙鐵和乙炔噴燈並沒有太大差別，一樣是焊接，只是方式不一樣。他開始想像，有一天茱麗葉會在實驗室裡做防護衣，準備送人出去清洗鏡頭，或是跟他一起和另外一座地堡聯絡，聽他們下達命令，那個禮拜地堡可以有幾個生育抽籤的名額。

看樣子，要是選出新的首長，他們兩個恐怕就要分離了。或者，他也可以申請轉調到機電區，學著用扳手。資訊區負責人搖身一變，變成夜班機電工。想到這裡，盧卡斯不由得笑起來。他來到伺服器房門口，按下密碼，心裡想的卻是，為了和她在一起，他願意放棄位高權重的工作，放棄原來的生活，這樣好像還蠻浪漫的，說不定比從前他半夜跑到上面去看星星還浪漫。有一天，要是真的調到底下去，他勢必要適應茱麗葉當他的頂頭上司，不過，他倒也不怎麼在乎。只要他多順著她，只要兩個人可以廝守在一起，他就心滿意足了。他在伺服器間穿梭，邊走邊想，先前被關在底下的密室，那種生活比調到機電區更可怕吧。只要能夠和她在一起就好，別的都不重要。

天花板上的燈還沒有開始閃。是他來早了，還是那個唐諾有事耽擱了？盧卡斯朝最裡面的牆走過去，一路上經過好幾部伺服器。那些伺服器側板都被拆掉，電線被拉到外面。在唐諾的幫助下，他已經想出辦法進入伺服器的資料庫，抓出完整資料，看看有沒有什麼特別的東西。雖然到目前為止沒看到什麼重要的資料，不過已經開始有進展了。

他走到放電話的伺服器前面，停下腳步。先前有一段時間，這裡就像他家裡一個完全屬於他的地方。而現在，他用這個電話談的事情已經和從前不一樣了，而對方的身分也截然不同。

現在，伺服器前面擺著一條破破爛爛的椅子，是盧卡斯從底下的密室拿上來的。他還記得，當時他把那張椅子舉在頭頂上，一手抓著鐵梯慢慢往上爬，硬是把椅子推到上面，而茱麗葉則是在一邊朝他大吼大叫，說應該用繩子把椅子吊上來，兩個人爭執不休，活像兩個年輕運送員。另外，除了那張椅子，他們還搬了很多鐵盒裝的書上來，堆成一堆當桌子用。最上面那本書是攤開的。盧卡斯舒舒服服的坐下來，拿起那本書。裡面的書頁有摺角做記號，有疑問的地方，書頁邊緣還畫著小點。他翻翻那本書，大概看看內容，一邊等電話。

先前他一直覺得那些書很無聊，可是現在，那些書是他唯一在乎的。當初，他被囚禁在密室裡，被逼著讀「指令」裡關於人類行為的部份。那是他身為資訊區接班人的「養成儀式」。而現在，他開始狂熱鑽研這些內容段落。唐諾一直透過電話指導他，而他也已經完全相信，這些內容並不光是故事，而是有更深層的涵義。例如「羅伯斯山洞實驗」凸顯出群體認同足以造成對立；「米爾格倫實驗」凸顯出人類社會化之後，會產生「服從權威」的特質，足以泯滅人性；「史金納箱實驗」凸顯出操作制約透過獎賞與懲罰足以塑造人的行為。這些都是真的發生過的案例。

「指令」裡的這些內容他都已經讀完了，接著他又讀了更多「資源」書架上的書，得到更多啟發。徹底吸引他的，是那些舊世界的歷史。在那幾千年中，偶然出現過幾次暴動。他和祖兒常常爭辯，這種周期性的暴力究竟有沒有可能終結。然而，根據書裡的說法，根本毫無希望。後來，盧卡斯讀到書裡有一整章提到暴動後遺症的各種危險，而裡頭提到的各種狀況，他們現在都親眼看到了。書裡面提到一些奇奇怪怪的名字——克倫威爾，拿破侖，卡斯楚，列寧，這些人努力解放人民，可是後來卻又讓他們陷入更悲慘的命運。

茱麗葉堅持認為那些人只是傳說，是神話，就像爸媽用來嚇唬小孩的鬼故事。她在那些章節段落裡看到的是，要毀滅一個世界是多麼容易，人性的墮落是多麼自然而然。事實證明，浩劫後的重建才是真正困難的。只有極少數人會去想，應該要用什麼來取代不公不義。她說，大家永遠只知道破壞，彷彿以為滿目瘡痍的斷壁殘垣可以輕而易舉的拼湊回去。

盧卡斯不同意她的看法。他認為這些故事都是真的。唐諾也是這麼說。沒錯，革命是很痛苦的，有一段時期，日子會很難過，可是到最後，情況會慢慢好轉。大家會從錯誤中學到教訓。有一天晚上，他和唐諾在電話裡談到這些，然後，他拚命想說服她相信這樣的論點，結果整夜兩個人爭辯不休，幾乎吵到天亮。當然，祖兒一定會想辦法做最後的結論。她帶他到頂樓的大餐廳，伸手指著地平線遠處的晨曦，指著一片死寂的山丘，指著陽光下閃閃發亮的那些殘破大樓。「這就是你所謂的更好的世界。」她對他說。「這就是大家從錯誤中學到的教訓。」

她永遠都會做最後的結論，不過盧卡斯還是有話要說。「說不定這是『先前』苦難時期的東西。」他邊喝咖啡邊說，說得很小聲，而茱麗葉假裝沒聽到。

接著，盧卡斯手上的書忽然亮起紅光，他抬頭一看，看到頭頂上的紅燈在閃爍。電話來了，伺服器裡傳來鈴聲，面板上的指示燈顯示，是第一地堡打來的。他戴上耳機，拉起訊號線把接頭插進第一個插座。

「喂？」他說。

「嗨，盧卡斯。」透過線路，電話裡的聲音顯得平平板板，不帶任何情緒，不過盧卡斯卻感覺得到唐諾的口氣透露出一絲失望。雖然那並不明顯，但盧卡斯感覺得出來，他的失望是因為接電話的人不是茱麗葉。不過，也可能是盧卡斯自己想太多。

「對，這裡只有我。」他說。

「那好，我必須告訴你，我這裡狀況有點急迫，時間不多了。」

「瞭解了。」盧卡斯立刻就找出書中的某個段落，那是上次他們中斷的地方。每次和唐諾通電話，他就會回想起當初跟著白納德學習的情景，不過，他已經學完了「指令」的部份，現在進入到

「資源」的階段。另外，唐諾指導他學習的進展很快，比白納德快，而且有問必答，毫無保留。「那麼……我想問你的是有關盧騷這個人——」

「我想先跟你說一件事。」唐諾說。「我必須再次警告你，不要挖坑道。」

盧卡斯闔上書，在書頁摺角做記號。他暗暗慶幸，還好茱麗葉去出席地堡大會，不在這裡。每次談到這件事，她就會很激動。由於先前她說過一些威脅的話，所以唐諾似乎認為茱麗葉打算挖坑道通到第一地堡，而茱麗葉也要求盧卡斯不用跟唐諾解釋什麼，讓他繼續誤會。她不想讓唐諾知道第十七地堡有她的朋友，而她打算去救他們。盧卡斯不太喜歡她這樣瞞騙。茱麗葉不信任唐諾，因為唐諾曾經告訴過她，可能有人會用一種神祕的方式封閉第十八地堡。而盧卡斯卻認為唐諾願意犧牲自己來幫助他們。茱麗葉認為唐諾自己怕死，但盧卡斯認為唐諾是為他們擔心。

「挖坑道的工作恐怕已經停不了了。」盧卡斯說。他差一點就脫口而出說：她不會停的。不過，說這種話恐怕會傷害到團結的氣氛。

「呃，我這邊的人都已經感覺得到震動。他們知道快要出事了。」

「也許你可以告訴他們發電機有問題，你覺得呢？跟他們說傳動軸偏離？」

他聽到唐諾失望的嘆了口氣，就算透過線路也明顯聽得出來。「他們沒那麼笨。我能做的，就是禁止他們浪費時間追查。我也只能做到這樣了。告訴你，這件事不會有好結果。」

「那你為什麼要幫助我們？你為什麼要承受這種風險？看得出來你似乎承擔了很大的風險。」

「我的職責是要讓你們活下去。」

盧卡斯看看伺服器裡的指示燈，電線，和電路板。「嗯，可是你為什麼要教我這些？為什麼要教我看這些書？什麼每天都要打電話給我？你為什麼要這樣做？我的意思是……這樣做對你有什麼好處？」

電話裡，唐諾遲疑了一下。唐諾說話的口氣一向很堅定，很有自信，很少猶豫。

「那是因為……我一定要幫助你們記得。」

「那很重要嗎？」

「是的，非常重要。至少對我來說很重要。我很清楚遺忘是什麼滋味。」

「所以，這就是為什麼會有這些書？」

唐諾又猶豫了一下。盧卡斯感覺到，唐諾似乎在無意之間碰觸到某種真相，於是，他提醒自己，一定要把唐諾說的話記下來，稍後告訴茱麗葉。

「這些書之所以會留下來，是因為以後不管誰繼承了這個世界，不管是誰被選上，他們就會知道……」

「知道什麼？」盧卡斯迫不及待的問。唐諾忽然又不說了。先前有好幾次，他和唐諾通電話的時候都碰觸到這個話題，可是唐諾每次都退縮了。

「知道怎樣把事情做對。」唐諾說。「好了，時間差不多了，我該走了。」

「你剛剛說繼承這個世界，是什麼意思？」

「下次再告訴你。我真的該走了，你自己小心點。」

「嗯。」盧卡斯說。「你自己也——」

他話還沒說完，耳機裡就傳來喀嚓一聲。那個對舊世界瞭如指掌的人已經掛了電話。

15 第十八地堡

茱麗葉從來沒參加過地堡大會。就好像，她知道母豬會生小豬，可是她從來就沒興趣親眼目睹。這是她擔任首長期間第一次參加，不過她希望這也是最後一次。

她坐在舞台上，旁邊是畢肯審判官和貝爾寧保安官，而居民從門廳那邊陸續進場，紛紛就座。腳下這個舞台，讓她聯想起很久以前市集的舞台，想起爸爸曾經說過地堡大會和劇場有什麼差別。她從來沒有想過他可能是在抱怨。

「我沒有準備講稿。」她悄悄對貝爾寧說。

她和貝爾寧坐得好近，兩人肩膀幾乎靠在一起。「沒關係。」貝爾寧說，然後對坐在前排的一位少女笑了一下，而那位少女也朝他揮揮手。茱麗葉立刻就明白，這位年輕保安官已經有心上人了。在地堡裡，生命正飛快的延續下去。

她努力讓自己放鬆下來。她打量著群眾，看到現場很多陌生的面孔，不過也看到幾個認識的人。門廳有三道門，其中兩道門面對兩條主要通道。兩條通道切斷一排排的老舊長椅，從後到前貫穿整個會場。第三條通道沿著側面牆邊。整個會場被劃分成左中右三區，感覺上有點區分地堡三段樓層的味道。這種事用不著人教，茱麗葉自己看就明白了。從民眾進場的狀況就可以明顯看得出來。

高段樓層的長椅在中間那一區，位子都已經坐滿了，很多人只好站到會場後面。茱麗葉認得出他們有些是資訊區的人，有些是頂樓大餐廳的人。側邊那一區的座位有半數都坐了人，而且他們都盡量靠近中央走道，有些是穿綠色工作服的農夫，有些是水耕區的水管工人。他們是一群夢想往上爬的人。而另外一側邊區的座位幾乎是空的，那是底段樓層位置，只有一對老夫妻手牽手坐在前排。茱麗葉認得那位老先生，他是一位鞋匠。他們真是走了一段漫長的路程。茱麗葉一直在等，看看有沒有更多底層的居民出現，然而，路程真的太遠。此刻，她忽然回想起，當初在地堡底層工作的時候，對她來說這種會議是多麼陌生遙遠的事。通常，她和伙伴們都是在會議結果開始施行之後，才會聽說大會討論了什麼議題，通過了什麼法規。為什麼會這樣呢？一方面，因為開會要爬很久的樓梯，而另一方面，則是因為他們每天的工作都已經忙得焦頭爛額，實在沒有力氣跑大老遠去討論未來的事。

後來，進場的人越來越少了，畢肯審判官站起來準備宣佈會議開始。茱麗葉已經有心理準備，接下來的過程一定會無聊得半死。簡短的致詞，介紹，接下就開始聽民眾的發言，最後告訴大家未來一定會更好，然後大家就作鳥獸散，回去繼續過一樣的日子。

而她真正該做的，是趕快回去工作。氣閘室和防護衣實驗室都還有很多工作沒有完成。最沒有意義的，就是坐在這裡聽那些雞毛蒜皮的抱怨，聽人吵著要重選首長，聽人指責她挖坑道。那些被大家認定攸關重大的事，在她看來根本不重要。她曾經被丟出去送死，可是竟然活著回來，而且被大火吞噬之後竟然還奇蹟似的存活下來。經歷過這一切之後，她越來越覺得那些無謂的爭吵實在很沒意義。

畢肯敲了一下小木槌，要大家安靜，然後開始致詞歡迎大家，朗讀議程。茱麗葉坐在那裡渾身不自在，眼睛盯著底下的民眾，發現大多數人也都盯著她，而不是在看說話的審判官。她根本沒聽到畢肯說了些什麼，只聽到最後一句，因為他提到她的名字：「——請我們的首長茱麗葉尼寇爾斯跟大家說幾句話。」

接著他轉身朝她揮揮手，請她上講台。貝爾寧拍拍她膝蓋，算是給她打氣。她走上講台的時候，腳下的底座嘎吱嘎吱響，顯然有幾顆螺絲沒有鎖得很牢。那一剎那，全場鴉雀無聲，只聽到那嘎吱聲，還有底下某個民眾的咳嗽聲，而底下的長椅也發出窸窸窣窣的聲音，顯然很多人動來動去。茱麗葉扶住講桌，看著底下五顏六色的工作服，心裡暗暗有點驚訝。有藍色、白色、紅色、棕色，還有綠色，不過，露出在衣服外的臉，表情幾乎都是一樣的陰鬱。每個人從事的工作不同，可是怒氣都一樣。她清清喉嚨喉嚨，忽然感覺到自己完全沒有心理準備。她本來想說幾句話，謝謝大家的關心，並且向大家保證她會竭盡全力為大家創造更美好的生活，希望大家給她機會。這就是她想說的話。

「感謝大家——」她才剛開口，畢肯審判官趕緊扯扯她的衣袖，手指著講桌上的麥克風。這時候，後面忽然有人大喊了一聲，說他們聽不見。茱麗葉把麥克風拉近，忽然又注意到，大家臉上的表情，和她先前在樓梯井所看到的表情幾乎是一模一樣。他們都對她小心翼翼。也許大家曾經敬畏她，可是現在，敬畏已經化為懷疑。

「今天到這裡來，是想聽聽看大家有什麼問題，看看大家擔心什麼。」她說。沒想到自己的聲音這麼洪亮，她嚇了一跳。「在開始之前，我想說幾句話，告訴大家，今年我們希望達成什麼——」

「妳是不是把毒氣放進地堡？」後面有人大喊了一聲。

「抱歉，你剛剛說……？」茱麗葉清靜喉嚨。

接著有個女人忽然站起來，手上抱著一個嬰兒。「妳回來沒多久，我的孩子就發燒了！」

「外面真的有別的地堡嗎？」有人大聲問。

會場中間的長椅上忽然有個男人站起來，憤怒得滿臉通紅。「妳們下面到底在幹什麼，吵死人——？」

接著又有十幾個人站起來開始大吼大叫，有的人質問，有的人抱怨，聲音鬧哄哄的一片，有如故障的引擎。坐得滿滿的中間區，有些人開始站到兩邊的走道上，因為他們需要空間比手畫腳，這樣茱麗葉才看得到他們。茱麗葉看到爸爸站在最後面，那種沈穩的姿態非常顯眼。他皺著眉頭，一臉擔憂。

「麻煩大家一個一個發問——」茱麗葉舉起雙手，群眾開始往前湊近，這時候，忽然聽到碰的一聲。

茱麗葉嚇了一跳。

接著又是砰的一聲，就在她旁邊，原來是畢肯審判官猛敲他的小木槌。桌上的木盤一次又一次彈起來，也一次又一次的被他的木槌打回桌上。霍利副保安官原本站在門邊發愣，這時立刻衝出來，擠過走道上的人群，叫大家回去坐好，不要吵。貝爾寧也站起來了，叫大家冷靜。這時大家又安靜了下來，但現場氣氛仍舊劍拔弩張，就彷彿準備啟動的馬達，雖然還沒開動，但底下的電流暗潮洶湧，蓄勢待發。茱麗葉又開口了，措辭小心翼翼。

「我沒辦法告訴大家外面是什麼樣子——」

「是沒辦法還是不肯？」有人質問。霍利副保安官在走道上踱來踱去，狠瞪了他一眼，那個人就沒再吭聲了。茱麗葉深深吸了一口氣。

「我沒辦法告訴大家，是因為我也不知道。」她舉起手示意要大家安靜。「牆外的世界到底是什麼樣子，都是聽人家說的，而他們一直在騙我們。我們看到的世界根本是假的──」

「天曉得說謊的人是不是妳？」

她掃視著全場民眾，想找出說話的人在哪裡。「因為只有我承認我什麼都不知道，只有我到這裡來告訴大家，我們應該到外面去看看。親眼看看。我們親自去找出答案。我建議大家到外面去採樣，採集空氣的樣本，看看外面的世界到底有什麼問題。這件事從來沒有人做過──」

後面的人開始大吼大叫，淹沒了她的聲音。很多人又站起來了，雖然旁邊的人伸手想擋住他們，卻根本擋不住。有些人似乎有點好奇了，可是有些人卻更生氣。這時候，畢肯又開始敲木槌了，霍利掏出警棍朝前排的民眾揮舞，可是，場面已經控制不了了。貝爾寧湊上前，手按在槍柄上。

茱麗葉從講台後面退開，畢肯猛敲木槌，手不小心撞到麥克風，喇叭發出刺耳的巨響。桌上的木盤已經不見了，木槌直接敲在桌面上，敲出一道道半圓形的痕跡。

人群一直往前擠，霍利副保安官不得不退到舞台邊緣，很多人還是不停的逼問，而更多人怒氣沖天，大聲咒罵。他們越罵越難聽，這時候，茱麗葉又看到那個指責她害孩子生病的媽媽。舞台後面有一扇鐵門，漆成木頭的顏色。助理瑪莎跑過去打開那扇門，貝爾寧揮揮手叫茱麗葉趕快進去，裡面是審判官辦公室。可是，她不想進去，她想留在外面安撫大家，告訴大家她沒有惡意，只要大家肯讓她試試看，她一定可以解決這個問題。結果，她還是被人硬拖進去，穿過一間掛滿黑袍子有如鬼影幢幢的法袍室，然後被拖進一條走廊，牆上歪歪斜斜掛滿了歷任審判官的照片，最後來到一張舊鐵桌旁邊。鐵桌跟那扇門一樣被漆成木頭的顏色。

門關上之後，外面的嘈雜聲就變模糊了，有人用拳頭猛敲門，貝爾寧氣得咒罵了一聲。茱麗葉頹然坐倒在一張貼滿膠帶的破皮椅上，低頭埋在手心裡。外面的群眾怒氣沖天，而她也一樣。她感覺到自己很氣貝爾寧和盧卡斯。是他們逼她出來當首長的。她感覺到自己很氣盧卡斯，因為他拜託她把挖坑道的工作丟到一邊，到頂樓來參加大會，彷彿他以為她有辦法安撫這些暴民。

接著，門忽然開了一下，外面的喧鬧聲立刻傳進辦公室裡。她本來以為是畢肯進來了，結果發現進來的人是她爸爸。她嚇了一跳。

「爸。」

她立刻從破椅子上站起來，衝到他面前。爸爸立刻摟住她，那一剎那，她感覺自己彷彿忽然又變回當年的小女孩。小時候，每當她想尋求安慰的時候，她就是這樣依偎在爸爸胸口。

「我聽說妳可能會來。」她爸爸輕聲說。

茱麗葉沒說話。雖然她覺得自己年紀已經很大了，但此刻，依偎在爸爸懷裡，她感覺自己彷彿又回到了從前。

「我還聽說妳打算要做一件事。我不想讓妳去。」

茱麗葉往後退了一步，仔細看著爸爸的表情。這時貝爾寧跟他們說了聲不好意思，然後就開門出去了。門開的那一剎那，外面的喧鬧聲又傳進來的，不過聲音沒有先前那麼刺耳了。茱麗葉忽然明白，剛剛是畢肯審判官讓她爸爸進來的，他正在外面安撫群眾。她爸爸已經看到大家對她的態度，聽到大家怎麼罵她。她忽然很想哭，但還是忍住了。

「我還沒有機會跟他們解釋——」她湊在他耳邊輕聲說。「爸，外面還有很多像我們一樣的地堡。既然外面的世界那麼大，而我們卻一直待在裡面自相殘殺，那不是太瘋狂了嗎——」

「我說的不是挖坑道的事。」她爸爸說。「我是聽說在上面有別的計畫。」

「你聽說……」她又伸手揉眼睛。「是盧卡斯——」她嘀咕著。

「不是盧卡斯說的。是那個技師尼爾森。他來找我，要我幫他檢查身體，同時問我要不要上去待命，以防任務出了什麼差錯。我不得不假裝聽懂他說的是什麼。我想，剛剛在外面，妳是不是打算宣佈妳的計畫？」他眼睛瞄向法袍室。

「我們必須搞清楚外面的狀況。」茱麗葉說。「爸，曾經有人想改善外面的世界，而我們卻什麼都搞不清楚——」

「這件事就交給下一個出去清洗鏡頭的人吧。讓他們出去採樣，妳不准去。」

她搖搖頭。「爸，我不會再送人出去清洗鏡頭了。只要我當首長一天，我絕對不會再送人出去。」

他一手按著她肩膀。「我也絕對不准我女兒出去。」

她往後退了一步。「對不起，爸。」她說。「我非去不可，不過，我一定會做好萬全的準備，我發誓。」

她爸爸臉色一沈，翻轉手掌盯著自己的手。

「我們需要你幫忙。」她感覺父女之間又開始出現裂縫了，急著想彌補。「尼爾森說得沒錯，我們那個小組有一個醫生在場協助會比較好。」

「不要把我扯進去。」他說。「妳忘了上次妳有什麼下場嗎？」他瞄瞄她脖子。防護衣的領圈在她脖子上留下一道疤痕。

「上次我是被火燒傷的。」茱麗葉邊說邊拉拉工作服。

「天曉得下次會是什麼狀況。」

審判官辦公室是私下仲裁的地方，他們兩個就站在裡面互相盯著對方。這時候，茱麗葉忽然又有一股衝動想逃避。從前，每當他們陷入衝突，她就想逃避。但此刻，她卻很想依偎在爸爸胸口好好哭一場。現在她已經是一個大女人，是一個機電工，她已經沒辦法再有這種舉動，但她很渴望。

「我不想再失去你。」她對爸爸說。「我就只剩下你這個親人了。求求你，一定要支持我。」

她終於鼓起勇氣說出口。此刻，她感覺自己好脆弱，不由得真情流露。這很可能是盧卡斯對她的影響。她和盧卡斯已經是一體，心靈相繫。

茱麗葉等著爸爸回答，這時候，她看到爸爸表情變和緩了。不知道是不是錯覺，她感覺爸爸好像朝她靠近，不再劍拔弩張。

「我會幫妳做個檢查，出去之前做一次，回來後再做一次。」他說。

「謝謝你。噢，對了，提到檢查，現在我正好有別的問題想問你。」她把長長的袖子捲到手肘，低頭尋找手腕上的白色疤痕。「聽說時間久了疤痕就會消失，有沒有這回事？盧卡斯認為——」她抬頭看著爸爸。「疤痕會消失嗎？」

她爸爸深深吸了一口氣，好一會兒一直閉住氣，眼睛彷彿看著她身後很遙遠的地方。

「不會。」他說。「疤痕不會消失。再久都不會消失。」

16 第一地堡

布瑞瓦隊長的第七輪值期快結束了，後面還剩三次輪值。還有三個輪值期，他必須坐在十字旋轉門後面，看同樣那幾本小說，直到有一天那幾本發黃的書散落解體。還有三個輪值期，他會和他的副隊長打乒乓球，痛宰他，邊打邊說他已經好久沒打了。每一次輪值期，他都會有一位新的副隊長。還有三個輪值期。每次從冬眠中甦醒，他會日復一日吃著同樣的食物，看同樣的電影，做各種一成不變的無聊事。他辦得到。

他是第一地堡的警衛隊長。很久以前，他算的是自己還有幾年可以退休，而現在，他算的是自己還剩幾次輪值期。現在，他的格言是：大事化小，小事化無。平靜無波的生活是好事，時間一天天過去的滋味就像香草一樣美妙。當他想著這一切時，他面前是一座冬眠冷凍艙，上面佈滿乾掉的血跡。他嘴裡有一種苦澀的味道。

史蒂芬副隊長手上的相機閃出一道刺眼的強光，而這時候，另一位年輕人也正朝艙內拍了一張。艙裡的屍體幾個鐘頭前就已經移走了。屍體是一位醫務技師發現的，當時他正在檢查另外一座冷凍艙，無意間看到旁邊的艙蓋上有一絲斑點，立刻拿抹布擦掉那些斑點，擦了一半才猛然意識到那是什麼東西。布瑞瓦仔細打量技師還來不及擦掉的那些血跡，一邊看著，一邊端起杯子又啜了一口苦澀的咖啡。

杯子裡已經不再冒出蒸氣。冷凍艙室實在太冷，咖啡很快就涼了。布瑞瓦痛恨底下這地方。每次在這裡被喚醒的時候，都是全身赤裸，他深惡痛絕。他痛恨被送進冷凍艙冬眠，痛恨冷凍艙室太冷，害他的咖啡很快就涼了。他又啜了一口咖啡。再三次輪值，他就可以退休了，儘管他不太懂退休意味著什麼。沒有人會想那麼遠，大家都只會想到下一次輪值。

史蒂芬放下相機，朝門口的方向點點頭。「長官，達西回來了。」

達西是夜班警衛。兩個人看著達西穿越冷凍艙室朝他們走過來。達西是第一個抵達現場的人，時間是一大早。他叫醒了史蒂芬副隊長，而史蒂芬又叫醒了他的長官。長官命令達西下班休息，回家去睡一覺，但他不肯。他堅持守著屍體，一直等到醫務技師趕到，並且全程盯著技師做檢驗，一直到結果出來。這時候，其他人都已經趕到現場了。此刻，達西快步走過來的時候，手中揮舞著一張紙，那模樣很激動。

「我真受不了這傢伙。」史蒂芬湊在長官耳邊悄悄說。

布瑞瓦刻意端起杯子啜了一口咖啡，沒吭聲。他看著這位夜班警衛快步走過來。達西很年輕，應該是二十幾歲，或頂多三十出頭，滿頭金髮，臉上永遠掛著微笑，一副菜鳥樣。警衛隊最喜歡把這種菜鳥擺在夜班。這個時段狀況最多，狗屁倒灶的事一堆，所以派菜鳥到夜班執勤很不合邏輯，不過，這是歷史悠久的傳統。三更半夜風聲鶴唳的時候，只有資深的老鳥有資格安心睡覺。

「你們一定不敢相信檢驗的結果。」達西距離他們還有二十公尺的時候就開始大聲嚷嚷，有點興奮過度。

「比對結果吻合，對吧？」布瑞瓦冷冷的說。「艙蓋上的血吻合冷凍艙使用者的血，對吧？」他本來還想告訴達西，他手上的報告沒那麼重要。真正重要的是，他應該端兩杯咖啡進來孝敬長官。

「那只是一部分。」達西感覺自己被潑了一盆冷水。「不過，長官你是怎麼知道的？」他深深吸了一口氣，把報告遞給隊長。

「因為檢驗結果吻合一定會很令人興奮。」布瑞瓦接過那張紙。「你大老遠就揮著那張紙，顯然很興奮。檢驗結果吻合，辯護員和陪審團也會很興奮。」其實他心裡還想再補一句：菜鳥也會很興奮。他無法確定，達西被電腦「記憶設定」分發擔任警衛之前做的是什麼工作，但他很確定，他一定沒幹過警衛。布瑞瓦低頭瞄瞄報告，看到一種標準模式：ＤＮＡ吻合，上面有兩排並列的橫條，而兩排橫條之間吻合的地方連著線。艙蓋上的血跡採樣，冷凍艙的使用人資料，兩者的ＤＮＡ完全吻合。

「嗯，還有別的。」達西又深深喘了一口氣。他顯然一出電梯就一路跑過來。「還有更多結果。」

「我想我們已經能夠論斷了。」史蒂芬的口氣充滿自信，他朝那座沒蓋上的冷凍艙點點頭。「很明顯，這裡發生一起謀殺案。一開始——」

「不是謀殺。」達西忽然打斷他。

「讓副隊長說完。」布瑞瓦又端起杯子。「他已經在現場搜索了好幾個鐘頭。」

達西開口好像想說什麼，不過並沒有出聲，就只是點點頭。他揉揉眼睛，好像很累。

「沒錯，讓我說完。」史蒂芬拿著相機指向冷凍艙。「艙蓋上的血跡顯示這裡曾經發生過打鬥。我們在艙裡找到的死者，一定是和兇手打鬥過，可是最後被兇手殺了。這也就是為什麼艙蓋上會有血。後來，他就被拖進自己的冷凍艙裡。他兩手被綁住，不過應該是有人拿槍指著他，他沒有掙扎，因為他手腕上沒有擦傷，沒有掙扎的痕跡。他胸口中了一槍。」史蒂芬指著艙裡一長條和一點點的血跡。「這裡有濺到血，顯示死者當時正要坐起來。可是從血跡的分佈看來，顯然兇手開槍之後，立刻關上艙蓋。從血跡的顏色看來，案發時間應該是在我們這個輪值期，而且必定還不到一個月。」

史蒂芬說話的時候，布瑞瓦一直在注意達西的表情，發現他皺著眉頭，一臉不以為然。看樣子，這孩子似乎認為自己知道的真相比副隊長多。

「還有嗎？」布瑞瓦繼續問他的副手史蒂芬。

「呃，當然還有。殺害死者之後，我們的兇手在死者身上插入靜脈注射管和導尿管，免得屍體腐爛，所以，兇手顯然有醫學背景。當然，他可能也還在這個輪值期工作。這也就是為什麼我們覺得最好還是在這底下討論案情，不要有醫務組的人在場。接下來，我們要偵訊他們，一個一個偵訊。」

布瑞瓦點點頭，啜了一口咖啡，等著看這位夜班警衛有什麼反應。

「根本不是謀殺案。」達西氣急敗壞的說。「你們到底想不想聽我說？首先，就像你說的，艙蓋上的血和冷凍艙登記的使用人資料是吻合的，不過，那並不是死者的血。艙裡發現的屍體，是另外一個人。」

布瑞瓦滿嘴的咖啡差點噴出來，他抬起手擦擦鬍子。「你說什麼？」他懷疑是不是自己聽錯了。

「艙蓋上的血混著唾液。醫師說，可能是那個人咳嗽，噴到艙蓋上，也可能是那個人胸口受到槍傷。所以，嫌犯可能受傷。」

「等一下，那艙裡那具屍體是什麼人？」史蒂芬問。

「他們也搞不清楚。他們把他的血液資料輸入電腦，可是那個人的檔案已經被篡改過。這座冷凍艙登記的使用人是另外一個人，可是那個人根本不應該出現在管理樓層。他應該還在深度冬眠才對。而冷凍艙裡的血跡，吻合管理階層檔案中的一部份資料。死者應該就是這裡的人——」

「什麼叫一部分資料？」布瑞瓦問。

達西聳聳肩。「惠特摩醫師說，檔案已經嚴重毀損。」

「噢！」史蒂芬副隊長忽然叫了一聲，伸手在半空中打了個響指。「我想通了。我知道是怎麼回事了。」他又拿著相機指向冷凍艙。「外面發生過打鬥，對吧？有人受了槍傷，血濺在上面，艙蓋蓋著，現場沒有槍，有一個人兩手被綁住，而艙蓋上的血是冷凍艙登記的使用者的血。這一切完全顯示這是一起謀殺案。」

「這就是我一直想告訴你們的。」達西說。「根本不是謀殺案，因為這個人在中槍之前就已經被接上冬眠系統，一直都處於冬眠狀態，而冷凍艙是啟動的。也就是說，艙裡那具被我們拖出去的屍體，那個叫特洛伊的人——還活著。」

17 第一地堡

他們三個準備離開冷凍艙室，去醫護區和手術室。布瑞瓦腦海中思緒起伏。他真的很不想看到他的輪值期出現這種狗屁倒灶的事，這一點都不美妙。他不難想像，事後寫報告會是什麼滋味，到時候，向下一任隊長做簡報可不是什麼好玩的事。

「你覺得我們該不該通知『老師』？」史蒂芬問。他說的是管理中心的首長，一個諱莫如深的人物。

布瑞瓦冷笑了一下。他在冷凍艙室的門上輸入密碼，打開門，帶另外兩個人走到外邊的走廊。

「人家薪水那麼高，我們怎麼好意思拿這種小事去煩他？『老師』要負責所有的地堡，你們看看他忙成什麼樣子，整天見不到人影。這種小案子，本來就是我們這種小人物該處理的，就算是謀殺案。」

「沒錯。」史蒂芬說。

達西還在喘氣，很費力才跟得上他們的腳步。

他們搭電梯上兩層樓。布瑞瓦忽然想到，剛剛他在檢查那具受槍傷的屍體時，那具屍體會有什麼感覺？那人全身冷冰冰硬邦邦，誰看了都會說那是屍體不是嗎？不過話說回來，每個冬眠的人剛醒過來的時候，不也都像那樣嗎？接著他又想到，冷凍和解凍的過程，對人體的傷害真是可怕，還有，他們的血液裡有無數極細微的「奈米機」，用來維護細胞組織，維護身體機能，那麼，這些「奈米機」是否也能夠治療槍傷？

電梯來到六十八樓，門開了，布瑞瓦立刻就聽到手術室那邊傳來說話聲。先前，他花了好幾個鐘頭的時間和史蒂芬針討論出命案的一套推論，他實在捨不得推翻，然後全盤接受達西告訴他們的資料。另外，檔案被人篡改過，這也使得問題更形複雜。他還剩三個輪值期就可以退休了，偏偏碰上這種事。不過，如果被害人真的還活著，那麼，逮到兇嫌是早晚的事。如果被害人能說話，他就能夠指認開槍殺他的人。

手術室平常很少有人在，醫師和他的助理就在手術室外面的等候室裡等候他們。他們都已經脫掉手套，醫師的滿頭灰髮一片凌亂，乍看之下彷彿是他自己把頭髮抓得一團亂，兩個人顯然都很累。布瑞瓦隔著窗口往裡面看，看得到先前冷凍艙室那具屍體。他躺在那裡，模樣看起來像在睡覺，皮膚已經漸漸恢復血色，身上穿著一件淡藍色的袍子，無數的管線伸進袍子裡。

「聽說案情有一百八十度的大轉變。」布瑞瓦說。他走到等候室最裡面，把杯子裡的咖啡倒進水槽裡，然後轉頭看看四周，看看有沒有咖啡壺，可惜看不到半個。要是這裡有熱騰騰的咖啡，有一包煙，而且不禁煙，那他會毫不猶豫的立刻決定繼續再輪值一期。

醫師看到布瑞瓦的動作，立刻拍拍助理的手，交代了幾句。那年輕人點點頭，手伸進口袋裡掏出手套，然後開門走進手術室。布瑞瓦注意到他在檢查一部儀器。儀器的管線連接在那個人身上。

「他能說話嗎？」布瑞瓦問。

「噢，可以。」惠特摩醫師扯扯灰白的鬍子。「他剛被送進來的時候，我們這裡忙成一團。病人的身體狀況比外表看起來好得多。」

「也就是說，當初死得不夠徹底。」史蒂芬說了個笑話。

沒有人笑。

「他精神很不錯。」惠特摩醫師說。「他堅持說他的名字不是特洛伊。我還沒有驗血之前他就一直說他不叫特洛伊。」說著他朝布瑞瓦手上那份報告點點頭。

布瑞瓦看了達西一眼，意思是詢問他有沒有在場聽到醫師這樣說。

「我正好去上廁所。」達西有點不好意思的說。「他醒過來的時候我不在。」

「我們幫他打了鎮靜劑。而且，我還幫他抽了血，用來比對他的身分。」

「結果呢？」布瑞瓦問。

惠特摩醫師搖搖頭。「他的檔案資料被刪除了。我覺得好像是這樣。」他從櫥子裡拿出一個塑膠杯，到水槽那邊裝了水，端起來喝了一大口。「出來的資料不完整，是因為我沒有權限存取檔案，我只查得出他的職務等級和冷凍階段。我還記得，這樣的情況，我在第一輪值期的時候也碰到過。當時那個人也是管理樓層的人。接著我立刻就聯想到這個人被發現的地點。」

「在管理樓層。」布瑞瓦說。「可是，這座冷凍艙並不是他的，不是嗎？」他還記得達西說的。「艙蓋上的血和冷凍艙登記的使用人吻合，可是現在裡面那個人並不是使用人。那是不是代表，有另一個人用自己的冷凍艙藏屍體？」

「如果我的推斷正確，情況可能更嚴重。」惠特摩醫師又喝了一口水，撥撥頭髮。「那個冷凍艙登記的名字叫特洛伊，他的血液資料吻合我在艙蓋上取得的血跡採樣，問題是，那個人目前應該在深度冬眠才對。他已經冬眠了一百年，一直都沒有被喚醒過。」

「可是艙蓋上的血不是他的嗎？」史蒂芬問。

「那就代表，一百年前他就已經被喚醒了。」達西說。

布瑞瓦瞄了這位夜班警衛一眼，忽然意識到他實在低估了這個年輕人。每一次輪值期分配到的手下都不一樣，這是很要命的，因為他根本沒辦法好好了解他們，評估他們的能力。

「所以，我立刻就去查醫療紀錄，看看深度冬眠區有沒有什麼異常活動，我想知道有沒有人中途被喚醒。」

布瑞瓦忽然感到有點不安。他該做的事，這位醫師幾乎都已經幫他做了。「你查到什麼了嗎？」他問。

惠特摩醫師點點頭，伸手指向等候室辦公桌上的電腦螢幕。「深度冬眠區曾經有異動，而且是從這個辦公室裡操作的。不過我要強調，不是在我這個輪值期。還有，異動不止一次，而是兩次，而且那兩個被喚醒的人是有某種關係的。其中一個一直處於長期深度冬眠，那地方像一座倉庫，裡面的人記憶都還沒洗掉。」

講到這裡，醫師停了一下，看看他們有沒有聽懂。

布瑞瓦想了好一會兒，而那個睡眼惺忪的夜班警衛反應顯然比較快。

「是個女人，對吧？」達西問。

惠特摩醫師皺起眉頭。「很難說，不過，我認為可能是個女人。不知道為什麼，我沒辦法存取那個人的檔案。我已經叫麥克到底下現場去查，親眼看看那個冷凍艙裡有沒有人。」

「這謀殺案牽涉到感情問題。」史蒂芬說。

布瑞瓦嗯了一聲，似乎也這麼認為。他剛剛也正在想這個。「假設有一個男人忍受不了寂寞，偷偷喚醒自己的太太，而且，那個人很可能是管理階層，有權存取檔案。後來，這件事被一個非管理階層的人發現了，所以，那個人必須殺他，只不過……最後反而是那個人自己被殺——」布瑞瓦的搖搖頭。案情實在太複雜了，沒喝咖啡他腦子就不太靈光。

「接下來就是最離奇的地方了。」惠特摩醫師說。

布瑞瓦哼了一聲，似乎有點迫不及待。他忽然很後悔剛剛為什麼要倒掉杯子裡的咖啡。他揮揮手要醫師趕快說。

「剛剛我說有兩個人從深度冬眠被喚醒，另外那個，我已經查到他的檔案。」惠特摩醫師盯著面前的三個警衛隊的人。「你們要不要猜猜看那個人叫什麼名字？」

「他的名字叫特洛伊。」達西說。

醫師伸手在半空中打了個響指，露出驚奇的表情。「猜中了。」

布瑞瓦轉頭看著這位年輕的夜班警衛。「你他媽是怎麼想通的？」

達西聳聳肩。「結果吻合會令人很興奮不是嗎？」

「好，我們來把整件事弄清楚。」布瑞瓦說。「兇手原本是在深度冬眠，他醒過來之後，殺了一個管理階層的人，而且假冒他的身分，而且很可能盜用他的密碼，喚醒了一個女人。」說到這裡，隊長轉頭看著史蒂芬。「好了，我想你剛剛說得沒錯，是應該去跟『老師』報告了。這案子的層級已經符合他的薪水等級。」

史蒂芬點點頭，轉身朝門口走去，但他還沒走出門，外面走廊上忽然傳來一陣急促的腳步聲，只見麥克繞過轉角猛衝過來，滿身大汗，氣喘吁吁，到了門口，他彎腰手撐著膝蓋，喘得直不起身。

惠特摩醫師說：「我叫你快點，但不是叫你拚命。」

「我知道，長官——」麥克喘得上氣不接下氣。「報告長官，出問題了。」那位助理抬頭看到警衛隊的人，立刻皺起眉頭。

「怎麼了？」布瑞瓦問。

「裡面是一個女人。」麥克點點頭說。「是女人沒錯。不過，冷凍艙的儀錶板燈一直閃，我立刻檢查了一下。」他打量著大家的表情，露出驚駭的眼神，那一剎那布瑞瓦就心裡有數了。不過，另外一個人反應更快，立刻就開口了。

「她死了，對不對？」達西說。

助理猛點頭，手還撐在膝蓋上。「安娜。」他嘀咕著。「她叫安娜。」

手術室裡那個身分不詳的人正拚命掙扎，想掙脫固定束帶。他雖然年紀很大了，但手臂肌肉還很結實。惠特摩醫師一直安撫他，要他冷靜一點。布瑞瓦隊長站在病床另一邊，他聞得到剛從冬眠甦醒的病人身上特有的味道。那是近乎死亡的氣味。老人打量著周遭的人，眼神狂亂。不過，他似乎很快就發現布瑞瓦是帶頭的人。

「放開我。」那老人說。

「先告訴我們到底怎麼回事。」布瑞瓦對他說。「等你身體狀況好一點，我們就會放開你。」

那老人又繼續掙扎，綁在他手腕上的束帶嘎吱嘎吱響。「你們放開我，我身體馬上就好了。」

「你受了槍傷。」惠特摩醫師按住病人的肩膀，想安撫他。

後來，那老人終於乖乖把頭靠到枕頭上，眼睛瞄瞄醫師，再看看那幾個警衛隊的人，最後又看著醫師。「我知道。」他說。

「那你還記不記得是誰開的槍？」布瑞瓦問。

那人點點頭。「他叫唐諾。」他露出咬牙切齒的表情。

「不是特洛伊嗎？」布瑞瓦問。

「就是他。那兩個名字都是同一個人。」布瑞瓦注意到那老人猛然握緊拳頭，然後又慢慢放開。

「你們聽清楚，我是地堡的負責人之一，我命令你們馬上放開我。你們可以去查我的檔案——」

「我們會去查——」布瑞瓦才剛開口就被打斷。

老人又開始掙扎。「他媽的快去查檔案——」老人還是重複那句話。

「檔案被篡改過。」布瑞瓦告訴他。「能不能告訴我你叫什麼名字?」

那老人忽然安靜下來，肌肉漸漸放鬆，眼睛看向天花板。「你要問姓還是名?」他問。「我叫保羅，不過，大多數人都稱呼我瑟曼先生，不過，從前也有人稱呼我瑟曼參議員——」

「你是『老師』!」布瑞瓦隊長驚呼了一聲。「保羅瑟曼就是大家平常說的『老師』。」

那老人瞇起眼睛。「不是吧。」他說。「我這輩子有一大堆頭銜，可是從來沒有人叫我『老師』。」

18 第十七地堡

整個地面發出隆隆巨響。地堡牆外的地面彷彿在怒吼，而且越來越驚天動地。

幾天前，一開始只是隱隱約約的低沈隆隆聲，聽起來有點像水耕區的馬達，在長長的水管末端嗡嗡嗚叫，而且腳踩在鐵板地面上可以感覺得到輕微的震動。而昨天，輕微的震動已經轉變為持續的地震，吉米感覺得到那震動已經蔓延到膝蓋、全身骨頭，甚至連牙齒都感覺得到。他還注意到天花板上的水管，管上的水珠被震得直往下滴，地面上的積水還沒有完全乾，水珠滴到小水灘濺起水花。

水珠滴到小艾莉絲頭頂上，她興奮得一直尖叫，一直拍頭。她咧開嘴笑著，抬頭看著上面的水管。

「嚇死人，太吵了。」瑞克森說。他用手電筒照著發電廠遠處的牆面。聲音就是從那裡來的。

漢娜拍拍手，叫那兩個雙胞胎兄弟離牆面遠一點，因為他們其中有一個耳朵貼在牆面上，閉著眼睛全神貫注，嘴巴張得大大的。那個好像是邁爾斯——吉米心裡想，應該是邁爾斯沒錯。那對雙胞胎兄弟他一直分不清楚。他哥哥馬克思緊張得滿面通紅，拚命想把他拖回來。

「你們趕快回來！躲到我後面！」吉米大喊。隨著地面的震動，他兩條腿也不停顫動，甚至連胸口也感覺得到那隆隆巨響。有一部神祕機器正鑿穿岩石逐漸逼近。

「還有多久？」艾莉絲問。

吉米摸摸她的頭髮。他很喜歡她的小手摟著他的腰。「快了。」他對她說。其實他根本不知道。過去兩個禮拜來，他們一直在控制抽水機，終於把機電區的水抽乾了。今天早上，他們醒過來的時候，發現挖坑道的聲音已經開始變得驚天動地，而那一整天，地面的震動也越來越猛烈，然而，牆面依然紋風不動，潮濕的天花板依然震出水花，宛如濛濛細雨，而水管也震個不停。那對雙胞胎一直踩著地上的積水，顯得很不耐煩。最令人驚訝的是那小嬰兒，他竟然躺在漢娜懷裡睡得不省人事。他們已經在那裡站了好幾個鐘頭，聽著那隆隆巨響，等著看接下來會怎麼樣。

後來，岩石碎裂的聲音中開始夾雜著機械聲，這時候，他們終於不需要再等了。他們聽到一聲尖銳的金屬摩擦聲，似乎是巨大的齒輪在撞擊摩擦，那嘈雜聲如此巨大，範圍如此廣，感覺彷彿同時來自四面八方，來自地面，來自天花板，來自四周的牆面。地面的小水灘水花四散飛濺，天花板的水珠也被震得一片水霧茫茫。吉米幾乎快站不住了。

「往後退！」他在隆隆巨響中大喊，抓著小艾莉絲遠離牆面。小艾莉絲幾乎是黏在他屁股上。

另外幾個孩子也乖乖往後退，目瞪口呆，揮舞雙手保持平衡。

然後，水泥牆面破了一大片，範圍差不多是一個大人的面積。一整片水泥落到地上，破成碎塊，揚起漫天煙塵，乍看之下彷彿牆面破碎噴出水泥粉塵。

吉米又往後退了好幾步，幾個孩子也跟著往後退，他們本來很興奮，可是現在開始害怕了。那聲音聽起來不像只是一部機器正在靠近，而是好幾百部機器，四面八方都是機器，把他們團團圍住。

接著，嘈雜聲越來越刺耳，水泥牆面破碎的範圍越來越大，發出一種彷彿金屬遭到撞擊的嘎吱巨響，火花四散，然後，牆面裂開了，越裂越長，裂成一道長長的圓弧缺口，那巨大的機器彷彿一團陰影要從裂縫擠出來。

那破洞是如此巨大，難怪聲音這麼可怕。接著，鑽頭從天花板冒出來，繞著大圓弧轉到地面底下，然後又繞回天花板。鑽頭劃過的地方，鋼筋立刻斷裂凸出來，空氣中瀰漫著一股鋼鐵水泥燒焦的味道。那具鑽土機穿破了一百四十二樓整層的水泥牆面，範圍甚至還擴及樓上樓下，那個巨大的圓形直徑比整層樓還高。

那對雙胞胎歡呼大叫，小艾莉絲緊緊抱住吉米的身體，勒得他簡直沒辦法呼吸。漢娜懷裡的小嬰兒騷動不安，大哭起來，可是那嘈雜聲實在太巨大，哭聲幾乎聽不見了。接著，鑽頭又繞了一大圈，從天花板到地面再回天花板，那機器終於露出更大的面積，看起來像個大輪子，一個巨大的圓盤，不過上面還有幾十個小圓盤，小圓盤也在轉。一個巨大的水泥塊從天花板掉下來，滾過地面朝主發電機滾過去，吉米感覺整個地堡彷彿要塌了。

天花板上有一個燈泡被震碎，碎玻璃掉在地面的水灘上閃閃發亮。「往後退！」吉米大喊。他們已經退到發電廠另一頭的牆邊，但不管怎麼退還是覺得不夠遠。地面震得很厲害，站都站不穩。吉米忽然害怕起來，怕這機器會一直往前鑽，穿破整座地堡。他覺得機器好像已經失控了——

接著，那個巨大的鑽頭圓盤終於完全露出來了，像一個尖銳的巨大輪子不斷轉動，隆隆聲迴盪在整個發電廠。天花板上的水泥碎塊紛紛掉落到地面上。接著，震動漸漸減弱了，巨大的金屬摩擦聲也不再那麼刺耳。漢娜趕緊哄那小嬰兒，抱著他晃來晃去，眼睛卻死盯著那個入侵她家的大怪物。

這時候，他們忽然聽到有人在喊叫，從不斷墜落的水泥碎塊後面傳出來。那個大圓盤越轉越慢，最後終於停住了，而上面的小圓盤還繼續轉了一會兒。轉盤穿破堅硬的岩石，磨損的邊緣散發出金屬光芒，看起來像新的一樣，斷裂鋼筋纏在上面，乍看之下有如散落的鞋帶。

整座發電廠忽然陷入一片寂靜，那小嬰兒也不哭了。接著，他們隱約聽到一陣嗡嗡聲和嘩啦啦的聲音，好像是從機器內部發出來的。整個地方只聽得到那聲音。

「哈囉？」

鑽土機旁邊有人在喊叫。

「太棒了，打通了。」另外一個人大喊。是一個女人的聲音。

吉米把艾莉絲揹到背後，艾莉絲緊緊摟住他脖子，腳纏著他的腰。他快步衝向那凹凸不平的大圓盤前面。

那對雙胞胎也跟著跑過去。

「嘿！」瑞克森跟在他後面跑過去，邊跑邊喊。

吉米喘不過氣來，不過，這次不是因為小艾莉絲勒住他脖子，而是因為他意識到有「客人」來了。那是他們不需要畏懼的人。那是他們可以上前歡迎，不需要逃避的人。

他和幾個孩子都感覺到了。他們拚命往前衝，咧開嘴笑著，朝那大怪獸衝過去。

接著，有一雙手從牆面和圓盤中間的裂縫伸出來，然後是肩膀。是一個女人。她從地面下方的裂縫裡爬出來。

她鑽出裂縫，慢慢跪起來，然後站起來，把散落在臉上的頭髮撥到後面。

吉米停下腳步。他和幾個孩子在距離十幾步的地方停下腳步。那是一個女人，一個陌生人，此刻，她就站在他們的地堡裡，面帶微笑，滿身粉塵，灰頭土臉。

「是孤兒嗎？」她開口問。

她的牙齒好亮。雖然她全身髒兮兮，但還是看得出來她很漂亮。她朝他們走過去，邊走邊扯掉手上厚厚的手套，這時候，更多人從裂縫裡鑽出來。她朝孤兒伸出手，小嬰兒又開始哭起來。吉米握住那女人的手，她臉上的笑容令他迷醉。

「我是柯妮。」那女人說。接著，她轉頭看著那幾個孩子，笑容更燦爛了。「妳一定是小艾莉絲對不對？」她揉揉那小女孩的肩頭，結果小艾莉絲反而把孤兒的脖子勒得更緊。

接著，有個男人從裂縫裡鑽出來，全身白得像白紙，頭髮也一樣白。他轉身檢查那個大圓盤。

「茱麗葉呢？」吉米問。他托著背後小艾莉絲的屁股，把她往上抬。

柯妮皺起眉頭。「她還沒告訴你嗎？她到外面去了。」

第二部 外面

19 第十八地堡

茱麗葉站在氣閘室裡，灌進來的氬氣瀰漫在她四周，壓力越來越大，防護衣緊貼在她皮膚上。她完全感覺不到上次被送出去的恐懼，也感覺不到令很多人自願出去的虛幻的希望。在虛幻的夢想和無比的恐懼之間，是一種渴望，渴望看清這個世界，甚至，如果可能的話，渴望讓這個世界變得更好。

氣閘室裡的氣壓越來越高，滿是縐褶的防護衣緊緊壓住她全身的每一處傷疤，感覺彷彿有一萬根針刺在她身上，同時碰觸她全身每一處敏感的部位，彷彿這間氣閘室還記得她，認識她。四周牆上掛著透明塑膠布。在氬氣的高壓下，塑膠布緊貼在管線上，板凳上，形成無數縐褶。她剛剛就坐在那板凳上穿防護衣。就快了。她感到一陣莫名的興奮，還有一種鬆了口氣的感覺。漫長的計劃終於快實現了。

她胸前的口袋裡裝了好幾個採樣罐。她掏出其中一個，打開罐蓋，裝了一點氬氣做參考用，然後把蓋子轉回去。這時候，她聽到一陣熟悉的碰碰聲。那是外閘門漸漸開了。地堡大門開了，高壓氫氣開始往外洩，防止外面的毒氣滲進來。門口形成一片迷霧。

霧氣越來越濃，瀰漫在她四周，高壓在她背後形成一股推力，推著她往前走。茱麗葉抬起腳，跨出第十八地堡厚厚的大門，於是，她又再次來到外面的世界。

那條斜坡通道就和她記憶中一模一樣，一片水泥平面斜斜向上延伸一層樓的高度，到外面的地表。沙塵在斜坡上堆積成一條條橫向小山，山陵線是銳利的，牆面上布滿一條條一塊塊的污泥。過了一會兒，她聽到後面的門碰的一聲關上，一團霧氣衝向天上的烏雲，漸漸消散。茱麗葉開始慢慢走上斜坡。

「妳還好吧？」

頭盔裡迴盪著盧卡斯輕柔的聲音，茱麗葉不禁微微一笑。感覺上，彷彿他也陪她一起出來了，那感覺很美妙。她握緊拳頭，壓住手套裡的感應器，啟動麥克風。

「盧卡斯，從來沒有人死在斜坡上。我很好。」

他悄聲說了聲不好意思，茱麗葉笑得更開心。這次到外面世界的探險，是一次截然不同經驗，因為背後有人支持她。不像從前，她被送出來的時候，地堡裡的人都覺得羞愧，轉身背對著她，不敢看她。

沒多久，她走到斜坡頂端，忽然很強烈的感覺到自己做得對。此刻，她心中毫無恐懼，而面罩上也不再有顯示器的假象，她內心湧現出一種前所未有的感覺：圍牆漸漸消失，眼前豁然開朗，四面八方一望無際的荒野，遼闊無涯的天空，低沈翻滾的雲層，那一刻，心中陡然湧現出一股令人暈眩的激動。此刻，她即將開始探索這個世界，內心的激動令她全身一陣熱。她曾經來到外面這個世界兩次，而這一次卻截然不同。這一次，她有目標。

「我要採第一個樣本了。」她又握起拳頭說。

她從防護衣上抽出另一個採樣罐。就像清洗鏡頭一樣，她這次出來，所有的東西都有編號，不過，步驟不一樣了。接連好幾個禮拜的策劃，接連好幾個禮拜的趕工製作，就為了此刻。她在最上面的地表採樣，動作必須很迅速，而她的朋友則是在最底下挖坑道。她打開罐蓋，把罐子高高舉到半空中，算十秒鐘，然後又蓋上蓋子。罐子上端是透明塑膠蓋，罐裡放了一對橡膠墊圈，罐底內部貼著兩條耐高溫膠帶。茱麗葉在罐蓋邊緣塗上一層蠟，把罐子完全密封。接著，她把編了號的罐子塞進屁股後面的平口袋裡。剛剛在氣閘室裡裝好的採樣罐也在裡面。

這時，無線電裡又傳來盧卡斯的聲音：「氣閘室已經燃燒消毒完畢。尼爾森正在等它冷卻，然後他就會進去。」

茱麗葉轉身看著鏡頭圓丘，忽然有一股衝動想朝它揮揮手，跟地堡裡的人打招呼。此刻，大概有幾十個人正在頂樓大餐廳看大螢幕。她低頭看看胸口，努力釐清思緒，立刻就想到接下來該做的是什麼。

土壤採樣。她離開平台和鏡頭圓丘，走向一片沙土地。那片地面很可能好幾百年都沒有人踩過。她跪下來，內層衣緊緊壓在她腿窩上。她拿出一個淺罐子開始挖土。土很硬，很難挖，所以她先用手撥開表層的土，裝進淺罐子裡。

「表層土採樣完畢。」她又握緊拳頭說。她小心翼翼蓋上罐蓋，在蓋緣塗上一圈蠟，然後放進另一邊屁股後面的袋子裡。

「幹得好。」盧卡斯說。他可能是想幫她打氣，可是口氣中卻藏不住憂慮。

「接下來要採樣深層土。」

她兩手緊緊抓住T形把柄的圓筒柱。那把圓筒柱是她在氣閘室裡現場做的，當時已經穿上防護衣戴上手套。這樣做，是為了要確定她能夠戴手套抓緊圓筒柱。她抓住把柄，圓筒頭用力刺進地面，然後轉動把柄，轉了一圈又一圈，全身的重量壓在手上，讓筒頭能夠穿進硬邦邦的泥土裡。

她用盡全力，兩條手臂開始發抖，額頭開始冒汗，汗水滴到面罩上，形成一小灘水。這時候，一陣毒酸強風猛然吹在她防護衣上，她差點被吹倒。後來，圓筒柱終於鑽得夠深，土面已經碰觸到把柄，那裡貼著膠帶做記號。於是，她站起來，兩腿用力要把圓筒柱拔出來。

圓筒柱拔出來了，有些深層土從圓筒裡掉出來，落回洞裡。她趕緊拿蓋子蓋上圓筒尾端，用力轉緊。這工具是物資區的傑作。她把圓筒放回袋子裡，然後揹起袋子甩到背後，深深吸了一口氣。

「怎麼樣？」盧卡斯問。

她朝鏡頭圓丘揮揮手。「很順利。還剩下兩種樣本。氣閘室準備得怎麼樣了？」

「我去查一下。」

盧卡斯立刻去詢問氣閘室準備工作的進度。她進門之後的步驟必須有所準備。這時候，茱麗葉慢慢走向最近的一座山丘。當初她留下的腳印已經被雨水沖掉，不過她還清楚記得那個路徑。山丘上那條凹槽有如一段階梯，彷彿在呼喚她走上去，斜坡上的兩具骨骸還在原地。

她走到山丘腳下，停下腳步，掏出另一個採樣罐。罐裡有墊圈和耐高溫膠帶。她很輕易就轉開罐蓋，把罐子高高舉在半空中迎著風，想捕捉空氣中的各種物質。據他們所知，這是第一次針對外面的空氣進行測試。從前，每次送人出去清洗鏡頭，資訊區都會一次又一次的做出假報告，而上面的數字都是用來恐嚇地堡的居民，讓他們永遠籠罩在恐懼中。他們說要改善這個世界，他們說外面的世界已經慢慢有所進步，可惜一切都是假的，他們真正的目的就是要讓大家相信外面的世界有多可怕。

那是多麼深沈的陰謀。不過，更令茱麗葉感到驚訝的是，資訊區這套矇騙機制瓦解的速度快到不可思議，而裡面的工作人員都有很強烈的解脫的感覺。看到三十四樓那些工作人員，茱麗葉會聯想起第十七地堡那幾個孩子。他們飽受驚嚇，天真，渴望有大人可以信賴，可以依靠。這次她突然跑出來收集外面的空氣，地堡裡其他人都深感疑懼，不過對資訊區的人來說，這是千載難逢的機會，可以真正研究外面的世界。千百年來，他們一直假裝在做這件事，而現在機會終於來了，他們都迫不及待的全力投入。

該死！

茱麗葉趕緊蓋上罐蓋。剛剛她想得出神，忘了算十秒鐘。剛剛很可能已經超過二十秒了。

「喂，祖兒？」

她立刻握緊拳頭。「怎麼樣？」接著她又鬆開拳頭，蓋上罐蓋，然後看看罐蓋上的號碼。是2沒錯。於是她在蓋緣塗上一圈蠟，放進袋子裡。她暗暗咒罵自己太不專心。

「氣閘室燃燒消毒已經完成了。尼爾森等一下就會進去把東西準備好，等妳回來，不過，他們說氬氣裝填充壓還需要一點時間。妳感覺怎麼樣，還好嗎？」

她專心感覺一下自己的狀況，準備等一下老實回答。她深深呼吸了幾口氣，扭扭防護衣的關節銜接處，抬頭看看天上的烏雲，看看自己的視力和平衡感正不正常。

「沒問題。我很好。」

「好，等一下妳一進來，他們就會放火燒。看起來似乎真的有必要這樣做。剛剛妳還沒開門出去之前，氣閘室裡的空氣資料數據就有點怪怪的。所以，為了以防萬一，尼爾森現在正在內閘門那邊把自己徹底洗乾淨。我們會用最快的速度把所有的東西準備好。」

聽他說這些話，茱麗葉感到有點毛毛的。上次她穿過第十七地堡的氣閘室，那段經歷真是駭人，不過還好沒有後遺症。她只是用腐爛的湯洗防護衣，結果居然也活得好好的。目前，他們會進行這項任務，是因為他們認為外面的空氣沒有想像中那麼糟。放火燒氣閘室，真正的目的是為了要恐嚇地堡居民，不要想從氣閘室走到外面去。事實上，清除空氣中的毒，並不一定要用火燒。對她來說，這次任務最大的挑戰，就是進來之後要如何避免自己被燒傷，同時又不能讓地堡陷入危險。

接著，她忽然又想到還有一種風險，於是又用力握緊拳頭。「還有其他人在上面看嗎？」她問盧卡斯。

「有啊，這裡有很多人都很興奮，都不敢相信這是真的。」

「你趕快清空現場，叫他們趕快下去。」她說。

說完她鬆開手，可是卻沒聽到盧卡斯回答。

「盧卡斯？你聽到了嗎？我要你叫所有的人趕快下去，至少要下四層樓。除了工作人員，任何人不准留在現場，聽到了嗎？」

她又等了一會兒。

「知道了。」盧卡斯說。她聽到耳機裡傳來嘈雜的人聲。「我們正在趕他們下去，叫他們保持冷靜。」

「告訴他們這只是以防萬一，因為氣閘室的空氣數據有點怪怪的。」

「正在安撫他們。」

聽他講話的聲音好像喘得很厲害，茱麗葉忽然想到，但願自己沒有無端引起恐慌。

「現在我要採最後一個樣本了。」她說。她努力集中精神應付手邊的工作。他們已經儘量做了萬全的準備，一切應該會很順利。他們在氣閘室裝了一個臨時空氣偵測器，而未來，她甚至希望能夠在鏡頭圓丘裝上一系列的空氣偵測器，不過，這恐怕只能慢慢來，急不得。她慢慢走近山丘腳下，那裡躺著一個從前出來清洗鏡頭的人。

那具屍體是他們特別挑選的，他叫傑克布蘭特，是九年前送出來清洗鏡頭的。當年，他太太第二次流產之後，他就發瘋了。除此之外，茱麗葉對他所知有限。當初茱麗葉選擇最後樣本的時候，她的原則就是要找一個她最不熟悉的人。

她慢慢走到屍體旁邊。那間老舊的防護衣早就變成深暗的灰色，顏色看起來像泥土，原本的金屬鍍層早就像年代久遠的油漆一樣剝落殆盡，那雙靴子也已經飽受腐蝕，變得很薄，而面罩已經破裂。傑克的手搭在胸口上，兩條腿伸直並排，那模樣看起來像在睡覺，或只是躺在地上看著天空。

茱麗葉抽出最後一個採樣罐。3號罐。她跪到屍體旁邊。看著眼前的景象，她忽然想到，當初要不是史考特、老沃克和物資區的人冒著生命危險幫助她，今天躺在這裡的人很可能就是她。她從採樣罐裡抽出一把刀，在屍體的防護衣上割出一塊四方形，然後用刀挑起樣本放進罐子裡。她閉住氣，緊緊抓著刀子，小心翼翼，免得割破自己的防護衣。接著，她拿刀刺進腐爛的內層衣。屍體防護衣的腹部早就剝落，內層衣一直暴露在空氣中。

這個最後的採樣必須用刀子。她無法確定，屍體內究竟還有沒有爛肉或是化膿的組織，不過她暗暗慶幸，破爛的防護衣底下，屍體是一片黑，看不清楚，不過，看起來感覺像是沙土被吹進屍體裡，混雜著枯骨。

她把樣本放進罐子裡，然後把刀放在屍體旁邊。刀子已經用不著了，而且她也不想繼續冒險戴著手套拿那把刀。她站起來，轉身朝鏡頭圓丘走過去。

「妳還好嗎？」

盧卡斯的聲音聽起來怪怪的，有點悶悶的。這時茱麗葉長長吁了一口氣。她剛剛閉氣太久，頭有點暈。

「我沒事。」

「我們這裡已經快準備好，等著接妳進來。我現在要上樓了。」

她點點頭表示聽到了，一時忘了他還在樓下，距離很遠，可能根本看不到大螢幕，看不到她。

「噢，對了，妳知道我們忘了做一件事嗎？」

她嚇了一跳，轉頭看著鏡頭圓丘。

「什麼事？」她問。「我們忘了什麼？」她開始冒汗，汗水沿著臉頰往下流。她感覺得到頸後的傷疤。那是上次腐爛的防護衣殘骸在她身上留下的疤痕。

「剛剛我們送妳出去的時候，忘了叫妳帶一兩片羊毛布。」盧卡斯說。「鏡頭上已經積了不少污垢。我是想，既然妳要到外面去……」

茱麗葉朝鏡頭狠狠瞪了一眼。

盧卡斯說：「我只是說，呃，妳應該知道，也許妳可以順便擦一下──」

20　第十八地堡

茱麗葉站在斜坡底等候。她回想起上次她也曾經做過同樣的事，站在同樣的地方，手上拿著一大塊膠布。那是孤兒用耐高溫膠帶做成的。當時，她不知道氣氣還能不能撐到閘門打開，不知道自己有沒有辦法撐過等一下要面臨的凶險，活下來。當時，她以為盧卡斯在裡面的氣閘室等他，沒想到最後竟然是和白納德糾纏掙扎。

她努力揮開那些思緒，低頭檢查防護衣的口袋，看看口袋有沒有封好。接下來就要進行消毒了，此刻，她暗自在腦海中演練接下來的每一個步驟。她相信所有的東西都已經準備好了。

「開始。」盧卡斯在無線電裡喊了一聲。他的聲音聽起來還是有點悶悶的，好像很遠。

指令一下達，閘門裡的機械裝置開始嘎吱響，門漸漸打開，一股高壓氬氣立刻從門縫噴出來，茱麗葉立刻衝進那團煙霧裡。一進門，她立刻感覺鬆了一口氣。

「我進來了。我進來了。」她說。

身後的門又碰的一聲關上了。茱麗葉看著內閘門，看到監視窗口裡有一個頭盔，有人在那裡看著她。氣閘室裡已經準備好一張板凳，板凳上有一個密閉的防火箱。那箱子是尼爾森在她出去之後準備的。動作一定要快，氬氣槽會自動啟動噴火。

她拿掉掛在屁股上的兩個袋子，丟到防火箱裡，然後把掛在身上的樣本圓筒柱也拿下來丟進去，然後蓋上箱蓋，上鎖。她穿著防護衣做這些動作，感覺很順手。無數個夜晚，她躺在床上，腦海中不斷演練這些步驟，到後來幾乎已經變成本能。

氣閘室最裡面，有一個大鐵槽，是她自己焊接的。她走到鐵槽前面，抓住鐵槽邊緣。鐵槽不久前剛被火燒過，摸起來還溫溫的，不過尼爾森已經在裡面灌滿了水，溫度已經降低不少。她深深吸了一口氣，然後跨進水槽裡蹲下去。

水淹到她頭盔的位置，這時候，她才第一次感到恐懼。她呼吸開始急促。淹在水裡，那種感覺跟在外面截然不同。水淹到她嘴巴的位置，她感覺到自己彷彿又回到第十七地堡，吸著樓梯板底下的氣泡，感覺得到嘴裡彷彿有一股鐵鏽味。她忽然忘了自己接下來該做什麼。

接著，她瞄到水槽底有把手，立刻伸手去抓，把自己的身體拉到水底。水槽尾端還有另一根把手，她開始把鞋子伸進把手裡，一次一腳。就這樣，她整個人趴著沈在水底，感覺得到整個人已經被水淹沒。水的浮力一直把她的身體往上托，她拚命抓緊把手，抓得手好痠。儘管她的頭盔埋在水底，她還是聽得到滾燙翻湧的水溢出鐵槽邊緣灑到地上，聽得到火焰噴在鐵槽上的聲音。

「三，四，五——」盧卡斯一直在算，而她腦海中忽然又閃過一幕痛苦的回憶，彷彿看到緊急照明燈黯淡的綠光，感覺到胸口的重壓，感覺驚慌失措——

她回想著當時好不容易活著從積水裡冒出水面，彷彿還感覺得到嘴裡的臭油味。

「六，七，八——」

「九，十。燃燒完畢。」他說。

她立刻放開把手，猛踢腳，把鞋子從把手底下抽出來，然後掙扎著要浮出滾燙的水面。隔著防護衣，她還感覺得到水的熱度。她掙扎著跪起來，慢慢站起來。水花四濺，蒸汽瀰漫。她很擔心這個階段拖延太久，空氣中的毒素就越容易附著在她身上，很可能會污染內氣閘室。

接著，內閘門的舵輪把手開始轉動了，她迫不及待衝過去，濕濕的鞋子滑了好幾下，差點摔倒。快點，快點，她內心暗暗吶喊。

接著，門底下開了一道縫，她壓低身體想擠過去，沒想到滑了一跤，整人撞上門框。接著她開始往裡面爬，好幾隻戴著手套的手抓住她，把她拖進去，然後，門又碰的一聲關上了。

尼爾森和蘇菲亞已經拿著刷子在等她。他們兩個從前都是防護衣技師。旁邊有一桶藍色的中和劑，他們把刷子泡進桶裡，然後把茱麗葉全身刷洗乾淨，接著，兩個人開始互相刷洗對方的身體。

茱麗葉轉身背對他們，叫他們把她背後也刷乾淨。接著她走到桶子旁邊，自己又刷洗了第三次，然後繼續幫蘇菲亞刷洗防護衣。這時候，她赫然發現防護衣裡的人並不是蘇菲亞。

她握緊拳頭啟動麥克風。「盧卡斯，你怎麼會在這裡？」

盧卡斯聳聳肩，表情顯得有點不好意思。她猜，他一定是不忍心讓別人冒生命危險，或是想親自到閘門口待命，以防萬一。茱麗葉不怪他，因為換成是她，她也會做同樣的事。

接著他們開始清洗內氣閘室，這時候，彼得貝爾寧和另外幾個人在保安官辦公室裡看著他們。中和劑的泡泡在氣閘室裡滿天飛，慢慢飄向送風口。現在，空氣開始灌進隔壁的氣閘室。這間內氣閘室是他們臨時搭建的，尼爾森正在刷洗天花板。他們故意把天花板搭得很低，裡面的空間比較小，空氣比較少，很容易清理。茱麗葉打量著尼爾森的臉，想看看他有沒有什麼異樣的表情。他被關在內氣閘室裡，而且很費力的刷洗，滿頭大汗，滿臉通紅，不知道會不會抱怨。

「隔絕設施做得很完美。」貝爾寧用辦公室的無線電對她說。茱麗葉抬起手在脖子前面畫了一下，握住拳頭，指示尼爾森和盧卡斯。他們兩個點點頭，又回去繼續刷洗。新的空氣開始從大餐廳裡灌進來，他們再次互相刷洗對方的身體。這時候，茱麗葉終於感覺到自己已經回來了，回到裡面了。他們辦到了。沒有被火燒傷，沒有污染。現在，他們終於有希望可以獲取更多資訊。

貝爾寧的聲音又迴盪在她頭盔裡。「剛剛妳在穿防護衣的時候，我們怕妳分心，不敢告訴你。半個鐘頭前，他們已經挖通坑道了。」

茱麗葉忽然感到一陣興奮，但又夾雜著一絲愧疚。她本來應該要在底下的。時間掌握得真糟糕，不過實在沒辦法，頂樓這邊情勢緊迫，他們必須搶時間趕快完成這項任務。過了一會兒，她漸漸又高興起來，因為孤兒和那幾個孩子終於得救了，終於擺脫了長期的悲慘命運。

內氣閘室的內側門是一大片玻璃，那是浴室給她的靈感。過了一會兒，那扇門開了，而背後的大氣閘室裡忽然亮起刺眼的強光，監視窗口一片通紅。裡面再次噴火消毒，火燒到牆上，剛剛濺到地面的水漬瞬間蒸發，水槽裡的水也滾燙沸騰。

茱麗葉朝另外兩個人揮揮手，要他們離開那間新氣閘室。這時候，她用一種警覺的眼神看著外面的大氣閘室，心中思潮起伏。她回想起，一切就是從那裡開始的。盧卡斯朝她走過來，拖著她一起走出門口，走進羈押室，然後他們開始脫掉身上的防護衣，穿著內層衣再沖洗一次。然後，她脫掉溼透的內層衣，這時候，她滿腦子想的就是板凳上那個密封的防火箱。但願裡面的東西值得她這樣冒險。裡面的東西，是很多殘酷問題的答案。但願箱子裡的東西安然無恙。

21 第十七地堡

巨大的鑽土機一動也不動。先前挖通牆面的時候，天花板落下漫天煙塵，而現在都已經塵埃落定。巨大的鑽頭和轉盤曾經在岩層中摩擦，被磨得閃閃發亮。不過，除了轉盤的部份，鑽土機前頭的大圓盤上沾滿了泥土和斷裂的鋼筋。這裡是第十七地堡內部，而牆上那黑漆漆的裂縫連接了兩個世界。

從另一個世界來的陌生人不斷從裂縫走進來。吉米一直看著他們。他們個個虎背熊腰，滿臉黑鬍子，笑的時候露出一口黃牙。他們一直打量著天花板上生鏽的水管，地面上的小水灘，還有巨大的發電機。很久以前，那機器曾經是這地堡的心臟，曾經發出隆隆巨響，充滿生命力，而如今卻是一動也不動，一片死寂。

他們輪流拍拍吉米的手，叫他一聲孤兒，然後也拍拍那幾個嚇壞的孩子。他們告訴他，祖兒要他們代替她問候他。接著，他們調整了一下頭盔上的照明燈，射出一道道黃澄澄的光束，照亮了吉米的家。

小艾莉絲緊緊抱住吉米的大腿，看著另外一群礦工和機電工從裂縫裡走出來。那些人還帶了兩條狗。那兩隻狗經過小水灘的時候，鼻子還湊過去聞一聞，而且還湊近小艾莉絲，在她身上嗅了半天，然後才跟著那群人走了。艾莉絲嚇得渾身發抖。柯妮交代了那群人幾句，然後又朝吉米和幾個孩子走過來。吉米一直看著她。她是茱麗葉的朋友，頭髮比茱麗葉更漂亮，五官更鮮明，雖然身材不像茱麗葉那麼高，可是那股剽悍的氣勢卻是一模一樣。吉米有點好奇，不知道另外那個世界的人是不是都像那樣：男人都是滿臉大鬍子，全身髒兮兮，而女人都很兇悍，很聰明。

瑞克森忙著追那兩個雙胞胎，而漢娜則是忙著哄小嬰兒睡。柯妮拿了一把手電筒給吉米。

「手電筒不太夠，沒辦法給你們一人一把。」她說。「所以你們儘量靠在一起，不要走散了。」她抬起手按在自己頭頂上。「坑道夠高，不過要注意，不要撞到支柱，還有，地面不太平，所以慢慢走，儘量靠近坑道中央。」

「可不可以讓我們留在這裡，請你們的醫生過來？」瑞克森問。

漢娜瞪了他一眼，搖搖小嬰兒。

「我們要帶你們去的地方比較安全。」柯妮打量著四周潮濕腐蝕的牆壁，而她那種眼神讓吉米看了很不舒服。這裡畢竟是他的家。到目前為止，他覺得和柯妮相處得還不錯，不希望她瞧不起他的家。

瑞克森瞄了吉米一眼，那神情彷彿他不認為另外一邊會比較安全。吉米知道他在怕什麼。他曾經聽兩個雙胞胎說，他們聽到瑞克森和漢娜在說悄悄話。一旦到了那邊，漢娜必須在嘴唇上植入避孕晶片，就像她媽媽那樣。而瑞克森會被指派到某樓層去工作，沒辦法和家人在一起。那對小夫妻跟吉米一樣，很提防這些大人。

儘管害怕，他們還是乖乖戴上那些人給他們的頭盔，緊挨著彼此，一起擠進那道裂縫。從鐵盤邊緣經過之後，眼前出現一個大坑道，感覺很像土耕區的「荒野」關燈之後的模樣。不過，差別在於這個坑道比較冷，講話會有回音，和「荒野」不一樣。吉米走在前面，拚命想追上柯妮，而幾個孩子則是拚命想追上他，這時候，他們覺得自己彷彿快要被這個土坑吞沒。

接著，他們走進一扇鐵門，走進機器內部，穿越長長的機身往後面走。裡面感覺比較暖。他們沿著一條窄窄的通道往前走，迎面有很多人走過來，和他們擦身而過，後來，他們終於走到另一扇門，走出門口，回到坑道裡。很多人互相大喊大叫，有男有女，他們忙著搬運一堆堆的石塊土屑，頭盔上的燈光照來照去。坑道兩邊是成堆的石塊土屑，堆得很高，到坑道頂端就陷入一片漆黑。他們聽得到石塊土屑嘩啦啦滑動的聲音。兩邊的土石堆中間夾著一條窄窄的通道，工人排成一列往前走，他們身上全是土味和汗臭味。坑道中間有一塊大石頭，差不多有吉米那麼高，擋住去路，他們必須從旁邊繞過去。

沿著直線的方向往前走，那種感覺很怪。他們就這樣一直走，一直走，一路上都不會碰到牆壁，不需要轉彎。這種感覺很不正常。整個坑道一片漆黑，偶爾會出現燈光，令人心生畏懼，而更可怕的是前後左右那種空蕩蕩的感覺，彷彿巨大的黑洞會吞噬他們。那種感覺，比坑頂飄降下來的沙塵更可怕，比土石堆上滾落下來的石頭更可怕。黑暗中，他們偶爾會和那些陌生人擦身而過，黑暗中，坑道中央的鐵柱偶爾會突然出現在他們面前，但這一切還是不會比那種空蕩蕩的感覺更可怕。就這樣一直走一直走，那種感覺實在非常怪異。同一個方向，一直走，一直走，永無止境。

吉米很習慣爬螺旋梯上上下下，感覺很自然。可是這個坑道卻完全不一樣。但他還是繼續走，一路上經過兩邊堆積如山的土石，沿著狹窄的通道搖搖晃晃踩過滿地的碎石，和那些工人擦身而過，聽他們互相大喊，看著他們頭盔上的燈光在黑暗中交織晃動。一路上，他們偶爾會追上某些工人，他們有的扛著機器零件，有的扛著長長的鋼樑。那些鋼樑是從第十七地堡搬出來的。吉米很想跟他們說些話。小艾莉絲啜泣著說她很害怕。吉米把她抱起來，讓她摟著他的脖子。

坑道彷彿永無止境，不過，後來他們遠遠看到一小片四方形的光，那裡應該是盡頭了。然而，就算已經看到盡頭，他們還是必須走很遠，那塊光才會稍微大一點。吉米忽然想到，當初茱麗葉就曾經在外面走了這麼遠，現在看來，她經歷了這麼艱困的旅程，竟然還能活下來，真是不可思議。他必須一再提醒自己，她真的辦到了，真的還活著，因為他用無線電和她說過話，說過幾十次。當時她說要找人來救他們，結果，她真的信守諾言，真的回來救他們了。現在，兩個世界合而為一了。

接著，坑道中央又出現另一條鋼柱，他拿著手電筒往上照，看到鋼柱上撐著橫樑。偶爾會有碎石從上面墜落，這時候，他開始很積極的跟上柯妮的腳步，不像剛剛那麼不情願了。他快步往前走，急著走向前面那充滿希望的光，忽然忘了他的家在後面，忘了他要去的是什麼樣的地方。此刻，他滿腦子想的就是趕快離開這隨時可能崩塌的地底坑道。

這時候，後面遠處忽然傳來一陣崩裂聲，接著是一陣岩石滑動滾落的轟隆聲，很多工人大喊，叫大家趕快閃開。漢娜立刻往前衝，從他旁邊衝過去，他趕緊把艾莉絲放下來，於是艾莉絲也跟著雙胞胎快步往前衝，在柯妮頭盔燈的光束中若隱若現。一整排的工人從他旁邊衝過去，每個人都回頭看後面，頭盔上的燈照向吉米家的方向。他本能的伸手摸摸胸口，看看鑰匙在不在。離開伺服器房之前，他特別把鑰匙掛到脖子上，現在，他的家已經沒有人可以守護了。然而，他感覺到那些孩子很害怕，想到這裡，不知道為什麼他忽然堅強起來。他不像他們那麼害怕了。他一定要堅強起來，這是他的責任。

接著，他們終於來到坑道盡頭，那兩個雙胞胎搶先衝出去。坑口有一大群模樣粗魯的工人，他們都穿著深藍色的工作服，膝蓋上的補丁油膩膩髒兮兮，胸前都披著皮圍兜，上面插滿了工具。有人臉上沾了水泥粉塵，一片蒼白，有人臉上沾著煤灰，一片漆黑。他們個個都瞪大了眼睛。吉米跑到坑口，忽然停下腳步，讓瑞克森和漢娜先出去。當漢娜抱著小嬰兒出現，所有人都忽然停下手邊的工作。有個女人往前跨了一步，伸手想去摸那小嬰兒，可是柯妮揮揮手叫她別過來，叫其他人回去工作。已經有人告訴過吉米，茱麗葉還在頂樓，可是吉米還是不由自主的掃視人群，想尋找茱麗葉的蹤影。小艾莉絲又求他抱她，兩隻小手舉得高高的。吉米大腿屁股有點痛，但他還是把背包甩到旁邊，把她抱起來。艾莉絲脖子上掛了一個小揹袋，裡面放著沉甸甸的書，那些書一直撞上吉米的肋骨。

他跟在幾個孩子後面往前走，兩邊站著整排的工人，每個人都目瞪口呆，有人扯著鬍子，有人搔著腦袋，他們看著他，那種表情，彷彿他是神話世界來的。內心深處，吉米忽然覺得到這裡來是一個嚴重的錯誤。現在，兩個世界合而為一，可是兩個世界卻是截然不同。這裡的世界充滿力量，燈火通明，住滿了男男女女的大人，有一種異樣的氣味。這裡的機器嗡嗡運轉，不像他的地堡裡那樣一片死寂。此刻，他內心一陣驚慌，忽然感覺自己不再是個老人，而是一個十幾歲的孩子，和其他那幾個孩子一樣感到恐懼。他走出坑道的陰影，離開了一個死寂的世界，來到這個有很多人的明亮的地方。一個新的家。

22 第十八地堡

他們已經幫那幾個孩子準備了一間小臥鋪房，另外在走廊盡頭幫吉米準備了一間單人房。小艾莉絲不喜歡他們這樣安排，她兩手緊緊抓住吉米的手。柯妮告訴他們，她已經叫上面派人送食物下來，吃完飯就可以洗澡。房間裡的一座臥鋪上擺著一堆乾淨的工作服，一塊肥皂，幾件破舊的兒童服。不過，在吃飯之前，她先介紹了一個人給他們認識。那個人很高大，穿著粉紅色的工作服。吉米隱約記得那種服裝。

「我是尼寇爾斯醫師。」那個人和吉米握握手。「我想，你應該認識我女兒。」

吉米聽不太懂他說什麼，可是過了一會兒，他忽然想到茱麗葉的姓就是尼寇爾斯。接著，那個人開始幫他檢查眼睛，檢查嘴巴，這時候，他裝出一副很勇敢的樣子。接著，醫師拿著一小塊鐵片壓在吉米胸口，鐵片上有管子接到他耳朵上，他聽得很專心。他忽然覺得眼前的景象似曾相識，那是他小時候的記憶。

醫師叫吉米深呼吸，吉米乖乖吸了一口氣。幾個孩子一臉憂慮的看著他們，他忽然意識到他必須當孩子們的榜樣，要勇敢，要表現出正常的樣子。他差點笑出來，差點忘了醫師叫他深呼吸。

艾莉絲自告奮勇要接著讓醫師檢查。尼寇爾斯醫師跪到她面前，看看她嘴裡缺了一顆牙的位置，邊看邊問艾莉絲有沒有看過小精靈。艾莉絲搖搖頭，說她從來沒看過。然後，醫師掏出一枚硬幣給她。這時候，那兩個雙胞胎立刻爭先恐後搶著要給醫師檢查。

「真的有小精靈嗎？」邁爾斯問。「我們在土耕區聽到過奇怪的聲音，我們就是在那裡長大的。」

馬克思朝他弟弟做了個鬼臉。「有一次我真的看到小精靈。」他說。「還有，我小時候掉了二十顆牙齒。」

「真的？」尼寇爾斯醫師問。「來，嘴巴張開笑一個。對，就是這樣。好，嘴巴張大一點，你剛剛說二十顆牙齒對嗎？」

「嗯，嗯。」馬克思擦擦嘴。「後來所有的牙齒又都長出來了，只差一顆。那是被邁爾斯打掉的。」

「不小心的啦。」邁爾斯抱怨了一句，然後撩起衣服，要醫師聽聽他的呼吸。吉米注意到瑞克森和漢娜兩個人擠在一起抱著嬰兒，看著醫師檢查。另外，他也注意到，尼寇爾斯醫師在檢查兩個小男孩的時候很不專心，眼睛一直瞄向漢娜懷裡的小嬰兒。

那對雙胞胎檢查完畢之後，也各拿到了一枚硬幣。「硬幣是雙胞胎的幸運符。」尼寇爾斯醫師說。「很多父母都會在枕頭下面擺兩枚硬幣，希望能夠生出兩個像你們一樣健康的男孩子。」

那對雙胞胎咧開嘴笑起來，然後拿著硬幣仔細打量，看看有沒有磨損的人像，或是殘缺不全的刻字，證明這是真的硬幣。「瑞克森從前也是雙胞胎。」邁爾斯說。

「哦？」尼寇爾斯醫師立刻轉頭看著瑞克森和漢娜。他們並肩坐在下層臥鋪上。

「我不想被植入晶片。」漢娜冷冷的說。「我媽媽有植入晶片，可是後來被人用刀子割開拿出來了。我不想被人拿刀割。」

瑞克森立刻一手摟住她，緊緊摟住。他瞇起眼睛打量著醫師，吉米忽然有點緊張。

「我不會幫妳植入晶片。」尼寇爾斯醫師輕聲說，可是吉米注意到他朝柯妮使了個眼色。「我可以看看妳的孩子嗎？我想幫他檢查一下心跳。我只是想確定他健不健康——」

「怎麼會不健康？」瑞克森忽然挺起胸膛。

尼寇爾斯醫師打量了他一下。「你見過我女兒，對不對？茱麗葉。」

他點點頭。「見過，可是時間不長。」他說。「她很快就走了。」

「呃，是她拜託我下來的，因為她很關心你們的健康。我是醫師，專門看小孩子的，特別是小嬰兒。我覺得你們的孩子看起來很健康很強壯，我只是想確定一下。」尼寇爾斯醫師舉起聽診器尾端的鐵片，放在手掌心。「你們看，這樣鐵片就會溫溫的，我檢查的時候，你們的孩子甚至不會有感覺。」

吉米揉揉胸口。剛剛醫師聽他呼吸的時候，怎麼沒有先幫他把鐵片放在掌心溫一溫？

「我也可以拿到硬幣嗎？」瑞克森問。

尼寇爾斯醫師笑了一下。「我給你點數幣好不好？」

「點數幣是什麼？」瑞克森問。這時候，漢娜已經調整坐姿，準備讓醫師看看她的小嬰兒。

醫師開始檢查的時候，柯妮忽然伸手拍拍吉米肩膀。吉米轉頭看著她，看她想做什麼。

「茱麗葉交代過，只要你們一過來，我就要馬上打電話給她。我出去一下，很快就會回來照顧你們——」

「等一下。」吉米說。「我想跟妳去。我也想跟她說話。」

「我也要去。」小艾莉絲緊緊抱住吉米大腿。

柯妮皺起眉頭。「好吧。」她說。「不過，動作要快一點，因為你們需要吃東西，需要徹底重新裝扮。」

「什麼重新裝扮？」艾莉絲問。

「如果你們想到上面去，看你們的新家，那你們就必須重新裝扮。」

「我們的新家？」吉米問。

可是柯妮已經轉身走開了。

吉米趕緊衝出門口，沿著走廊跟在柯妮後面。艾莉絲抱著她的小揹袋，揹袋裡是她那本很重的剪接書。她緊挨在吉米身邊跟著走。

「她說的新家是什麼意思？」艾莉絲問。「我們什麼時候要回我們真正的家？」

吉米搔搔鬍子，不知道該騙她還是說真話。他很想告訴她：我們可能永遠回不了家了，而且，不管我們最後在哪裡，也永遠不會再有家的感覺。

「我想，這裡就是我們的新家了。」他強忍著哽咽對她說。他伸出滿是皺紋的手搭在她小小的肩上，感覺她是如此的脆弱，怎麼承受得了殘酷真相？「這裡會是我們暫時的家，等他們把我們的老家修理好。」說著他瞄瞄走在前面的柯妮。柯妮並沒有回頭看他們。

艾莉絲忽然停下腳步，站在走廊中間，撇開頭。過了一會兒，她回過頭來。在機電區昏暗的燈光下，她眼中閃爍著晶瑩的淚光。吉米正想叫她不要哭，柯妮忽然蹲下來叫艾莉絲過去。艾莉絲不肯過去。

「妳想不想跟我們去呼叫茱麗葉，用無線電跟她說話？」柯妮問。

艾莉絲咬了一下手指，然後點點頭，一滴眼淚沿著臉頰滾下來。於是，她又抱住裝書的袋子，這時候，吉米忽然回想起從前，很多小孩子也是同樣的姿勢抱住洋娃娃。

「等我們用過無線電，洗完澡換好衣服，我會去儲藏室拿一些米布丁來給妳吃。妳喜歡布丁嗎？」

艾莉絲聳聳肩。吉米很想告訴她，這幾個孩子從來沒吃過布丁，而他自己甚至連聽都沒聽過，不過現在，他倒很想吃吃看。

「那我們就一起去打無線電給茱麗葉。」柯妮說。

艾莉絲啜泣著點點頭。她拉住吉米的手，仰頭看著他。「米布丁是什麼？」她問。

「妳一定會很驚喜。」吉米說。這次他百分之百說的是實話。

柯妮帶著他們沿著走廊繞過一個彎道。接下來，他們拐了好幾個彎，這時吉米立刻回想起他那潮濕黑暗的老家。這個迷宮般的地方似曾相識，差別只在於，這裡的油漆是新的，燈火通明，電線很整齊，飄散著一股新潤滑油的味道。過去這兩個禮拜來，他一直在探索另一座迷宮，那裡到處都是生鏽的東西。兩個地方幾乎一模一樣。他彷彿感覺到腳底下踩著一灘灘的積水，聽得到抽水機的嗡嗡聲。他曾經用抽水機抽乾了水槽。但此刻，他真的聽到腳邊有聲音。一陣洪亮的吠聲。

艾莉絲忽然驚叫起來，那一剎那，吉米還以為自己不小心踩到她，不過當他仔細一看，他看到他腳邊有一隻棕色的大老鼠，後面長著很可怕的尾巴。那隻老鼠一直叫，一直繞圈圈。

吉米嚇得心臟差點停了。艾莉絲尖叫個不停，可是後來，他赫然發現是他自己在尖叫。艾莉絲緊緊抱住他的腿，他沒辦法轉身跑。這時候，柯妮大笑起來，邊笑邊彎腰，把地上那隻大老鼠抱起來。吉米看到這一幕，嚇得差點昏倒。那隻大老鼠一直踢柯妮的下巴，這時候，吉米才想到那不是老鼠，是一隻狗。一隻小狗。小時候，他曾經在地堡中段樓層看過大狗，可是從來沒看過小狗。艾莉絲發現那種動物其實並不可怕，立刻放開吉米的大腿。

「是一隻貓！」艾莉絲大叫一聲。

「那不是貓。」吉米說。他知道貓長什麼樣子。

柯妮還在笑他，這時候，有年輕人快步繞過轉角，氣喘吁吁，顯然他是聽到吉米駭人的尖叫聲，立刻趕過來。

「找到了。」他從柯妮手上抱回那隻狗。那隻狗趴在他肩膀上，伸出爪子想抓他，想咬他的耳垂。「該死。」那個工人立刻用力一拍，把小狗的臉推開，然後抓住牠脖子後面，把牠提在手上。小狗四隻腳在半空中揮舞，拚命掙扎。

「還有別的嗎？」柯妮問。

「同一窩的。」那個人說。

「康納好幾個禮拜前就應該把牠們『弄掉』的不是嗎？」

那個人聳聳肩。「康納一直在挖那個要命的坑道，不過我會去找他，叫他來處理。」他朝柯妮點點頭，然後就循原路走了。那隻狗被他提在手上，還是拚命掙扎。

「嚇到你了。」柯妮笑著對吉米說。

「我還以為是老鼠。」吉米說。他還記得底層土耕區那一大群老鼠。

「當初有很多物資區的人到底下來防守，他們把狗帶進來，結果後來狗越來越多，多到嚇死人。」柯妮說。她帶著他們沿剛剛那個人走的方向走過去。艾莉絲偶爾會走在前面。「從那時候起，牠們就一直生小狗，越生越多。我自己就在抽水機房找到了一窩小狗，就在熱交換器底下。幾個禮拜前，還有人在工具櫃裡找到了一窩。看樣子，可能很快就會在自己床上找到一窩小狗。真要命。那些狗整天就是吃喝拉撒睡，搞得這裡到處都是狗屎狗尿。」

吉米忽然想到自己小時候住在伺服器房，吃豆子罐頭，在排水孔蓋上大便。怎麼可以痛恨活生生的動物……活著就是這樣，不是嗎？

這時候，前面的走廊已經快走到底了，艾莉絲忽然往左邊衝過去，好像在找什麼。

「沃克的工坊在這邊。」柯妮說。

艾莉絲忽然回頭看了一眼。某個地方好像聽到小狗在吠，她立刻轉身循著那個聲音跑過去。

「艾莉絲！」吉米大喊。

她衝到一扇開著的門前，探頭進去看，然後立刻衝進去。柯妮和吉米也立刻追過去。

後來，他們繞過轉角，發現艾莉絲站在一口裝零件的板條箱前面，而剛剛走廊上那個人正把什麼東西放進箱子裡。艾莉絲攀著木箱邊緣，彎腰探進去。箱子裡傳來狗吠聲和抓木箱的聲音。

「小朋友，小心。」柯妮趕緊跑過去。「牠們會咬人。」

艾莉絲轉頭看著吉米，她手上抱著一隻小狗，小狗伸出粉紅色的舌頭。

「放回去。」吉米說。

柯妮伸手要去抱那隻狗，可是那年輕人動作更快，已經一把抓住小狗頸後，把牠提起來，丟回箱子裡，然後立刻碰的一聲蓋上箱蓋。

「不好意思，老大。」他用腳把箱子踢到一邊，小艾莉絲在一邊唉聲嘆氣。

「是你餵牠們吃東西的嗎？」柯妮問。她伸手指向一個滿是狗大便的舊盤子。

「我對天發誓，不是我。是康納餵的。這些都是他養的那隻母狗生的。妳也知道，他很寶貝他的狗。妳交代的事，我已經告訴過他，可是他一直拖。」

「這個我們等一下再討論。」柯妮眼睛一直瞄著小艾莉絲。吉米感覺得到，她不想在小孩子面前討論大人該做的事。「來吧。」她帶吉米走出門，回到走廊，而吉米則是把牢騷不停的艾莉絲拖出來。

23 第十八地堡

他們終於到了。那房間裡有一股怪味道，但卻是他很熟悉的味道。那是電子零件發熱的味道，很像運轉中的伺服器，另外，還有男人很久沒洗澡身上的味道。對吉米來說，那就像家的味道，就像他從前身上的味道，甚至連聲音聽起來都很熟悉。他聽到嘶嘶的靜電雜訊，那是他熟悉的、無線電特有的聲音。他跟著柯妮走進那房間，裡面到處都是工作檯，還有東一堆西一堆的零件，有些是進行中的，有些是放棄的，很難分得清是哪一種。

門邊的櫃台上滿是散落的電腦零件，吉米忽然想到，要是他爸爸看到這種景象，一定又是一頓教訓。有一個男人坐在房間最裡面的長板凳上，身上穿著皮罩袍，手上拿著一根冒煙的金屬棒，胸前有數不清的口袋，插滿了工具，滿臉雜亂的鬍鬚，眼中流露出一種熱切的神色。吉米一輩子沒看過這樣的人。

「柯妮。」那男人喊了一聲，把含在嘴裡的一截銀色金屬線拿掉，放下手上的金屬棒，然後揮揮手想揮開瀰漫著眼前的煙。「妳送晚餐來嗎？」

「吃中飯的時間都還沒到呢。」柯妮對他說。「我帶茱麗葉的朋友來看你。他們是從另外一座地堡來的。」

「另外一座地堡。」老沃克挪挪一隻眼睛前面的放大鏡，瞇起眼睛打量了一下。然後慢慢站起來。「我們說過話。」他伸手在屁股上擦一擦，然後伸出手。「你是孤兒，對吧？」

吉米往前跨了一步，和沃克握握手。兩個人各自咬咬嘴邊的鬍子，打量著對方。「我比較喜歡人家叫我吉米。」他終於說。

老沃克點點頭。「對，對，沒錯。」

「我是艾莉絲。」她揮揮手。「漢娜都叫我百合，可是我不喜歡人家叫我百合。我喜歡艾莉絲。」

「這名字很好聽。」老沃克說。他扯著鬍子，往後退了一步，仔細打量她。

「他們想跟祖兒說話。」柯妮說。「而她也交代過，等他們一到，我就要打電話給她。她……一切都順利嗎？」

老沃克剛剛似乎有點恍惚，猛然驚醒過來。「什麼？噢，噢，對了。」他拍了一下手。「好像一切都很順利。她已經進來了。」

「她去外面幹什麼？」吉米問。他知道祖兒一直在忙某件事，可是不知道是什麼事。她不想在無線電裡討論她的計劃，因為她怕會被人聽到。

「顯然她是去看看外面有什麼東西。」沃克說，接著嘴裡好像又在嘀咕著什麼，眼睛一直瞄向工坊門口，皺著鼻頭。他顯然不相信有人去某個地方會是基於這樣的理由。這時工坊裡忽然陷入短暫尷尬的沈默，過了一會兒，他低頭看著工作檯，兩手抬起一具外型非常奇特的無線電，上面有很多轉鈕和轉盤。「來，我們來看看這東西能不能用。」他說。

他呼叫茱麗葉，不過回答的人並不是她，這個人要他們等一下。沃克把無線電麥克風遞給吉米，吉米伸手接過去。無線電怎麼用，他比誰都熟。

這時無線電忽然傳出聲音：「喂?喂——」是茱麗葉的聲音。吉米立刻按下通話鈕。

「祖兒?」他抬頭看看天花板，這才真正意識到她在上面的某個地方，兩個人終於又在同一座地堡裡了。「祖兒，是妳嗎?」

「孤兒!」不過他並沒有糾正她。「你和沃克在一起對不對?柯妮在嗎?」

「在。」

「太好了。太好了。真對不起，我沒在現場。我會儘快到下面去。他們正在土耕區那邊準備一個地方讓孩子們住，那裡比較像他們原來的家。目前我要……要先做完這個小計劃。應該再幾天就可以弄好了。」

「沒關係。」吉米說。他朝柯妮笑了一下，笑得有點緊張，忽然覺得自己又變得像小孩子一樣。其實，他覺得幾天就像一輩子那麼漫長。他想趕快看到祖兒，要不然就趕快回家，或者，和祖兒一起回家，那更好。「不過，別弄太久。」

這時無線電傳來一陣靜電雜訊，茱麗葉似乎在想什麼。「不會啦，我保證。你看過我爸爸了嗎？他是醫生。我拜託他到底下幫你和幾個孩子檢查一下。」

「我們見過他了。他在底下。」吉米低頭看著艾莉絲，她正扯著他的衣服，要拉他去門口，可能是迫不及待想去吃米布丁。

「那好。剛剛你說柯妮就在旁邊對不對？麻煩你把麥克風拿給她好嗎，我想跟她講幾句話。」

吉米把麥克風遞過去，發現自己的手在發抖。柯妮接過麥克風。茱麗葉好像跟柯妮提到什麼大樓梯，而柯妮則是告訴她挖坑道的狀況。茱麗葉好像叫他們把無線電送上去給她用，接著，兩個人忽然開始爭執起來，好像提到她爸爸為什麼沒有到頂樓去待命，看看她和一個叫尼爾森的人有沒有問題。她們說的，吉米大多聽不懂。他努力想聽她們在說什麼，可是卻沒辦法專心。過了一會兒，他忽然發現艾莉絲不見了。

「那孩子跑哪兒去了？」他問。他彎腰探頭看看工作檯底下，可是卻只看到一大堆零件和破破爛爛的機器。他站直身體，走到一座高櫃子後面看看。現在實在不是玩捉迷藏的時候。他看看裡面的牆角，心裡湧現一陣驚慌。當初在第十七地堡，艾莉絲就常常無緣無故消失。她很容易分心，只要一看到什麼亮晶晶的東西，或是聞到什麼水果的香味，她就不見了……而這裡，到處都是陌生人。吉米在工坊裡跑來跑去，一下看看長凳底下，一下又看看放滿東西的櫃子後面。在那片刻，他聽得到自己怦怦的心跳聲。

「她只是——」老沃克開口想說什麼。

「我在這裡啊。」艾莉絲喊了一聲。她就站在門口的走廊上揮著手。「我們可以回去找瑞克森了嗎？我好餓。」

「哦，對了，剛剛我說要帶妳去吃米布丁。」柯妮笑著說。她已經和茱麗葉說完話了。剛剛她沒有注意到吉米那種驚慌失措的模樣。她走向門口，把那具奇怪的無線電拿給吉米。「祖兒叫我把這個拿給你。」

吉米很興奮的拿過來。

「她說她大概還要再一兩天，不過她說她會到底層的土耕區找你們，看看你們的新家。」

「我真的好餓。」艾莉絲不耐煩的大喊。吉米笑起來，叫她要有禮貌，不過，他自己也餓得胃咕嚕咕嚕叫。他走到外面的走廊上，看到她從袋子裡拿出那本紀念冊，緊緊抱在胸前。有些彩色的書頁還沒黏好，歪歪扭扭從紀念冊邊緣露出來。

「跟我來。」柯妮帶著他們沿著走廊往前走。「你們一定會愛死珍媽的米布丁。」

吉米完全相信她說的話。他快步跟在柯妮後面，急著想去吃東西，然後去找祖兒。小艾莉絲跟在他後面，慢條斯理的走著，懷裡抱著那本大書，嘴裡好像悄悄哼著什麼歌，而她的袋子裡發出嘩啦啦的聲響，彷彿也正跟她一起唱。

24 第十八地堡

茱麗葉走進氣閘室去拿樣本。她還感覺得到先前燃燒的溫度，不過，也可能只是她的錯覺。說不定那只是因為她防護衣裡溫度升高，或是因為她看到那個防火箱，興奮得渾身發熱。防火箱就在板凳上，箱子邊緣被火燒得褪色。

她用手套掌心去摸箱子，發現手套並沒有被融化黏在箱子上。摸起來涼涼的。先前那一個鐘頭裡，她把自己徹底刷洗乾淨，換上新的防護衣，接著又把兩間氣閘室都徹底洗乾淨，而現在，裝滿線索的箱子就在眼前了。箱子裡裝著外面的空氣，外面的泥土，還有別的樣本。說不定，這些線索可以告訴他們，外面的世界究竟出了什麼問題。

她拿起箱子，走出內氣閘室。其他人就在外面等著她。他們已經準備了一個很大的箱子，外面包著一層鉛皮，邊緣轉軸是密封的，裡面有襯墊。茱麗葉把採樣罐放進去，蓋上箱蓋。接著，尼爾森在箱蓋接縫的地方黏上一層填充劑。盧卡斯幫茱麗葉脫掉頭盔，那一剎那，她才發現自己氣喘吁吁。穿防護衣已經開始讓她覺得受不了了。

她脫掉防護衣，彼得貝爾寧關上兩間氣閘室的每一扇門。過去這個禮拜來，他位於大餐廳隔壁的這間辦公室已經變成工坊，茱麗葉感覺得出來，他巴不得大家趕快把東西搬走。茱麗葉答應過他，會儘快拆掉內氣閘室，不過，那恐怕還要拖很久才有辦法執行。目前，她最想趕快知道的，是她從外面帶進來的那一罐罐空氣裡究竟有什麼玄機，而要把那些東西送到三十四樓的防護衣實驗室，還有很長的一段路要走。

尼爾森和蘇菲亞走在前面，疏散來來往往的人，清空樓梯井。茱麗葉和盧卡斯跟在後面，一個人一手抬著箱子，一前一後，看起來活像兩個運送員。茱麗葉忽然想到，她又違反「公約」了。穿銀色工作服的人怎麼可以搬運。她是負責維護地堡法紀的人，而她卻一直在觸犯法紀。她真的有那麼聰明，足以合理化自己的種種行為嗎？

她思緒起伏，想著自己的種種違法行徑，然後又想到底下挖坑道的工作，想到柯妮已經挖通了坑道，孤兒和那幾個孩子已經被救出來了。她恨自己沒辦法在現場陪他們，不過最起碼她爸爸在。一開始，她爸爸不太肯到上面待命，眼看著她出去外面，可是後來，當茱麗葉拜託他到底下去幫那幾個孩子檢查，他卻又拒絕了，說他想待在上面。茱麗葉一直勸他，說他們已經做好萬全的準備，並不一定需要他幫她檢查身體狀況。

箱子晃來晃去，忽然碰的一聲撞上欄杆，她趕緊撇開那些思緒，專心搬箱子。

「妳還好嗎？」盧卡斯在前面喊了一聲。

「那些運送員到底是怎麼搬箱子的？」她換一隻手抬。包鉛皮的箱子很沈重，箱子下緣一直撞上她的腿。盧卡斯在前面，位置比較低，有辦法走在樓梯中央，垂著手抬箱子，那種姿勢舒服多了。而她站的位置比較高，沒辦法像他那樣抬。到了下一層平台，她叫盧卡斯停一下，然後把工作服上的腰帶解下來綁在把手上，然後掛到肩上。她看過運送員這樣搬東西。這樣她就能夠把箱子揹在旁邊，箱子的重量會壓在她屁股旁邊。運送員就是這樣揹那種裝遺體的黑色大袋子。就這樣下了一層樓之後，她漸漸覺得比較舒服了，而且發現運送員這種工作有個好處。搬運的工作會讓你有時間思考。她的身體一直在動，心思反而越來越平靜。接著，她又想到那些黑色的大袋子，想到她和盧卡斯正在搬的東西，她心頭忽然有點沈重。

他們繼續繞了兩圈螺旋梯，兩個人都沒說話。後來，她終於開口問盧卡斯：「你還好吧？」

「還好。」他說。「我只是忽然想到我們現在搬的是什麼東西。箱子裡那些東西。」

原來他也想到同樣的事。

「你覺得我們做錯了嗎？」她問。

他沒回答。她似乎看到他聳聳肩，不過，他也可能只是在調整手的姿勢。

他們又下了一層樓。尼爾森和蘇菲亞雖然已經在門上貼上封條，但大家還是躲在窗口後面，隔著髒兮兮的玻璃偷看。茱麗葉眼角瞄到到有個老婦人拿一個十字架貼在玻璃上。當她轉頭一看，那老婦人已經把十字架拿在手上擦乾淨，親吻一下，那一剎那，茱麗葉忽然想到溫德爾神父。溫德爾神父說，她帶給地堡民眾的，不是希望，而是恐懼。真正能夠提供希望的，是他和他的教堂。他讓大家知道，死後可以到另一個美好的世界。他說，她想把這個世界變得更好，可是結果可能會把世界搞得更糟，而這令大家感到恐懼。

她又繼續往下走，離開樓層平台，然後才開口問盧卡斯：「嘿，盧卡斯？」

「怎麼了？」

「你有沒有想過我們死後會怎麼樣？」

「我知道會怎麼樣。」他說。「我們會變成奶油，變成別人啃進肚子裡的玉米。」

他說了個笑話，自己笑起來。

「我是說正經的。你認為我們的靈魂會不會飄到天上，到一個更美好的地方？」

他忽然不笑了。「我不這麼認為。」他過了好一會兒才說。「我認為，我們死了以後，就不存在了。」

他們又往下繞了一圈螺旋梯，來到另一個樓層平台。門上同樣貼了封條，免得裡面的居民闖出來。茱麗葉知道，此刻，整個樓梯井空蕩蕩的悄無聲息，只聽得到他們的聲音。

「我從來不擔心有一天自己會消失。」過了一會兒盧卡斯又說。「一百年前，地堡裡並沒有我這個人的存在，但我不會因此感到沮喪。我認為，死亡就像那樣。一百年後，我就不存在了，就像一百年前我不存在一樣。」

茱麗葉又注意到他肩膀動了一下。不知道他是聳聳肩，還是又在調整手的姿勢，很難判斷。

「不過，我倒是可以告訴妳，什麼東西會永遠存在。」他轉頭看著她，確定她可以聽得到。茱麗葉認為他很可能會說出那些陳腔濫調，比如「愛」會永遠存在之類的，或是「炒菜鍋」會永遠存在之類的冷笑話。

「什麼會永遠存在？」茱麗葉還是順著他的意思開口問了。她知道問了之後她一定很快就會後悔，但她感覺得到他期待她開口問。

「我們的決定會永遠存在。」他說。

「我們可以停一下嗎？」茱麗葉問。腰帶一直摩擦她的脖子，脖子感覺像火在燒，於是她放下箱子擱在樓梯板上，而盧卡斯抬住前面，讓箱子保持水平。她檢查一下綁在把手上的結，然後走到箱子另一邊，準備換一邊的肩膀抬。「不好意思——你剛剛說什麼？……『我們的決定會永遠存在』？」她剛剛沒聽清楚。

盧卡斯轉頭看著她。「對。我們的所作所為。妳懂嗎？我們的所作所為會永遠存在，不管我們做了什麼，那將永遠是我們做的。那永遠無法改變。」

她沒想到會聽到這種回答。他說這些話的時候，口氣流露出一絲感傷，箱子撐在他膝蓋上。他的答案如此簡單俐落，茱麗葉聽了很感動。好像有某種東西在她心頭迴蕩，但她卻說不出那是什麼。

「你可以再多說一點，我想聽聽看。」她說。她把皮帶掛到另一邊的肩膀上，準備再把箱子抬起來。

盧卡斯一手扶著欄杆，似乎想再多休息一下。

「我的意思是，我們的世界環繞著太陽，對吧？」

「那是你說的。」她大笑起來。

「呃，是真的。『資源』庫那些書是這麼說的，而且，第一地堡那個人也是這麼說的。」

茱麗葉冷笑了一聲，彷彿那些書和第一地堡那個人都不值得信任。盧卡斯不理她，又繼續往下說。

「那代表，我們並不只存在於某個地方，某個時間。相反的，我們所做的每件事都會留在……就像外面的足跡一樣，那是一連串的決定所留下來的。我們所做的每件事——」

「還有我們犯下的每一個錯誤。」

他點點頭，抬起袖子擦擦額頭。「還有我們犯下的每一個錯誤。不過，我們所有正確的決定也會永遠存在。那是永恆的。所有的一切都會留下痕跡，即使沒有人看到，沒有人記得。那並不重要。我們的所作所為，所有的決定，發生過的一切都會留下痕跡。過去的一切永遠存在，永遠無法改變。」

「所以我們絕對不能搞砸。」茱麗葉說。她想起過去生命中的點點滴滴，接著，她忽然想到：箱子裡那些東西會不會是一種錯誤的決定？此刻，她眼前浮現出過去一幕幕的景象：她和爸爸爭吵，她失去心愛的人，她出去清洗鏡頭，這一連串的傷痛就彷彿用一雙血淋淋的腳踩著一級又一級的樓梯。

而那血淋淋的痕跡永遠無法磨滅。盧卡斯說的就是這個意思。她傷害到她的父親了，或者應該說，她的父親將永遠被她傷害過。那是一種新的文法，永遠的完成式。她的朋友永遠被她害死過。她永遠失去過一個弟弟，而她的媽媽永遠曾經自殺而死。而她自己呢，她永遠擔任過地堡的保安官。永遠無法改變。抱歉是無法在事後加上去的。傷害造成之後，抱歉將永遠和傷害結為一體，永遠揮之不去。那通常發生在兩個人之間。

「妳還好嗎？」盧卡斯問。「可以繼續走了嗎？」

然而，她心裡明白，他問這句話，並不只是在問她的手還痠不痠，而是有更深層的涵義。他有一種特殊能力，能夠看穿她心中隱藏的憂慮。他有一雙敏銳的眼睛，可以看到她內心最細微的傷痛。

「還好。」她沒說真話。她回想從前，很想知道自己從前是否有過什麼高尚的作為，是否做過什麼沒有導致血跡斑斑的事，是否有過任何作為讓這個世界變得更美好。然而，她想到，她被送出去的時候，她拒絕清洗鏡頭。她永遠都在拒絕。她轉身走開，背棄地堡裡的人。而現在，她再也沒有機會回到從前，換另一種方式重來一次。

尼爾森正在防護衣實驗室裡等他們。他已經穿好防護衣，不過還沒戴上頭盔。先前有三套防護衣，一套茱麗葉穿到外面去，另外兩套是尼爾森和盧卡斯幫她洗刷的時候穿的，那三套都已經丟在氣閘室裡燒毀了。唯一留下來的東西，就是裝在防護衣領口的無線電。茱麗葉曾經開玩笑說，在地堡裡，無線電和人一樣珍貴。尼爾森和蘇菲亞已經在她新的防護衣裡裝好無線電，而盧卡斯會拿第三部無線電在大廳觀察。

箱子放在地板上，旁邊有一張清空的工作檯。茱麗葉和盧卡斯兩個人都甩甩手，讓兩條手臂的血液循環恢復正常。「你要出去了嗎？」她問盧卡斯。

盧卡斯點點頭，皺著眉頭瞄了箱子一眼。茱麗葉看得出來，他寧願留下來幫忙。他輕輕掐了一下她的手臂，在她臉上親了一下，然後就走出去，關上門。茱麗葉坐在她那張帆布床上，掙扎著穿上一套防護衣，這時候，她聽得到他和蘇菲亞正在門外貼膠帶，封住門四周所有的縫隙。天花板上的送風口，風扇已經開到雙倍速度。茱麗葉盤算，比起當初她帶進第十七地堡裡的空氣，採樣罐裡的空氣量應該少得多，而在當時那種極度危險的環境下，她也活下來了。但不管怎麼樣，他們還是做了萬全的準備。他們假設，任何一個採樣罐裡的毒素都足以殺死全地堡的人。茱麗葉堅持要設定這樣的標準做防護。

尼爾森幫茱麗葉拉起防護衣背後的拉鏈，黏上魔鬼氈，讓防護衣徹底密閉。接著，他們兩個都戴上頭盔。為了讓他們有充足的時間和空氣，茱麗葉把乙炔焊接設備的氧氣筒拆下來，拿到實驗室裡。氧氣筒上有一個轉鈕，可以調節流量，流量過大的時候，氧氣會從一組雙閥門排出去。茱麗葉啟動氧氣筒進行測試，發現氧氣筒裡的氧氣夠他們兩個人呼吸好幾天了。

「你準備好了嗎？」她問尼爾森，同時也測試一下無線電的音量。

「好了。」他說。「準備好了。」

茱麗葉很慶幸他們默契這麼好。此刻，他們就像兩個技師，在同時段工作，日以繼夜執行同一項計畫，兩人之間已經產生一種韻律。兩個人說話的時候，談的都是計畫的事，要克服什麼困難，要輪流使用什麼工具。前些時候她已經知道，尼爾森的媽媽曾經和她爸爸一起工作。她曾經是護士，後來才搬到底層去當醫師。另外，她也已經知道，先前兩次清洗鏡頭的任務，防護衣就是尼爾森做的，一套是霍斯頓穿的，另一套就是給她的。茱麗葉認為，這次計畫是為她自己贖罪，同時也給了他一次贖罪的機會。他為這項計畫投注的時間精力是難以估算的，她不相信還有別人辦得到。他們兩個都渴望把這件事做好。

她從工具箱裡選了一把一字螺絲起子，挖掉箱蓋邊緣的填充劑。尼爾森挑了另一把，站在箱子另一邊跟她一起挖。後來，填充劑都刮乾淨之後，她和尼爾森約定好，兩個人同時把蓋子兩邊一起撬開，露出箱子裡的金屬防火箱。他們把防火箱抬出來，放在那張清空的工作檯上。那一剎那，茱麗葉忽然猶豫了一下。牆上掛著幾十套防護衣，彷彿居高臨下默默俯視著他們，彷彿很不以為然。

然而，他們已經做了萬全的準備，甚至連防護衣都穿上了。不過，他們穿的防護衣已經簡化，多餘的襯墊都已經拿掉，這樣行動比較方便，工作比較順手。是盧卡斯堅持要他們穿防護衣，而她也只能妥協。他要求的，她都已經儘量做到。就像當初為了拿走備用發電機來挖坑道，她也必須向雪莉妥協，而且妥協得很徹底，比如降低主發電機的發電功率，免得發電機超載，另外，他們還在坑道尾端裝置炸藥，避免發生意外的時候地堡遭到污染。這一切，都是為了要讓挖坑道的計劃能夠順利進行。

接著，茱麗葉撇開凌亂的思緒，回過神來，這才注意到尼爾森正在等她的號令。她抓住箱蓋，用力掀開，拿出裡面的採樣罐。其中兩個是裝空氣的，還有一個裝的是氣閘室裡的氦氣樣本，用來做比對。另外一個裝表層土，一個裝深層土，最後一個裝的是遺體殘骸。這些罐子一陳列在工作檯上，而那個防火箱就被丟到一邊。

「妳要從哪裡開始？」尼爾森問。他抓著一根小鐵管，鐵管尾端塞了一截粉筆。這是特別設計的，戴手套比較好拿。板凳上架了一片黑板，做筆記用。

「我們就從空氣樣本開始吧。」她說。他們為了從上面把箱子抬到實驗室，已經花了好幾個鐘頭，她心中暗暗擔心，怕採樣罐裡的墊圈已經被腐蝕得不見蹤影，根本無法觀察了。茱麗葉打量著那些罐子，看看上面的編號，看到其中一個上面寫著2號。那是在山丘腳下採的樣。

「妳知道嗎，這有點諷刺。」尼爾森說。

茱麗葉從他手上接過那個採樣罐，隔著透明塑膠蓋看著裡面。「怎麼說？」

「我只是覺得……」他轉頭看看牆上的時鐘，在黑板上記下時間，然後轉頭看著茱麗葉，眼神露出一絲愧疚。「我竟然有機會做這件事，探索外面世界的真相，甚至可以公開討論。我的意思是，妳的防護衣是我做的，霍斯頓保安官的防護衣也是我做的，我是首席技師。」隔著面罩，看得到他皺起眉頭。茱麗葉注意到他眉頭在冒汗。「我永遠都記得，是我幫他穿上防護衣的。」

他一直迂迴婉轉的想跟茱麗葉道歉，這已經是第三次還是第四次了。茱麗葉了解他的心情。「你只不過是盡你的職責。」她安慰他。這時候，茱麗葉忽然想到，人的心是多麼經得起摧殘。為了履行職責，一個人能夠承受多可怕的良心煎熬。

「不過，真正諷刺的，是這間實驗室——」他揮舞著手套，指向牆上那些防護衣。「就連我媽都認為這間實驗室是用來幫助人的，儘可能幫助清洗鏡頭的人，讓他們能夠在外面撐久一點，幫全地堡的人探索外面的世界，那個禁止談論的世界。可是現在，我們竟然在做這件事，這已經不只是公開談論了。」

茱麗葉沒說話，不過她知道他說得沒錯。這間實驗室代表希望，也代表恐懼。「我們渴望看到某種結果，不過，外面的世界不見得會是我們期望的那樣。這是兩回事。」她終於說。「好了，我們開始吧。」

尼爾森點點頭，舉起粉筆。茱麗葉搖搖第一個採樣罐，一直搖一直搖，到後來，裡面那兩片黏在一起的墊圈終於分開了。其中一片墊圈是物資區做的，完全沒有被腐蝕，上面的黃色標誌還完整無缺。而另一片資訊區做的墊圈就比較慘不忍睹，紅色標誌已經不見了，邊緣已經被罐子裡的空氣腐蝕。而罐底那兩片膠帶也是同樣的狀況。物資區做的那一片完整無缺。另一片是資訊區做的，她先前已經剪下一角以便辨認。那片膠帶佈滿被腐蝕的小洞。

「2號採樣罐裡的墊圈，腐蝕程度大概是八分之一。」茱麗葉說。「膠帶上的小洞，直徑大約三公釐。而物資區的樣本顯然狀況非常好。」

尼爾森把觀察的結果記下來。這是她想出來的辦法，用來衡量空氣中的毒素量。罐子裡的兩種樣本，一種是故意設計成會被腐蝕的墊圈和膠帶，另一種是抗腐蝕的，用來做比對。她把罐子遞給他，讓他親眼看看體會一下，他們的第一筆資料有什麼涵義。這個實驗的結果意義重大，就像她能夠從外面活著回來一樣，意義重大。其中一種樣本是從實驗室的儲藏室拿出來的零件，那是故意設計成會被腐蝕的。茱麗葉心中一陣激動，因為這第一步意義重大。她已經迫不及待想趕快觀察後面的樣本。他們甚至還沒打開採樣罐，看看裡面的空氣到底是什麼。

「我確認墊圈的腐蝕程度是八分之一。」尼爾森指著罐子說。「膠帶的腐蝕程度是二又二分之一公釐。」

「那就記下來，二又二分之一公釐。」她說。如果下次再做實驗，她會調整一下方式，兩個人分別做記錄，因為兩個人的觀察可能不盡相同，她的判讀會影響到他。做實驗，還有很多訣竅要學的。尼爾森把記錄寫在黑板上，這時候，茱麗葉拿起第二個採樣罐。

「1號採樣罐。」她說。「這是斜坡下面的採樣。」她盯著罐裡，看到一個完整的墊圈。那一定是物資區做的。而第二個墊圈已經被腐蝕大半，某個部位已經徹底被腐蝕掉。她倒轉罐子，罐口朝下，輕輕搖幾下，讓墊圈貼在透明塑膠蓋上。「不太對勁。」她說。「來，把燈移過來。」

尼爾森抓住工作燈的燈柱，轉過來對著她。茱麗葉把燈頭往上轉，對準透明塑膠蓋，然後彎腰貼在工作檯上，扭身轉頭，看著透明塑膠蓋上的墊圈，再看向罐底的膠帶。

「看……看起來，墊圈已經腐蝕掉一半，膠帶上的洞大概有……五，不對，直徑六公釐。來，你來看一看。」

尼爾森把她剛剛說的數字記下來，然後拿起採樣罐。他把燈頭轉向他那邊。她沒想到兩種採樣竟然會差這麼多。問題是，如果有某個樣本腐蝕比較嚴重，照理說，應該是山丘腳下的採樣比較嚴重才對，怎麼會是斜坡底的採樣呢？閘門一開，地堡裡的乾淨空氣會衝到斜坡上，照理說，那裡的污染應該比較少。

「說不定我先前拿罐子出來的時候，順序不對。」她說。她拿起第三個採樣罐，也就是氣閘室裡的採樣罐。在外面，她一直小心翼翼，可是她還記得當時她胡思亂想，一時失神，忘了算秒數，有一個罐子開太久。一定是這麼回事。

「我來確認一下。」尼爾森說。「這個腐蝕比較嚴重。妳確定這是斜坡的採樣？」

「我想，可能是我搞砸了。有一個罐子開太久，媽的。也許我們應該排除這個樣本，不能拿來做比對。」

「這就是為什麼我們必須採取很多樣本。」尼爾森說。這時候，尼爾森忽然咳了一下，他的面罩上凝了一團霧。他清清喉嚨。「妳不要太自責。」

他太了解她了。茱麗葉拿起氣閘室採樣罐，暗暗咒罵自己，接著忽然想到盧卡斯。此刻，盧卡斯就在外面的大廳，從無線電裡聽他們兩個說話。她有點好奇，此刻他有什麼感覺。「最後一個樣本。」她搖搖採樣罐。

尼爾森舉起粉筆等著。「開始吧。」

「怎麼……」她扭轉燈頭對準罐子裡，用力搖了幾下。汗水沿著臉頰流到她下巴，滴到頭盔裡。「這個應該是氣閘室的採樣沒錯。」說著，她把罐子放到工作檯上，然後拿起另外一罐，不過，那罐裡裝的是泥土。她心臟怦怦狂跳，頭有點暈。太奇怪了，很不對勁。難道是她抽罐子的時候順序不對嗎？她真的搞砸了嗎？

「沒錯，這是氣閘室的採樣沒錯。」尼爾森說。他拿起她剛剛檢查的罐子，用粉筆桿敲敲。「這裡有做記號。」

「等一下。」她說。茱麗葉深深吸了幾口氣，然後再拿起氣閘室採樣罐，仔細看看罐裡。那是氣閘室裡的採樣，照理說，裡頭應該只有氬氣才對。她把罐子遞給尼爾森。

「不對，不太對。」他搖搖罐子。「可能是有哪裡搞錯了。」

茱麗葉幾乎沒聽到他說什麼。她腦海中思緒起伏。尼爾森仔細看著罐子裡。

「我想……」他遲疑了一下。「說不定是妳打開蓋子的時候，有一個墊圈掉出來。這沒什麼啦，難免的，或者，說不定……」

「不可能。」她說。她一直都小心。她記得很清楚，當時她看到墊圈真的在裡面。尼爾森清清喉嚨，把罐子放在工作檯上，然後調整燈頭的角度，對準罐子，兩個人同時湊過去。她很確定，當時墊圈絕對沒有掉出來，可是，說不定真的是她搞砸了，她也不是沒有犯過錯，誰都會——

「裡面只有一個墊圈。」尼爾森說。「我真的認為可能是掉——」

「我們先看看膠帶。」茱麗葉伸手調整燈光的角度。罐底看起來亮亮的，只剩下一塊膠帶。另外一塊不見了。「難不成，連膠帶都掉出來？」

「那麼，一定是罐子的順序弄錯了。」他說。「妳拿罐子出來的時候，前後順序顛倒了。如果是這樣的話，那就解釋得通了。因為，山丘那邊的採樣，腐蝕比斜坡的採樣嚴重。就這麼回事。」

茱麗葉想了一下，不過，她想到的是，她真正目的，是想用她親眼看到的結果來比對她的推測。到外面去，真正的重點就是要驗證她心中的懷疑。對某件事，她有一套截然不同想法，然而，她的想法到底有沒有根據？

接著，她腦海中忽然閃過一個念頭。那是一種被徹底背叛的感覺。就彷彿，最靠得住的發電機突然失靈，就彷彿，一向正常的抽水機突然莫名其妙的倒轉。那種感覺，就彷彿她遇到危險的時候，她最摯愛的人忽然見死不救。那種感覺，就彷彿海誓山盟從來不曾真的存在。

「盧卡斯。」她忽然叫了一聲。他的無線電開著，希望他聽得到。她等了一下，尼爾森又咳嗽了。

「怎麼了？」他的聲音聽起來有點遙遠。「我一直在聽你們說話。」

「氬氣。」茱麗葉看著尼爾森的頭盔，隔著塑膠面罩看著他的臉。「你對那些氬氣了解多少？」

尼爾森滿頭大汗，汗水流進他眼睛裡，他猛眨眼。

「了解什麼？」盧卡斯說。「我看過元素週期表。櫃子裡好像就有一張。」

「我不是說這個。」茱麗葉說越說越大聲，要盧卡斯聽清楚。「我的意思是，這些氬氣是哪兒來的？你確定那真的是氬氣？」

25 第一地堡

唐諾胸口發出一陣咯咯響，彷彿他胸腔裡有什麼東西已經鬆動瓦解。那是身體在警告他，他的狀況正在惡化，越來越糟。他拚命咳，用力咳，想把胸腔裡的東西咳出來。但他痛恨，他痛恨咳嗽，痛恨太用力導致橫膈膜疼痛，痛恨喉嚨像火在燒，痛恨那刺痛。但儘管如此，他還是拚命咳，用盡全力咳。他坐在椅子上往前傾，拚命咳，後來，肺裡那一團東西終於湧到喉嚨，湧到舌頭上。他把那團東西吐到一塊布上。那塊布飄散著惡臭。

然後，他連看都不看一眼就把那塊布摺起來，往後一仰靠到椅背上，滿身大汗，筋疲力盡。他深深吸了一口氣，這次，胸口不再咯咯響。他又吸了一口氣，接著又喘了幾口氣，現在，呼吸比較沒那麼痛苦了。自由自在的呼吸，天底下還有什麼比這更美妙？

他有點暈眩，轉頭看看房間四周，看著那些生活中他習以為常理所當然的一切：吃剩的東西，桌上一疊撲克牌，一本攤開的平裝小說。那本小說的書頁已經泛黃，書背上滿是皺摺——那意味著他已經度過一次又一次的輪值。他熬過來了，並沒有遭到太大的折磨。但現在，他飽受煎熬，因為第十八地堡還沒接電話。桌上攤開著一張地堡分佈圖。他凝視著那張圖，看著一個死亡的世界。絕大多數的地堡都會被消滅，只有一個會留下來。接著，他又感到喉嚨一陣癢，心裡明白自己很快就要死了，他根本來不及做任何決定，來不及想出辦法救他們。他來不及做選擇，來不及扭轉這個註定要導向全面死亡的計劃。他是唯一知道真相的人，唯一在乎的人，然而他所知道的一切將會隨著他的死亡永遠埋葬。

然而，他到底想怎麼樣？他能夠改變這一切嗎？他曾經不知不覺參與了這個毀滅世界的計劃，而現在他有辦法挽救嗎？這世界早已無法修補了，這世界早已無法挽救了。當年，他曾經透過無人機瞥見一片平疇綠野，看到蔚藍的天空，那一剎那，他內心翻騰洶湧。而現在，事隔多年，他開始懷疑當年他曾經瞥見的一切。他很清楚清洗鏡頭的詭計。他很清楚機器能夠創造出什麼幻象。

但儘管如此，此刻，在操控室裡，他還是傻傻的抱著希望，想再試一次。傻傻的抱著希望，促使他渴望阻止這一切，渴望想出辦法讓所有地堡裡的人好好過日子，活下去，擺脫這個扭曲邪惡的計劃。另外，那也是因為他很好奇，很想知道伺服器裡到底藏了什麼東西。這是最後的謎，而他卻無法獨力去探索答案。他需要幫助。他需要第十八地堡這位資訊區負責人幫他找出答案。唐諾就是很想知道答案。他渴望真相，渴望平平靜靜的死亡，沒有痛苦。除了自己，他希望夏綠蒂也能夠一樣平平靜靜的死去。他期待輪值永遠結束，所有的夢想也隨之永遠結束。他期待最後的安息。說不定，他能夠爬到那山丘上，站在海倫的墳前，看她最後一眼，然後就這樣死去。這是他的夢。這樣的夢應該不算奢求吧。

他看看牆上的時鐘。第十八地堡到現在還沒接電話。已經晚了十五分鐘。一定是出事了。他看著時鐘的秒針滴答滴答，忽然想到，這整個計劃，所有的地堡，就像一口巨大的鐘。一切會自動啟動，倒數計時已經開始了。

有一具看不見的神祕機器在控制全地球的風向，消滅所有的人類，讓整個星球變成一個蠻荒世界。而地堡裡的人就彷彿一粒粒冬眠的種子，必須再等兩百年才能夠發芽成長。兩百年。唐諾的喉嚨又開始癢了，他不知道自己還有沒有辦法再活兩天。

此刻，他只剩下十五分鐘。再過十五分鐘，伺服器房的人員就要進來工作了。這個時段已經逐漸變成常態，變成例行公事。他總是說他要和人談論機密，然後就把工作人員趕出去，照理說，這並不會讓人覺得有什麼不正常。然而，已經有人開始起疑了，因為他每天都來，而且都是固定時間。每次他來，大家就只好乖乖端著杯子走出去，他注意到有人開始用一種奇怪的眼神看他。說不定有人以為他是在和誰偷偷談戀愛。唐諾自己也常常覺得這確實像是某種浪漫情事，是他和古老的過去之間的浪漫情事，和真相之間的浪漫情事。

他慢慢站起來。這個時段，有一半的時間已經浪費掉了，電話裡只聽得到嘶嘶的靜電雜訊，卻沒人回答。那邊一定是出事了，很嚴重的事。說不定他自己也快出事了。說不定已經有人在這座地堡裡發現了一具屍體，警衛隊的人已經開始偵查這起凶殺案。但奇怪的是，他一點都不擔心。他更在乎其他那些地堡，而對自己的地堡，他已經沒什麼感覺了。

這時候，耳機裡忽然喀嚓一聲。「喂？」他立刻問了一聲，聲音聽起來很虛弱，很疲憊，不過，他很信任電話系統的功能，對方一定聽不出他很虛弱。

對方沒說話，只聽到呼吸聲。不過，這樣就夠了，他已經知道接電話的人是誰了。如果是盧卡斯，一定會跟他打招呼。

「首長。」他說。

「你明知道我討厭人家叫我首長。」她說。她的聲音聽起來有點喘，好像剛剛才跑過。

「妳寧願我叫你茱麗葉？」

她沒說話。其實唐諾自己也搞不清楚，為什麼他比較喜歡她接電話。他很喜歡盧卡斯，當初那年輕人接任資訊區負責人的儀式，就是他主持的。唐諾很欣賞他那種好奇心，欣賞他研究「資源」那些書的熱情。每次和盧卡斯談起舊世界的種種，他都會感受到濃濃的懷舊情緒，那就像是某種治療。而且，盧卡斯還幫助他探索伺服器裡的祕密，研究裡面的資料。

至於茱麗葉，他喜歡跟她說話，是另有原因。她會指責他，咒罵他，而他心裡明白，他活該。

她態度很嚴厲，常常不說話，而且常常威脅他。內心深處，唐諾反而暗暗渴望茱麗葉真的能過來親手殺了他，他就不至於咳嗽咳到死。他願意受盡羞辱，他希望她親手殺了他——這是他的救贖。

「我知道你們在幹什麼。」茱麗葉終於說話了，聲音充滿憤怒，充滿怨毒。「我終於搞懂了。我終於想通了。」

唐諾拉開耳機的一邊，擦掉汗。「妳搞懂什麼了？」他問。接著他忽然想到，是不是盧卡斯在伺服器裡發現了什麼東西，茱麗葉才會這麼生氣？

「我已經搞懂清洗鏡頭是怎麼回事了。」她忿忿的說。

唐諾轉頭看看時鐘。十五分鐘已經快過去了，工作人員很快就會進來繼續玩桌上那些撲克牌，繼續看那本翻開的小說。「清洗鏡頭怎麼——」

「我剛到外面去過。」她說。

這時唐諾忽然遮住麥克風，咳了幾下。他怕她聽到。「什麼外面？」他問。他以為她說的是她挖的坑道。前一陣子地面震動得很厲害，可是最近忽然安靜了。他以為她說的是她已經從坑道走到她的地堡外面。

「外面，外面的世界，那些山丘，古時候留下來的世界。我採了樣。」

唐諾猛然往前傾。她說這話，是想威脅他，可是他聽了，內心卻忽然充滿希望。她說這話，是想折磨他，可是他卻很興奮。外面。到外面取樣。這是他夢寐以求的事。他多麼渴望弄清楚他上次到外面吸到的空氣究竟是什麼東西，多麼渴望知道他們把這世界變成什麼樣子，是變得更好，還是變得更糟。茱麗葉一定以為他知道答案，可是他比她更迷惑。

「妳發現了什麼？」他嘶啞著聲音問，可是立刻就後悔了，他實在不應該這樣問。他很怕他的聲音在電話裡聽起來會顯得很冷漠，漠不關心，很怕她會以為他知道答案。也許他剛剛應該說，他根本不知道外面的世界是怎麼回事，或者說，他根本搞不清楚自己在做什麼。他應該拜託她幫助他。他們應該要互相幫助。

「你們根本不是要送人出去清洗鏡頭。你們送出去的是別的東西。好，我告訴你我發現了什麼──」

此時此刻，唐諾只聽得到她的聲音，再也感覺不到他周遭的世界，感覺自己彷彿置身在一個泡泡裡，四面八方的東西都不見了，只剩下她的聲音。

「──我們採了兩種外面空氣的樣本，另外還有氣閘室裡的樣本。照理說，氣閘室裡的樣本應該只有氬氣。另外兩種空氣樣本，一個是斜坡底下的空氣，一個是山丘腳下的空氣。」

他突然說不出話來，滿身大汗，工作服黏在身上。他一直等她繼續說，可是她沒說。說不定她是故意不說，要逼他來求她說。說不定她知道他有多心虛。

「妳發現了什麼？」他又問了一次。

「我發現你從頭到尾滿嘴狗屁。我們相信過你，可是你卻把我們當傻瓜，你說的每一件事都是狗屁。你教我們的每一件事，說的每一句話，都是狗屁，沒有半句是真的。說不定這世上根本就沒有那些古時候的人。還有，我們這裡有一大堆狗屁書，早就該一把火燒了。盧卡斯竟然還相信你那些狗屁──」

「那些書裡的東西都是真的。」唐諾說。

「狗屁。就拿氬氣來說，那是真的嗎？每次有人出去清洗鏡頭的時候，你們噴出來的到底是什麼鬼東西？」

唐諾想了一下這個問題。「我不懂，妳到底在說什麼？」他問。

「少跟我玩遊戲。現在我已經知道你們在搞什麼了。你們把我們丟出去的時候，你們噴到氣閘室的那種東西會讓我們全身爛光光。那種東西會把密封墊和墊圈先腐蝕掉，然後再腐蝕我們的身體。你們真是厲害啊，是吧？哼，你們藏的攝影機已經被我找到了，好幾個禮拜前就已經被我拆掉了。沒錯，就是我。我看到攝影機後面接了電線，而且還看到一些奇奇怪怪的管子。那些管子就是用來送毒氣的沒錯吧？」

「茱麗葉，妳聽我說──」

「不要叫我茱麗葉！少跟我裝熟！你是什麼東西！跟我們說什麼地堡是怎麼蓋出來的，好像是你自己蓋的一樣，還告訴盧卡斯那個早就不存在的世界怎麼樣怎麼樣，好像你親眼看過。怎麼，你是想把我們變得跟你一樣是不是？還說什麼你是我們的朋友？還說什麼你想幫助我們？」

唐諾看著牆上的時鐘。那些工作人員快進來了。一定要想辦法把他們趕出去，他還有很重要的話還沒說完。

「以後別再打電話來！」茱麗葉說。「每次聽到那種鈴聲，看到閃紅燈，我頭就痛。要是你以後敢再每天打電話來，我就把電話機砸爛。我要忙的事情太多了，沒空跟你廢話。」

「妳聽我說……求求妳聽——」

「少廢話，你聽清楚。我會把你們的東西全部切斷，攝影機，電線，管線，我會全部切斷，一個都不留。還有，以後我們這邊不會再有人出去清洗鏡頭，也不會再用到什麼狗屁氬氣。下次我再出去的時候，空氣保證是乾淨的。好了，你可以他媽滾蛋了，少來煩我們。」

「茱麗葉——」

電話已經掛斷了。

唐諾拿掉耳機丟到桌上，那疊撲克牌被砸得亂七八糟，那本書掉到地上，翻開的那一頁恐怕很難找得到了。

氫氣？她為什麼那麼火大？先前有一次，她也是很生氣，因為她在底下找到什麼機器，還威脅說要來找他。而這次是另外一種東西。氫氣。出去清洗鏡頭的時候會噴氫氣。他聽不懂她在說什麼。出去清洗鏡頭的時候會噴氫氣——

這時候，唐納腦中忽然閃過一幕畫面，忽然感到一陣暈眩，跌坐在椅子上。他滿身大汗，工作服都濕透了。他不自覺的緊緊抓住那塊沾滿血的布，忽然回想起霧氣瀰漫的氣閘室。他還記得，當時有一大群人互相推擠著從斜坡上衝下去，他也跟他們一起跌跌撞撞的衝下去，邊衝邊哭喊著海倫的名字。當時，外面炸彈爆炸，那強烈的閃光至今還烙印在他的視網膜上。安娜和夏綠蒂拖著他衝下斜坡，當時他只感覺到四周白色煙霧迷漫。

那個煙霧。他忽然想通清洗鏡頭是怎麼一回事了。有人出去清洗鏡頭的時候，氣閘室裡會灌滿氣體，氣壓會擋住外面的空氣。氣體會噴向外面。

「奈米微塵就在那些氣體裡面。」唐諾自言自語。他整個人往前傾，靠在桌子上，膝蓋發軟。奈米微塵，就是無數極細微的奈米微型機。奈米微塵會腐蝕人類的身體。每次有人出去清洗鏡頭，奈米微塵就會噴到外面去，腐蝕外面的世界。就像定時裝置一樣，隔一段時間就有人會出去清洗鏡頭，然後噴出奈米微塵。就像時鐘滴答滴答。

耳機裡已經沒聲音了。「我是古時候的人。」唐諾自言自語。這是她形容他的話。他拿起桌上的耳機，對著麥克風一次又一次大喊。「我是古時候的人！這是我幹的！」

他靠著桌子，忽然兩腿一軟。他趕緊抓住桌邊，差一點就摔倒。「對不起，對不起。」他越喊越大聲：「我真的很對不起你們！」

然而，沒有人在聽他說話。

26 第一地堡

夏綠蒂正在測試無人機左邊機翼的副翼，讓副翼上升下降。控制升降的管線還是有點搖晃。機尾掛著一塊抹布，她伸手拿過來擦擦脖子後面。接著，她手伸進工具袋裡，挑了一把中型螺絲起子。控制轟炸機身下面，零件撒了滿地。那都是她從另一架多餘的無人機上拆下來的，能拆的都拆了。控制轟炸的電腦，機翼上的武器架，投彈制動器。攝影機幾乎全被她拆下來了，只留了一架。她甚至把那根支撐加速G力的支柱也拆下來了。那根支柱能夠在飛機拉升的時候承受十幾個G的加速力，不過，目前這架無人機即將執行的任務，只需要直線飛行，機翼不會承受太大的壓力，所以就不需要那根支柱。這次飛機會飛得很低很快，因為不需要考慮會不會被發現，不用飛太高。這次任務，目的是要飛到更遠的地方，去進行確認。夏綠蒂已經花了一整個禮拜搞這架無人機，這段時間，她老是會想到前兩架才剛飛起來就墜毀，而現在，她終於走運了，因為，目前這一架看樣子似乎可以飛得起來了。

她仰面躺在地上，扭著肩膀和屁股，身體慢慢鑽到機尾下方。線路艙蓋是開著的，露出裡面的管線。每一片機殼板的接縫處都必須先塗上填充劑，才可以組裝上去，這樣機身才會徹底密封，耐得住奈米微塵的侵蝕。制動器上有一根支柱是用來撐住電線，她邊調整支柱邊告訴自己，這次一定會成功。非成功不可。看到她哥哥的身體狀況，她覺得他們不會有機會再做另外一架了。這次不成功就完了。現在，他不光只是咳嗽而已——現在，他似乎已經漸漸瘋了。

剛剛他打完電話回來，竟然忘了帶晚餐過來給她吃，而且，他本來說會把無線電所需的最後一種零件帶過來，結果也忘了。此刻，她忙著組裝飛機，而他卻繞著飛機踱來踱去，自言自語。接著他走到軍火庫另一頭的會議室，在他那堆筆記裡東翻西找，然後又走回無人機旁邊。他咳了幾聲，然後就開口更跟綠蒂說話，可是夏綠蒂卻覺得他像是在自言自語。

「——那是他們的恐懼，妳明白嗎？我們一直在利用他們的恐懼。」

她從機身底下探出頭來，看到他正朝著半空中揮手。他臉上沒什麼血色，工作服上沾著血跡。她心裡想，該放棄了，他們是該走進電梯，到上面去投降了，這樣他才有機會看看醫生。

他注意到她在看他。

「他們的恐懼不只扭曲了他們對外面世界的想像。」他露出熱切的眼神。「他們的恐懼也把毒素散佈到外面的世界。恐懼是一種毒素。他們把人送到外面去清洗鏡頭的時候，毒素也就同時被散佈到外面的世界了！」

夏綠蒂不知道該怎麼回答。她又鑽回無人機底下繼續忙她的，心裡想，要是兩個人一起動手，一定會快得多。她本來想開口叫他過來幫忙，可是她哥哥似乎連站都站不穩了，更別說拿扳手。

「然後我就聯想到那些微塵毒氣。我的意思是，我早該知道的不是嗎？有一天，當我們不需要他們的時候，我們就會把那些毒氣灌進他們的地堡裡。我們就是這樣消滅他們的。就是同樣用那種奈米微塵。這等於是我幹的。」唐諾一直在原地繞圈子，手指猛掐自己的胸口，然後朝臂彎裡一陣猛咳。「老天，是我幹的！而且還不只這樣。」

夏綠蒂嘆了口氣，又伸手抽出螺絲起子。架子還是有點鬆。

「可是妳知道嗎，說不定第十八地堡他們有辦法扭轉局勢。」他朝會議室那邊走回去。「他們已經拆掉了我們的攝影機。那個地堡曾經發生暴動，可是卻熬過來了。說不定他們有辦法關掉微塵毒氣——」

他越走越遠，說話聲也就漸漸聽不到了。夏綠蒂打量著軍火庫後面的門廳，會議室就在旁邊，只見唐諾的身影在燈光中晃動。唐諾在滿屋子的筆記和圖表之間踱來踱去繞圈圈。夏綠蒂忽然覺得，他們兩個都彷彿被困在圈圈裡。她隱約聽得到他在咒罵。看到他那種怪異的舉止，她忽然想起他們的祖母。當年她死得很不光采。如果唐諾死了，那麼他在她記憶中模樣將會是嘴裡吐著血，神智不清胡言亂語，而不再是從前那位西裝筆挺的紀尼眾議員，不再是她那位傑出的大哥。再也不是了。

現在，他很懊惱，不知道該怎麼辦，而夏綠蒂忽然有一個念頭。說不定他們可以把所有冬眠中的人全部喚醒，就像當初他喚醒她那樣，不是嗎？每一次輪值期，全地堡總共只有幾十個男人在執勤，而上千個女人則是都在冬眠。好幾千個女人。夏綠蒂忽然想到，說不定她有辦法組成一支大軍。不過她又想到，說不定唐諾說得沒錯——女人一定不肯和自己的父親丈夫或兄長對抗，因為那需要一種異乎尋常的勇氣。

走廊那邊的燈光裡又有人影晃動，唐諾還是一直踱來踱去，踱來踱去。夏綠蒂深深吸了一口氣，測試機翼擺動。這時候，她又想到他們的夢想。他們想讓這個世界恢復正常，讓空氣變乾淨，把囚禁在地底下的人釋放出來，或者，最起碼要給他們機會。公平的機會。唐諾曾經形容說，那就像打破舊世界的疆界。他曾經重複說過一些話，像是從前某些人為了保持自己的優勢，不擇手段，還有，最後一群人上了樓梯之後，卻把樓梯拉上去收起來。「讓我們把樓梯放回去。」他說了不止一次。不要讓電腦決定人的命運，讓人自己決定。

然而，夏綠蒂想不出來他們要如何辦到，而且，顯然她哥哥也不知道。她又鑽回機身底下，忽然又想到，從前有一個時代，大家一出生就註定要做某種工作，根本沒得選擇。最大的兒子要繼承父親的工作，第二個兒子要上戰場，或是出海，或是投身教會，而後面的孩子就可以自己決定要做什麼。至於女兒，就是嫁給別人家的兒子。

這時候，她用扳手固定線架上，不小心滑掉，指關節撞到機身。她咒罵了一聲，低頭看看自己的手，發現在流血。她用嘴去吸指關節的血，這時忽然又想到一件很不公平的事。當年，她曾經被派到伊拉克，見識到不少當地的文化。她很慶幸自己是生在美國，而不是在伊拉克。人的命運，很像在丟骰子。地圖上那無形的界線，其實就像地堡的圍牆一樣真實。每個人都被環境所困，你能過什麼樣的生活，是由你身邊絕大多數人決定的，由領袖決定的，就好像你的命運是由電腦主宰。

接著，她又從機身底下爬出來，測試機翼擺動。管線已經不再震動了，無人機已經處於最佳狀態。夏綠蒂覺得自己一定能夠做好這架飛機。她撿起地上的那些扳手。扳手已經用不著了，她開始一根根放回工具袋裡。這時候，她忽然聽到陳列架尾端那邊傳來叮噹一聲。那是電梯的聲音。

夏綠蒂愣了一下，第一個反應是可能有人送吃的東西來了。那個叮噹聲通常意味著唐諾送飯來給她吃。可是，她看到哥哥的身影還在走廊一頭晃動。

接著，她聽到門被拉開的聲音，然後又聽到有人在跑，好幾個人，腳步聲驚天動地。夏綠蒂冒險朝走廊大叫了唐諾一聲，然後就繞到無人機另一邊，抓住防水布，用力一翻，像漁夫撒網一樣蓋住整架飛機，還有底下的零件和工具。一定要藏起來，把飛機藏起來，然後自己也要躲起來。唐諾聽到她叫喊，一定也會趕快躲起來。

攤開的防水布緩緩飄降，蓋住飛機，邊緣垂落到地面。接著，夏綠蒂轉身衝向走廊，打算去找唐諾，但那一剎那忽然有好幾個人從高高的陳列架後面衝出來。她立刻趴到地上，心裡想，那些人一定看到她了。沒想到，那些人卻從她旁邊跑過去。她抓住防水布邊緣，慢慢抬起一點點，然後縮起膝蓋，整個人蜷曲成一團，用肩膀和屁股的力量慢慢扭動身體鑽進防水布底下，躲到無人機旁邊。剛剛唐諾一定有聽到她在喊叫，一定會聽到腳步聲，所以他一定會躲進會議室旁邊的浴室，躲在淋浴間裡。反正，他一定會躲起來，不管躲在哪裡。那些人怎麼會知道他們在底下？那些人是怎麼進來的？唐諾說過，最高層級的人才能進來這裡。

後來，跑步聲漸漸聽不到了，這些人一直朝著軍火庫後面跑過去，彷彿他們知道人在那裡。接著，她聽到旁邊有人在說話，幾個男人，他們慢慢從無人機旁邊走過去。然後，她似乎聽到唐諾大叫了一聲，他被發現了。她趴在地上慢慢爬，從無人機底下爬過去，爬到防水布另一頭。剛剛那些人說話的聲音漸漸變得遙遠，腳步聲也越來越遠。她哥哥有麻煩了。她回想起幾天前哥哥曾經告訴她，他在電梯裡碰到一個雜工。她想到哥哥被抓住了，這裡就只剩她自己孤零零的一個人，而防水布底下一片漆黑，她感覺自己彷彿被團團圍住。她很依賴哥哥。她被困在這間軍火庫裡，哥哥常常會來陪她，但就算是這樣，她都已經快要發瘋了，而現在，他要被抓走了——她簡直不敢想像自己會怎麼樣。

下巴靠在地板上，她手慢慢往前伸，用手背把防水布抬起一點點，從那道縫裡偷瞄外面。她看到幾雙腳就在旁邊，距離她很近。她聞得到地面鋪板的油味。就在她前方，有一個男人走路搖搖晃晃，似乎行動不太方便，旁邊有一個穿銀色工作服的人扶著他，兩個人腳步一致，彷彿連體嬰。

這時候，他們前面的走廊忽然燈光大亮，軍火庫天花板上的燈全開了。唐諾平常都是把那些燈關著。接著，夏綠蒂忽然倒抽了一口氣，因為她看到哥哥被人從會議室裡拖出來。有一個穿銀色工作服的人揮拳猛打他的肋骨。她哥哥悶哼了一聲，夏綠蒂忽然覺得那一拳彷彿是打在她身上。她嚇得放下防水布，伸手掩住嘴。接著，她伸出另一隻手掀開防水布，手抖個不停。她不敢看，可是卻又非看不可。哥哥又被打了，可是這時候，那個行動不便的男人突然揮揮手。她隱約聽到有人叫他們停手別再打。

那兩個穿銀色工作服的人停手不再打，把哥哥壓在地上。夏綠蒂不由自主的閉住氣，看著那個男人拖著腳步往前走，走進燈火通明的門廳。他似乎很虛弱，滿頭白髮亮得像天花板上的燈光。他步履蹣跚，靠在旁邊那年輕人身上，而那年輕人扶著他背後。沒多久，他們走到了她哥哥面前。

夏綠蒂看得到哥哥的眼睛。他距離她大概只有五十公尺，但她卻覺得兩個人相隔千里。她哥哥仰頭看著那個虛弱的老人，就連咳嗽的時候也還是死盯著他。剛剛肋骨被人打了一下，他好像傷得很重。那老人好像在跟他說什麼，可是他卻一直咳嗽，夏綠蒂聽不清楚老人在說什麼。

接著，她哥哥開口好像說了什麼，反覆一直說，可是她聽不清楚。那個削瘦的白髮老人忽然抬起腳去踢他。他明明連站都站不住，卻還是要踢，他旁邊那年輕人趕緊扶住他。夏綠蒂渾身發抖，看著有人抬起腳，重重踹到她哥哥身上。唐諾抬起腿，手抱著小腿整個人縮成一團，本能的想保護身體，可是旁邊兩個人卻按住他手腳，讓他沒地方躲，而另一個人用腳狠狠踹他，一腳又一腳。

27　第十八地堡

「在這裡亂挖，這樣真的好嗎？」盧卡斯問。

「手電筒拿好，不要亂動。」茱麗葉說。「我還有一個地方還沒看清楚。」

「可是我覺得我們最好還是先討論一下，妳不覺得嗎？」

「盧卡斯，我只是看看，現在就只剩下那個還沒看清楚，你幫個忙，手電筒拿好，我什麼都看不見。」

盧卡斯讓手電筒的光束對準裡面，接著，茱麗葉整個人鑽進去。這是她第二次來到伺服器房密室的樓梯下面，掀開地面的網格鐵板搜查。一個多月前，盧卡斯把她拱出來當首長之後沒多久，她就已經勘查過這個地方，發現地堡內攝影機的線路。他跟她說明，他們是怎麼監視器地堡內的各個角落。茱麗葉問他，還有誰看得到。盧卡斯堅持說沒有其他人看得到，可是後來，她發現有幾條線被接上一個密閉的連接埠，而那個連接埠後面就是地堡外牆。她還記得當時她看到那個連接埠上還接著其他線路，現在，她要確認一下自己有沒有看錯。

她鬆開最後一個螺絲釘，把連接埠的面板拆下來，看到裡面有幾十條被她切斷的電線，而每條電線裡都有數以百計的銀色細絲。接著，她看到那一整束電線旁邊還有一條很粗的電纜，看起來很像底下發電廠的電纜。另外，她還看到旁邊有兩條銅管。

「妳看夠了嗎？」盧卡斯問。他也跟著鑽進來，在她後面舉著手電筒。

「在另一座地堡，這個樓層永遠都有電。發電機停機的時候，整個三十四樓卻還是電力充足。」她拿螺絲起子敲敲那條粗電纜。「而且，那些伺服器都還在運轉。當時，那座地堡有幾個倖存者就從這層樓接電線，接到抽水機和其他的東西上。我想，電力就是從這裡來的。」

「為什麼？」盧卡斯問。他轉動了一下手電筒，照著那團電線的前後左右。現在，他似乎開始對這些管線有興趣了。

「因為抽水機和電燈都需要用電。」茱麗葉有點驚訝，怎麼盧卡斯連這麼簡單的道理都不懂，還要她解釋。

「不，我不是問這個。我的問題是，第一地堡為什麼要把電力送到這裡來？」

「說不定他們不相信我們能夠獨力維持地堡的正常運作。不過，也可能是因為伺服器需要額外的電力，光靠我們的發電機是不夠的。我也不確定。」她靠向旁邊，轉頭看著盧卡斯。「我的疑問是，他們把全地堡的人殺光之後，為什麼還要繼續供應電力給資訊區？為什麼不把電力全部切斷？」

「說不定他們已經把電力全部切斷。說不定是妳那個朋友也發現了這些電線，自己接上去的。」

茱麗葉大笑起來。「不可能，孤兒不可能——」

這時他們忽然聽到走廊那邊好像有人在說話。盧卡斯立刻關掉手電筒，裡面立刻陷入一片漆黑。照理說，這個密室應該不可能會有其他人進來。

「是無線電。」他說。「我去看看是誰打來的。」

「手電筒給我。」茱麗葉喊了一聲——可是盧卡斯已經跑掉了。他的腳步聲沿著走廊漸漸消失。

茱麗葉在黑暗中伸手去摸那兩條銅管，發現管子的尺寸吻合。尼爾森曾經帶她去看過氬氣槽，那裡有一座幫浦和過濾器，從地底下抽出新鮮的氬氣，原理就像他們的空氣處理機一樣。然而，茱麗葉認為這些都是假的。當時她把氬氣槽四周的地板和牆板都拆下來，發現氬氣槽上除了連接到幫浦的管子之外，還有另外兩條管子是從別的地方接過來的。她懷疑，這整個幫浦供氣系統根本就是假的。一切都是假的，就像那些特製的墊圈和耐高溫膠帶，就像外部輸入的電力，就像頭盔面罩上的假象，一切都是假的。真相都被掩蓋了。

這時盧卡斯又跑回來了。他跪下來，手電筒又照進裡面。

「祖兒，妳趕快出來。」

「手電筒給我。」她對他說。「黑漆嘛烏的我什麼都看不見。」這下子兩個人很可能又要吵起來了。上次她切斷攝影機連線的時候，兩個人就已經吵一次，現在，她還沒搞清楚那管子到底是什麼，就好像又打算要動手拆了——

「妳趕快出來……求求妳。」

這時候，她終於聽出他的口氣怪怪的。好像是出事了。茱麗葉立刻回頭看他，手電筒照在她眼睛上。

「等一下。」她丟掉手中的瑞士刀，雙手雙腳撐在地上往後退，然後鑽出地板上的洞口。

「怎麼了？」她坐在洞口邊緣，伸伸懶腰，解開頭髮的束帶，把頭髮重新收攏，然後又綁上束帶。「到底什麼事？」

「妳爸爸——」盧卡斯開口說了一半。

「我爸爸怎麼了嗎？」

他搖搖頭。「不是，是他打電話來。那個……有個小孩不見了。」

「不見了？」她趕緊追問。「盧卡斯，到底出了什麼事？」她站起來拍掉胸口和膝蓋的灰塵，朝無線電的方向快步衝過去。

「他們正要去底段樓層的土耕區，半路上碰到一大群人往下面走，有個小孩被人群擠到欄杆外面——」

「摔下去了?」

「二十層樓高。」

茱麗葉簡直不敢相信,她立刻抓起無線電,一手撐著牆上,忽然覺得有點頭暈。「是哪一個?」

「他沒說。」

她正準備要按下麥克風按鈕的時候,忽然看到頻道轉盤的刻度指著第十七地堡。那是上次她和吉米通話的頻道。她立刻想到,她爸爸用的可能是老沃克做的新無線電。「爸?你聽到了嗎?」

她等了一下。盧卡斯把水壺遞給她,但茱麗葉揮揮手表示不要。

「祖兒?我等一下再找妳好不好?現在又碰到別的麻煩了。」

聽她爸爸的口氣,他似乎受到什麼驚嚇。線路裡有很多靜電雜訊。「爸,趕快告訴我出了什麼事。」她大喊。

「等一下,艾莉絲——」

茱麗葉嚇得抬起手掩住嘴。

「——艾莉絲不見了。吉米跑去找她。孩子,我們現在又有麻煩了。有一大群人正往下面去,他們很兇暴。他們知道我帶的那幾個孩子是什麼人。結果,馬克思摔到欄杆外面去了。對不起——」

茱麗葉感覺到盧卡斯伸手搭在她肩上。她伸手揉揉眼睛。「他是不是──」

「我還沒有下去看。瑞克森被人打傷了，漢娜和麥爾斯還有小嬰兒都沒事。我們目前在物資區。好了，我真的該走了。我們找不到艾莉絲，吉米跑去追她了。有人說他們看到她往上面走。祖兒，我不是要找妳幫忙，我只是想應該要讓妳知道那孩子的事。」

她用力抓住麥克風，手在發抖。「我馬上下來。你們是在一百一十樓的物資區嗎？」

她爸爸好久沒回答，她知道他他正在猶豫要不要勸她別下來。過了一會兒，他終於說話了。他決定不要跟她爭執。

「對，我在一百一十樓。我正要下去看那孩子。我會讓瑞克森和另外幾個孩子先留在這裡。我告訴過吉米，要是他找到艾莉絲，就把她帶回來這裡。」

「不行，不要把他們丟在那裡。」茱麗葉說。她不知道還有誰能信任，不知道他們待在什麼地方比較安全。「爸，帶他們一起下去，回機電區。帶他們回家，回第十七地堡。」茱麗葉抬起手擦擦額頭。她一開始就做錯了。把他們帶過來，是一大錯誤。

「妳確定？」她爸爸問。「我們剛剛碰到的那群人，看起來好像正要到最底下去。」

28 第十八地堡

艾莉絲在市集裡迷路了。剛剛她聽人說這裡叫做市集，她覺得這名字取得真好。這裡人多到難以想像，一個很神奇的地方，叫這個名字恰到好處。

不過，她搞不清楚自己怎麼會跑到這裡來。剛剛被一大群奇怪的人擠來擠去，結果她的小狗跑掉了。她從來沒見過一個地方同時擠了這麼多人。她立刻爬樓梯去追狗。一路上她逢人就問，每個人都很熱心，伸手指著上面。有個穿黃衣服的女人說，她看見一個男人帶著一條狗走到市集那邊去了。艾莉絲往上爬了十層樓，終於來到一百樓。

她看到兩個男人站在樓層平台上，煙從他們的鼻孔噴出來。他們告訴她，剛剛有人帶著一條狗進去了，然後揮揮手叫她進去。

在她們第十七地堡，一百樓是一個很恐怖的地方，一片廢墟，到處都是空房間，裡面全是垃圾和老鼠。這地方看起來和她家的一百樓很像，也有很多房間，不過到處都是人和動物，大家都在大喊大叫，大聲唱歌，還有，這裡有很多很鮮艷的顏色，還有一種奇怪的味道。很多人把煙吸進嘴巴裡，又吐出來，手指夾著一根會冒煙的東西，前頭會冒出火花。她還看到有男人臉上塗著油漆。後來，她看到一個女人穿著紅衣服，屁股有一根尾巴，頭上長角。那女人揮揮手叫她走進一個帳篷，可是艾莉絲轉身就跑。

一路上，她又撞見很多奇奇怪怪的人，後來，她終於完全迷路了。人太多，好幾次她差點撞上大人的膝蓋。現在，她已經不想再找小狗了，現在，她只想出去。有一張長桌邊擠滿了人，她鑽進桌底一路往前爬，開始哭起來。但不管怎麼爬，她還是出不去。桌子外面有一隻肥肥的動物，幾乎就靠在她旁邊。牠全身無毛，叫聲跟瑞克森打鼾的聲音很像，脖子上綁了一條繩子，被人牽著走。艾莉絲擦乾眼淚，拿出她那本紀念冊，翻看裡面的照片，後來終於看到一張那種動物的照片。那種動物叫做豬。知道是什麼動物就好了。知道以後就不會覺得很可怕。

現在，她還有勇氣繼續往前爬，是因為瑞克森的緣故，儘管現在他並不在這裡。艾莉絲彷彿聽得到他的聲音在「荒野」裡迴盪，告訴她沒什麼好怕的。她才剛學會走路的時候，瑞克森和兩個雙胞胎就常常使喚她，叫她摸黑做這個做那個，比如，叫她去採黑莓，採李子，甚至到靠近樓梯的地方採更好吃的東西。當時地堡裡還有別的人，很可怕的人。瑞克森曾經告訴她：「他們會放過年紀最小的孩子。」不過，那已經是好幾年前的事了，現在她已經沒那麼小了。

她把紀念冊收回去，告訴自己，那些鼻孔會噴煙的人沒什麼好怕的，他們還沒有「荒野」那麼可怕。當初，每次到「荒野」裡去採水果，在樹枝樹葉裡穿梭，感覺很像有爪子在刮她脖子，而抽水機喀嚓喀嚓的聲音在黑暗中聽起來特別駭人，甚至有時候會聽到有人在竊竊私語。這一切可怕多了。於是，她從長桌底下鑽出來，繼續在人群中穿梭，臉上還帶著淚痕。她一直不斷的向右轉，因為這是她從前在「荒野」裡摸黑學到的訣竅，最後一定出得來。後來，她終於走到一條煙霧瀰漫的走廊，那裡有一種刺耳的嘶嘶聲，空氣中瀰漫著一股煮老鼠的味道。

「嗨，小鬼，迷路了嗎？」

有個男孩子在問她。那男孩子一頭短髮，碧綠的眼珠子，站在一座小攤邊，年紀比她大，不過卻大不了多少，和那兩個雙胞胎差不多大。艾莉絲搖搖頭，但想了一下又點點頭。

那男孩笑起來。「妳叫什麼名字？」

「艾莉絲。」她說。

「很奇怪的名字。」

她聳聳肩，不知道該怎麼回答。那男孩正拿著一把大叉子串起好幾條熱騰騰的肉，這時候，他注意到她正盯著他背後的一個男人。

「妳餓了嗎？」那男孩問。

艾莉絲點點頭。她老是肚子餓，特別是害怕的時候。那可能是因為從前她肚子餓的時候就會出去找食物，可是出去找食物的時候就會很害怕，不過她分不清哪個先哪個後。這時候，那男孩走到長桌後面，然後又出來了，手上拿著一大塊肉。

「那是老鼠嗎？」艾莉絲問。

那男孩大笑起來。「是豬肉。」

艾莉絲搓搓臉，忽然想到剛剛看到的那隻動物。「吃起來味道像老鼠嗎？」她滿懷期待的問。

「有種妳再說大聲一點，被我爸爸聽到了，他會宰了妳。喂，妳到底要不要吃？」說著他把那塊肉遞給她。「我打賭妳身上一定沒錢。」

艾莉絲接過那塊肉，沒吭聲。她咬了一小口，嘴裡立刻感到一陣鮮美。比老鼠肉好吃多了。那男孩一直打量她。

「妳是中段樓層來的嗎？」

艾莉絲搖搖頭，又咬了一口。「我是第十七地堡來的。」她邊嚼著肉邊說，嘴角全是口水，眼睛瞄著那個煮肉的男人。真該叫馬克思和邁爾斯也來吃吃看。

「妳是說十七樓嗎？」那男孩皺起眉頭。「妳看起來不像上面的人。不對，妳太髒了，不可能是上面的人。」

「我是另外一座地堡來的。」艾莉絲說。「在西邊。」

「什麼叫西邊？」那男孩問。

「西邊，就是太陽下山的地方。」

那男孩用一種打趣的神情看著她。

「太陽啊，從東邊出來，從西邊下山，這就是為什麼地圖上的針都指著上面。那是北方。」她想把袋子裡的紀念冊抽出來給他看，讓他看看世界地圖，跟他解釋太陽是怎麼繞圈圈，可是她滿手都是油，怕把書弄髒，而且，那男孩似乎也沒什麼興趣。「他們挖地道過來救我們。」她解釋說。

那一剎那，男孩忽然瞪大眼睛。「挖地道？妳真的是另一座地堡來的？」

艾莉絲吃完了那塊豬肉，舔舔手指，點點頭。

那男孩忽然朝她伸出手，艾莉絲把手伸到屁股後面擦了一下，然後握住他的手。

「我叫休爾。」他說。「妳還想再吃一塊豬肉嗎？來，到桌子這邊來，我介紹我爸爸給妳認識。嘿，爸，我介紹她給你認識一下。」

「不行，我在找小狗。」

休爾皺起眉頭。「小狗？那在下一條走廊。」他朝那個方向努努嘴。「可是，算了吧，豬肉好吃多了。狗肉吃起來像老鼠肉，而且，小狗比大狗更貴，可是吃起來味道也差不多。」

艾莉絲嚇出一身冷汗。剛剛從她旁邊經過的那隻豬，脖子上綁著繩子，可能是寵物。說不定這裡的人會吃寵物，就像馬克思和邁爾斯一樣，他們一天到晚想養老鼠來玩，可是最後肚子餓了還是會把牠們吃掉。「他們會吃小狗？」她問那男孩。

「如果夠有錢的話，當然會吃。」休爾忽然抓住她的手。「來吧，到我們攤位這邊來，我要介紹我爸爸給妳認識。他根本不相信有什麼別的地堡。」

艾莉絲把手縮回來。「我要去找我的小狗。」說完她就轉身跑了，一路擠過人群，跑向那男孩剛剛指的方向。

「什麼意思，妳的小狗——」他在後面大喊。

艾莉絲從一整排的攤販前面跑過去，看到另一條煙霧瀰漫的走廊。那裡有人生了一堆火，上面用棍子串著肉，味道聞起來更像老鼠肉。有個老太太正在抓一隻鳥，那隻鳥拚命掙扎，拚命揮舞翅膀拍打那老太太的手。艾莉絲踩到一堆糞，差點滑倒。她看著四周奇怪的景象，滿腦子想的都是她的小狗不見了。接著，她聽到有人好像在喊什麼狗，立刻轉頭看著四周，想看看那聲音是從哪裡來的。這時候，有個年紀更大的男孩子手上抓著一塊紅紅的肉，上面還有一根根白白的東西，看起來像骨頭。那男孩大概和瑞克森差不多大。那裡有一座畜欄，上面有寫著號碼的標示牌，過往的人群有人會停下腳步，探頭看看畜欄裡面，有人會伸手指著裡面問東問西。

艾莉絲從那些人中間擠進去，因為她聽到裡面有狗吠聲。到了畜欄旁邊，她果然看到裡面有小狗。她踮起腳尖，勉強搆上畜欄邊，然後從橫欄間看著裡面。裡面有一隻很大的動物，差不多有剛剛那隻豬那麼大，牠朝圍欄撲過來，朝著她猛吠。圍欄被牠撞得搖搖晃晃。那是一隻狗，不過嘴上綁著繩子，牠嘴巴張不開。艾莉絲感覺到狗的鼻子呼出一團熱氣，吹在她臉上。艾莉絲在人群中穿梭，快步繞到畜欄另一邊。

後面有一座比較小的畜欄。艾莉絲從一條長桌旁邊走過去，桌邊有兩個年輕人正在烤肉，烤架上煙霧瀰漫。他們轉身背對著她，從一個女人手上拿了什麼東西，然後把一個包包遞給那個女人。艾莉絲攀住小畜欄邊緣，探頭往裡面看。有一隻狗側躺在地上，有五、六隻小動物正在吃牠的肚子。起先她以為那些小動物是老鼠，後來才發現那是很小的小狗。跟牠們比起來，她的小狗簡直就像大狗了。而且，那些小狗並不是在吃那隻大狗，而是在吸奶，就像漢娜的小嬰兒趴在她胸部吸奶。

艾莉絲被那些小狗迷住了，一直盯著牠們看，沒有注意到圍欄底下有一隻狗。後來，當她回過神來的時候，眼前已經出現一團黑黑的鼻子，那隻狗伸出粉紅色的舌頭舔到她下巴。這時候，她看到了。她的小狗就在畜欄的另一邊，牠已經朝她撲過來。

艾莉絲興奮得大叫了一聲，手伸進圍欄裡，兩隻手抱住小狗，這時候，後面忽然有人抓住她。

「妳以為妳買得起那隻小狗嗎？」桌子後面那個人忽然大喊了一聲。

艾莉絲拚命想掙脫那個人的手，手還是緊緊抓住小狗。

「不要衝動。」那個人說。「放開那隻狗。」

「你放手！」艾莉絲大叫。

這時候，她手一鬆，小狗就掉下去了。艾莉絲拚命掙脫了，袋子的揹帶從她頭上滑掉，袋子掉到地上，而她也摔倒在那個人腳邊。但她很快就站起來，又伸手去抓小狗。

「喂，幹什麼。」她聽到那個人大叫。

艾莉絲手又伸進圍欄裡，又抓住小狗。小狗趴在圍欄上猛抓，想爬上圍欄，然後牠的前腳終於搭在她肩上，伸出舌頭拚命舔她的脖子。這時候，艾莉絲轉頭一看，看到一個男人就站在她後面，胸前圍著一塊血跡斑斑的白布，手上拿著她的紀念冊。

「這是什麼東西？」他翻著那本紀念冊，有幾張書頁掉出來，他趕緊伸手去抓。

「那是我的書。」艾莉絲說。「還給我。」

那男人低頭凝視著她。小狗一直舔她的臉。

「這本書給我，那個就給妳。」他指著那隻小狗。

「都是我的。」她說。

「不對，那隻小狗是我買的，不過，這本書可以用來換那隻小狗。」他上下晃晃那本書，看看有多重，然後伸手把艾莉絲從圍欄旁邊推開，轉身走回擠滿人的攤位。

艾莉絲顧不得地上的袋子，伸手要去搶書。小狗張嘴去咬她的手，她手一鬆，小狗差點掉下去。她開始大哭起來，哭著要那個人把東西還給她。那個人忽然齜牙咧嘴露出猙獰的表情，顯然發火了。

「洛伊！過來抓住這臭小鬼。」

艾莉絲放聲尖叫。這時候，剛剛那男孩忽然從外面衝進來，朝來來往往的人大喊：「狗啊！」，然後朝她跑過來。她手上的小狗已經快要滑掉了，而她的頭髮也快被那個人扯掉了。

接著，那個人拉住艾莉絲的頭髮，把她整個人提起來，艾莉絲痛得慘叫，這時候，小狗從她手上滑掉了。那一剎那，她忽然覺得眼前一閃，看到一團棕色的東西從她眼前晃過去，好像是一隻狗，但她仔細一看，發現並不是狗，而是一個穿著棕色工作服的人。接著，那個男人慘叫了一聲，倒在地上，艾莉絲也跟著倒在地上。

不過，那個人已經放開了她的頭髮。艾莉絲看到她的袋子，她的書，於是立刻一把抱住，然後又伸手去抓那些散落的書頁。接著，她看到那男孩子了。就是剛剛拿肉給她吃的男孩。他一把抱起小狗，對艾莉絲笑了一下。

「趕快跑。」他喊了一聲。

艾莉絲拔腿就跑，從那男孩身邊跑開，衝出人群，邊跑邊轉頭看，看到休爾也跟在她後面跑，懷裡抱著小狗。小狗頭下腳上，四隻腳在半空中揮舞。四周的人群起了一陣騷動，紛紛退開讓他們跑過去。然後，那男人也跟在後面追。

「從這邊！」休爾邊笑邊喊，慢慢追上艾莉絲，然後帶著她繞過轉角。艾莉絲眼裡還噙著眼淚，但也笑起來了。她大笑著，心裡又害怕又高興，因為她的書和小狗都搶回來了，而且還逃掉了。這男孩對她真好，比那對雙胞胎好得多。他們鑽進另一條長桌底下，那裡有水果的香味，還有人對他們大喊大叫。接著，休爾帶著她穿過一間暗暗的房間，看到一張凌亂的床，然後又衝進一間廚房，看到一個女人正在煮菜，然後又跑到另一座攤位後面，那個高大黝黑的男人手上拿著一把小刀，氣得猛揮。不過，他們已經衝出了人群，邊跑邊笑——

突然間，人群中忽然有人一把抓住他。那個人手力氣很大，把男孩提到半空中。艾莉絲絆了一跤，而休爾拚命掙扎，朝那個人拳打腳踢，大吼大叫。這時候，艾莉絲抬頭一看，這才發現抓住男孩的人是孤兒。他滿面笑容低頭看著艾莉絲。

「孤兒！」艾莉絲興奮得大叫起來，緊緊抱住他的腿。

「這孩子搶了妳的東西嗎？」他問。

「不是啦，他是我的好朋友，趕快把他放下來。」說著她轉頭看著人群，看看那個人有沒有追過來。「我們趕快走。」她對孤兒說，然後又抱住他的腿。「我想回家。」

孤兒摸摸她的頭。「我就是要來帶妳回家。」

29 第十八地堡

艾莉絲讓孤兒幫她拿袋子和書，她自己抱著小狗。他們一路擠過人群，走出市集，回到樓梯井。休爾一直跟在他們後面。雖然孤兒已經叫他趕快回家，但他還是一直跟。後來，艾莉絲和孤兒開始下樓去找他們的伙伴，這時候，艾莉絲還是一直回頭看，看到休爾那身棕色的工作服，看到他躲在中央柱子後面偷瞄他們，或是趴在上面樓層平台的欄杆探頭看他們。她本來想告訴孤兒他還跟在後面，但最後還是決定不說。

他們離開市集下了幾層樓之後，有運送員追上他們，告訴他們一個消息。祖兒正要趕下來找他們。她已經派出全地堡半數以上的運送員幫忙找艾莉絲。而艾莉絲甚至不知道大家找不到她。

他們站在下一層樓的平台上等祖兒，這時候，孤兒拿自己的水壺給艾莉絲喝。艾莉絲在孤兒的掌心倒了一點水給小狗喝，小狗舔得很開心。他們站在那裡等了好久，祖兒終於趕到了。他們遠遠就聽到她急促的腳步聲，重重踩著樓梯板，連平台都會震動。祖兒滿身大汗，氣喘吁吁，但孤兒似乎完全沒注意到，立刻上前緊緊抱住她，兩個人抱了好久，艾莉絲還以為他們不想放開對方了。上下樓的人經過平台的時候，都用一種奇怪眼神看著他們。後來，兩個人終於放開對方，祖兒又哭又笑，跟孤兒說了幾句話，結果孤兒忽然哭起來，然後兩人都盯著艾莉絲。艾莉絲感覺得出來，他們一定是在隱瞞什麼，要不然就是不好的事。祖兒把她抱起來，在她臉上親了好幾下，緊緊抱住，艾莉絲簡直快喘不過氣來。

「沒事了。」她對艾莉絲說，可是艾莉絲根本搞不懂出了什麼事。

「我把小狗找回來了。」她很開心的說，接著她忽然想到祖兒還不知道她有一隻小狗。她低頭一看，看到小狗在祖兒鞋子上撒尿，心裡想，牠這樣一定是想跟她打招呼。

「是一隻狗。」祖兒叫了一聲，接著忽然抓緊艾莉絲的肩膀。「妳不能養狗，狗很危險。」

「牠才不危險！」

小狗要去咬艾莉絲的手，艾莉絲立刻把手縮回來，摸摸小狗的頭。

「你是在市集找到她的嗎?你剛剛就是去那裡嗎？」祖兒轉頭看著孤兒，孤兒點點頭。祖兒深深吸了一口氣。「妳不能隨便拿別人的東西。如果這隻狗是妳從攤販那裡抓來的，那妳一定要還給人家。」

「小狗是我在底下找到的。」艾莉絲低頭緊緊抱住小狗。「是機電區的狗。我們可以把小狗帶回去那裡，不過絕對不可以帶回市集。對不起，我不應該抱走這隻小狗。」她緊緊抱住小狗，想到剛剛那個人拿著一大塊血淋淋的肉，上面還有骨頭。祖兒又轉頭看著孤兒。

「這不是市集的狗。」他說。「這是她從機電區的一個箱子裡抱出來的。」

「那就好。等一下我們再把事情弄清楚。現在，我們要趕快下去追他們。」

艾莉絲看得出來祖兒和孤兒都很累，而她自己和小狗也累了，可是，他們還是得趕路。兩個大人似乎急著想下去，而艾莉絲看過市集之後，也迫不及待想趕快下去。她告訴祖兒，她想回家，祖兒說她就是要帶他們回家。「我們應該要讓所有的東西保持原狀。」艾莉絲對他們兩個說。不知道為什麼，祖兒忽然笑起來。「妳還太小，可能還不懂什麼叫懷舊吧。」她說。

艾莉絲問她懷舊是甚麼意思，祖兒說：「懷舊的意思，就是你覺得從前的東西比較好，可是其實並沒有那麼好。那只是因為現在的東西太爛。」

「那我很懷舊。」艾莉絲大聲說。

祖兒和孤兒兩個人都笑起來，可是才一下子，兩個人又露出悲傷的表情。艾莉絲注意到他們很難過的看著對方，而且祖兒還一直擦眼淚。最後，艾莉絲終於忍不住問他們到底出了什麼事。

他們在樓梯中間停下腳步，把一切都告訴她。他們說，當初有一大群人衝下來，把她撞倒，然後小狗就跑掉了，當時馬克思被擠到欄杆外面摔下去，死了。艾莉絲轉頭看著旁邊的欄杆，心裡想，欄杆這麼高，馬克思怎麼可能會摔出去？她不懂為什麼會這樣，可是她知道，那代表馬克思永遠不會再回來了，就像他們的父母一樣，死了，永遠不再回來了。就像那樣。馬克思永遠不會在「荒野」裡又跳又笑了。她擦擦眼淚，忽然為邁爾斯感到難過，從今以後，他們就再也不是雙胞胎了。

「我們要回家，就是因為這樣嗎？」她問。

「那是一部分原因。」祖兒說。「事實上，一開始我就不應該把你們帶過來。」

艾莉絲點點頭。她也這麼認為，不過，至少在這裡她有了一隻小狗，而小狗是這裡的。而且，不管剛剛她跟祖兒說了什麼，其實她根本沒打算放棄她的小狗。

茱麗葉讓艾莉絲走在前面。剛剛她衝著下樓梯，摔倒好幾次，現在兩腿又痠又痛。此刻，她迫不及待想看到那些孩子團圓，然後帶他們回家。馬克思出了事，她一直很自責，往下走的一路上，她內心充滿悔恨。這時候，無線電裡忽然有人在呼叫她。

「祖兒，妳在哪裡？」

是雪莉，她口氣聽起來很生氣。茱麗葉把無線電從腰帶裡抽出來。雪莉一定是在沃克那裡，用他的無線電。「怎麼了？」她問。她一手扶著欄杆，跟在艾莉絲和孤兒後面。有個運送員和一對年輕情侶和他們擦身而過，朝上面走。

「到底出了什麼事？」雪莉問。「剛剛有一大群暴民衝進來這裡，他們衝進門的時候，從法蘭克身上踩過去。法蘭克現在被送去醫護區。現在又有好幾十個人正衝進妳挖的坑道，我不知道要怎麼辦。」

茱麗葉猜得到，一定是害馬克思摔死的那群人。吉米聽到無線電裡的聲音，立刻轉過頭來看她。茱麗葉把音量關小，免得艾莉絲聽到。

「又有好幾十個人是什麼意思？前面還有誰過去了？」茱麗葉問。

「那群幫妳挖坑道的工人，另外還有幾個大夜班的機電區的工人也進去了。他們寧可不睡覺也要去看看另外一邊長什麼樣子。另外，還有一群『計畫委員會』的人是妳派來的。」

「計畫委員會？」茱麗葉腳步漸漸慢下來。

「是啊，他們說是妳派他們來的，說他們應該要視察一下挖掘的狀況。他們還拿了妳辦公室簽發的通知給我看。」

茱麗葉忽然想到，地堡大會召開之前，瑪莎告訴過她這件事，可是當時她忙著做防護衣，沒放在心上。

「是妳派他們來的嗎？」雪莉問。

「可能是。」茱麗葉只好實話實說。「不過，最後那群暴民，先前我爸爸在樓梯上碰到過。有人被他們擠下樓梯摔死了。」

好一會兒雪莉都沒說話。後來終於又開口說：「我聽說有人掉下去，不過我不知道是他們幹的。妳聽我說，剛剛我差點就想把所有的人拖出來，然後把坑道封死。祖兒，場面已經失控了。」

祖兒心裡想：我知道。可是她說不出口。「我現在已經在路上了，很快就會趕到。」

雪莉沒吭聲。茱麗葉關掉無線電，插回腰帶裡。吉米忽然停下腳步，準備跟她說話，讓艾莉絲先走在前面。

「真對不起，出了這種事。」茱麗葉對他說。

兩個人默默往下走，繞了一圈樓梯。

「先前在坑道裡，我看到有人拿走我們那邊的東西。那不是他們的東西。」吉米說。「他們帶我們過來的時候，裡面很暗，不過我看到有人扛著管子和機器過來這邊，那是我們地堡的東西。看起來，他們好像早就計畫好了。可是我聽妳說過，我們會回去重建我們的家，而不是拿那裡的東西當備用。」

「我會重建你的家。我會，我真的會重建。等我們到了下面，我會跟他們說。他們不是拿東西當備用。」

「所以，妳並沒有告訴他們那裡只是一個備用的地方？」

「沒有。我……我應該告訴過他們，必須把你和孩子們接過來，那麼，另外那座地堡就是……

就是多出來的……」

「那不就是備用嗎？」

「我會跟他們說清楚。我保證，到最後一切都不會有問題了。」

孤兒沒說話，兩個人又默默走了一會兒。

「是啊。」孤兒終於說。「妳永遠都是這樣說。」

30 第一地堡

夏綠蒂在黑暗中醒來，滿身大汗，全身都濕透了。她好冷。鐵皮地板好冷。她的臉一直貼在冷冰冰的鐵皮上，很痛，有一條手臂被身體壓著，幾乎已經麻了。她硬撐著伸出那隻手搓搓臉，摸摸地板上的鑽石狀突起。

她隱約回想起剛剛唐諾被抓走的情景。當時，她整個人蜷曲成一團，本來想哭，但最後還是忍住了。當時，她也許是太累，也或許是因為嚇得不敢動，所以最後不知不覺睡著了。

她豎起耳朵聽聽還有沒有腳步聲，有沒有人說話，確定四周沒有動靜之後，她才慢慢把防水布抬起一點點。外面一片漆黑，跟無人機底下一樣。她整個人貼在地上慢慢往外爬，在一片黑暗中感受到無邊的孤寂。

她的工作燈被蓋在防水布底下的某個地方。她掀開無人機上的防水布，到處摸索，摸到一些工具，而且還不小心踢翻了一盒棘輪，嘩啦啦散了一地。接著，她想到無人機有頭燈，立刻把手伸進機件艙，摸到測試開關，按下按鈕，機頭立刻射出一道黃澄澄的光束。有了燈光，她就找得到她的工作燈。

她一把抓起工作燈和一根大扳手。這裡已經不是安全之地。就彷彿在戰場上，陣地遭到砲擊，帳篷被夷為平地，而她也失去了夥伴。而且，下一發炮彈隨時會飛過來。

她舉起手電筒對準電梯，提心吊膽，不知道會不會有人突然從裡面走出來。過了一會兒，四下還是一片寂靜，她幾乎聽得到自己的心跳聲。夏綠蒂轉身走向會議室，那是她最後看到他的地方。

地面上沒有殘留打鬥的痕跡。會議室裡，桌上依然全是凌亂散落的筆記，不過，說不定有一些被拿走了。幾條椅子之間本來散落著一些盒子，現在都不見了。顯然那些人並沒有好好整理現場，他們一定還會再回來。

夏綠蒂關掉電燈，轉身走出去。門口這邊就是唐諾被人毆打的地方。她走過去，仔細一看，這次終於看到牆上濺滿了血跡。剛剛睡著之前，她強忍住哭泣，而此刻，她又想哭了，但還是又忍住了。她想著，不知道哥哥是否還活著。當時，她看到那個滿頭白髮的男人就站在這裡，整個人陷入狂怒，一腳又一腳猛踢唐諾。現在，就只剩下她自己一個人了。她匆匆穿越幽暗的軍火庫，走向無人機。剛剛醒過來之後，眼前只剩一個駭人的世界，只剩她自己一個人。

無人機頭燈的光線遍照整個地面，她注意到遠處那扇門。

她忽然覺得，自己並不是全然孤單的。

夏綠蒂打起精神，手伸進機件艙，關掉頭燈，然後小心翼翼重新蓋好防水布。不能再出任何差錯，她必須假設隨時會有人進來。接著，她打開工作燈，走向那扇門，走到一半忽然又停下腳步，回來拿工具袋。現在，無人機已經不再是當務之急。她拿著工作燈，提著工具袋，快步經過營舍，走向走廊盡頭，走進無人機操控室。最裡面牆邊的工作檯上有一具無線電，那是她花了好幾個禮拜組裝的。無線電已經能用了。她和哥哥常常從無線電裡聽其他地堡的人說話。說不定她可以想辦法和其他人聯絡。工作檯上有一些他幫她準備的備用零件。她開始在裡面翻找。就算沒辦法用無線電和外界聯絡，她至少可以聽聽看有什麼情報。說不定她有機會聽到唐諾目前的狀況怎麼樣。說不定她可以聽到他的聲音——用這種方式接觸另一個人。

31 第一地堡

每咳一次，唐諾就會覺得肋骨彷彿裂成無數碎片，刺穿他的肺，他的心臟，一陣劇痛沿著脊椎流遍全身。他相信自己體內的骨肉已經支離破碎。現在，他已經開始懷念先前咳嗽時那種單純的肺部灼熱的感覺，喉嚨刺痛的感覺。此刻，全身瘀青腫脹，肋骨碎裂，相形之下，原先咳嗽的痛楚簡直微不足道。沒想到他竟然會懷念那種痛楚。

他躺在行軍床上，滿身傷痕，一直流血。他甚至連逃出去的念頭都沒有了。門鎖得很緊，而且就算爬上天花板的隔板也無處可逃。他認為自己並不是被關在管理樓層，而可能是被關在警衛隊，或是住宅樓層，或是任何一個他不熟悉的地方。外面的走廊靜得出奇，時間可能是半夜。用力敲門，他的肋骨會痛得難以忍受，大聲喊叫，喉嚨像火在燒。然而，真正的折磨，卻是想到自己可能害妹妹陷入悲慘的命運。如果等一下警衛或是瑟曼進來，他會告訴他們她在底下，求他們放過她。從前，瑟曼曾經很疼愛他妹妹，視如己出。把她喚醒的人是唐諾，都是他的錯。瑟曼會明白的。瑟曼會把她放回冬眠系統，讓她繼續沈睡，直到世界末日。那就是最好的結局。

幾個鐘頭過去了，這幾個鐘頭裡，他全身的瘀傷陣陣刺痛。唐諾躺在床上翻來覆去，分不清時間是白天還是晚上，就連在冷凍艙裡情況都沒這麼糟糕。接著，他忽然感到全身一陣熱，滿身大汗，不過，那並不是因為傷口感染，而是因為他內心充滿悔恨，充滿恐懼。他不斷做噩夢，夢見冷凍艙起火燃燒，夢見火焰，夢見寒冰，夢見微塵，夢見血肉在火焰中化為灰燼。

他時睡時醒，昏昏沈沈，後來，他又做了一個夢，夢見一個寒冷的夜晚，他在一片茫茫大海上，腳下的船正慢慢往下沈，甲板在怒濤洶湧中不斷搖晃。唐諾抓著舵輪，手已經凍僵，嘴裡噴出陣陣白霧。洶湧的巨浪吞沒船邊的欄杆，船越沈越深，而四面八方的海面上全是著火的救生艇，救生艇的形狀猶如一座座的冷凍艙，裡面的女人和小孩都被火焰吞噬，放聲慘叫。那些救生艇根本沒機會靠岸。

此刻，那一幕彷彿就活生生在唐諾眼前。他在夢裡看到這些景象，而當他醒過來，他依然看得到。他氣喘吁吁，不斷咳嗽，滿身大汗。他曾經想過，女人之所以一直被放在冷凍艙裡，是因為這樣一來男人就沒有什麼好爭奪的，可是現在，他認為那是因為要讓其他男人有努力的目標，要拯救那些女人。男人一次又一次歷經暗無天日的輪值，一次又一次在黑夜中沈睡，做著永遠無法實現的夢。

接著，他猛然在床上翻身，伸手掩住嘴巴猛咳起來，咳出滿手的血。他想救人。他曾經幹過蠢事，他曾經幫忙建造了那些要命的地堡，因為他相信這樣是為了拯救人類。其實他錯了，他們應該讓那些人自己想辦法求生存，讓地球自己尋找生路。如果人類註定要滅絕，那也就只能這樣了。這就是生命：生命終究會消失，而後面的生命會遞補。可是有少數人偏偏要干預自然的法則，複製自己的下一代，發明奈米醫療，複製器官，用冷凍艙冬眠。就是那少數人製造出現在的世界。

這時候，他聽到門外傳來腳步聲，那意味著有人送東西來給他吃了。睡覺的時候噩夢連連，醒著的時候渾身劇痛，彷彿永無止盡的噩夢，而這一切終於可以結束了。他感覺很餓，所以這可能是早餐，而這意味著他幾乎整夜都醒著。他暗暗希望送飯來的是同一個警衛，可是當門一開，他看到的卻是瑟曼，旁邊有一個人穿著警衛隊的銀色工作服，面無表情。瑟曼走進門，然後關上門，看起來很有自信，認定唐諾不足以構成威脅。他的模樣看起來比那天健康多了，也許是因為清醒的時間多了，或是因為他的血管裡又輸入了更多醫療用的奈米微型機。

「你打算把我關在這裡關多久？」唐諾從床上坐起來。他的聲音聽起來好嘶啞，好虛弱，彷彿秋天的落葉。

「不會太久了。」瑟曼說。那老人把床邊的一個箱子拖過去，坐在上面，仔細打量著唐諾。「你剩沒幾天好活了。」

「是醫生說的，還是你決定的？」

瑟曼揚揚眉毛。「都是。如果我們把你丟在這裡，不讓醫生幫你治療，讓你自生自滅，你根本撐不了幾天。不過，我還是決定把你送去冬眠。」

「如果你願意讓我解脫，上帝會保佑你。」

瑟曼似乎想了一下。「我曾經想過讓你死在這裡，我知道你正在承受什麼痛苦。我可以幫你治療，也可以讓你自生自滅，只可惜，這兩件事我都不忍心做。」

唐諾很想笑，可是實在太痛。他伸手去拿托盤上的水杯，喝了一口，然後放下杯子。杯裡的水面立刻蕩漾起一片粉紅。

「這次輪值期，你好像很忙。」瑟曼說。「有好幾架無人機和很多炸彈不見了。我們喚醒了好幾個冬眠的人，拼湊線索，終於慢慢搞清楚你到底打算幹什麼。你知不知道你會製造出什麼危險？」

瑟曼的口氣裡有一種比憤怒更可怕的東西。唐諾一開始猜不透那是什麼。不像是失望，不像是憤怒。先前他用靴子踹他的時候，怒氣都已經發洩完了。而此刻，他口氣中似乎藏著什麼，感覺上，有點像是恐懼。

「我製造出什麼危險？」唐諾問。「我一直在幫你收拾爛攤子。」他故意向瑟曼鞠了個躬，手不小心撞到杯子，水濺出來。「你毀掉了好幾個地堡，我在幫你收拾善後。好幾年前，那個被你毀掉的地堡現在還有人——」

「第四十地堡。我知道。」

「是第十七地堡。」唐諾清清喉嚨，抓起托盤上的麵包咬了一口，嚼了幾下，下巴開始痛起來。麵包嚼起來很乾，他端起杯子喝了一口水。他知道很多東西，是瑟曼不知道的。此刻，他忽然想通了這一點。他和第十八地堡的人說過話，他花了很多時間畫草圖做筆記，花了好幾個禮拜的時間把所有的狀況搞清楚，暗中操作。這些，瑟曼都不知道。他知道，以他目前的狀況，他根本不是瑟曼的對手，然而，他覺得自己還佔有某些優勢，因為他知道的比瑟曼多。「第十七地堡還有人。」說完他又咬了一口麵包。

「我知道。」

唐諾繼續嚼麵包。

「今天我要消滅第十八地堡。」瑟曼淡淡的說。「那個設施害我們付出很大的代價……」說著他搖搖頭，唐諾覺得他可能是想到維多。在很久以前的一次暴動中，第十八地堡真正的負責人拿槍打爛了自己的頭。接著，唐諾又想到，他對第十八地堡的人寄予莫大的期望，可是現在，一切都要落空了。他花了那麼多時間精力，偷拿零件給夏綠蒂，夢想著結束地堡的生活，夢想著未來能夠自由自在的活在蔚藍的天空下，而現在，一切都落空了。他忽然覺得嘴裡的麵包難以下嚥。

（編者註：唐諾和第十八地堡有很深的淵源，可以追溯到數百年前。很久以前，第十八地堡也曾經發生過一次暴動，那也是前傳《星移記》中的一段故事。）

「為什麼？」唐諾問。

「你知道為什麼。你一直在和他們聯絡，不是嗎？你認為這地方會變成什麼樣？你到底在想什麼？」此刻，瑟曼口氣中第一次流露出憤怒。「你以為他們有辦法救你嗎？你以為他們有辦法救所有的人嗎？你到底在想什麼？」

唐諾本來不想回答，可是卻不由自主的脫口而出：「我覺得他們不應該遭受這種命運，我覺得應該要給他們一個機會——」

「什麼機會？」瑟曼搖搖頭。「算了，無所謂了，我們已經計畫太多了。」最後一句話他像是在自言自語。「可恨的是，我被你暗算，睡了太久，沒辦法親自掌控所有的事。那種感覺，就好像本來應該親自去看看，可是卻派了無人機去偵察。」瑟曼伸出拳頭在空中揮舞了一下，然後盯著唐諾。「明天一大早，我就會把你送去冬眠，老實說，我覺得實在不應該讓你這麼好過。不過，把你送去冷凍之前，我要你告訴我你是怎麼辦到的。你怎麼有辦法冒用我的身分？我不能讓這種事再發生第二次——」

「這麼說，你覺得我是一大威脅囉？」唐諾又喝了一口水，吞下卡在喉嚨的麵包。他想深深吸口氣，可是肋骨實在太痛，到最後他也只能輕輕喘了幾口。

「你不是什麼威脅，不過以後如果還有人會做這種事，那就是一種威脅了。我們已經做好萬全的準備，不過，我們一直都知道，最大的弱點，整個系統最大的弱點，就是高層的叛變。」

「就像第十二地堡。」唐諾說。他還記得，當年那座地堡的伺服器房有人出了狀況，結果整座地堡就完了。當年他親身經歷了那一切，也親手消滅了那座地堡，而且還寫了一份報告。「你怎麼會沒預料到這種狀況？」他問。

「我們預料到了，而且也做了萬全的準備。那也就是為什麼我們會有學徒制，為什麼會有接班儀式，測試那個人的內心，而且安裝了引爆裝置。你還太年輕，不會懂這個，不過，對人類來說，最艱鉅的任務，就是怎麼把極龐大的權力移轉到另一個人手上。長久以來，我們一直都無法駕輕就熟。」瑟曼攤開手，那蒼老的眼中射出一道精光，那一剎那，他彷彿又變回當年那個老練的政客。「一直到現在，我們終於用冷凍艙和輪值期解決了這個問題。從此以後，權力永遠掌握在少數幾個人手上，而且每次掌權的時間都不會太長。這樣一來，根本就不會有權力移轉的問題。」

「恭喜你。」唐諾忿忿地說。他還記得，有一次他曾經建議瑟曼出來選總統，可是瑟曼卻說當總統根本不夠看。現在唐諾終於明白他是什麼意思了。

「沒錯，這本來是一個很好的系統，可是後來卻被你搞砸了。」

「如果你願意回答我一些問題，我就告訴你我是怎麼做的。」唐諾又伸手掩住嘴巴咳起來。

瑟曼皺起眉頭，等他咳完。「你快死了。」他說。「我們會把你送進冷凍艙裡，讓你一直睡到世界末日。所以，問那麼多幹嘛？就算你知道了，又有什麼用？」

「我想知道真相。我已經知道很多真相，可是還是有幾個漏洞。這種漏洞造成的痛苦，比我肺部的破洞更令人難受。」

「不會吧。」瑟曼說。不過他似乎考慮要接受這個條件。「你想知道什麼？」

「伺服器。我知道伺服器裡面有什麼，有地堡裡所有的人一輩子的資料，在哪裡工作，做什麼工作，活了多久，有幾個孩子，吃過什麼東西，去過什麼地方，所有的一切。我想知道這些資料是幹什麼用的。」

瑟曼仔細打量著他，沒有說話。

「我找到了一些百分比數字，還有一份名單，順序常常會變動。我知道那代表那些人獲得自由之後，存活的機率有多高，對不對？問題是，電腦怎麼會知道？」

「電腦就是知道。」瑟曼說。「所以你認為這就是地堡存在的意義？」

「我認為這是一種無形的戰爭。沒錯。地堡之間的戰爭，只有一個地堡會贏。」

「那你還問我幹什麼？」

「我認為電腦做的不只這個。你告訴我，然後我就告訴你我是怎麼冒充你的身分。」這時唐諾忽然又咳起來，於是他立刻坐直起來，雙腿一縮，兩手抱住小腿，這樣比較不會痛。瑟曼又等了一下，等他咳完。

「伺服器功能就像你說的那樣。它們會追蹤每個人一生的資料，評估他們，而且還會決定生育抽籤的結果，也就是說，我們能夠完全控制人口成份，決定地堡要繁衍什麼樣的後代。我們提高我們的機率，讓最好的品種繁衍下去。那也就是為什麼，我們操控得越久，他們的生存機率就會越來越高。」

「那就對了。」唐諾暗罵自己笨。他早該想通的。他曾經聽瑟曼一再強調，沒有一件事是偶然的。生育抽籤不就是這麼回事嗎？

他注意到瑟曼盯著他。「輪到你了。」他說。「你是怎麼辦到的？」

唐諾往後靠到牆上，又抬起手掩住嘴巴咳了幾下，而瑟曼瞪大眼睛看著他，不吭一聲。「是你的女兒安娜幹的。」唐納說。「她發現了你的計畫，知道她幫你做完事之後，你就會把她送去冬眠，而她很怕她再也不會醒過來。你告訴她密碼，讓她有權限存取系統資料，然後她就幫你解決了第四十地堡的問題。她在系統裡動了手腳，讓我能夠冒用你的身分，而且還留了一張紙條在你的冷凍艙裡，要我幫助她。我認為她是想破壞你的計畫，結束這一切。」

「沒這回事。」瑟曼說。

「噢，就是這麼回事。後來我醒過來了，可是卻搞不懂她究竟想要我怎麼樣。等我想通的時候，已經太遲了。當時，第四十地堡的問題還沒解決。我醒過來之後，開始輪值，第四十地堡——」

「第四十地堡的問題已經解決了。」瑟曼說。

唐諾往後一仰，頭靠到牆上，眼睛盯著天花板。「第四十地堡的人騙過了你，讓你以為問題已經解決了。至於我呢，我的看法是這樣。我認為第四十地堡侵入了系統，被安娜發現了。他們變造了攝影機的線路，所以我們根本看不到那裡出了什麼事。他們資訊區的負責人很厲害，帶頭叛亂，就像你剛剛說的那樣。當初我們的螢幕上忽然看不見第四十地堡，就是因為他們切斷了攝影機的線路，不過更早之前，他們已經拆掉了輸氣管，這樣我們就沒辦法殺他們。再更早之前，他們已經拆掉了炸彈。地堡埋設炸彈，就是為了預防這種狀況發生。他們把所有的步驟倒過來，所以，當我們的螢幕上忽然看不見他們的時候，他們已經掌控了一切。就像我一樣。就像安娜為我安排的一樣。」

「他們怎麼可能——」

「說不定是她在幫他們。天曉得。最起碼她就是這樣幫我的。後來不知道怎麼搞的，事情傳開來了。或者，說不定幫你幹過壞事之後，忽然明白他們是對的，我們是錯的。說不定她最後放過了第四十地堡，讓他們過自己的日子。我想，她可能認為他們會拯救所有的地堡。」

說到這裡，唐諾又開始咳起來，忽然想起從前那些英雄傳奇，那些為正義而戰的男男女女，最後都過著幸福快樂的日子，永遠都能夠完成不可能的任務，全是狗屁。英雄是不會贏的。所謂的英雄，就是那種僥倖贏了的人。歷史是人編的——死人不會說話。全是狗屁。

「我還沒搞清楚第四十地堡出了什麼狀況的時候，我就先引爆了炸彈。」唐諾說。他盯著天花板，彷彿感覺上面所有樓層的重量全部壓在他身上。大地壓在他身上，而天空也是如此沈重。「我炸掉了第四十地堡，因為我需要引開別人的注意，因為我根本不在乎。安娜安排我假冒你的身分，救了我的命，而我卻殺了她。兩次輪值，我都幫你做了你該做的事，不是嗎？我平息了兩次你完全沒有預期到的叛變——」

「沒這回事。」瑟曼忽然站起來，居高臨下看著唐諾。

「就是這麼回事。」唐諾說。他淚眼盈眶，眨眨眼擠掉眼淚，忽然感覺心中一陣空虛，而他的心曾經填滿了恨，他對安娜的恨。而此刻，他心中只剩下愧疚和悔恨。他殺了一個最愛他的人，殺了一個為正義奮戰的人。而他這輩子卻從來不曾思考過正義的問題，從來沒有追求過正義。

「那次暴動會發生，是因為你違背了自己的規則。」他對瑟曼說。「當你喚醒她的時候，這一切就已經開始了。你太軟弱了，你危害到所有的一切，而我補救了這一切。你真該死，因為你竟然聽她的話，竟然把我拖下水，害我變成這種王八蛋！」

唐諾閉上眼睛，感覺眼淚從眼角往下流，隔著眼皮感覺到瑟曼的身影在晃動。他已經準備好，抬起下巴，等著瑟曼撲過來狠狠揍他。他想到海倫，想到安娜，想到夏綠蒂。接著他忽然想到，他應該趁瑟曼還沒動手之前趕快告訴他，他妹妹躲在什麼地方。他期待瑟曼狠狠揍他一頓，因為他覺得自己活該，因為他是幫凶，幫助這些禽獸，不知不覺在每個關鍵時刻變成他們的工具。他打算告訴瑟曼，夏綠蒂躲在哪裡，可是隔著眼皮他忽然感覺眼前一亮，人影消失了，接著，他聽到門碰的一聲重重關上。

32 第十八地堡

盧卡斯把耳機線的接頭插進插槽，那一剎那，他已經感覺到事情不太對勁。天花板上的紅燈閃個不停，問題是，時間不對。第一地堡打來的電話，一定都在固定的時間，可是現在是吃晚飯的時間，電話卻響了。先前他已經把電鈴和閃光燈移到他的辦公室和走廊上，是辛姆看到閃紅燈，趕緊跑到茶水間找他，說有人打電話來。辛姆是從前的警衛隊長。盧卡斯接到通報，第一個反應是，他們這位第一地堡的好朋友一定是有急事要警告他，要不然就是要打電話來謝謝他們沒有再繼續挖坑道。

他一戴上耳機，立刻聽到喀喳一聲，線路接通了，頭頂上的閃燈立刻就熄了。「喂？」他還在喘氣。

「你是誰？」

不對，不是唐諾。是另外一個人。雖然電話裡聲音聽起來都一樣，可是口氣不對。對方怎麼會不知道他是誰？

「我是盧卡斯，盧卡斯凱爾。請問你是？」

「叫你們地堡的總指揮來，我有話要跟他說。」

盧卡斯猛然站起來。「我就是這座地堡的總指揮。新世界第五十號行動指揮中心第十八地堡。請問你是誰？」

「我就是新世界行動計畫的創始人。去叫你們總指揮來。他好像叫……白納德霍蘭。」

盧卡斯差點就脫口而出說白納德死了。大家都知道白納德死了。當時他被送出去清洗鏡頭，可是最後卻被火燒死。茱麗葉想救他，可是他卻不領情。當時盧卡斯親眼看著那一幕。大家都知道這件事，可是這個人卻不知道。接第一地堡的電話，本來有點像例行公事，但此刻，情況突然變得很複雜，盧卡斯不由得感到一陣暈眩。難道，那些神並非全知全能的嗎？還是說，他們都是各自為政？還是說，那個自稱唐諾的神特別陰險狡猾，遠超過盧卡斯的想像？還是說，就像茱麗葉形容的，這些人都是在「惡搞」他？

「白納德……呃，他目前不太舒服。」

那個人沒吭聲。盧卡斯額頭和脖子開始冒汗，他開始感覺到伺服器的熱氣和來自電話線另一端的壓力。

「他還要多久才回來？」

「我也不知道。呃，我去幫你找他來好嗎？」盧卡斯說得有點心虛。

「我給你十五分鐘。」那個人說。「超過那個時間，對你，還有對你們全地堡的人，後果會非常嚴重。非常嚴重。十五分鐘。」

盧卡斯還來不及開口要他多給一點時間，線路就斷了。十五分鐘。他感覺四周彷彿還在天旋地轉。他要趕快找到祖兒。他必須趕快找個人冒充白納德——也許可以找尼爾森。還有，剛剛那個人說他是新世界行動計畫的創始人，那是什麼意思？怎麼可能。

盧卡斯匆匆爬下鐵梯，從充電座上拿起手提無線電，然後又匆匆爬上鐵梯。他要趕快找到尼爾森，同時邊用無線電呼叫茱麗葉。換個人來說話說不定可以爭取到多一點時間，他才能搞清楚整個狀況。從某個角度來看，他一直很期待接到這樣的電話，因為那表示有人很想知道他們的地堡出了什麼事。他從來沒接到過這樣的電話，一直很期待，而現在，卻又來得太突然。

「祖兒？」他爬到鐵梯頂端，打開無線電。萬一她沒聽到怎麼辦？十五分鐘。接下來又該怎麼辦？他們地堡的下場會有多可怕？先前那個唐諾也曾經一再警告他，可是在他聽來卻有點空洞，然而，這次不一樣了。他又呼叫茱麗葉，感覺自己心臟怦怦狂跳。他打開伺服器房的門，沿著走廊一路猛衝。

「我們等一下再說好不好？」他手上的無線電傳出祖兒的聲音。「我底下這邊一團亂，等我五分鐘好不好？」

盧卡斯氣喘吁吁。他衝到一處轉角，正好碰上辛姆，辛姆轉頭看著他跑過去。尼爾森應該在防護衣實驗室。盧卡斯按下通話鈕。「現在我這裡需要人手，妳還在下樓嗎？」

「不，我已經到了，把幾個孩子交給我爸爸。我正要去找沃克拿電池。怎麼了，你在跑嗎？你沒有要下來嗎？」

盧卡斯還是猛喘氣。「沒有，我正在找尼爾森。有人打電話來，說他們要找白納德，如果白納德沒回話，後果會很嚴重。祖兒——我有不祥的預感。」

他繞過彎道，看到防護衣實驗室的門開著，先前貼在門框上的封條還沒拿掉。

「冷靜一點。」茱麗葉對他說。「不要緊張，剛剛你說誰打電話來？你為什麼要找尼爾森？」

「我要叫他冒充白納德跟那個人說話，這樣最起碼可以爭取到一點時間。我不知道打電話來的人是誰，聲音聽起來很像唐諾，但並不是他。」

「他說什麼？」

「他說他要找白納德，還說他是新世界行動計畫的創始人，媽的，尼爾森不在這裡。」盧卡斯轉頭看看工作檯和工具櫃。接著，他忽然想到剛剛碰到辛姆。那個前任警衛隊長有權限進入伺服器房。盧卡斯跑出實驗室，又衝回走廊。

「盧卡斯，你把我搞糊塗了。」

「我知道我知道，嘿，我等一下再呼叫妳。我要先去找辛姆——」

他沿著走廊拚命衝，衝過一間間辦公室門口，辦公室裡多半都沒人，因為很多人調到底下去支援，而有些人大概是去吃飯。這時候，他看到辛姆正要繞過轉角去警衛崗哨。

「辛姆！」

辛姆從轉角後面探出頭來看他，然後轉身走回來，看著盧卡斯朝他衝過來。盧卡斯不知道剛剛已經耗掉了多少分鐘，不知道那個人是不是真的說到做到。

「我需要你幫忙。」他指著伺服器房門口，那裡正好就在兩條走廊的轉角。辛姆轉頭和他一起看著門口。

「怎麼了？」

盧卡斯輸入密碼，推開門走進去。天花板上的紅燈正好又開始閃了。應該還不到十五分鐘吧。

「我需要你幫個大忙。」他對辛姆說。「你聽著，這……這件事很複雜，不過，我要你冒充白納德，我想，你對他應該很熟悉吧？」

辛姆愣住了。「冒充誰？」

盧卡斯轉頭抓住辛姆的手臂，拖著他走。「我現在沒時間解釋，你只要先回答那個人一些問題。

就像演習一樣，就假裝你是白納德。告訴他你就是白納德，然後假裝很忙很生氣，然後儘快掛斷電話，說得越少越好。」

「對方是誰？」

「我等一下再跟你解釋。你趕快先跟他說幾句話，騙過他。」他帶著辛姆走到最後一座伺服器前面，把耳機遞給他。辛姆愣愣看著耳機，彷彿一輩子沒見過那種東西。「戴到耳朵上。」盧卡斯說。「我幫你接線。就像無線電一樣，好，別忘了，現在你是白納德，要注意說話的口氣，知道嗎？想像你就是白納德。」

辛姆點點頭，臉有點紅，眉頭上開始冒汗。他忽然變得像個怯生生的孩子，嚇得要命。

「好，來吧。」盧卡斯把耳機線插頭插進插槽，心裡忽然想到，說不定辛姆比尼爾森更適合冒充白納德。這樣就可以爭取到一點時間，讓他有機會把狀況搞清楚。接著，他看到辛姆渾身震了一下，一定是在耳機裡聽到有人說話。

「喂？」他問。

「口氣要有自信。」盧卡斯湊在他耳邊悄悄說。這時候，他手裡的無線電又傳來茱麗葉的聲音，他趕緊關掉音量鈕，免得被那個人聽到。他等一下才能呼叫她。

「是的，我是白納德。」辛姆拉高嗓門，可是聽起來卻有點像男人用假音學女人說話，實在不太像資訊區負責人。「我是白納德。」辛姆又說了一次，口氣更堅定。接著，他忽然轉頭，用一種求救的眼神看著盧卡斯，顯得很無助。盧卡斯揮手繞了個小圈圈，辛姆點點頭，仔細聽著耳機裡那個人說話，過了一會兒，他忽然拿掉耳機。

「沒問題了嗎？」盧卡斯輕聲問。

辛姆把耳機遞給盧卡斯。「他要跟你說話。對不起，他知道我不是白納德。」

盧卡斯嘀咕了一聲，把無線電塞到腋下，茱麗葉的聲音就被掩蓋住了。他戴上耳機，耳機上全是汗水，滑溜溜的。

「喂？」

「你竟然敢矇混我。」

「白納德……我找不到他。」

「他死了。是意外嗎，還是被謀殺的？你們那邊到底出了什麼事？現在是誰負責？我們這邊看不到你們的畫面。」

「現在是我負責。」盧卡斯說。他知道辛姆正盯著他看。「目前一切正常，等一下我會請白納德打電話給你——」

「我們這邊一直有人在和你聯絡，對吧？」

盧卡斯沒吭聲。

「他跟你說了什麼？」

盧卡斯轉頭瞄瞄那張木頭椅子，還有那堆書。辛姆循著他的視線轉頭一看，看到那麼多紙，不由得瞪大眼睛。

「我們在討論人口報表。」盧卡斯說。「我們已經平息了一場暴動。沒錯，白納德在戰鬥的過程中受傷——」

「我這邊有一部機器，測得出你在說謊。」

盧卡斯忽然感到一陣暈眩。聽起來不太可能，可是盧卡斯覺得那個人不是隨便說的。他轉身頹然坐到椅子上。辛姆小心翼翼看著他，他感覺得到事情不太對勁。

「我們已經盡力了。」盧卡斯說。「目前這裡的情況已經恢復正常。我是白納德的學徒，已經通過接班儀式——」

「我知道，不過，我認為你已經被污染了。很遺憾，小子，這件事是我很久以前早就該做的。這樣對大家都好，真的很遺憾。」接著，那個人似乎轉頭跟別人悄悄說了一句話，措詞很詭異：「把那裡關掉。」

「等一下——」盧卡斯喊了一聲，轉頭看看辛姆，兩個人無奈的對看了一眼。「讓我解釋

——」

他才剛開口，忽然聽到頭頂上傳來嘶嘶聲。盧卡斯抬頭一看，看到送風口冒出陣陣白煙，房間裡開始煙霧瀰漫。他想到不久前，送風口曾經排出廢氣，當時他還被關在伺服器房，機電區的人試圖用發電機的廢氣把上面的人悶死。他還記得，當時在房間裡感覺快要窒息。不過，這些白霧不太一樣。這種煙霧很濃，而且看起來很駭人。

盧卡斯拉起襯衣遮住口鼻，然後喊了辛姆一聲，叫他趕快跑。兩個人一路穿越伺服器房，在黑色的機身間穿梭，儘量避開那些煙霧。後來，他們終於跑到伺服器房大門，盧卡斯覺得那個門應該是完全密閉的，裡面的煙霧不會外洩。門上的感應器閃著紅燈，門是鎖上的。盧卡斯想了一下，剛剛他應該沒有鎖門才對。他屏住呼吸，輸入密碼，等著感應器上亮起綠燈。可是過一會兒，紅燈還在閃。他集中精神，又輸入一次密碼。他一直閉住氣，開始感到有點暈眩。過了一會兒，感應器上的紅燈還是閃個不停。

盧卡斯轉頭正要問辛姆怎麼回事，忽然看到身材高大的辛姆低頭看著手掌。他手掌上全是血，血一直從他鼻子裡流出來。

33 第十八地堡

茉麗葉朝無線電咒罵了一聲，然後還給沃克，讓他試試看。柯妮一臉焦慮的看著他們兩個。盧卡斯的聲音出現好幾次，可是他們講話他卻聽不到。他們只聽到嘩啦啦的腳步聲，還有一種嘶嘶的喘氣聲，聽起來有點像某種靜電雜訊。

沃克仔細檢查那具無線電。那具無線電結構變得有點複雜，因為他在上面加了很多轉鈕轉盤。他抓在手上前後左右看了一下，然後聳聳肩。「好像沒什麼問題。」說著他扯了一下鬍子。「應該是他那邊的問題。」

這時候，工作檯上另一具無線電忽然發出一陣嘶嘶聲。那是他做的大型無線電，天線拉到天花板上。一陣靜電雜訊之後，他們聽到一個熟悉的聲音。「喂？有人在嗎？我們底下這邊出問題了。」沃克和柯妮還來不及伸手，茉麗葉就已經繞過工作檯抓起麥克風。她認得那是誰的聲音。「漢克，我是茉麗葉。怎麼回事？」

「我們這裡有……呃，有人報告說中段樓層有氣體外洩。妳還在那邊嗎？」

「沒有，我在機電區。什麼氣體外洩？從哪裡洩出來的？」

「好像是在樓梯井。現在我就站在平台上，可是什麼都看不見，不過，我聽到上面震動得很厲害，好像有一大堆人正在爬樓梯，只不過不知道他們是上樓還是下樓。不過，應該不是火警。」

「間隔！間隔！」

忽然有另一個人要插話。茱麗葉認出那是彼得貝爾寧的聲音。剛剛就是他在她和漢克通訊的過程中要求插話。

「彼得，請說。」

「祖兒，我們上面這邊也有氣體外洩。是在氣閘室裡面。」

茱麗葉看了柯妮一眼，柯妮聳聳肩。「你是說氣閘室裡在冒煙嗎？請確認。」

「看起來不像冒煙。是在妳加蓋的內氣閘室。新的那個。等一下，不太對……很奇怪。」

茱麗葉不自覺開始來回踱步。「什麼奇怪？形容一下你看到什麼。」她覺得那應該是廢氣外洩，很可能是主發電機的問題，這樣一來，他們勢必要把主發電機關掉，但問題是，備用發電機被拆走了。媽的。這是茱麗葉最害怕的噩夢。柯妮皺起眉頭看著她，可能也是想到同樣的問題。媽的！媽的！

「祖兒，那扇黃色的閘門開了。我再說一次，內閘門開了。不是我開的。不久前我才剛把那扇閘門鎖好！」

「那冒煙的狀況現在怎麼樣了？」茱麗葉問。「煙有越來越多嗎？你聽著，不要站太高，儘量壓低身體，遮住臉，想辦法去找一塊抹布之類的——」

「那不是在冒煙。是在妳加裝的那片玻璃門裡面，門還關著。我現在正隔著玻璃看裡面。煙都在裡面。還有，我……我看得到黃色閘門外面。門開著，那是……操他媽的——」

茱麗葉感覺心臟彷彿快跳出來了。他那種口氣。印象中，她從來沒有聽過彼得貝爾寧罵過髒話。而且他們曾經共患難，她非常了解他。「彼得？」

「祖兒，外閘門也開了！我再說一次，外閘門全開了！我看得到氣閘室，看得到……我看得到外面的斜坡。我看得到外面！老天，茱麗葉，我看得到外面——」

「趕快離開那裡。」茱麗葉說。「什麼都別管了，趕快走。趕快跑到大餐廳外面，然後把門關起來，找東西把門封死。到廚房去找膠帶填充劑，隨便什麼都可以。你聽到了嗎？」

「聽到了，聽到了。」他的聲音聽起來很喘。茱麗葉忽然想到，剛剛盧卡斯好像說快要出事了。她轉頭看著沃克，他手上還拿著那部新的無線電。可是現在她需要的是那部舊的無線電。她有點後悔，當初實在不應該叫他改裝調整。「趕快想辦法聯絡盧卡斯。」她說。

沃克無奈的聳聳肩。「我正在試。」他說。

「祖兒。我是彼得。有一大群人正爬樓梯要上來，往上面這邊一直過來。我在這裡就聽得到他們的聲音，在樓梯上，好像全地堡一半以上的人正要跑上來。我不知道他們為什麼會往這邊來。」

茱麗葉忽然想到，剛剛漢克說他聽到有人在爬樓梯。如果是火災，大家應該會去拉水管，或是往下跑到安全的樓層，等待協助。可是現在，大家怎麼反而往上跑？

「彼得，擋住他們，千萬別讓他們靠近辦公室。把他們擋在氣閘室外面，千萬別讓他們進去。」

她腦海中陷入一片混亂。如果是她在上面，她會怎麼處理？她一定要穿防護衣進氣閘室裡面，把那些門全部關起來，可是，那就代表她必須打開內側的玻璃門。那一剎那，她忽然心中一震。新的玻璃門！對了，那扇門本來並不存在，是她加裝上去的。裡面的煙霧意味著地堡外面的空氣已經入侵地堡了。外面的空氣──

「彼得？」

「祖兒──我……我沒辦法待在這裡了。大家都瘋了。他們已經衝進辦公室了，祖兒。我……我實在不想開槍殺人──我沒辦法。」

「聽我說，那個煙霧，那個煙霧是氬氣對不對？」

「好……好像是。對，沒錯，看起來很像。氣閘室灌氬氣的時候，我只看過一次，就是上次妳要被送出去的時候。不過，沒錯──」

茱麗葉感覺自己的心陡然往下沈，感到一陣天旋地轉，感覺自己的腳彷彿不是踩在地面上，整個人彷彿懸空漂浮，四周變成一片虛空，什麼聲音都聽不到了。氬氣。毒氣。採樣罐裡的墊圈被腐蝕得消失無蹤。第一地堡那個王八蛋曾經威脅過她。他真的動手了。他要把他們全部殺光。茱麗葉腦海中閃過無數計畫，無數藍圖，但此刻，這一切都已經失去意義，一切都太遲了。太遲了。

「祖兒？」

她又按下麥克風按鈕，正要回答彼得，可是那一剎那，她猛然意識到那聲音是從沃克手中傳出來的。是那具無線電。

「盧卡斯。」她哽咽著叫了一聲，伸手去拿另一具無線電。她感覺視線開始模糊。

34　第十八地堡

「祖兒？媽的，音量怎麼變這麼小。妳聽得到嗎？」

「我聽到了，盧卡斯。到底怎麼回事？」

「媽的！媽的！」

茱麗葉聽到一陣碰撞聲。

「我沒事，我沒事。媽的，這是血嗎？好了，我要趕快去儲藏室，妳聽得到嗎？」

茱麗葉已經不知不覺閉住氣。「剛剛你是在跟我說話嗎？什麼血？」

「對，剛剛我是在跟妳說話。我從鐵梯上摔下來。辛姆死了。是他們幹的。他們已經關掉我們地堡。噢，我鼻子好痛。我要去儲藏室——」接著變成一陣靜電雜訊。

「盧卡斯？盧卡斯！」她轉身看著沃克和柯妮，兩個人都目瞪口呆。

「——不妙，這裡面訊號很弱。」盧卡斯說話聽起來鼻音很重，彷彿鼻子上被人打了一拳，或是鼻塞。「祖兒，妳那邊要趕快密封起來。我鼻子一直流血，止不住——」

茱麗葉立刻感到一陣驚慌。關掉他們的地堡。那些人按下一個按鈕，他們就完了。他們要被消滅了。他們的地堡就會變得跟孤兒的地堡一樣。有那麼短短的一剎那，她腦海中閃過孤兒說過的話。他告訴過她，他們地堡是怎麼毀滅的。大家都衝到頂樓，衝到外面，屍體堆積如山。那是不久前她曾經親眼看過的。在那短短的一剎那，她的思緒在從前和現在之間快速跳躍。那是第十七地堡的過去，而此刻，她正目睹自己的地堡在重演那個地堡毀滅的過程。她親眼看過那個地堡事後的殘破景象，而現在，她彷彿也看到自己地堡未來的模樣。她知道最後的結果會是什麼。她知道盧卡斯已經沒救了。

「別再管無線電了。」她對他說。「盧卡斯，別管無線電了，躲在儲藏室裡，把門封死。我會想辦法儘量多救幾個人。」

她拿起另一具無限電，上面的頻道刻度是自己的地堡。「漢克，你聽到了嗎？」

「聽到了——」她聽得到他在喘氣。「喂？」

「叫大家全部都到機電區。找到幾個算幾個，叫他們全部下來，動作越快越好。馬上。」

「我覺得我應該到上面去。」漢克說。「大家都往上跑。」

「不要！」茱麗葉朝無線電大喊。沃克嚇了一大跳，手裡的麥克風掉到地上。「聽我說，漢克。叫大家趕快下來，叫幾個算幾個，到下面來，快點！」

她兩手抓著無線電，轉頭看看房間四周，看看還有沒有什麼東西要拿的。

「我們要把機電區封死嗎？」柯妮問。「就像上次暴動的時候那樣？」

柯妮一定是想到上次封住十字旋轉門的鐵板，門框上的痕跡還在，可是那些鐵板都已經不知道丟到哪裡去了。

「沒時間了。」茱麗葉說。她本來還想說那也沒用了。空氣很可能已經被污染了，只是不知道要多久才會蔓延到下面來。內心深處，她很想去救上面所有的人，能救幾個算幾個，而且還要儘量搶救物資。然而，已經太遲了，這個地堡所有能用的東西和必需品都已經救不回來了。

「最重要的東西拿著，趕快走。」她看著他們兩個。「我們一定要馬上走。柯妮，去找那幾個孩子，我們要帶他們回他們的地堡——」

「可是妳說……那些暴民——」

「沒時間管他們了。走啊，妳扶著沃克走，一定要把他帶到坑道那邊，我們在那裡碰面。」

「那妳要去哪裡？」柯妮問。

「想辦法再多救幾個人。」

很奇怪的，機電區的走廊看不到有人驚慌失措。茱麗葉看到很多人來來去去，有人是要去輪班，有人則是剛下班，有人手上拿著零件，有人抬著沈重的抽水機。她甚至還看到有人拿著乙炔噴燈在焊接東西，火花四濺，閃光刺眼，有個路過的人還抬起拳頭敲敲那東西。她有無線電，所以她比別人更早知道消息。其他人都還不知道。

「趕快去坑道那邊。」她朝每一個經過的人大喊。「這是命令！馬上去！馬上去！」

大家都有點猶豫，有人七嘴八舌問為什麼，有人說還有什麼事情要忙，要去什麼地方，大家都推說很忙，現在沒空去。

茱麗葉看到道森的太太蕾娜，她正好下班。茱麗葉一把抓住她的肩膀，蕾娜愣住了，目瞪口呆，沒想到茱麗葉會有這種舉動。

「趕快去教室。」她迫不及待對她說。「趕快去帶妳的孩子，全部帶來，帶他們去坑道。馬上去。」

「到底怎麼回事？」有人問。走廊很窄，有好幾個人從她旁邊擠過去，其中有一個是她從前帶的早班工人。人越擠越多了。

「他媽的趕快去坑道那邊！」茱麗葉大吼。「我們要趕快疏散，趕快去找你們的家人，找到幾個算幾個，去找孩子，還有，需要的東西能帶就帶。這不是演習。趕快去！趕快去！」

她猛拍雙手，要大家快行動。蕾娜頭一個轉身跑開，一路擠過人群，擠過擁擠的走廊。那些和她很熟的人也立刻就行動了，轉身跑開。茱麗葉衝向樓梯井，邊跑邊大喊，叫大家準備去另一座地堡。她整個人飛起來跨過十字旋轉門，警衛被她嚇了一大跳。「嘿！」他大喊了一聲，而這時候，她聽到有些人也開始大喊，叫大家一起來，趕快走。她來到樓梯井，發現樓梯在震動。她聽得到樓梯板嘎吱嘎吱響，還有轟隆轟隆的腳步聲，很多人正要下來。

茱麗葉站在樓梯最底下，抬頭從欄杆和水泥壁中間的空隙往上看，看到很多層樓的平台，形狀像一片片突出的大鐵板，越上面的平台看起來越窄，而越往高處，樓梯井變成一片黑暗。接著，她注意到很高的地方有一團像雲一樣的白霧。那可能是從中段樓層降下來的。

她趕緊按住無線電按鈕。

「漢克？」

沒有人回答。

「漢克，你聽到了嗎？」

樓梯井迴盪著有韻律而低沈的腳步聲，不過聽起來很遙遠。茱麗葉湊上前，手按在欄杆上。欄杆震動得很厲害，震得她手都麻了。腳步聲越來越大聲。她抬起頭一看，看到很多手扶著欄杆往下滑，聽到很多人在大喊，有人叫大家不要怕，有人則是一直問到底怎麼回事。

接著，有一大群一百三十幾樓的人已經來到螺旋梯最底下，他們都一臉茫然，不知道接下來該往哪邊走。有些人露出驚訝的表情，因為他們從來不知道螺旋梯竟然可以走到底，不知道底下竟然有一片水泥地面。茱麗葉朝他們大喊，叫他們趕快進去。接著她轉頭朝機電區裡面大喊，叫人幫他們帶路，帶他們過十字旋轉門。他們一個個走進去，大多數人都空著手，不過有些人抱著孩子，有些人把孩子揹在後面，還有人懷裡抱著嬰兒。很多人說他們看到火，看到煙。接著，她看到有個人跌跌撞撞走下來，鼻子在流血，嘴裡直說應該要上去，大家應該要上去才對。

「你過來。」茱麗葉抓住那個人的胳膊，仔細看看他的臉。血從他的指間流出來。「你從哪裡來的？怎麼回事？」她指著他的鼻子。

「我跌倒了。」他手放開鼻子。「我在工作——」

「好了，沒事了，跟在大家後面走。」她指著裡面。這時候，在嘈雜的人聲中，她聽到無線電響了。有人在大吼，聽起來很可怕。茱麗葉從樓梯旁邊退開，一手掩住耳朵，另一手舉起無線電貼到耳朵上。她隱約聽得出來那像是彼得的聲音。她等了一下，等他說完。

「我聽不清楚！」她大喊。「怎麼回事？」

她掩住一邊的耳朵，全神貫注仔細聽。「——出去了。他們到外面去了，他們出去了——」

她背靠著水泥牆，慢慢往下滑，頹然蹲到地上。好幾十個人衝下樓梯，其中有幾個穿著黃色的物資區工作服，手上還抱著東西。最後，漢克也下來了，他在指揮人群，大吼大叫，叫那些想往上爬的人趕快回來。機電區裡有幾個人衝出來幫忙，而茱麗葉則是全神貫注聽著彼得的聲音。

「——沒辦法呼吸了。」他說。「煙霧飄進來了，我在廚房，大家全都擠上來，大家都瘋了，然後都倒下去了，都死了。外面——」

接著他倒抽了一口氣，發出嘶嘶的喘氣聲，說話說得斷斷續續，最後，無線電喀喳一聲沒聲音了。茱麗葉朝無線電哭喊彼得的名字，叫了好幾次，但不管怎麼喊也救不了他了。她抬頭看著樓梯井，看到一團白霧籠罩在上面，一直朝樓梯井下面湧過來，越來越濃，越來越濃，茱麗葉看在眼裡，嚇得魂飛魄散。

這時候，忽然有一團黑影穿過白霧掉下來，形狀越來越大，還夾雜著慘叫聲，從無數的平台間穿過，撞上樓梯井另一頭的牆邊，最後砰的一聲掉到水泥地面上。是一個人。那巨大的撞擊力道，連茱麗葉的靴子都感覺得到震動。

接著，驚叫聲此起彼落，這次距離更近了，幾十個人衝出樓梯，他們終於逃出來了，每個人連滾帶爬爭先恐後衝進機電區。而那團白霧正從樓梯井上方重重壓下。

35 第十八地堡

茱麗葉跟在大家後面衝進機電區，她是最後一個進去的。有一扇十字旋轉門的鐵桿已經被往後折彎，人群湧進門裡，另外有些人則是直接從上面飛跨過去。警衛已經不是在守門，而是在裡面幫忙疏散人群，引導方向。

茱麗葉一躍跨過旋轉門，快步穿越人群，衝向孩子們住的臥舖房。她經過茶水間的時候，聽到裡面有人在說話，搶奪可以用的東西。這個世界的人已經突然陷入瘋狂。

後來，她終於來到臥舖房，發現裡面空蕩蕩的。她心裡想，柯妮應該已經來過了，而且剛剛也沒看到有人走出機電區，所以孩子們應該沒事。而且，要是孩子真的還在這裡，恐怕會來不及逃。茱麗葉循原路的走廊往回跑，跑到四方形的樓梯間，擠在人群裡往樓下走，最後來到發電廠和抽油機房。

抽油機旁邊已經堆滿了水泥碎塊、斷裂的鋼筋、土石，而抽油機還在運轉，橫桿上下擺動，彷彿在點頭，彷彿已經知道這世界的悲慘命運，無奈的說著：「沒辦法了。沒辦法了。」

來到發電廠，裡面堆了更多的水泥碎塊和土石，都還來不及運進六號礦坑。這裡有一些零星人群，不過人沒有茱麗葉期望的那麼多。絕大多數的人應該都死了。那一剎那，她忽然有一種荒謬的幻覺，有點想笑，覺得上面那些煙霧可能根本沒什麼，而上面的閘門還鎖得緊緊的，大家都沒事，而她那些朋友會取笑她，說她莫名其妙引發這麼大的騷動。

但那片刻的幻覺很快就消失無蹤，她內心已經完全被恐懼盤踞，腦海中一直迴盪著彼得的叫聲，說氣閘門被打開了，大家都倒下去死了，而盧卡斯也告訴她辛姆死了。

她一路擠過人群，衝到坑道口，大喊那些孩子的名字。後來，她看到柯妮和沃克。沃克目瞪口呆，一臉驚恐。看著那洶湧的人潮，茱麗葉忽然想到，柯妮壓力一定很大，因為她又要把畏懼人群的沃克從他的老窩裡拖出來。

「妳有沒有看到那些孩子？」她隔著人群大喊。

「他們已經進去了。」柯妮也朝她大喊。「跟妳爸爸。」

茱麗葉又繼續往前擠，衝進幽暗的坑道裡。前面有光線在閃動，有人拿著手電筒，有人戴著礦工帽，然而，除了這零星的光線，坑道其他地方還是一片漆黑。她在黑暗中和人擠來擠去，石頭偶爾會從土石堆上滾下來，沙塵從坑頂飄落，有些人嚇得咒罵起來。坑道兩旁都是土石，中央的通道很狹窄，大概只有一個人的寬度，沒辦法同時擠很多人。事實上，坑道裡絕大多數的空間都被土石占滿。

有些比較狹窄的地方會形成瓶頸，人擠不過去，於是有些人就爬上旁邊的土石堆，結果土石滾下來，砸到中央通道的人，整個坑道裡咒罵聲慘叫聲此起彼落。有些人被土石壓到，茱麗葉幫忙把人拖出來，然後勸大家儘量走中間，排好隊不要擠。有時候，有人會壓到她背上，這時候她就會喊得特別大聲。

有些人看到坑道裡一片漆黑，人排成一排往前走，很害怕，打算走回頭。茱麗葉和其他人朝他們大喊，叫他們繼續往前面走。坑道中央有一根根倉卒架起的支柱，有人偶爾會撞到，另外，偶爾會有小型的坍塌，土石崩落，很多人被絆倒，有時候，某個角落甚至還有小嬰兒哭鬧，這一切有如一場噩夢。茱麗葉一路擠過人群，發現大多數人多半還忍著不哭出來，可是有幾十個人已經開始啜泣。這漫長的旅程彷彿永無止境，讓人感覺彷彿就要一輩子這樣跌跌撞撞，等到最後毒氣追上他們。

前面不遠的地方，人群又堵住了，擠成一團。有人用手電筒照到鑽土機巨大的鋼牆。終於到了，坑道的盡頭。鑽土機後面的門開著，茱麗葉看到雷夫站在門邊，手上拿著一把手電筒，他那蒼白的臉在黑暗中很顯眼，眼睛很亮。

「祖兒！」

黑暗的坑道裡回音很響亮，她幾乎聽不清楚他在說什麼。她朝他走過去，問他知不知道哪些人已經先進去了。

「太暗了。」他說。「看不清楚，只看得到人一個一個走進去。到底怎麼回事？為什麼這麼多人？妳不是說——」

「等一下再跟你解釋。」說著她心裡想，希望真的還有等一下。她不敢抱什麼期望。說不定等一下坑道這一頭就會有堆積如山的屍體。這樣一來，第十七地堡上下兩頭都會有堆積如山的屍體，這將會是它和第十八地堡最大的不同。「有沒有看到孩子？」她問。這時候，她自己都覺得奇怪，為什麼有那麼多人死了，而她卻還是只在乎少數那幾個。這很可能是一種母親的本能，當絕大多數人都罹難了，她還是本能的渴望照顧自己的孩子。

「有啊，有好幾個孩子走過去。」說到這裡他停了一下，因為有幾個人站在門口不肯進去，他大聲叫他們不要擋路。茱麗葉不忍心怪那些人，畢竟他們不是機電區的人。看到這種場面，這些人心裡會怎麼想？大家都很害怕，大喊大叫，而他們也只能莫名其妙跟著大家走。說不定他們以為自己在礦坑裡迷路了。儘管茱麗葉曾經站在山丘上，看過外面的世界，但對她來說，這依然是一次驚心動魄的體驗。

「雪莉呢？」茱麗葉問。

他舉起手電筒指向裡面。「剛剛看到她了，她應該在鑽土機裡面，正在指揮人群帶路。」

她拍拍雷夫的手臂，回頭看著人影幢幢的幽暗坑道，然後告訴雷夫：「等一下你自己記得要進去。」他點點頭。

茱麗葉擠進門，走進鑽土機裡。裡頭哭叫聲此起彼落，那聲音很像小孩子對著空罐頭裡哭喊，聽起來悶悶的。雪莉站在發電機後面，在黑暗中指揮底下的人潮，叫他們從鐵盤邊緣和水泥牆中間的裂縫鑽出去。那裂縫很窄，必須側身才鑽得過去。鑽土機裡本來吊著幾盞燈，在清理土石的時候做照明用，但現在都關著，而發電機也沒開，不過茱麗葉還是感覺得到機身上有餘溫，顯然不久前還在運轉。她聽得到裡面機件慢慢冷卻時的咯咯聲。她心裡想，剛剛雪莉是不是想啟動鑽土機，讓機器退回第十八地堡。為了鑽土機應該放在哪裡，雪莉和柯妮曾經發生過爭執。

「到底怎麼回事？」雪莉一看到茱麗葉，立刻就開口問。

茱麗葉忽然很想哭，然而，這件事要從何說起？他們的家園被徹底摧毀，這就是長久以來她最擔心的。該怎麼解釋？她搖搖頭，咬了一下嘴唇。「我們的地堡完了。」她終於鼓起勇氣。「外面的空氣跑進來了。」

「那妳為什麼叫他們到這裡來？」人聲嘈雜，雪莉不得不高聲大喊。接著她彎腰拉著茱麗葉的手，把茱麗葉拉上來，讓她站在發電機另一頭，這樣兩個人說話才不會被底下的吵鬧聲干擾。

「外面的空氣已經灌進樓梯井，一直往下面衝過來。」茱麗葉說。「擋不住了，我要把坑道封死。」

雪莉想了一下。「妳想把支柱拆掉？」

「不是。我想用你埋的炸藥——」

雪莉臉色一沈。「炸藥埋在另外一邊。當初我埋炸藥，是想把我們那邊封死，隔離這座地堡，避免這裡的毒氣滲透到我們那邊。」

「呃，問題是現在我們只剩下這邊的空氣了。」茱麗葉把無線電交給雪莉，這是她唯一的、從老家帶過來的東西。雪莉把無線電抱在胸前，和手電筒並排在一起，手電筒的光束照在茱麗葉胸口，光線反映在雪莉臉上，茱麗葉可以看到老朋友臉上那種困惑的表情。「好好照顧大家。」她對雪莉說。「孤兒和那幾個孩子——」說著她眼睛瞄向發電機。「這裡的土耕區還有救，還有空氣——」

「妳是打算——」雪莉才開口就被茱麗葉打斷了。

「我會等所有的人都安全通過。剛剛我後面還有幾十個人，說不定還有幾百個。」茱麗葉緊緊抱住老朋友手臂兩邊。然而，她實在無法確定兩個人還是不是朋友，不確定兩個人之間是否還有那種默契。接著她轉身走了。

「不行。」

雪莉抓住茱麗葉的手臂，懷裡的無線電掉到地上。茱麗葉想掙脫。

「去妳的。」雪莉大吼著，扯著茱麗葉的手臂把她翻轉過來面向自己。「去妳的！妳竟然敢叫我在這邊幫妳收拾爛攤子，幫妳帶這些人！去妳的——」

這時忽然傳來一陣哭聲，不過，是小孩子在哭還是大人在哭，已經聽不出來，只感覺得到那哭聲中的困惑和恐懼迴盪在偌大的機身裡。在黑暗中，茱麗葉沒有察覺雪莉的拳頭正朝她揮過來，只感覺下巴一陣劇痛，感覺黑暗中眼前一陣閃亮，然後就不省人事了。

後來，她醒過來了。她不知道自己昏迷了多久，只隱約覺得大概有幾分鐘吧。她發現自己倒在地面上，隱隱約約的人聲嘈雜似乎變得遙遠。她躺著沒動，感覺臉上陣陣抽痛。人越來越少，看樣子，逃出來的人並不多。他們正穿越鑽土機內部。看樣子，她剛剛大概昏迷了一兩分鐘，不過，也可能更久，昏迷了很久很久。這時候，她聽到有人在喊她的名字，立刻轉頭看看四周，然而，此刻她正躺在發電機的另一頭，四下一片黑暗，旁邊根本沒人。然而，她還是聽到有人在喊她的名字。

這時候，她忽然聽到遠處傳來驚天動地的爆炸聲，那種感覺，彷彿有一大片厚鋼板倒在她腦袋旁邊，地面猛烈震動，整座鑽土機都在震動，那一剎那，茱麗葉立刻就明白，雪莉代替她跑回第十八地堡控制室。她引爆了炸藥，封死了他們原來的家，保護了這座地堡。她陪著其他人永遠被埋在另一頭。

茱麗葉哭了起來。這時候，她又聽到有人在喊她的名字，忽然意識到那聲音是從她頭旁邊的無線電傳來的。她昏昏沈沈的拿起無線電。是盧卡斯。

「盧卡斯。」她按下通話鈕，虛弱無力的喊了一聲。聽到他的聲音，她忽然想到他就在食物儲藏室外面，那裡面是密閉的。她又想到，當初孤兒就是靠那些罐頭活了好幾十年，那麼，盧卡斯也可以。「趕快進去。」她哭喊著說。「到裡面去，把門封死。」她還躺在地上，兩手抓著無線電。

「沒辦法了。」盧卡斯說。她聽到他在咳嗽，很痛苦的喘著氣。「我一定要……我一定要聽聽妳的聲音。聽最後一次。」接著盧卡斯又爆出一陣猛烈的咳嗽，而茱麗葉感覺自己胸口彷彿也快要爆開了。「我不行了。祖兒，我不行了……」

「不要這樣。」她哭喊著，趕緊按下通話鈕。「盧卡斯，趕快躲到儲藏室裡面，把門鎖起來。你一定要撐住，一定要撐住……」

她又聽到他咳嗽，掙扎著想說話。後來，他終於又說話了，聲音斷斷續續。「沒辦法，就這樣了。就這樣了。我愛妳，祖兒，我愛妳……」

他說最後幾句話的時候已經氣若游絲，幾乎聽不到了。茱麗葉大哭起來，拳頭猛敲地板，聲嘶力竭哭喊他的名字，咒罵自己。這時候，鑽土機後面的小門忽然竄進一陣沙塵，一陣冷風，衝向茱麗葉的臉。茱麗葉嚐得到那苦澀的滋味。那是碎石的粉塵，爆炸的煙塵，那是一種死亡的滋味。她最親愛的人……都死了。

第三部　家園

36　第一地堡

夏綠蒂身體往後仰，跟無線電保持著一點距離，目瞪口呆。她愣愣看著無線電，聽著喇叭裡傳來陣陣的靜電雜訊，腦海中閃過一幕又一幕剛剛聽到的景象。有個地堡的門開了，毒氣竄進去，人一個個倒地死去，倖存的人驚慌逃竄。一座地堡毀滅了。那是她哥哥拚命想拯救的地堡，現在被消滅了。

她調整轉鈕的時候，手還在發抖。她切換過一個又一個的頻道，聽到其他地堡的聲音，斷斷續續的談話內容，那意味著在外面的某個地方，生命依然持續著。

「——這已經是這個月第二次了，你告訴卡洛——」

「——你撐一下，我馬上就到，很感謝——」

「——知道了，現在她已經被拘禁——」

而在那些說話聲之間，偶爾會夾雜著靜電雜訊，意味著那個頻道代表某個地堡裡瀰漫著死亡的空氣，代表那個地堡裡的人都死了。

夏綠蒂又把頻道切回第十八地堡。毒氣依然持續灌進那座地堡裡，因為她聽得到那嘶嘶聲。她豎起耳朵仔細聽，希望可以聽到那個女人的聲音。先前那個女人一直在大喊，叫大家到底層去。夏綠蒂聽到有人喊著茱麗葉這個名字。她哥哥對那個女人十分著迷，而此刻，聽到她的聲音，感覺很奇特。哥哥曾經形容她是一個鐵娘子首長，因為她曾經被送出去清洗鏡頭，可是竟然活著回來。說不定那是另外一個人，不過夏綠蒂直覺認為應該就是她。那個女人一直在發號施令。她開始想像，在遠處的一座地堡裡，有個女人躲在最底層，那裡一片漆黑，無邊的孤寂，想到這裡，她忽然對那個女人產生了一種很親近的感覺。她很渴望能夠呼叫她，而不是像現在這樣只能靜靜的聽。但她一直辦不到，因為她少了某種東西。

她彎腰湊向前，摸摸無線電邊緣，那裡本來應該是要接麥克風的。很奇怪的，她哥哥一直不肯拿麥克風給她，彷彿他不信任她，怕她會跟別人說話，彷彿他希望她靜靜聽就好。不過，也說不定他擔心的是自己。要是他有了麥克風，說不定他怕自己會忽然衝動起來，拿起麥克風讓全世界都知道他在想什麼，到時候，會聽到的不光只是地堡的領導人，而是任何一個手上有無線電的人。

夏綠蒂摸摸胸口，看看識別證在不在。那是唐諾給她的。此刻，她腦海中又閃過一幕幕畫面，彷彿看到有人拚命踹哥哥，看到牆上地上佈滿血跡。到最後，他根本就是坐以待斃。至於她，她決定要採取行動。她不能一直坐在這裡聽無線電雜訊，聽到別人一個個死去。唐諾說過，她的識別證有使用電梯的權限。此刻，她迫不及待想趕快採取行動。

她關掉無線電，用塑膠布蓋起來，然後把椅子擺好，把現場佈置得像是沒有人動過。然後，她仔細打量無人機操控室，確定這裡已經看不出有人動過的痕跡。接著，她走回床鋪旁邊，打開她的箱子，看看裡面那幾套工作服。後來，她選了紅色的反應爐區工作服。跟其他工作服比起來，這件穿起來比較寬鬆。她穿上衣服，低頭看看上面的名牌。史丹。她心裡想，她應該有辦法冒充一個叫史丹的男人。

她穿好衣服，走到儲藏室，那裡有很多潤滑油，是組裝無人機用的。她在手掌上抹了一些潤滑油，然後打開一個收納箱，找出一頂帽子，走進廁所。男廁所。夏綠蒂一向很喜歡偽裝，感覺上很像過另外一種人生。她回想起小時候，她本來就像個小男生，整天打電玩，可是後來，她開始變得愛漂亮，開始在臉頰上抹粉，讓自己看起來比較不那麼胖。可惜，那段時間不長，後來她從軍接受新兵訓練，練出壯碩的體魄，後來又到外地出了兩次任務，體格變得更強壯。到最後，她已經漸漸習慣這種男人的身材，接受了這種身材，甚至愛上這種身材。

她把潤滑油抹在臉上，讓顴骨看起來比較不那麼明顯，然後也在眉毛上抹了一點，讓眉毛看起來更濃。接著，她在嘴唇上抹了一些味道怪怪的油污，讓嘴唇看起來比較沒那麼紅。這種化妝，跟從前年輕時候的化妝完全背道而馳。她把頭髮塞進帽子裡，把帽緣壓低，然後扯扯工作服，讓胸前的部位看起來像一團縐褶，而不是女人的胸部。

接著，她立刻就感覺到，這種偽裝不太及格，然而，她忽然又想到，這座地堡裡是看不到女人的，那麼，誰會懷疑她是女人？可是，天曉得，她真的有辦法確定嗎？她忽然好希望唐諾就在這裡，這樣她就可以問他。說不定他會嘲笑她。想到這裡，她差點哭出來。

「他媽的，妳敢哭！」她對著鏡子告訴自己，伸手揉揉眼睛。她怕臉上的妝會哭壞掉。然而，她還是不由自主的流下眼淚。她流下眼淚，不過臉上的油污並沒有糊掉。眼淚無聲無息沿著潤滑油表面滾落。

她記得在哪裡看過一張地堡結構藍圖。夏綠蒂在唐諾的筆記檔案夾裡東翻西找，可是找了半天卻找不到。後來，她到會議室去找，她哥哥整天窩在那裡，整天在搞他那幾箱筆記檔案夾。那裡現在是一片混亂，箱子裡的檔案夾都被倒出來撒了滿地。那些人一定是打算過些時候再回來整理，說不定明天早上會回來，也說不定馬上就會進來，而夏綠蒂就必須解釋自己在這裡幹什麼：

「我是到這裡來拿……呃……」她自言自語聽起來有點滑稽。接著她繼續翻找攤開的檔案夾，翻找滿地散落的文件，過了一會兒，她又開始自言自語了，這次她的聲音聽起來比較像男人。「哦？

資源回收是在哪一層樓？」她自言自語。「我真他媽搞不清楚。」她繼續說。「所以我到這裡來找一張地圖。」

這時候，她真的找到一張地圖，可惜不是她要的。那張圖上有方格線，裡面有好幾個圓圈，每個圓圈都有一條紅線延伸到地圖外的某個點。她知道那是地圖，是因為在那張圖的邊緣，橫的格線尾端有字母，直的格線的尾端有數字。當年在空軍基地，她也用過這樣的地圖，上面會標示轟炸目標。每次執行任務，她會端著咖啡拿著貝果坐在戰情室，而不久之後，D—4那個目標點就會遭到轟炸，而那個男人一家人就會死於非命。任務結束後，她會去吃午餐。麵包夾火腿乳酪。

夏綠蒂認得格線圖裡那些圓圈代表什麼東西。那是地堡。她曾經操控無人機低空飛過山丘間的窪地，看過那樣的景象。而那些紅線就比較奇怪。她用手指順著紅線在圖上移動，覺得那些線很像是飛行路線。每一座地堡的紅線都延伸到地圖外，不過，中央那座地堡沒有那條線。她心裡想，那應該就是她目前所在的地方。有一次，唐諾就在那張大桌子上攤開這張圖給她看。此刻，那張桌子已經被文件淹沒。她把地圖摺好，塞進胸前的口袋，然後繼續找。

她曾經看過第一地堡的結構藍圖，可是現在卻找不到，不過，她倒是找到一張很有用的東西。那是一本名冊，上面列出各階級的人員姓名、輪值期數、職務、居住樓層、工作樓層。那本名冊看起來很像某個小鎮的電話號碼簿，上面列出每一個輪值期負責地堡運作的人數。她瀏覽那些人名，發現全是男人。她忽然回想起莎夏。當年新兵訓練中心的學員只有她和莎夏兩個是女人。接著她又想到，莎夏已經死了，還有她隸屬的那個部隊和飛行學校的夥伴，所有的成員都已經死了。想到這個，感覺很怪異。

她在那本名冊裡找到反應爐技師史丹的名字，上面列出他的工作樓層。她在滿桌凌亂的文件裡找了半天，想找一枝筆，後來終於找到了。她在一張紙上抄下那個樓層數字。接著她發現，管理樓層是在三十四樓。她還看到一個通訊室軍官的名字，工作樓層也在那層樓。她越想越恨，通訊室為什麼偏偏就在那層樓。操控整個地堡的人，辦公室就在同一條走廊上。接著，她看到名冊上有個警衛的工作樓層在十二樓。要是唐諾被關著，他很可能就在那裡。不過，他也可能已經被他們送去冬眠，或者是被送去醫護區。她覺得冷凍艙室應該是在最底下，她還記得，當初唐諾剛把她弄醒的時候，他們一路搭電梯上來，搭了很久。她在名冊上找到一個在冷凍艙室工作的人，然後再看看後面註明的工作樓層，不過，冬眠的人也未必會存放在那裡，不是嗎？

她筆記上的註記越來越凌亂，上面寫滿了樓上樓下是什麼樓層。問題是，要從哪裡開始找起？她哥哥是在軍火庫被逮捕的，可是那本名冊上找不到那裡的資料。可能是因為根本沒有人在那個樓層工作。她又另外拿了一張紙，畫了一個圓柱，小心翼翼畫出一張結構藍圖，在每個樓層的位置記下那是什麼樓層。有些樓層的工作性質她本來就很清楚，因為唐諾每天都會去，而有些樓層的資料是她在名冊上查到的。她盡全力由上到下標註出每個樓層。最頂樓是大餐廳，最底層是冷凍艙室。有些樓層找不到資料，沒有人在那裡工作，她似乎可以從那裡先著手。有些可能是儲藏室或是倉庫。但問題是，萬一她猜錯了，結果電梯門一開，看到滿屋子的男人在玩撲克牌，那怎麼辦？她不能這樣碰運氣，她必須有計劃。

她仔細研究那張地圖，考慮要從哪裡著手。最可能找到麥克風的地方，就是通訊室。她看看牆上的時鐘。六點二十五分，晚餐時間，會有一大堆人走來走去。夏綠蒂摸摸臉上的潤滑油。她忽然又想到，也許自己想得不夠周延，說不定應該等晚上十一點以後再行動。還是說，晚餐時間人來人往，混在人群裡比較不容易被發現？外面現在是什麼狀況？她踱來踱去，猶豫不決。「我不知道。我不知道。」她模仿男人的聲音，聽起來有點像感冒。對了，想模仿男人的聲音，這是最好的辦法：假裝感冒。

她回到儲藏室，站在電梯門口看了半天。說不定此刻會有人突然走出來，那她的計劃就泡湯了。也許應該等晚一點再行動。於是她又走回無人機旁邊，掀開防水布。那是她正在組裝的無人機。她打量著滿地的機殼板和工具，然後又轉頭看看會議室，彷彿看到唐諾躺在地上整個人蜷曲成一團，拚命想抵擋別人用腳踢他。當時有一個連站都站不穩的人死命的踹他。

夏綠蒂拿起一把螺絲起子，插進工作服上的口袋裡。她不知道該怎麼辦，所以只好又回去組裝無人機，打發時間。她決定等晚一點人少一點的時候再行動，這樣比較不容易被人認出來。現在，她應該先把無人機組裝好，讓它飛得起來。唐諾已經不在了，他的任務還沒有完成，不過，她可以接替他。她可以慢慢在腦海中拼湊出完整的計劃。今天晚上，她就要出去找麥克風。到時候，她就能夠恢復女人的身分，和那座被摧毀的地堡取得聯絡——如果那裡還有人活著。

37 第一地堡

凌晨，電梯響了叮噹一聲。清晨五點，夏綠蒂終於鼓起勇氣，決定走出去。此刻，電梯的叮噹聲響徹軍火庫。

門慢慢開了，她踏進電梯，彷彿踏進昔日的回憶，踏進一個失落已久的世界，一段失落已久的時間。那時候，世界還很正常，電梯是用來載運上下班的人。她拿出唐諾給她的識別證，那一剎那，內心又湧出一陣疑慮。電梯門開始關上，夏綠蒂伸出腳讓電梯門夾住，於是，電梯門又開了。後來，當電梯門又要關上的時候，她本來以為警鈴會響，心裡想，也許應該走出電梯，讓門關上，然後再決定要不要進電梯。再過一兩個鐘頭，電梯就開始會有人搭了。電梯門又關上，夾住她的腳，然後又開了。這時候，夏綠蒂終於下定了決心。不能再拖了。

她掏出識別證，在感應器上碰了一下，看到綠燈亮了，然後就伸手去按三十四樓的按鈕。管理樓層，通訊室。那裡是龍潭虎穴。電梯門終於關上，電梯開始動了。

夏綠蒂摸摸脖子後面，發現有一撮頭髮露出來。她把頭髮塞回帽子裡。去管理樓層是很冒險的，因為她穿著紅色的反應爐區工作服，不過，再仔細想想，要是她穿這樣去反應爐區，也許還更危險，因為如果她還要找人問路，那就太奇怪了。她拍拍後面的口袋，看看工具還在不在，有沒有露在外面，因為她在收納箱裡找到一把槍，塞進屁股後面的口袋裡，形狀有點突出，只好塞工具遮掩。電梯過了一樓又一樓，夏綠蒂心跳也越來越快。她開始想像唐諾描述的那個外面的世界，那片乾枯荒蕪死氣沈沈的大地。她想像電梯一路升到頂樓，門一開，面向那荒涼的山丘，風迎面吹來，灌進電梯。這樣一來，她就解脫了。

電梯一路向上，中途都沒有停，沒有其他人要搭電梯。大清早搭電梯，這個決定做對了。三十六樓，三十五樓，最後，電梯開始慢下來，接著，門開了，外面是一座門廳，燈火通明。那一剎那，她開始擔心自己偽裝做得不夠好。前面距離她十幾公尺的地方是一道安全門，有個人抬頭看著她。這裡是她完全陌生的地方，和底下住了幾個禮拜的軍火庫截然不同。她拉拉帽子，壓低帽緣，忽然想到穿著這身工作服，戴帽子看起來有點怪。然而，最重要的是自信，問題是，她毫無自信。她告訴自己，應該要粗魯一點，直接一點，這裡的人已經習慣例行公事，只要態度自然一點，沒有人會起疑。她走到安全門前面，面對那個人，掏出識別證。

「跟誰有約嗎？」那個人問，然後指著安全門邊的感應器。夏綠蒂刷了一下卡片，心裡七上八下，不知道會怎麼樣。她已經準備隨時拔腿就跑，或是掏出手槍，或是投降。其實，她根本不知道該怎麼辦。

「有人告訴我們，呃……你們這裡有個地方電力中斷。」她故意裝出感冒的聲音，覺得聽起來怪怪的，不過，那可能是因為她太熟悉自己的聲音吧，所以才會覺得聽起來怪怪的。說不定別人聽了覺得很正常。另外，她暗暗希望這個人也會和她一樣，覺得電力中斷是稀鬆平常的事。「通訊室的人叫我來檢查一下，你知道通訊室在哪裡嗎？」

她丟了一個問題給他，故意找他問路，挑釁他的男性自尊。她感覺冷汗沿著她脖子後面往下流，忽然有點擔心，不知道有沒有頭髮露出來。她硬是忍著沒有伸手去摸，因為要是抬起手來，工作服胸前會拉緊，會凸顯出她的胸部。她抬頭打量眼前這個高大的男人，腦海中開始想像他一把抓住她，把她壓在地上，巨大的拳頭如雨點般打在她身上。

「通訊室？當然知道。呃，沿著這條走廊走到底，左轉，右邊第二個門。」

「謝啦。」她抬起手輕輕點了一下帽緣答個謝禮，藉這個姿勢低著頭。接著，她穿過十字旋轉門，聽到喀喳一聲。

「你好像忘了什麼吧？」

她轉身，手往下垂伸向屁股後面的口袋。

「工作日誌麻煩你簽一下。」那警衛拿出一面平板電腦，螢幕上有無數刮痕。

「噢，對了。」平板電腦旁邊用線吊著一支塑膠感應筆，夏綠蒂拿起筆。她看看螢幕中央的欄位，發現要分別填寫時間，地點，還有簽名。她填下時間，然後低頭看看自己胸前。她已經快忘了自己冒用的是什麼名字。史丹。她的名字叫史丹。她潦草的簽了名，裝出很順手的樣子，然後把平板和筆遞給警衛。

「待會兒見。」警衛說。

夏綠蒂點點頭，心裡暗暗希望，但願等一下出來的時候也這麼順利。

她順著他指的方向走向大走廊。這個時間還是有很多人在工作，比她預期的多，很多辦公室裡燈都還亮著，還有椅子嘎嘎吱吱的聲音，開檔案櫃的聲音，敲鍵盤的聲音。接著，走廊最裡面邊有一扇門開了，有個男人走出來，然後順手關上門。夏綠蒂看到他的臉，忽然兩腿發軟。她硬撐著走了幾步，頭一陣暈眩，差點摔倒。

接著她趕緊低下頭，故意搔搔脖子後面。那個人是瑟曼，看起來更削瘦，更蒼老。接著，她彷彿又看到唐諾整個人蜷曲成一團，被人踹得半死。她忽然淚眼盈眶，眼前的走廊一陣模糊。那個人一頭白髮，身形高大。她有點納悶，當時在軍火庫裡為什麼沒有認出是他？

「怎麼大老遠到這裡來？」瑟曼問她。

他聲音很嘶啞，就像她記憶中那樣，就像她對爸媽的印象一樣深刻。

「電力中斷，來檢查一下。」夏綠蒂回答的時候並沒有停下腳步，也沒有回頭，心裡暗暗希望他說的是她的工作樓層離這裡很遠。他怎麼會沒認出她的聲音？他怎會沒認出她走路的姿態，她的身形，她脖子後面那塊白色的疤痕？這些特徵都容易暴露出她的身分。

「那就快去。」他說。

她又走了十幾步，二十幾步，滿身大汗，感覺頭昏眼花。她繼續沿著走廊往前走，來到走廊盡頭，準備繞過轉角，那一剎那，她才回頭看看安全門，瑟曼正在那裡和那個警衛說話，滿頭白髮十分刺眼。接著，她提醒自己，右邊第二扇門。她心臟怦怦狂跳，心煩意亂，幾乎忘了剛剛警衛告訴過她通訊室的位置。她深深吸了一口氣，再次提醒自己，為什麼要到這裡來。剛剛看到瑟曼，她才猛然想起用腳踹唐諾的人就是他，所以當場愣住了。但現在沒時間想這些了。眼前出現一扇門。她轉動門把，走進去。

通訊室裡只有一個人，他正盯著空白的螢幕和一閃一閃的指示燈。夏綠蒂一進門，他立刻坐在旋轉椅上轉過來，手上端著一個杯子，挺著大肚子。他的頭幾乎已經禿了，只剩幾根細絲梳往一邊。他拉起一邊的耳機，揚起眉毛露出疑問的表情。

U型工作檯上零零落落擺著六、七部無線電，檯邊擺了好幾張很舒服的椅子，看起來很奢華。

然而，夏綠蒂需要的只有一個東西。

「什麼事？」無線電操作員問她。

夏綠蒂忽然覺得有點口乾舌燥。剛剛她編了個謊話，騙過了警衛，現在她又得編另外一個。她腦海中還殘留著剛剛在走廊上看到瑟曼的影像，一直在想他用腳踢哥哥的情景，現在，她努力揮開這些思緒。

「你們有一部機器故障，我來修理。」說著她從口袋裡抽出一把螺絲起子，那一剎那，她忽然激動起來，腦海中閃過一個念頭，說不定等一下會需要用螺絲起子刺那個操作員。但接著她趕緊提醒自己，不要無意間流露軍人的本能。現在她是技師。而且，她要想辦法引誘他說話，這樣她就可以不用說太多。「哪個麥克風是壞的？」她朝那些無線電揮揮螺絲起子。長時間組裝無人機，修理電腦，她學到一個經驗，那就是：機器永遠都有問題。永遠。

操作員瞇起眼睛，打量了她一下，然後轉頭看看四周。「你說的一定是二號。」他說。「沒錯，按鈕卡卡的。沒想到有人肯來檢查。」他兩手交叉在後腦勺，前後搖晃椅子，椅子被搖得嘎吱嘎吱響。他露出胳肢窩，那裡的衣服濕了一片。「上次來檢查的人說那沒什麼，根本不需要修理，叫我用到壞掉然後丟掉。」

夏綠蒂點點頭，走到他說的那部無線電前面。太容易了。她用螺絲起子撬開側板，背對著操作員。

「你是反應爐樓層的人，對吧？」

她點點頭。

「沒錯，前一陣子在餐廳吃飯的時候，你們的人就坐在對面。」

夏綠蒂等著他開口問她的名字，或是再跟她提起上次那位技師。這時候，她手心全是汗，螺絲起子不小心滑掉，掉到桌子上。她立刻撿起來，感覺得到那操作員正盯著她看。

「修得好嗎？」

她聳聳肩。「我要帶回去看看。應該明天就可以送回來。」她拆掉背板，拆下麥克風線的螺絲釘，然後把麥克風線從裡面那塊電路板上拔下來。不過，她又想了一下，決定把那塊板子也拆下來。她忘了她的無線電是不是已經裝了那塊電路板，不過，整個拆下來，會顯得比較專業。

「你明天會送回來？那太棒了，非常感謝。」

夏綠蒂把零件放進袋子裡，慢慢站起來，然後拉拉帽緣，用這個動作表示她要走了。她轉身走出門口，不知道自己會不會顯得太急著想走。無線電側板和螺絲釘都還丟在工作檯上。正牌的技師一定會把側板裝回去，不是嗎？她也不知道。她只知道，從前那些飛行員夥伴一定會嘲笑她，說她是故意要裝出技術員的姿態，搞什麼無人飛機，搞什麼無線電，臉上抹潤滑油卻不抹化妝品。

操作員又說了幾句話，可是她已經關上門了。她沿著走廊快步走向大走廊，心裡七上八下，不知道繞過轉角之後，會不會看到瑟曼帶著幾個警衛擋住她的去路。她把螺絲起子插回口袋裡，把麥克風線捲起來，把電路板抱在胸口。過了一會兒，她繞過轉角的時候，就只看到那個警衛。當她走向那個警衛的時候，感覺彷彿一輩子那麼漫長。她心臟怦怦狂跳，兩邊的牆壁彷彿朝她壓過來，她滿身大汗，濕透的工作服黏在身上，口袋裡的工具嘩啦嘩啦響，後口袋裡那把手槍感覺好沈重。每走一步，那十字旋轉門就彷彿距離她越來越遙遠。

她走到門口，停下腳步，沒有忘記跟警衛要平板電腦，準備填上離開的時間。她假裝看看警衛旁邊的時鐘，然後把時間填進平板電腦。

「動作還真快。」那警衛說。

她硬擠出一絲微笑，可是卻沒有抬頭看他。「小毛病。」她把平板電腦遞還給警衛，然後穿過旋轉門。這時候，她聽到身後的走廊有人關上辦公室的門，鞋子踩在磁磚上嘎吱嘎吱響。夏綠蒂加快腳步朝電梯走過去，趕緊按下按鈕，按了一次又一次，心裡暗暗祈禱，希望電梯趕快來。過了一會兒，電梯發出叮噹一聲，而她背後的腳步聲越來越快。

「嘿！」有人大喊。

夏綠蒂頭也不回就快步走進電梯，而後面那個人正匆匆穿過十字旋轉門。

「等我一下！」

38 第一地堡

那個人撞上電梯門，一手伸進來。夏綠蒂嚇得差點尖叫起來，差點去打那隻手，可是門已經開了，那個人擠進電梯，站在她旁邊，氣喘吁吁。

「要下去嗎？」

那個人穿著灰色工作服，胸口的名牌是艾倫。電梯門關上的時候，他喘了幾口氣。夏綠蒂手開始發抖，拿卡片刷感應器的時候，甚至還刷了兩次才感應到。接著，她正準備按下五十四樓按鈕的時候，想了一下，又把手縮回來。她不能去五十四樓，因為那裡不會有人去。那個人一直看她，手上拿著自己的卡片，等著她。

反應爐區在哪一樓？先前她寫在一張紙上，可是那張紙放在口袋裡，她不能就這樣拿出來看。接著，她忽然聞到臉上的潤滑油味，忽然發現自己已經汗流浹背。她懷裡抱著無線電麥克風，伸手按下最底下那一樓，認定這個人會比她早離開電梯。

「不好意思。」那個人手伸過她面前，在感應器上刷了卡片。夏綠蒂聞得到他呼吸裡的咖啡味。

他按下四十二樓的按鈕，電梯立刻動了。

「晚班嗎？」艾倫問她。

「是啊。」夏綠蒂一直低著頭，裝出男人的粗嗓子。

「你剛醒嗎？」

她搖搖頭。「我是大夜班。」

「不，我是要問你是不是剛解除冬眠？好像沒看過你，我是目前正在輪值的負責人。」他笑起來。「不過，這次輪值還剩一個禮拜就是了。」

夏綠蒂聳聳肩。她忽然覺得電梯裡熱得滾燙。樓層數字慢慢一路往下，好慢。剛剛她實在應該先按附近的樓層，先逃出電梯，然後再等下一班。可惜現在後悔已經來不及了。

「嘿，你抬頭看我。」那個人說。

他知道了。他站得好近，而站這麼近一定是為了仔細打量她。夏綠蒂抬起頭看他，感覺到自己的胸部緊貼著衣服，感覺到帽子裡的頭髮露出來了，感覺到自己的顴骨和下巴已經暴露了自己的女人身分。而最明顯的，就是她痛恨眼前這個奇怪的男人一直盯著她，痛恨他把自己困在這個狹窄的電梯裡，那正是女人的本能反應。她看著他的眼睛，感覺到這一切，也感覺無助，感覺恐懼。

「搞什麼？」那男人叫了一聲。

夏綠蒂猛然抬起膝蓋，想去撞那個人的鼠蹊讓他痛得爬不起來，可是那個人側身閃開往後退，結果她的膝蓋撞上他的大腿。接著她伸手想去掏槍，可是口袋卻扣上了鈕釦。當初她根本沒想到會需要這樣急著掏槍。她打開口袋，伸手抓住槍，可是那一剎那人已經一拳打在她胸口，她忽然感到一陣窒息，槍也脫手掉在地上。兩個人扭打掙扎，鞋子踩在地上嘎吱嘎吱響。她力氣太小，已經快被制服了。他兩手緊緊抓住她手腕，抓得她好痛，她不由自主的尖叫起來，這下子更暴露了她的身分。這時候，電梯到了他按的樓層，漸漸慢下來，停住了，門慢慢打開。

「嘿！」艾倫大喊。他想把夏綠蒂拖出電梯，可是她抬起腳踩著按鍵面板用力撐，拚命想掙脫他的手。「來人哪！」他又轉頭朝昏暗的走廊大喊了一聲。「來人哪！快來幫忙！」

夏綠蒂張嘴去咬他的大拇指，咬掉了一塊肉，立刻滿嘴血腥味。他痛得咒罵了一聲，立刻放開她的手，她又抬起腳踹向門外的他，帽子掉到地上，頭髮立刻披散下來蓋住了她的脖子。她隨即伸手去掏槍。

電梯門開始關上了，那個人還在走廊上。他趴在地上往前一竄，在門還沒關上之竄進了電梯，然後撞上夏綠蒂，夏綠蒂被他撞得往後一退，撞到牆上，這時候，電梯又開始往下走了，準備深入地堡最底層。

接著，她下巴又被打了一拳，眼前金星直冒。接著，那個人又揮出一拳，她趕緊把頭往後一縮，避開那一拳。那個人把她壓在牆上，嘴裡發出類似猛獸的低吼，那聲音充滿憤怒恐懼和驚訝。他想殺她。剛剛她攻擊他，而現在他想殺她。接著他又一拳打上她的肋骨，夏綠蒂慘叫一聲，抱住肚子。接著，他伸手抓住她脖子，用力掐，把她整個人提起來，腳離開地面。這時候，她的手摸到那把插在口袋裡的螺絲起子。

「不要……不要動。」那個人咬牙切齒地吼著。

夏綠蒂喉嚨哽住了，沒辦法呼吸，沒辦法出聲。她的氣管快被掐碎了。她右手抓住螺絲起子，高高舉起，刺向他的臉，想刺傷他，這樣他就會嚇到，放開她的脖子。她眼前開始發黑，於是，她趁自己還沒有失去意識之前，用盡全身的力氣刺向他的臉。

那個人看到螺絲起子朝他刺過來，嚇得瞪大眼睛轉頭想避開，結果，螺絲起子沒刺到他的臉，而是刺進了他的脖子。那一剎那，他立刻放開她的脖子。夏綠蒂為了避免跌倒，緊緊抓住螺絲起子，感覺起子被扯了一下，在那個人脖子裡翻攪。

那一剎那，她忽然感覺一陣溫熱噴到她臉上，電梯猛然停住，兩個人都倒到地上。夏綠蒂聽到一種咕嚕嚕的聲音，這才發覺那個人脖子上的傷口噴出血，她臉上全是血。接著，她聽到走廊有人在笑，聽到碰碰的聲響，燈火通明，感覺很熱鬧。那一剎那，她忽然想到那可能是醫療區。她就是在醫療區被人從冬眠中喚醒。

她掙扎著站起來，而那個人還躺在地上抽搐，脖子上鮮血狂噴，瞪大眼睛看著她，露出求救的眼神。她開口想大叫，叫走廊上的人來救他，可是卻發不出聲音。夏綠蒂蹲下去，抓住那個人的領子。門已經快關上了。她伸出腳卡住門，於是門又開了。那個人還在掙扎，腳猛踢，腳跟踩到滿地的血，滑了好幾下。她抓住那個人，把他拉到走廊上，拖得夠遠，他的腳不會卡到電梯門，這時候，電梯門又開始關上了，再不進去，她很可能會被困在這裡。附近房間裡越來越多人在笑，好像在說什麼笑話。夏綠蒂撲向逐漸關上的電梯門，伸手卡住門，於是門又開了。她掙扎著爬進電梯，全身疲軟無力，筋疲力盡。

裡面到處都是血，她的鞋子滑了好幾下。她低頭看著恐怖的景象，忽然想到有個東西不見了。她的手槍。她忽然感到一陣驚慌，抬頭看著電梯門。門又逐漸關上，這時候，她忽然聽到碰的一聲槍聲，看到那個垂死的人忿恨恐懼的眼神。那一剎那，她身體往後一震，因為她肩上中了一槍。

夏綠蒂在電梯裡踱來踱去，腦海中的第一個念頭就是趕快啟動電梯，趕快逃。隔著電梯門，她彷彿看得到那個人一手抓住脖子，一手抓著槍，彷彿看得到他掙扎地想去按電梯，手在牆上留下一抹血痕。她按下好幾個按鈕，上面沾滿了血，可是按鈕的燈都沒亮。她咒罵了一聲，慌忙去摸她的

「他媽的！」

識別證。她有一條手臂已經麻掉了，於是她伸出另外一手，用一種很奇怪的姿勢繞過身體掏出識別證，但手一滑，識別證差點掉到在地上。接著，她用識別證觸了一下感應器。

「他媽的！他媽的！」她暗暗咒罵，感覺肩膀像火在燒。她按下五十四樓按鈕。那是她的家。那個囚禁她的地方此刻已經變成她的家。一個安全的地方。無線電麥克風就在她腳邊，而那片電路板已經不知道被誰踩斷成兩半。她靠在牆邊慢慢往下滑，蹲到地上，用另一手捧起受傷的手臂，努力保持清醒，免得昏倒。她撿起麥克風，讓麥克風線掛在她脖子後面。到處都是血，其中有一些是她的血。她身上的工作服是紅色的，血跡並不明顯。電梯開始往上升，後來慢慢又停住了。門一開，眼前就是五十四樓幽暗的軍火庫。

夏綠蒂跌跌撞撞走出來，忽然想到什麼，於是又走進去。門快要關上的時候，她抬起腳去踢門。她恨那兩片門。她抬起手肘，想擦掉按鍵上的血跡。五十四樓的按鍵上有血跡，有指紋，那會暴露她所在的位置。但怎麼擦都擦不掉。門又要關上了，她又用腳去踢門。夏綠蒂已經無計可施，只好彎腰伸手去摸地上的血，然後抹在按鍵面板上，把所有的按鈕都抹上血。最後，她拿識別證觸了一下感應器，按下頂樓按鍵，讓電梯遠遠離開這裡，越遠越好。她跌跌撞撞走出電梯，頹然倒在地上。門開始關上了，她很高興門終於關了。

39 第一地堡

他們一定會來找她。現在她就像一個被困住的逃犯，困在一棟巨大的建築裡。他們一定會來追殺她。

夏綠蒂腦海中思緒起伏。要是那個被她攻擊的人死在走廊上，那麼，他的屍體可能要等下班才會被發現，到時候他們才會來找她。不過要是有人很快就發現他，那可能再過幾個鐘頭就會有人來找她了。另外，一定有人聽到槍聲的，不是嗎？他們會去搶救那個人，把他救活。她心裡暗暗祈禱，但願他們能救活他。

她打開板條箱，想找找看有沒有急救箱，但她很快就發現找錯了，急救箱在旁邊那個箱子裡。她掏出急救箱，拉開工作服的拉鍊，然後慢慢把手臂從袖子裡抽出來，看到血淋淋的傷口。暗紅色的血從手臂上的一個小洞湧出來，沿著手臂流到手肘。她伸手繞到肩膀後面，摸到子彈出口的小洞，痛得皺起眉頭。她傷口以下整條手臂已經麻了，傷口上方則是陣陣抽痛。

她用牙齒咬開一卷紗布，然後拉著紗布從胳肢窩底下穿出來，繞過脖子後面掛到另一邊的肩膀上，繞了一圈又一圈，然後開始纏在傷口上。她忘了先放一塊襯墊，也忘了用繃帶，不過，她也不想再重來一次了，於是，她纏最後一圈的時候，纏得特別緊，然後把紗布尾端綁緊。這種包紮技術實在不及格。剛剛打鬥之後，軍事訓練教給她的一切，她都已經忘得一乾二淨，就只剩下本能反應。夏綠蒂蓋上急救箱，看到彈簧鎖上殘留的血跡，忽然想到自己實在應該考慮得周延一點。於是她又打開急救箱，拿出另一捲紗布，把自己留下的所有血跡擦乾淨，然後走出去檢查一下電梯外面的地面。

真是一片狼藉。於是她又走回來，想找一小瓶酒精，這時她忽然又想到，上次在某個角落看到一大罐工業用清潔劑，於是她就走過去拿，順便又拿了更多紗布，然後走回電梯口，把所有的血跡擦乾淨。她擦了好久，因為這急不得。

然後，她把那些沾滿血跡的布丟回箱子裡，用腳一踢，蓋上箱蓋。她打量了一下地板，很滿意，然後快步走回營房。她的床鋪上有被子枕頭，實在太顯眼，一看就知道有人住在這裡。而旁邊另外兩張床卻是空空的。不過，她決定等一下再來整理。她先脫掉衣服，拿了另外一套工作服，走進浴室，洗洗手，洗洗臉，洗掉脖子上和胸口的血跡，然後再把水槽洗乾淨，換上新的工作服，把那套紅色工作服丟進她的箱子裡。要是有人來翻開這口箱子，她就完了。

接著，她走到床鋪前面，把被子和枕頭拿起來，讓整張床看起來像是沒人睡過的樣子。藉著，她又走回軍火庫，拉起無人機搬運台車的暗門，把被子和枕頭丟進去。然後她走到陳列架前面，拿了一些口糧和水，丟進台車裡。接下來，她又去拿那個急救箱，結果看到裡面除了醫藥用品之外，還有一具麥克風。她忽然想到，那一定是她剛剛拿紗布的時候掉在裡面的。於是，她拿起麥克風，又拿了兩把手電筒和一個備用電池，也丟進台車裡。很少人會想到要去搜查這個地方，因為台車門表面看不出是一道門，而且高度只到她的膝蓋，跟牆壁一樣是白色的。除非你是專業技術人員，否則根本不會知道有這扇門。

她打算現在就爬進去。他們很快就會來徹底搜索整個樓層，她可以躲在裡面，等他們搜索完。他們一定會把重點放在搜索陳列架，貨堆，結果當然什麼搜不到，他們就會以為人已經不在這裡了，然後就會去搜索其他她更有可能躲藏的樓層。不過，現在還不用急著進去，她可以先試試麥克風，試試無線電。她花了好大的力氣才弄到那具麥克風。她告訴自己，她應該還有幾個鐘頭的時間。他們應該不會先搜到這裡來，她一定還有好幾個鐘頭可以試。

她失血太多，又缺乏睡眠，感覺有點暈眩。她搖搖晃晃走到無人機操控室，掀開蓋在無線電上的塑膠布。她摸摸胸前的口袋，這才想起她已經換過衣服，更何況，就算還沒換衣服，那把螺絲起子也不會在口袋裡了。她在工作檯上翻了半天，終於找到另一把起子，然後拆掉無線電的背板。她本來不確定裡面是不是已經裝了那種電路板，結果發現早就裝好了。現在，她只要把麥克風線插到那塊板子上就可以了。她甚至懶得再把背板裝上去。

她仔細打量控制面板上的插槽，發現那很像電腦，所有的配件都是用線連接在主機上，但問題是，電子不是她的專長。她無法確定她是否還需要其他零件，或是主機上有沒有缺什麼零件。但不管怎麼樣，她是不可能再到外面去找零件了。於是，她打開電源，把轉鈕調到18頻道。

她等了一下。

接著她調整了一下音量鈕，喇叭裡開始傳出刺耳的靜電雜訊。這時候她終於可以確定，機器已經開了。那個頻道裡沒聽到有人在說話。她按了一下麥克風通話鈕，靜電雜訊突然消失。這是個好現象。此刻，她就像她哥哥一樣，遍體鱗傷，又害怕又焦慮，然而，她還是不由自主的露出笑容。按下通話鈕，麥克風就傳出一聲喀喳聲，這是個好現象。

「有人聽到嗎？」她問。她一隻手肘撐在檯面上，另一條手臂無力的垂在一邊。她又問了一次：

「有人聽到嗎？請回答。」

又是一陣靜電雜訊。夏綠蒂想像得到，在幾公里外的那座地堡，每一個拿著無線電的人都已經死了。很久以前，哥哥曾經告訴過她，他是怎麼按下按鈕消滅一座地堡。當時是深夜，她哥哥眼中閃爍著怪異的光芒，告訴她一切。而現在，那座地堡也被消滅了。不過，也可能是這部無線電接收不到訊息。

她腦子裡昏昏沈沈，思緒很凌亂。她告訴自己，應該先檢查一下無線電是否有什麼問題，而不是這麼快就跳到結論。於是她又伸手去調整轉鈕，那一剎那，她忽然想到，前一陣子，她和哥哥常常會把無線電的頻道調到另一座被消滅的地堡。那裡還有倖存者。那些人偶爾會偷偷互相通訊，好像用無線電在跟他們玩躲迷藏。要是她記得沒錯的話，第十八地堡的首長偶爾也會用這個頻道。於是，夏綠蒂把頻道鈕轉到17，然後按下麥克風通話鈕，看看有沒有人會回答。她已經忘了時間很晚了。她開始說話了，用的是她從前在空軍的身分代碼。

「喂，喂，我是查理二十四，有人聽到嗎？」

她聽到一陣靜電雜訊，過了一會兒，她正要轉到另一個頻道時，忽然聽到有人回答了，那個人聲音聽起來很遙遠，斷斷續續。

「聽到了。喂？你聽到了嗎？」

夏綠蒂又按下通話鈕，一時之間忘了肩膀很痛。她無意間聯絡上這個人，效果比嗎啡還好。

「我聽到了。我說話你聽得清楚嗎？」

「妳那邊到底怎麼回事？我一直找不到妳。坑道……坑道裡全是碎石頭。我呼叫了半天都沒人回答。我們被困在這裡了。」

夏綠蒂絞盡腦汁，想搞清楚他是什麼意思。她又看了一下頻道鈕，確定是在17沒錯。「說慢一點。」她深深吸了一口氣，忽然想到自己也該說慢一點。「你在哪裡？怎麼回事？」

「是雪莉嗎？我們被困在這……困在另外一個地方，這裡所有的機器都是爛的，都生鏽了，大家都嚇壞了，妳要趕快把我們弄出去。」

夏綠蒂不知道究竟該繼續跟他說下去，還是關掉電源，等一下再說。她覺得自己好像中途打斷了別人的通訊，把其中一個人搞糊塗了。這時候，又有另外一個聲音出現了，證明她想得沒錯。

「那不是雪莉。」有一個女人的聲音說。「雪莉死了。」

夏綠蒂把音量開大，豎起耳朵仔細聽。那一剎那，她完全忘了死在走廊上那個人，忘了肩膀上的傷，忘了此刻必定有人到處在搜索她。她不由自主的全神貫注聽17頻道那兩個人說話。那女人的聲音聽起來很熟悉。

「妳是誰？」先前那男人又開口問。

好一會兒都沒人回答。夏綠蒂兒不知道那個人是要誰回答。她舉起麥克風湊到嘴邊，這時候，另外那個女人搶先回答了。

「我是茱麗葉。」

聽她的聲音，她好像很虛弱，說話很吃力。

「祖兒？妳在哪裡？妳說雪莉死了，是什麼意思？」

又是一陣靜電雜訊，一陣駭人的寂靜。

「我是說，他們都死了。」她說。「我們也一樣。」

又是一陣靜電雜訊。

「我害死大家了。」

40 第十七地堡

茱麗葉睜開眼睛，忽然看到爸爸。有一道強光照著她一隻眼睛，然後又照向另一隻眼睛。爸爸背後還站了好幾個人，一張張的臉俯視著她。他們穿著各種顏色的工作服，有淡藍色，白色，黃色。她本來以為自己在做夢，一場可怕的噩夢，但她很快就意識到眼前的一切都是真的。她想起來了：她的地堡被摧毀了。氣閘門被打開，大家都死了。她記得的最後一件事，就是抓著無線電，聽到有人在說話，然後，她告訴大家，所有的人都死了。她害死了大家。

她揮揮手，想把眼前的手電筒揮開，掙扎著想翻身，可是卻發現自己不是躺在床上，而是在冷冰冰的潮濕鐵皮上，頭底下枕著一件工作服。她的胃起了一陣抽搐，可是卻吐不出東西，感覺整個胃空空的，彷彿糾結成一團。她一直乾嘔，口水吐到地上。爸爸叫她深呼吸，而雷夫也在旁邊一直問她還好嗎。茱麗葉忽然有一股衝動想朝他們大喊，想大聲叫他們不要管她。她很想縮起腿抱住膝蓋大哭一場，因為她害死了那麼多人。可是雷夫還是一直問她有沒有怎麼樣。

茱麗葉抬起袖子擦擦嘴，掙扎著想坐起來。這裡一片幽暗，她注意到自己已經不是在鑽土機裡面了。這時候，附近忽然閃出一道微弱的亮光，像一團火，接著她聞到一股柴油味，這才意識到那是火把。在那幽暗的光暈中，她隱隱約約看到有人拿著手電筒，看到礦工帽上的燈光，看到她地堡的人三三兩兩聚在一起，這裡一群那裡一群。四下一片寂靜，但隱約聽到有人在啜泣。

「我在哪裡？」她問。

雷夫回答說：「有個男孩子發現妳躺在機器後面，說妳整個人縮成一團。一開始他還以為妳死了——」

這時她爸爸忽然打斷他。「我要用聽診器聽一下妳的心跳。來，深呼吸幾下。」

茱麗葉沒有再多說什麼。她忽然覺得自己彷彿又變回小孩子，就像小時候那樣做錯了事惹得爸爸不高興。雷夫的手電筒照在她爸爸臉上，爸爸斑白的鬍子閃閃發亮。他把聽診器塞進耳朵裡，而她也知道該怎麼做。她拉開工作服胸前的拉鏈，深深吸了一口氣，然後慢慢吐出來，讓他聽聲音。她注意到頭頂上的天花板有很多水管、電線、廢氣管，於是，她已經知道自己在什麼地方了。他們就在發電廠隔壁的抽水機房。地面上濕濕的，因為還有殘餘的積水。上面的樓層一定還有某些地方有積水，而且還在繼續滲水。茱麗葉忽然回想起上次潛入水裡的事。當時她還特別製作了一套防護衣，潛水來到這裡。那彷彿是上輩子的事。

「那些孩子呢？」她問。

「他們和孤兒在一起。」她爸爸說。「他說他要帶他們回家。」

茱麗葉點點頭。「還有多少人逃過來了？」她又深深吸了一口氣，心裡想著，不知道還有誰活著。她想起不久前帶著一大群人穿越坑道，半路上看到柯妮和沃克，看到艾瑞克和道森，還有費茲。她還記得看到好幾家人，有人還特別去教室帶走孩子。她還看到那個在市集照顧攤位的男孩，他穿著棕色工作服。可是雪莉……茱麗葉小心翼翼抬起手摸摸腫脹的下巴。她彷彿又聽到一聲驚天動地的爆炸，感覺到地面的震動。雪莉走了。盧卡斯也走了。還有尼爾森和彼得。她的心承受不了這麼多。她好渴望不要再想到這些。

「很難估算有多少人逃出來。」雷夫說。「大家……這裡真是一團亂。」他摸摸茱麗葉的肩膀。「出事之前，已經有一群人先過來了。是一個神父和他的信徒。後來還有一大群人也進來了。然後就是妳。」

她爸爸全神貫注聽她的心跳，然後開始聽她背部，聽診器在她背後到處游移。茱麗葉繼續深呼吸。這時她爸爸忽然說：「妳有一些朋友已經在想辦法，看要怎麼把那部機器翻轉過來，往回頭挖。」

「有些人已經開始挖了。」雷夫告訴她。「用手挖。還有鏟子。」

茱麗葉掙扎著想坐起來。失去了心愛的人，她內心已經夠痛苦了，而現在，想到那些倖存的人可能也會死，那種感覺彷彿沈痛的心又受到重重一擊。「不能讓他們挖！」她大叫。「爸，另外一邊很危險。趕快阻止他們！」她抓住爸爸的衣服。

「不要激動。」他說。「我已經叫人去拿水來給妳喝——」

「爸！要是他們再繼續挖，我們都會死！這裡所有的人都會死！」

現場陷入一片死寂。過了一會兒，忽然有腳步聲遠遠傳來，黑暗中只見手電筒的光線晃來晃去，慢慢靠近，然後，巴比出現了，手上拿著一個水壺，水聲嘩啦啦。

「萬一他們挖出去，我們都會死。」茱麗葉又說了一次。而有些話她強忍著沒有說出口。她本來還想說：其實大家等於已經死了。在這座空蕩蕩的地堡裡，他們就像行屍走肉一樣，早晚會發瘋，最後消失腐朽。然而，她心裡明白，他們聽她這樣說，一定會覺得她瘋了，因為她警告大家不要挖，因為那邊的空氣有毒。那就像當初她也覺得大家都瘋了一樣，警告她不准挖，因為這裡的空氣有毒。現在，他們迫不及待想挖回去，自找死路，就像當初她想挖地道過來這邊也是自找死路一樣。

她舉起水壺喝了幾口水，水沿著嘴邊流到下巴，滴到胸口。她一邊喝水，一邊想著這種種的瘋狂。接著，她忽然想到，先前神父帶了一群信徒來到這座被詛咒的地堡，想尋找魔鬼，或是想親眼看看魔鬼的傑作。她放下水壺，轉身看著爸爸。在雷夫火把的照耀下，她爸爸的身影顯得如此高大。

「溫德爾神父和他的信徒。」茱麗葉說。「他們是不是……？他們是不是最先來的？」

「有人看到他們離開機電區，爬樓梯上去了。」巴比說。「我聽說他們想找個地方禱告。另外還有一大群人到上面的土耕區去了，聽說那裡還有東西可以吃。大家都很擔心，在我們脫困之前，我們要吃什麼？」

「我們要吃什麼？」茱麗葉自言自語。她很想告訴巴比，他們永遠離不開這裡了。永遠。一切都完了。他們所熟悉的家園，所熟悉的一切，全部都完了。為什麼他們都不知道，只有她一個人知道？唯一的原因是，不久前，她曾經爬過堆積如山的屍體，走進這座地堡。她親眼看過被摧毀的地堡是什麼景象，聽孤兒說過他小時候那段恐怖的歲月。而不久前，她就在無線電裡聽到同樣的慘劇再度重演。她聽到過有人威脅她，而現在，他們真的動手了，就為了她不顧一切挖坑道。

雷夫叫她再多喝幾口。在手電筒的光暈中，茱麗葉看到四周那一張張的臉孔，而這些倖存者都認為自己只是碰到一點麻煩，認為這只是暫時的。而殘酷的真相是，全地堡的人都死了，剩下他們少數幾個還活著。這幾百個人很幸運的穿越了坑道。其中有的是住在底層的幸運兒，有的是一群中段樓層的暴民，是對這個地方充滿疑慮的狂熱信徒。而現在，他們以為自己只需要在這裡待幾天，或者一個禮拜，於是他們開始分頭去找東西吃，想辦法過日子。現在，他們滿腦子想的，就是要有足夠的東西可以吃，熬到有人來救他們。

他們不知道的是，其實他們已經是得救的一群，其他人都死了。

她把水壺遞還給雷夫，開始掙扎著想站起來。她爸爸叫她不要動，可是茱麗葉揮揮手要他別管。「我們一定要阻止他們繼續挖。」她慢慢站起來。她工作服屁股後面濕了一大片。地面很濕，顯然有地方在漏水，很可能是上面的樓層哪裡有積水，從天花板慢慢滲下來。她忽然想到，要趕快處理這問題。但接著，她又想到這根本不是當務之急。現在不急著做這個。現在，他們要擔心的，是怎麼多活一分鐘，多活一個鐘頭。

「他們在哪裡挖？」她問。

雷夫有點猶豫的舉起手電筒指出方向。茱麗葉拉住他一起走，走沒幾步忽然看到喬姆森，立刻停下腳步。喬姆森是抽水機工人，他正靠在牆邊，那裡有好幾具生鏽的抽水機。他坐在牆邊偷偷啜泣，兩手擺在大腿上捧成杯狀，眼睛盯著手，肩膀一聳一聳的。

茱麗葉伸手指著他，叫爸爸去看看他，然後自己也走到他旁邊。「喬姆森，你受傷了嗎？」

「我搶救到這個。」喬姆森啜泣著說。「我搶救到這個。我搶救到這個。」

雷夫舉起手電筒對準喬姆森腿上，看到他兩手捧著一堆閃閃發亮的點數幣。那是好幾個月的薪水。他挪動了一下身體，手中那些硬幣立刻發出一陣叮噹響。

「我在大餐廳撿到的。」他啜泣著說。「當時大家都在跑，我卻跑去打開收錢箱。那個時候，旁邊的儲藏室裡有好多罐頭，好多罐頭，可是我卻跑去拿這個。我搶救了這個。」

「噓。」茱麗葉伸手搭在他顫抖的肩上，然後轉頭看看爸爸。爸爸搖搖頭。他幫不了他。

雷夫又舉起手電筒照向別的地方。前面不遠的地方，有個媽媽懷裡抱著小嬰兒搖個不停，邊搖邊哀號。那小嬰兒似乎好好的，沒有哭，就只是伸長手臂要去抓媽媽，手掌一直抓一直抓。大家都失去了太多。每個人都只帶走了手邊拿得到的東西。喬姆森哭泣，是因為他來到這種地方，唯一帶在身上的竟然是一大堆硬幣。這裡，天花板在漏水，彷彿整座地堡都在哭泣。整個世界都在哭泣，只有那小嬰兒沒哭。

41 第十七地堡

茱麗葉跟在雷夫後面穿越鑽土機，走到後面的坑道。他們爬過連綿不斷的土石堆，跳避閃躲兩旁崩落的土石，走了很久很久，一路上，他們看到很多散落的衣服，鞋子，埋在土裡的毯子。雷夫看到一個水壺，立刻彎腰撿起來，搖一搖，聽到嘩啦啦的水聲，不由得露出笑容。

他們看到遠遠的地方有火光。在火光的照耀下，滿地的土石一片通紅，那種景象彷彿大地皮開肉綻，血肉模糊。這時候，坑頂有個巨大的凹洞又落下土石。那個凹洞就是雪莉犧牲自己換來的。隔著這堆岩石，茱麗葉彷彿看得到她的好朋友倒在發電機控制室。她可能是窒息而死，也可能是被外面的空氣毒死。想像著雪莉的形影，她又想到盧卡斯被困在伺服器底下的密室裡。他已經沒有生命氣息，鬆軟的手攤在地上，手中是一具已經沒有聲息的無線電。

茱麗葉手中的無線電也悄然無聲。不久前，半夜的時候，昏昏沈沈的她聽到有人在無線電裡通話。她被那個聲音吵醒，於是就拿起無線電告訴大家，她害死了所有的人。後來，她又試著呼叫盧卡斯，試了一次又一次，可是卻只聽到一陣又一陣的靜電雜訊，那種感覺太痛苦。這樣做，等於是在浪費電池，也等於是在浪費自己的生命。於是，她終於關掉無線電。有那麼短短的一剎那，她本來想呼叫第一地堡，大罵那個背叛了她的王八蛋。但她終究還是沒有這麼做，因為她不想讓他們知道還有人活著，免得他們繼續趕盡殺絕。

茱麗葉心中百感交集，不知道該痛恨他們那種邪惡的暴行，還是哀悼她那些死難的同胞。她爸爸扶著她跟在雷夫和巴比後面，朝著遠處那聲音走過去。那是喊叫聲，還有挖土的聲音。此刻，她必須爭取時間，挽救他們僅剩的一切。她腦袋昏昏沈沈，全身痠軟麻木，走路搖搖晃晃。不過，她很清楚一件事：要是他們真的把這條連接兩個地堡的通道打通了，那他們就死定了。她親眼看到一團白霧沿著樓梯井洶湧而下，知道這種東西非比尋常。她看過墊圈和膠帶被那種氣體腐蝕得無影無蹤。那些人就是用這種方式散播劇毒到外面的空氣中。他們就是用這種方式毀滅了全世界。

「小心腳趾頭！」有人大吼了一聲。有個礦工拖著沈重的腳步，用手推車載著一堆碎石頭。這時候，茱麗葉注意到自己開始上坡了，坑頂越來越近。她聽到前面是柯妮的聲音，還有道森。挖下來的土石已經用手推車一批批載走，在土石堆裡清出空間，這樣才看得出進度。茱麗葉內心陷入掙扎。一方面，她有一股衝動想警告柯妮不要再挖，而另一方面，她卻又很渴望靠過去幫忙挖，親手挖，挖出一條通路，回去看看那失去的家園，死去的好朋友。

「好了，先把上面清乾淨，然後再繼續挖。千斤頂呢？搞什麼，怎麼那麼久還沒拿來？發電機那邊不是有油壓的嗎?還不趕快去拿過來!你們這些廢物,不要以為這裡太暗我就看不到你們偷——」

這時候,柯妮一看到茱麗葉,立刻就住口了。她臉色很難看,嘴角往下沈。茱麗葉感覺得到,她的好朋友正陷入掙扎,不知道該衝上來揍她一頓,還是緊緊擁抱她。結果,柯妮卻是一動也不動,那才更令茱麗葉感覺到椎心的刺痛。

「妳上來了。」柯妮說。

茱麗葉轉頭看著那堆石頭,看到他們手上那些柴油火把冒出陣陣濃煙。坑道深入地底,空氣冷冽,而那些火把卻讓空氣感覺更乾燥,更稀薄。茱麗葉開始擔心,火把會燃燒太多氧氣,而第十七地堡的土耕區已經泰半荒廢,植物製造氧氣的速度恐怕追不上燃燒消耗的速度,更何況,這裡現在又多出了好幾百個人,消耗的氧氣會更驚人。

「我有事要跟妳談一談。」茱麗葉朝那個大凹洞揮揮手。

「等我們挖通了,回到家了,我們再來談談這裡到底是怎麼回事。如果妳想幫忙挖,那裡有鏟子——」

「我們現在還活著,就是因為有這些石頭擋著。」茱麗葉說。

這時候,好幾個正在挖土的礦工一看到茱麗葉來了,還跟柯妮說話,他們立刻停止動作。柯妮破口大罵，叫他們趕快滾回去工作，他們只好又乖乖繼續挖。茱麗葉不知道該怎麼說才能夠說得委婉，或者，她根本不知道該說什麼。

「妳到底在說什麼——」柯妮開口，茱麗葉立刻打斷她。

「這個坑道是雪莉炸垮的，她是為了救我們。如果妳又挖通了坑道，那我們全部都會死。我非常確定。」

「雪莉——？」

「柯妮，我們的家已經灌滿了毒氣。我不知道該怎麼解釋，但就是這樣了。上面的人都死了。我聽到彼得——」她深深吸了一口氣。「還有盧卡斯也……彼得看得到外面！外面！氣閘門被打開了，大家都死了。還有盧卡斯——」茱麗葉用力一咬嘴唇，那種痛楚令她更清醒了一點。「當時，我的第一個念頭就是趕快把大家帶來這裡，因為我知道這裡是安全的——」

柯妮忽然大笑起來。「安全？妳以為……」她往前跨了一步，逼近茱麗葉，那一剎那，所有挖土的人都停止了動作。茱麗葉的爸爸伸手按住女兒的肩膀，想把她拉回來，可是茱麗葉站在原地不動。

「妳覺得這裡很安全？」柯妮哼了一聲。「妳睜開眼睛看看這鬼地方。這裡有一個發電廠，看起來還真他媽的像我們家那個發電廠，只不過，這裡的發電機已經鏽成一團破銅爛鐵。妳以為那玩意兒還修得好嗎？還能用嗎？還有，空氣呢？燃料呢？夠用嗎？食物和水呢？夠吃嗎？告訴妳，要是不趕快回家，我們剩沒幾天好活了。現在我們還得挖好幾天，沒日沒夜的挖，而且幾乎都是要用手挖。妳為什麼要帶我們來這個鬼地方？妳知不知道我們被妳害得有多慘？」

茱麗葉默默承受她的咒罵。她樂於承受。她甚至還很想罵自己。

「都是我不好！」她掙脫父親的手，轉身面對那些挖土的人。那都是她很熟悉的人。她轉身面對那巨大的坑道，面對他們來的方向，聲嘶力竭的大喊。「都是我害的！」她用盡全身力氣大喊，彷彿希望她的聲音能夠穿透重重岩石，讓那些死去的人也聽得到。接著她又嘶吼了一聲：「都是我害的！」她感覺自己的喉嚨像火在燒，因為她吸了太多火把的濃煙，因為她聲嘶力竭的大喊。她心中充滿悔恨，感覺自己的胸口彷彿快爆炸了。接著，她感覺到有人伸手按住她肩膀。是她爸爸。過了一會兒，當迴盪在坑道裡的回音漸漸消散，現場只剩下火把燃燒的滋滋聲。

「這一切都是我造成的。」她點點頭說。「我們一開始就不應該來。不應該來。說不定，他們會放毒氣毒死我們，就是因為我一直在挖坑道，或是因為我跑到外面去。不過，我必須告訴大家，這裡的空氣是乾淨的。我保證在這裡我們可以活下去，有空氣可以呼吸。另外，我也希望大家能夠明白，我們的家已經沒有了。那裡已經全是毒氣，大門被打開了，外面的空氣都跑進去了。還在那裡的人，都已經全部——」她說得上氣不接下氣，感覺心好痛，感覺整個胃彷彿糾結成一團。這時候，她爸爸又上前扶住她。「沒錯，都是我不好。是我一手造成的。那也就是為什麼那個摧毀我們家的人——」

「摧毀我們家的人？」柯妮問。

茱麗葉看看柯妮，看看其他人。他們都是她的好朋友，多年來一起並肩作戰的好夥伴。「對，是一個男人。他就在另外一座地堡裡。外面總共有五十座地堡，就像我們——」

「這我們早就聽妳說過了。」有個工人板著臉說。「地圖我們也都看過了。」

茱麗葉轉頭看看是誰，發現剛剛說話的人是費茲。他本來是機電區的工人，後來跑去挖油井。「你不相信我嗎，費茲？現在你已經親眼看到了，這裡還有另一座地堡，而且距離那麼近，那麼，你還認為全世界只有這兩座地堡嗎？你還認為那張地圖是騙人的嗎？我告訴你，我曾經站在一座山丘上，親眼看到那些地堡。現在，雖然我們被困在這個黑漆漆的洞裡，被煙嗆得沒辦法呼吸，可是在外面，還有成千上萬的人活著，好好的過日子，就像我們從前那樣過日子——」

「那妳是不是認為我們應該往他們那邊挖？」

茱麗葉倒是沒想到這一點。「也可以。」她說。「說不定那也是一條生路，如果我們挖得到那邊。不過，我們還是必須先搞清楚，那邊的人是什麼樣的人，安不安全。說不定那裡也已經被摧毀了，就跟我們的地堡一樣，或者像這裡一樣，整個荒廢了。不過，也說不定那裡住了很多人，而且會很高興看到我們。不管我們挖到什麼地方，多多少少都會有風險，不過，我可以告訴大家，外面真的還有別的地堡。」

有一個工人停止動作，下來發表意見。「也有可能，我們的家平安無事，不是嗎？妳不是一直都很喜歡把事情搞清楚？為什麼不試試看呢？」

茱麗葉想了一下。「要是我們的家真的平安無事，那他們一定會來找我們。他們一定會跟我們聯絡。我也很希望這是真的，我真心希望我是錯的，只可惜，並不是這樣。」她打量著他們黝黑的臉。「你們聽我說，我們的家真的沒了，我們的親人朋友都死了。你們以為我不希望他們還活著嗎？我失去了……大家都失去了心愛的人。我曾經聽著我深愛的男人嚥下最後一口氣，你們以為我不會希望想盡辦法挖過去，親眼看看他，親手埋葬他？」她擦擦眼淚。「你們以為我不想拿鏟子拚命挖，沒日沒夜的挖，回家去找他？問題是，我心裡很清楚，要是我們把這些石頭挖通了，我們等於是在自掘墳墓。」

現場鴉雀無聲。這時候，附近有一顆石頭從土石堆上滾下來，滾到他們腳邊。

「那妳要我們怎麼辦？」費茲問。茱麗葉聽到柯妮倒抽了一口氣，感覺得到她心裡現在是什麼滋味。柯妮大概有點擔心，不知道她手下這些工人以後還會不會聽她的。

「我們需要一點時間把狀況搞清楚。就像我剛剛說的，外面還有很多像我們一樣的地堡，而我也不知道那邊的人是什麼樣的人，不過，我確定，其中有一座地堡似乎認為他們可以主宰大家的命運。他們曾經威脅過我們，說他們按下一個按鈕就可以摧毀我們，而我相信，他們真的幹了。另外，我相信這個地方也是他們毀掉的。」她伸手指著第十七地堡的方向。「沒錯，他們會下手，也許真的是因為我們挖坑道，或是因為我跑到外面去想找出真相。這是我的罪過，如果你們想把我送去清洗鏡頭，讓我洗清罪過，我會很樂意。我會很樂於把鏡頭擦乾淨，然後死在你們面前。不過，我必須先告訴大家一件事。這座地堡會積水。外面的水會慢慢滲進來，包括現在。我們必需想辦法找到電力，啟動抽水機，把水抽乾，還要讓上面的土耕區有水可以灌溉，有植物燈可以用，讓植物生長，製造空氣。」她指著插在牆上的一根火把。「我們已經消耗了太多空氣。」

「問題是，我們去哪裡找電力？我是最先進來的人之一，最先看到這裡的發電機已經鏽到變成破銅爛鐵。」

「上面三十四樓那裡有電。」茱麗葉說。「隨時可以用。土耕區的馬達和植物燈都是用那裡的電，不過，我們不應該光靠那個。我們過來的時候，也帶了自己的電——」

「備用發電機。」有人突然插嘴。

茱麗葉點點頭，心裡暗暗慶幸，他們都已經聽得下去了。最起碼，現在他們已經沒有再挖了。

「我願意為我的所作所為扛起責任。」茱麗葉又淚眼盈眶。「可是，我們應該把摧毀我們家園的人揪出來，而且，我知道那個人是誰。我跟他說過話。我們一定要想辦法活下去，活得夠久，讓那個人和他的手下付出代價——」

「報仇嗎？」柯妮聲音好嘶啞。「妳被送出去清洗鏡頭的時候，大家就是為了想要討回公道，犧牲了很多人，——」

「不是報仇。不是。是要讓他們以後沒辦法再幹這種事。」茱麗葉凝視著黝黑的坑道。「我的好朋友孤兒知道他的地堡是怎麼被摧毀的。幹出這些事的人，並不是神。他們只是人。而且，他們距離我們不遠，用無線電都可以聽得到他們說話。外面還有很多地堡都被他們壓迫。想像一下，要是從前有人曾經採取行動，制止他們，那麼現在我們就會還是一樣繼續過我們的日子，不會受到任何威脅，而我們親愛的人現在也都還活得好好的。」她轉身回來看著柯妮和其他人。「我們應該要去找出這些人，不過，那並不是因為我們要找他們報仇，而是要阻止他們，讓他們沒辦法再幹這種事。而且，我們必須趁早行動，免得又有人遭殃。」

她看著柯妮，渴望她的老朋友能夠了解她的心意，能夠再度接納她。結果，柯妮卻不理她。柯妮撇開頭不看茱麗葉，眼睛盯著那堆挖鬆的土石。過了好一會兒，空氣中瀰漫的煙霧越來越濃，紅紅的火光搖曳閃爍。

「費茲，去拿火把。」柯妮忽然下令。費茲猶豫了一下，然後就乖乖跑過去。「把火弄熄。」

她的口氣似乎對自己很不屑。「根本就是浪費空氣。」

42 第十七地堡

艾莉絲聽到樓梯井那邊有人說話。有很多陌生人在她家裡。陌生人。瑞克森曾經說過很多陌生人的可怕故事，嚇唬她和那兩個雙胞胎。聽了那些故事之後，他們再也不敢想離開土耕區裡面的家。很久很久以前，瑞克森曾經說過，那些你不認識的人都是要來殺你的，要來搶你的東西。就算那些你認識的人都不見得可以信任。從前，每到深夜，計時器的時間一到，植物燈就會瞬間關掉，瑞克森就會開始講那些可怕的故事。

不知道有多少次，瑞克森告訴他們，當年因為有兩個人相愛，所以他才會出生。不過，他們並不太懂兩個人相愛是什麼意思。瑞克森還說，他媽媽屁股後面埋了一顆毒藥丸，他爸爸幫她拿出來，所以她才會生小孩。不過，會生小孩，並不一定都是因為兩個人相愛。他說，有時候是陌生人幹的。他們想幹什麼就幹什麼。當年，那些陌生人都是男人，而他們最想要的就是女人幫他們生孩子。所以，他們把女人身上的毒藥丸拿出來，然後女人就會生小孩。

艾莉絲身上沒有那種毒藥丸。還沒有。漢娜說過，長大了，毒藥丸就會長出來，就像長牙齒一樣，而那就是為什麼生小孩要趁早。瑞克森說根本沒這回事。他說，如果你出生的時候身上沒有毒藥丸，那一輩子都不會有。可是艾莉絲不知道該相信誰。她停下腳步站在樓梯上，摸摸屁股後面，看看那裡有沒有什麼地方凸出來。她用舌頭去舔那個缺了一顆牙齒的地方，感覺裡面好像長出什麼硬硬的東西。她好想哭，因為她發現自己的身體很奇怪，會自動長牙齒，自動長出那種毒藥丸。她朝樓梯上面大喊，呼喚她的小狗。剛剛小狗又從她懷裡掙脫，一溜煙跑掉了，真的很壞。艾莉絲開始感到困惑，小狗這種動物真的可以養來當寵物嗎，還是牠天生就是會這樣亂跑？不過，她倒是沒有哭。她扶著欄杆，繼續往上爬。她不想要小嬰兒，她只要她的小狗陪在身邊，所以，她的身體是不是會長出什麼毒藥丸，她倒也不怎麼在乎。

這時候，她身後有個男人快步走上來，越過她走到前面。不是孤兒。孤兒一直交代她，要她跟緊他，不准亂跑。不過，每次她亂跑被孤兒逮到，她就會反駁說：「你應該叫小狗不要亂跑。」小狗變成她的護身符。此刻，這個人走在前面回頭看她。他是陌生人，不過他似乎並沒有想搶她的東西，因為他自己就有很多東西。他抱著一大捆那種黑黃雙色的電線。土耕區的天花板上有很多那種電線垂掛下來，瑞克森說那不可以隨便碰。她心裡想，這個人大概不知道規矩。看到陌生人在自己家裡，感覺很怪異，不過，瑞克森有時候也會騙人，有時候也常常出錯，所以，說不定他說的那些陌生人的可怕故事也是騙人的，而孤兒說得沒錯，陌生人也有好人。說不定，這些陌生人來到她的家，也不是什麼壞事。會有更多人可以幫忙修理她的家，在耕地挖水溝，植物就可以有充足的灌溉。說不定那些人都是像茱麗葉那樣，把她的家變得更美好，還帶他們到上面去，那裡燈火通明，還有熱水可以洗澡。好的陌生人。

這時候，她又看到另一個男人在爬樓梯，腳步聲很吵。他從她旁邊走上去，身上揹著一個袋子，裡面塞滿了綠色菜葉，飄散著一股熟透的番茄香和黑莓味。艾莉絲停下腳步，看著他往上走，心裡忽然想到，要是漢娜看到了，她一定會說：怎麼可以一次採這麼多！太多了。很多規矩，這些人都不知道。艾莉絲覺得自己可以教他們。她有一本書，教大家怎麼釣魚，怎麼追蹤動物。但她又想到，這裡的魚都不見了，而且，她甚至連一隻小狗都沒辦法追蹤。

想到魚，艾莉絲肚子又餓起來。她好想吃魚，很想馬上就吃，因為，不早點吃，很快就什麼都不剩了。有好幾次，她看到那兩個雙胞胎在吃東西的時候，她就會像這樣肚子餓。就算肚子不餓，她也一定會想吃一些。吃很多。免得被別人吃光。

她繼續往上爬，揹袋裡擺著她的紀念冊，每往上爬一步，書就會撞到她大腿。她忽然有點後悔，為什麼要一個人跑出來，而且暗暗埋怨小狗為什麼要亂跑。

「嘿，小朋友。」

有個男人站在上面的平台，趴在欄杆上低頭看著她。那個人滿臉黑鬍子，不過，不像孤兒那麼凌亂。艾莉絲停下腳步，猶豫了一下，然後又繼續往上爬。她繞著螺旋梯走了幾步，上面的平台和那個人就暫時看不見了，過了一會兒，她終於走到了平台，那個人就在那裡等他。

「妳是不是離群了啊？」那個人問。

艾莉絲甩甩頭。「我怎麼可能離群。」

那個滿臉黑鬍子的人眼睛炯炯有神，一直打量她。他穿著棕色的工作服。瑞克森也有一套同樣的工作服，偶爾會穿。而先前在市集遇到的那個男孩，也是穿一樣的工作服。

「為什麼不可能？」那個人問。

「因為我不是綿羊啊。」艾莉絲說。「只有綿羊才會是一大群，可是這裡根本沒有半隻綿羊。」

「什麼是綿羊？」那個人問。他那炯炯有神的雙眼越來越亮了。「我看過妳。妳原本跟另外幾個小孩住在這裡，對不對？」

艾莉絲點點頭。

「妳可以加入我們這一群啊。人也可以成群結隊啊。教會就是一大群人。妳上過教堂嗎？」

艾莉絲搖搖頭。她伸手去摸那本紀念冊，裡面有一頁是綿羊的圖片，而且還有說明要怎麼養綿羊，怎麼照顧綿羊。她開始猶豫，不知道那個人說的是真的，還是書上說的才是真的。這時候，她肚子越來越餓了。後來，她決定相信她的書，因為書上講的很多都是對的。

「妳想進來嗎?」那個人朝門口揮揮手,艾莉絲轉頭看看那個人身後,看到門裡一片黑暗。「妳肚子餓不餓?」

艾莉絲點點頭。

「我們這裡有很多吃的東西,而且還蓋了一座教堂。其他人都在上面的土耕區,很快就會下來。妳想進來吃點東西嗎?我採了很多,多到差點拿不動。我可以分很多給妳吃。」他拍拍艾莉絲的肩膀,艾莉絲注意到他手臂上長滿濃密的黑毛,就像孤兒那樣,不過和瑞克森不一樣。她的胃咕嚕咕嚕叫,而土耕區好像還很遠。

「我要去找我的小狗。」相對於巨大的樓梯井,她的聲音顯得好渺小。

「我們會幫妳找小狗。」那個人說。「來,我們進去吧,我想聽妳多說一點妳們地堡裡的事。這真是奇蹟,妳知道妳是奇蹟嗎?妳真的是奇蹟。」

艾莉絲不知道什麼叫奇蹟。她的書裡根本沒寫。她努力回想,可是那本書有很多頁都不見了。她的胃還是咕嚕咕嚕叫,彷彿在哀求她。於是,她跟著那個滿臉黑鬍子的男人走進黑暗的大廳。她聽到前面有人的聲音,好像有人在唱歌,又好像在禱告。艾莉絲忽然很好奇,一大群人就是這種聲音嗎?

43 第一地堡

夏綠蒂又開始睡在一個箱子裡，就像當初睡在冷凍艙裡一樣。不過，這個箱子不會冷，也沒有一扇結了霜的窗戶，而且也沒有淡藍色的管子插進她的血管裡。這個箱子裡沒有前面那些東西，而睡在裡面也不會做甜蜜的夢，不過也不會在惡夢中驚醒。那就只是簡簡單單的一個鐵箱子，在裡面翻滾的時候會嘎吱嘎吱響。

現在，無人機的搬運台車變成她的家了，可是，台車太矮，沒辦法在裡面坐起來，而且裡面一片漆黑，伸手不見五指，而且一片沈寂。後來，接連兩次，她聽到箱子外面有腳步聲，顯然有人在追捕她。那天晚上，她整夜待在裡面不敢出來，一直在等他們回來，可是，他們大概是有太多樓層需要搜查。

她每隔幾分鐘就會翻身，讓自己舒服一點。另外，她出去過一次，因為她實在憋不住了，恐怕會尿濕工作服，不去上廁所不行。

當時，她沿著走廊走到底，探頭看看操控室裡面的無線電有沒有人動過。她本來以為他們可能會把無線電拿走，還有唐諾的筆記，不過，那些東西都還好端端的蓋在塑膠布底下。夏綠蒂猶豫了一下，然後走過去拿起檔案夾。這東西太重要了，絕對不能丟。於是她匆匆回到箱子裡，把那些筆記塞進角落裡，然後整個人縮成一團，忽然又回想起哥哥被人用腳踹的情景。

她回想起伊拉克。無數個黑夜裡，她躺在床鋪上，弟兄們進進出出，有的去執勤，有的回來休息，她聽到有人竊竊私語，聽到彈簧床墊的嘎吱聲。在黑夜裡，她會感覺特別脆弱，感覺自己比無人機獨自在天上更孤單。在空蕩蕩的營房裡，感覺就彷彿夜半來到空蕩蕩的停車場，聽得到遠方傳來的腳步聲，可是卻找不到鑰匙。此刻，躲在狹小的台車裡，感覺也差不多，就像夜裡睡在黑漆漆的停車場，或是睡在全是男人的營房，不知道自己會有什麼遭遇。

她睡得很不安穩，睡得很少，於是，她用脖子和肩膀夾著一把手電筒，看唐諾那些筆記，希望這些枯燥無聊的東西能夠幫她入睡。在無邊的寂靜中，她又回想起在無線電裡聽到的那些事。又有一座地堡被摧毀了，當時她在無線電裡聽到他們那種驚慌失措的口氣，說門被打開了，說毒氣跑出來了。她哥哥曾經說過，他只要按下按鈕就能夠放出那種毒氣。她聽到茱麗葉的聲音，聽到她說大家都死了。

她在其中一個檔案夾裡找到一張小小的地圖，上面有很多編了號的圓圈，有些圓圈上面被劃了一個叉叉。夏綠蒂心裡想，很多人住在那些圓圈裡，可是現在，其中又有一個圓圈裡的人都不見了，被畫了一個叉叉。而現在，就像哥哥一樣，夏綠蒂忽然覺得自己跟那些人好像產生了某種聯繫。她曾經和唐諾一起聽那些人在無線電裡說話，聽唐諾訴說他多麼渴望和他們取得聯絡，而其中一個地堡有人肯聽他說話，還教他怎麼入侵電腦，找出真相。有一次，她問唐諾為什麼不和其他地堡聯絡，他說那些地堡的負責人靠不住。他們可能會出賣他。從某個角度來看，她哥哥和那些地堡裡的人一樣，都是叛徒，而現在，他們都完了。這就是叛徒的下場。此刻，在無邊的寂靜與黑暗中，就只剩下夏綠蒂孤零零的一個人。

她翻閱哥哥的筆記，可是脖子夾著手電筒太久，越來越痠痛。箱子裡的溫度越來越高，她已經滿身大汗，全身衣服都濕透了。她睡不著。這裡和冷凍艙不一樣。她一直看那些筆記，看得越多，就越了解哥哥為什麼那麼焦慮，為什麼那麼渴望採取行動，摧毀這個系統。他們都被困在這系統裡。

她飲食都很節制，小口小口的吃喝。藏在裡面，雖然實際上只有幾個鐘頭，感覺卻像好幾天那麼漫長。後來，她又覺得想上廁所了，這時候，她決定溜進操控室，再試一次無線電。她迫不及待想打開無線電，聽聽那邊的狀況，那種慾望跟想尿尿的衝動一樣強烈。有人還活著。第十八地堡的人想出辦法穿過地底，到了另一座地堡。有些人還活著，問題是，他們能撐多久？

她按下把柄沖馬桶，聽著上面水管嘩啦啦的水聲。接著，她冒險潛入無人機操控室，沒有開燈，摸黑掀開無線電上面的塑膠布。此刻，第十八地堡的頻道只聽得到陣陣雜訊，而第十七地堡也一樣。

接著，她又調了十幾個頻道，終於聽到有人在說話，這才確定無線電沒問題。於是，她又把頻道調回第十七地堡，繼續等。她知道，她可以這樣無窮盡的等下去，等那些人進來看到她。她看看牆上的時鐘，時間是半夜三點多。她覺得這是個好時機，因為現在應該沒有人在找她。但問題是，這個時間應該也沒有人會收聽無線電。但無論如何，她還是按下通話鈕。

「喂。」她說。「有人聽到嗎？」

她本來想說出自己的身分，說出自己所在的位置，可是想了一下，擔心第一地堡的人可能會監聽所有的頻道，怕會被他們會聽到。萬一被他們聽到了，會怎麼樣？除非他們有辦法透過中繼器追蹤，否則他們不可能知道她傳訊的位置在哪裡。但很難說，說不定他們真的辦得到。不過，那座地堡已經被畫了一個叉叉，排除在名單外，照理說，他們應該不會去監聽。夏綠蒂把工作檯上的工具挪開，找出一張唐諾給她的清單。那是地堡的排名表。那張清單最底下的地堡都已經被摧毀了——

「妳是誰？」

無線電裡傳來一個男人的聲音。夏綠蒂抓緊麥克風，忽然有點擔心，不知道是不是第一地堡的人在用這個頻道。

「我是……你是誰？」她不知道該怎麼回答。

「妳在底下的機電區嗎？妳知道現在幾點嗎？現在是半夜啊。」

底下的機電區。那是其他地堡的結構，不是第一地堡。夏綠蒂認為這個人應該就是倖存者之一。不過，她擔心可能還是有別人在聽，所以她說話必須很小心。

「對，我是在機電區。」她說。「你們那座地堡——你們上面那邊怎麼樣了？」

「我想好好睡一覺，可是柯妮叫我們一定要打開無線電，她可能會跟我們聯絡。我們一直忙著搞水管，上面土耕區這裡已經開始搶東西分地盤。妳是誰？」

夏綠蒂清靜喉嚨。「我想找……我想跟你們的首長說話。我想找茱麗葉。」

「她不在這裡。她不是在妳們底下那邊嗎？如果不是什麼十萬火急的事，建議妳明天早上再呼叫吧。還有，告訴柯妮，我們這邊需要更多人手。如果有農夫的話，趕快派一個上來。還有運送員。」

「呃……沒問題。」夏綠蒂又看看時鐘，看看還要幾點才天亮。「謝啦。」她說。「我晚點再呼叫。」

那個人沒回答。夏綠蒂暗暗納悶，想不通自己為什麼這麼迫不及待想跟他們聯絡。她根本幫不上他們什麼忙。難不成她以為他們可以幫她嗎？她打量著這部自己組裝的無線電，看著基座上散落著多餘的螺絲釘、電線和工具。跑到外面來風險很高，可是，一個人孤零零的關在台車裡，感覺更恐怖。她渴望把握機會和他們聯絡，那種渴望已經掩蓋了她內心的恐懼，她反而沒那麼害怕被人發現。再等幾個鐘頭，她就會再試一次。這段時間，她打算先去睡一下。於是，她用塑膠布蓋上無線電，忽然有點懷念營房裡那張床鋪，不過，她終究還是躲進那部密不透風的台車。

44 第一地堡

有人送早餐給唐諾的時候，後面還跟著幾個人。先前那幾天，他們都沒有來找他，而且有時候會故意不讓他吃飯。唐諾猜，這應該是某種偵訊技巧。同樣的，三更半夜常常有人從他門口經過，沈重的腳步聲特別刺耳，吵得他沒辦法睡覺，他認為，這也是一種偵訊技巧。他們用這種方式來打亂他的生活作息，擾亂他的情緒，想把他逼瘋。不過，也可能是他的錯覺，說不定當時是白天而不是晚上，而且他們也沒有不給他飯吃。他已經無法判斷。他沒辦法知道時間。牆上有一個圓形的痕跡，還有一根凸出來的螺絲釘。那裡本來有一面時鐘。

早餐送來了，但瑟曼也出現了，後面還跟著兩個穿警衛制服的人。唐諾穿著工作服睡覺。那三個人走進來的時候，唐諾從床鋪上坐起來。那兩個警衛用一種狐疑的眼神看著他。瑟曼端著托盤遞給他，上面有一盤雞蛋，一塊麵包，一杯水和一杯果汁。唐諾渾身痛苦難當，不過，他還是很餓。他伸手想去拿刀叉，可是托盤上根本沒有，於是，他只好用手抓蛋吃。吃了東西，忽然覺得肋骨比較沒那麼痛了。

「去檢查一下天花板。」有個警衛說。唐諾認得他，那是布瑞瓦隊長。從唐諾第一次輪值開始，警衛隊長就一直是布瑞瓦。唐諾感覺得出來，布瑞瓦對他沒什麼善意。

另外一個比較年輕，唐諾不認識。先前，為了避免被人看見，他多半在三更半夜活動，所以對夜班警衛比較熟，很少看到白天的警衛。那個年輕警衛跳上焊接在牆上的那座抽屜櫃，掀起一塊天花板，然後從屁股後面的口袋掏出一把手電筒，伸進天花板的隔層裡，四下轉動檢查了一下。唐諾知道那個年輕人會看到什麼，因為他自己早就看過了。

「是堵死的。」那年輕警衛說。

「你確定？」

「不是他。」瑟曼說話的時候，眼睛還是死盯著唐諾，然後他伸手朝房間四周揮舞。「到處都是血，如果是他，他身上一定會有血跡。」

「有可能他在別的地方換過衣服，洗乾淨了。」

瑟曼皺起眉頭想了一下。他就站在唐諾面前幾步遠的地方，唐諾已經不覺得餓了。「是誰？」瑟曼問。

「什麼誰？」

「少跟我裝傻。我有個手下被人攻擊，而當天晚上，有一個人穿著反應爐區的衣服，就從外面那個安全門走進來，就在這層樓。那個人就從這條走廊進來，應該是要來找你的。他跑到通訊室去，而我知道，你一天到晚待在通訊室。這件事不可能是你一個人幹的，你還有幫手，說不定是你上次輪值的時候的手下。是誰？」

唐諾剝下一小塊麵包，塞進嘴裡，故作鎮定。是夏綠蒂。她在幹什麼？跑遍整座地堡找他？竟然還跑到通訊室去？如果真是她，那她真的是瘋了。

「他知道內情。」布瑞瓦說。

「我根本聽不懂你們在說什麼。」唐諾喝了一口水，發現自己的手在發抖。「是誰被攻擊了？他沒事吧？」他覺得，他們看到的血，很可能是她妹妹的。他造了什麼孽，為什麼要喚醒她？這時候，他忽然又想坦白招供，告訴他們她躲在哪裡，至少這樣她就不會再是孤零零的一個人。

「是艾倫。」瑟曼說。「他值大夜班，當時正好下班去搭電梯，結果電梯下了三十樓之後，他被人發現倒在電梯門口，地上全是血。」

「艾倫受傷了嗎？」

「他死了。」布瑞瓦說「有一把螺絲起子刺進他脖子裡。有一部電梯裡全是他的血。告訴我，兇手在哪裡——」

瑟曼忽然抬起手，布瑞瓦立刻就不說了。「你們先出去一下，等我一分鐘。」瑟曼說。

那年輕警衛站在抽屜櫃上，把天花板的隔板放回原位，然後跳下來，抽屜櫃上全是散落的白粉。他的手在大腿上抹了幾下，然後就走出去，關上門，和隊長一起站在門口等。門要關上的那一剎那，唐諾看到有個認識的技師從門口走過去，差點就想開口叫他。他很好奇，要是大家發現他的真實身分根本不是瑟曼，他們會有什麼感覺？

瑟曼手伸進胸前的口袋裡，掏出一塊摺得四四方方的布。是一條抹布。他把抹布遞給唐諾，唐諾伸手接過來，心裡很奇怪瑟曼怎麼對他這麼好。於是，他等著自己咳出來，可是等了半天卻沒咳，真是稀奇。瑟曼拿出一個塑膠袋，拉開袋口等他。唐諾知道他的意思，於是掏出另一塊血跡斑斑的抹布丟進袋子裡。

「檢驗用的，對吧？」

瑟曼搖搖頭。「我們早就徹底檢查過了。我只是想……表示一下。你應該知道，我很想殺你，只可惜我太虛弱，沒辦法當場踢死你。後來我查出來了，安娜的事，你說得沒錯。」

「艾倫真的死了嗎？」

瑟曼點點頭。唐諾把那條抹布摺好。「我還蠻喜歡他。」

「他是個好人，是我親自徵召的人。你知道他是誰殺的嗎？」

唐諾這才明白瑟曼為什麼會拿抹布給他。瑟曼在唱白臉。他搖搖頭。他努力想像夏綠蒂殺人的模樣，可是根本無法想像。不過，話說回來，他本來也無法想像她有辦法操縱無人機，或是做五十下伏地挺身。從小時候開始，夏綠蒂在他心中就是一團謎，永遠令他感到驚奇。「我無法想像，在我認識的人當中，除了你之外有誰會這樣殺人。」

瑟曼沒吭聲。

「你什麼時候要送我下去冷凍？」

「今天。最後，我還要問你一個問題。」

唐諾端起托盤上的水杯，喝了一大口。水都涼了。他從來不知道水竟然這麼好喝。他又開始考慮，應該現在就告訴瑟曼夏綠蒂的下落，還是等要下去冷凍的時候再說。他實在不忍心丟下她一個人。接著，他又回過神來，意識到瑟曼正在等他反應。「你問吧。」他說。

「你還記不記得，你被喚醒的時候，安娜正好走出軍火庫？我知道你們兩個在一起的時間並不長。」

「不記得。」唐諾說。他心裡想，他和安娜在一起的時間是不長，可是感覺上簡直就像一輩子麼漫長。「你為什麼問這個？她做了什麼？」

「你記不記得她有沒有跟你說過輸氣管的事？」

「輸氣管？沒有，我根本不知道那是什麼東西。你為什麼問這個？」

「我們發現有人在暗中搞破壞。醫護區和人口控制區都有輸氣管連接到所有的地堡，有人把這兩區的管子對調重接。」瑟曼揮揮手，不想再往下說。「我剛剛說的那些事，都是安娜做的。上次你說安娜暗中幫助那些地堡，確實沒錯。」說完他就轉身準備要走了。

「等一下。」唐諾說。「我有問題要問你。」

瑟曼遲疑了一下，手抓在門把上。

「我的身體怎麼了？」唐諾問。

瑟曼低頭看看塑膠袋裡那條血抹布。「你有沒有看過戰爭剛結束的戰場？」他口氣越來越平靜。他在壓抑自己的情緒。「現在，你的身體就像戰場。有兩種東西正在你體內作戰。你體內有兩種奈米微型機，數量有好幾億好幾兆，它們就像兩支軍隊在打仗，一種是醫療用的奈米機，一種是殺人的奈米機。它們正在你體內廝殺，很快就會把你的身體搞成一灘爛泥。」

瑟曼抬起手掩住嘴巴咳了一下，然後拉開門。

這時候，唐諾忽然說：「那天，我跑到外面去，並不是為了想讓人看到。我是想死。」

瑟曼點點頭。「後來我也想通了。我實在應該讓你去死。可是，他們拉響了警報。我衝上去的時候，看到我的手下還在穿防護衣，而你卻已經快跑出門了。這種情況，就好像在戰場上，有人把一顆手榴彈丟進我的散兵坑裡。一個身經百戰的士兵本來知道應該怎麼做，可是，我竟然去抱住那顆手榴彈。」

「你不應該這樣做。」唐諾說。

瑟曼打開門，布瑞瓦就站在門邊等。

「我知道。」說完他就走了。

45 第一地堡

達西跪趴在地上擦地板。他把那條血紅的抹布丟進那桶血紅的水裡，拿起來扭乾，然後又繼續擦電梯的地板。牆上的血已經擦乾淨了，採樣也已經送去檢驗。他擦地板的時候，嘴裡還一邊模仿布瑞瓦的腔調自言自語：「達西，去採樣。達西，把這裡擦乾淨。達西，去幫我倒杯咖啡。」他搞不懂，倒咖啡和擦地板怎麼會變成他的工作。現在，他忽然很懷念大夜班平靜無波的生活。他迫不及待想趕快回復到正常的生活。正常生活的滋味是多麼甜美。他已經聞不到空氣中飄散著那股淡淡的銅味，而嘴裡也已經嚐不到淡淡的鐵味。從前，他每天用紙杯喝咖啡，每天吃那種淡而無味的食物，而如今回想起來，那種滋味是多麼甜美，就連每天電梯門開啟的叮噹聲，在記憶中都是那麼的悅耳。很多東西，只有在失去之後，你才會察覺自己是多麼依戀它們。很多東西會漸漸化為你心中的隱痛，彷彿前世的記憶。

達西不太記得自己前一次輪值的生活，不過，他很清楚自己很擅長現在的工作。他隱隱約約感覺得到，很久以前，在那個沒有人敢討論的從前的世界裡，他一定也當過警衛。那個世界，如今只存在於電影中，只能一再重複播放，就像一場夢。他隱隱約約記得，自己從前的工作是幫別人擋子彈。他一次又一次夢見自己在早上晨跑，那空氣如此清涼，他的眉頭脖子在冒汗，四面八方是悠揚的鳥語，有一個穿運動短褲的老人跑在他前面，日復一日，他漸漸發現，那個老人的頭一天一天禿了。那夢境是如此真切，如此清晰。達西還記得他的耳機有一邊的耳塞變得太滑，戴都戴不住，總是會滑出耳朵。他還記得自己眼前是洶湧的人潮，而每當氣球破了，或是機車排氣管爆出逆火，他的心跳就會開始加速，隨時準備跳出去擋——

子彈。

接著，達西忽然停止擦地板，抬起袖子擦擦臉。他看到地板上有一道凹陷，接著又看到一塊亮亮的東西卡在電梯牆上，看起來像是小石頭或鐵塊。他試著用指甲把它摳出來，放到凹陷裡去比對，可是不吻合。那是一顆子彈。不對，不能用手去碰。

達西把抹布丟進水桶裡，走到門廳去拿採樣箱。電梯鈴聲一直響一直響，彷彿很痛恨門被卡住，迫不及待想關上。「不要激動。」達西自言自語。採樣箱裡有個小盒子，裡面裝著採樣袋。他從裡面抽出一個，然後伸手要去拿小鉗子，可是小鉗子並沒有擺在原來的位置上。他在採樣箱底翻了半天，終於找到了小鉗子，嘴裡一邊咒罵，前一班的警衛實在很沒默契。達西忽然想到，那種感覺很像住在宿舍裡。不對，不是宿舍，那種記憶不對。應該說，那種感覺很像住在營房裡，金玉其外敗絮其中。床單乾淨畢挺，可是底下的床墊卻髒兮兮。就是這麼回事，東西用完了不放回原位。

他用小鉗子夾起那顆子彈，放進採樣袋裡。子彈已經變形，不過不太嚴重。子彈並沒有打中什麼堅硬的東西，不過還是打中了某種東西。他搓搓採樣袋裡的子彈，舉起來對著燈光，看到塑膠袋上出現一道粉紅色的痕跡。子彈上有血。他趕緊低頭檢查地板，看看剛剛桶裡的血水有沒有濺到那個子彈孔旁邊。他不知道是不是自己不小心讓血水濺到子彈上。

沒有。那個男人是因為脖子被刺穿死掉的，而那把槍就在他旁邊。達西已經在電梯裡十幾個不同的位置採了血液樣本。有一個醫護區的技師已經把那些樣本拿到樓上去檢驗過了，史蒂芬和隊長告訴他，所有的樣本都吻合死者的血液。可是現在，達西手上的血液樣本，很可能是兇手的，而兇手到現在還沒落網。那個人殺了艾倫。這是真正的線索。

他抓著採樣袋，站在那裡等高速電梯來。有那麼一會兒，他考慮是不是應該按照規定把東西交給史蒂芬副隊長，然而，子彈是他找到的，而且他知道那代表什麼，而且是他辛辛苦苦採樣的，所以，他應該最先知道結果。

接著他聽到叮噹一聲，高速電梯來了。門一開，有一個穿紫色工作服的人走出來，那個人一臉疲倦，手上拿著拖把，用拖把柄推著一個滾輪水桶。達西沒有打電話報告上級，而是找人來幫他代班。一個夜間守衛。達西和他握握手，謝謝他代替他值夜班，說他欠他一個很大的人情，然後就進了電梯。

他只需要下兩層樓。感覺怪怪的，搭高速電梯下兩層樓。這個地堡需要的是樓梯。有時候，他明明只需要上一層樓或下一層樓，可是卻要花五分鐘等高速電梯。簡直莫名其妙。他嘆了口氣，按下醫護區的按鈕。門要關上的那一剎那，他聽到濕拖把碰到地面的聲音。

惠特摩醫師的辦公室人很多，不過並不是工作人員多，而是因為多了一些屍體。現場其實只有惠特摩醫師和他兩個助理。兩具屍體擺在平台上，其中一具是他們昨天發現的那個女人。達西還記得她的名字叫安娜。另一具屍體是艾倫，現任的地堡首長。惠特摩正在用電腦做筆記，兩個助理正在解剖屍體。

「長官？」

惠特摩轉過頭來看達西，看看他的臉，再看看他的手。「你找到什麼了？」

「我又多採到一個樣本。我在一顆子彈上找到血跡。你能不能幫我檢驗一下？」

惠特摩朝手術室招招手，叫他的助理過來。助理走出來的時候，兩手舉在肩膀前面。

「麻煩你幫這位長官檢驗一下樣本。」

那位助理沒有半點興奮的表情。他脫掉血淋淋的手套，丟進水槽裡，等著清洗消毒。「來，我們來看看。」他說。

儀器處理的速度很快，不斷發出嗶嗶聲，飛快旋轉，最後輸出一張小紙片。達西還來不及伸手去拿，那位助理已經一把搶過去了。「好了，比對結果出來了。這是……咦，怪怪的。」

達西把那張小紙片拿過來。那是一張條形圖，男性DNA的UPC條碼，上面有血液中各種成分濃度的數量和百分比，用一種很難辨識的代碼顯示：IFG，PLT，Hgb等等。另外，這套檢驗系統應該還會列出比對對象的詳細資料，可是，上面卻只列出四個字母：Emer，而底下的資料欄全部空白。

「Emer。」助理邊說邊走向水槽，開始洗手和他的手套。「真是怪名字。誰會取這種名字？」

「其他的檢驗報告呢？」達西問。「我是說先前檢驗的那些。」

助理朝惠特摩醫師腳邊的回收桶點點頭。惠特摩醫師還在猛敲鍵盤。達西在桶裡翻了半天，拿出兩張先前的檢驗報告。他一手拿著一張，並排在一起。

「那不是名字。」達西說。「名字寫在最上面。那四個字母標示的是位置。」在另外一張報告上，艾倫的名字底下有一行字，顯示冬眠庫和死者冷凍艙的座標位置。達西還記得一座小型冬眠庫的名稱。

「緊急應變小組。」他口氣似乎很滿意。他已經解開了一個小小的謎，不由得露出笑容，抬頭看看實驗室裡的人，可是他們早就埋頭各忙各的了。

緊急應變小組的冬眠庫是所有冬眠庫中最小的。達西站在鐵門外，口中冒出陣陣白霧。他輸入密碼，面板上的紅燈閃了一下，發出嗶的一聲，輸入無效。接著他輸入警衛隊的密碼，門板立刻嘩啦一聲縮進牆裡。門開了。

他心臟開始怦怦狂跳，一方面是恐懼，一方面是興奮。他很興奮，不光是因為他追到了更多線索，也是因為線索竟然會指向這個地方。緊急應變小組是一個特別成立的單位，專門處理極度危險的案件，而那種案件是警衛隊沒有能力應付的。他在濃霧中往前走，腦海中忽然湧現出一幕記憶。他彷彿看到警察從現場撤退，接著，一部廂型車開到現場，車裡跳出好幾個全副武裝的特勤人員，他們的行動像軍隊一樣精準迅速，很快就攻陷了大樓。難道，很久很久以前，他也是緊急應變小組的人嗎？他已經想不起來了。但不管怎麼樣，這座冬眠庫裡的人跟一般人是不太一樣的。很多人都是最近才被喚醒的。達西回想起他剛開始輪值的時候。這些人是飛行員。他還記得，有一天，他看到杯子裡的咖啡出現一圈圈的漣漪，發現無人機已經開始投彈。他經過一個又一個的冷凍艙。他要找的是一座空的冷凍艙。他懷疑，那個人早就應該在冬眠了，可是卻一直不在這裡。有人喚醒那個人，要他去做壞事。

他會感到恐懼，就是因為他想到這種可能性。誰有這種權限可以調度這個小組的成員？誰有這種能力神不知鬼不覺的喚醒這個小組的人？他認為，如果他跟上級報告調查的結果，那麼，他的上級就會循著指揮體系一路向上回報，最後很可能會驚動到那個幕後的人。另外，他還想到，那個被殺害的人是現任的地堡首長，是所有地堡的總指揮。這個案子非同小可。難道這是地堡首長之間的鬥爭？偵破這個案子，從此以後他就不用擦地板泡咖啡了。

他經過一排又一排的冷凍艙，逐一檢查。在檢查過整個冬眠庫三分之二的冷凍艙之後，這時候，他開始懷疑自己錯了。他的揣測實在沒什麼根據，太薄弱。他正在做一件不是他該做的事。這座冬眠庫裡應該沒有人失蹤，也沒有大陰謀，沒有人被喚醒去殺人——

這時候，他探頭看著一座冷凍艙裡面，發現裡面沒有人，小窗上沒有結霜。他伸手去摸冷凍艙，發現這具冷凍艙已經關掉了。艙體的溫度和冬眠庫一樣，冷冷的，沒有冰凍。他轉頭去看顯示幕，很怕儀器已經被關掉，什麼都看不到。沒想到，顯示幕是亮的。上面沒有名字，只有一個號碼。

達西掏出筆記本，拿起筆。只有一個號碼。他認為，這座冷凍艙使用者的名字很可能是最高機密。不過，他有自己的管道。沒錯，他有管道。就算他查不出名字，最起碼他知道可以去那裡找這些飛行員。這些飛行員不執勤的時候，很喜歡到某個地方去消遣打發時間。他知道，這個受傷的飛行員很可能藏在什麼地方。

46 第一地堡

夏綠蒂一直等到早上才繼續去試無線電。這一次，她知道自己想說什麼了。她還知道，她的時間不多了。今天早上，她聽到有人在台車外面走來走去，知道他們又在找她了。

她一直等，等到確定他們都已經走了，她才出來。她四處看了一下，發現他們已經把會議室清得乾乾淨淨，唐諾的筆記都被他們拿走了。接著，她走到浴室，花了很多時間慢慢換掉繃帶重新纏好。她發現肩膀上傷口已經結疤了。接著她沿著走廊走到底，本來以為無線電一定被他們拿走了，沒想到他們完全沒動操控室的東西。他們可能根本沒掀開塑膠布看看，大概以為那都是操控無人機的零件。她掀開塑膠布，打開電源，無線電立刻發出一陣滋滋聲。接著，她把唐諾的筆記擺在工作檯上。

她又想到唐諾告訴過她的事。他曾經說過，他們兩個都不可能長命百歲。一旦離開冷凍艙，他們沒辦法活太久，無法親眼看到他們行動的成果。也因此，他們很難確定該採取什麼行動才是最好的。為了那些人，為了剩下的那三十幾座地堡，他們該怎麼做？不採取行動，結果就是那麼多地堡被毀掉了。夏綠蒂終於明白哥哥為什麼這麼急迫了。她拿起麥克風，開始思索自己該怎麼說，該怎麼和那些陌生的人建立關係。前一天，她還覺得自己就像 119 的接線生，聽得到犯罪現場的一舉一動，可是卻只能乾坐著聽，無能為力，無法採取行動，沒辦法救人。

她看了一下頻道鈕，確定頻道是在第十七地堡，然後轉動音量鈕，慢慢聽到微弱的靜電雜訊。這座地堡被摧毀之後，少數人不知道用什麼方法活下來了。夏綠蒂覺得，他們可能是從地面上走過去的。他們那位首長，也就是常常和她哥哥說話的那個茱麗葉，已經證明了這個辦法行得通。夏綠蒂覺得，很可能就是這件事引起了她哥哥的注意。她注意到唐諾偷偷做了一件防護衣，她心裡明白，哥哥應該是夢想有一天要逃到外面去。這些第十八地堡的人找出了方法。

她翻開檔案夾，把哥哥的筆記一字排開攤在桌面上。其中有一張是地堡排名的清單，上面顯示的是他們的生存機率。另外還有一份參議員的筆記，內容就是毀滅人類的「公約」。另外，還有一張是所有地堡的地圖，不過，不是上面畫了叉叉的那一張。這一張，上面的地堡有紅線連接到地圖外的某一點。夏綠蒂把筆記分開排好，然後鼓起勇氣，準備呼叫他們。她很清楚自己想說什麼，而那也是哥哥迫不及待想說的話，然而，她只是不知道該從何說起。

「喂，呼叫第十八地堡的人，第十七地堡的人，我是夏綠蒂紀尼。有人聽到嗎？」

她等了一下，忽然緊張起來，因為她竟然公開說出自己的姓名，實在太魯莽。她很可能已經捅了馬蜂窩。然而，她迫不及待想說出真相。當初，她被哥哥喚醒之後，發現自己陷入一場恐怖的噩夢，然而，她還記得從前的世界。那個世界有蔚藍的天空，綠草如茵。她曾經操控無人機，透過鏡頭看到過那個世界。如果她一開始就生在現在這個世界裡，什麼都不知道，那麼，她會希望別人告訴她外面還有另一個世界嗎？她會想被喚醒嗎？她會想知道真相嗎？這時候，她忽然暫時遺忘了肩上的痛楚，因為那種痛楚已經被恐懼和興奮掩蓋了——

「聽得很清楚。」忽然有人說話了。「妳要找第十八地堡的人嗎？那邊恐怕已經沒人了。妳剛剛說妳叫什麼名字？」

夏綠蒂又按下麥克風通話鈕。「我叫夏綠蒂紀尼。請問你是誰？」

「我是湯姆希金斯，計劃委員會的主席，我們在七十五樓的保安分駐所。剛剛我們聽說好像有什麼地方崩塌了，還有，我們不可以回去。妳們底下怎麼了？」

「我不是在底下。」夏綠蒂說。「我在另一座地堡。」

「妳說什麼？妳叫什麼名字？剛剛妳說妳叫紀尼嗎？我這裡的人口統計資料裡沒有這個名字。」

「沒錯，我叫夏綠蒂紀尼。你們的首長在嗎？茱麗葉？」

「妳剛剛是說妳在我們第十八地堡嗎？妳是中段樓層的人嗎？」

夏綠蒂正要開口說話，忽然想到這實在很難解釋。這時候，忽然有另一個人插話了，一個很熟悉的聲音。

「我是茱麗葉。」

夏綠蒂不由自主的湊向前，把喇叭音量加大。接著，她按下麥克風。「茱麗葉，我是夏綠蒂紀尼。我哥哥唐諾和妳聯絡過。」她很緊張，手心全是汗。她伸手在工作服上擦了幾下，擦掉汗水。接著，她放開通話鈕，這時候，她又聽到剛剛那個男人在說話。他用的是同一個頻道。

「——聽說我們地堡完了。是真的嗎？妳在哪裡？」

「湯姆，我在機電區。等我這邊忙完了，我會上去找你。沒錯，我們的地堡完了。沒錯，你應該待在那裡不要離開。好了，現在我要先跟另外那個人說話，看看她有什麼事。」

「完了，那是什麼意思？我搞不懂。」

「死了。大家都死了。湯姆，你那邊的人口統計資料可以撕了。好了，麻煩一下，不要佔線。我看這樣子好了，我們可以換頻道嗎？」

夏綠蒂本來等著要聽那個男人怎麼說，但她很快就想到，那個首長是在跟她說話。於是她趕緊按下通話鈕，免得剛剛那個人又佔線。

「我……呃，可以。我可以切換所有的頻道。」

這時候，那個什麼計劃委員會的主席又插進來了。「妳說他們都死了？是妳造成的嗎？」

「第十八頻道。」茱麗葉說。

「第十八頻道。」夏綠蒂複誦了一次。她伸手去轉頻道鈕，這時候，她聽到剛剛那個人還在東問西問。接著，她轉動頻道鈕，那個人的聲音立刻就消失了。

「我是夏綠蒂紀尼，第十八頻道。」

她等了一下。這種感覺，很像關上房門之後，屋子裡只剩下自己人。

「我是茱麗葉。妳說妳哥哥跟我聯絡過，是怎麼回事？妳在幾樓？」

夏綠蒂完全沒想到溝通竟然會這麼困難。她深深吸了一口氣。「我不是在哪一個樓層。我在另一座地堡。這裡是第一地堡。我哥哥和妳聯絡過很多次。」

「妳在第一地堡。所以，唐諾是妳哥哥。」

「對。」她終於覺得兩個人開始可以溝通了。她鬆了一口氣。

「妳呼叫我，是為了要幸災樂禍嗎？」茱麗葉問。她口氣開始激動了，隱含著暴怒。「妳知道你們幹了什麼好事嗎？妳知道你們殺了多少人嗎？妳哥哥告訴過我，他辦得到，當時我不相信他。我從來沒相信過他。他在那裡嗎？」

「他不在。」

「嗯，那妳替我轉告他，而且我非常希望他會相信我是說真的。妳告訴他，此時此刻，我腦子裡唯一的念頭就是宰了他，這樣一來，他就永遠沒辦法再幹這種事。妳去告訴他。」

夏綠蒂忽然感覺背脊發涼。這個茱麗葉認定是她哥哥毀了他們的地堡。她感覺手在冒汗，麥克風很滑，快抓不住了。她又按下通話鈕，發現有點卡卡的，於是就拿著麥克風在桌上敲了幾下，通話鈕終於又恢復正常。

「唐諾沒有……他可能已經死了。」夏綠蒂強忍著眼淚。

「那太可惜了。看樣子，等我到了你們那邊，我恐怕還要先去找找看，看誰跟他是一夥的。」

「不要這樣。聽我說，唐諾……那不是唐諾幹的。我對天發誓。他被人抓走了。跟妳聯絡是絕對嚴禁的，但他還是冒險跟妳聯絡。他很想告訴妳一些事，只是不知道要怎麼開口。」夏綠蒂放開通話鈕，心裡暗暗祈禱，但願茱麗葉聽得下去，願意相信她。

「妳哥哥威脅過我，說他隨時可以按下按鈕毀掉我們。嗯，他真的下手了，然後，我的家毀了。現在，我愛的人也死了。我原先沒想過要對付你們這些王八蛋，不過現在，我滿腦子想的就是怎麼幹掉你們。」

「等一下。」夏綠蒂說。「求求妳聽我說。我哥哥現在出事了。他會出事，就是因為他跟妳聯絡。我們兩個……那件事不是我們幹的。」

「哦，是啊。你們就是想套我們的話，想盡辦法摸清我們的底細，然後你們就下手了。你們只是在玩遊戲。你們把我們送出去清洗鏡頭，但你們真正目的是把毒氣散布到外面的空氣。你們就是在幹這種事。你們想辦法讓我們互相猜忌，害怕對方，畏懼你們，然後，我們就抓自己人出去清洗鏡頭，然後，我們的仇恨我們的恐懼就會散播到外面的世界，污染那個世界，不是嗎？」

「我沒有——求求妳聽我說，我對天發誓，我真的聽不懂妳在說什麼。我……我知道妳很難相信我，可是我還是要告訴妳，我還記得外面的世界從前是什麼樣子。那是一個完全不同的世界。當年，我們可以在地面上呼吸，在地面上過日子。而且，我認為現在這個世界有一部份還有機會再變成從前那樣。有些地方，現在就已經是這樣。這就是我哥哥想告訴妳的，外面還有希望。」

茱麗葉沒說話。無線電裡聽得到她濃濁的呼吸聲。夏綠蒂感覺手臂又開始痛了。

「還有希望。」

夏綠蒂繼續等著。無線電發出嘶嘶的靜電雜訊，彷彿正在對夏綠蒂齜牙咧嘴。

「我的家，我的同胞，都死了，而現在妳竟然要給我希望？我親眼看過妳說的希望是什麼。我在頭盔裡看過那蔚藍的天空。你們就是利用那種假象，引誘我們出去替你們執行任務，幫你們清洗鏡頭。我親眼看過，可是現在，謝天謝地，我已經知道那是假的。那是一個有毒的極樂世界。你們給我們虛假的的希望，所以我們才能夠忍受這種生活。你們答應要讓我們上天堂，對不對？問題是，妳看過我們生活在地獄是什麼樣子嗎？」

她說得對。這個茱麗葉說得對。夏綠蒂忽然明白，她想和茱麗葉溝通，簡直比登天還難。她哥哥怎麼會認為他辦得到？那種感覺，就像不同種類的生物想用同一種語言說話，就像神想跟凡人說話。夏綠蒂感覺自己彷彿想跟螞蟻溝通，而螞蟻就只搞得清楚螞蟻窩地底下的通路結構，怎麼可能想像外面遼闊的世界是什麼模樣。她怎麼有辦法讓他們了解——

然而，夏綠蒂忽然想到，茱麗葉並不知道她哥哥和她自己也身陷地獄。於是她又開口了。「我哥哥很可能已經死了。我親眼看到他們把他打得半死，然後把他帶走。而那個下手打他的人，可以說就像我們的爸爸一樣。」她強忍悲痛，不想讓茱麗葉聽到她在哽咽。「現在他們也在追捕我。他們可能會把我丟回去冬眠，或是殺了我，不過，不管是被冷凍還是被殺，結果都是一樣的。我們女人一直都在冬眠，冬眠了好幾百年，而輪值的都是男人。我們這裡有一種電腦是負責控制你們的。有一天，電腦會決定哪一座地堡的人可以得到自由，而其他地堡的人都要死。除了一座地堡，其他地堡都會被毀滅。而且，我們完全阻擋不了。」

她急忙在檔案夾裡翻找，想找出一份文件，那張地堡排名表，可是卻找不到，因為她淚眼模糊，什麼都看不清楚。不過，她找到了一張地圖。這時候，茱麗葉好像在說什麼，說她聽不懂夏綠蒂說她也活在地獄裡是什麼意思。但不管怎麼樣，有些事情一定要想辦法告訴茱麗葉。她一定要讓茱麗葉知道她發現了多麼可怕的真相。說出來，心裡會舒坦多了。

「我們……我和唐諾一直在想，看看有沒有什麼辦法可以救你們，救你們所有的人。我對天發誓，我哥哥對你們地堡有一種很特殊的感情。」夏綠蒂放開通話鈕，免得茱麗葉聽到她在哭。

「我們地堡。」茱麗葉的聲音越來越微弱。

夏綠蒂點點頭，深深吸了一口氣。「你們地堡。」

茱麗葉好久沒說話。夏綠蒂抬起袖子擦擦眼睛。

「妳為什麼認為我會相信妳？妳知道你們做了什麼事嗎？妳知道你們殺了多少人嗎？好幾千個人死了——」

夏綠蒂伸手去調音量鈕，把音量開大。

「——我們這些逃出來的人很快就會跟他們一樣了。你們殺了我們，可是妳卻說妳想幫助我們。妳到底是什麼人？」

茱麗葉等著她回答。夏綠蒂聽著陣陣靜電雜訊，又按下麥克風。「幾十億個人。」她說。「幾十億個人死了。」

茱麗葉還是沒回答。

「我們殺了太多人，多到妳根本沒辦法想像。而且，這些數字好像已經沒什麼意義，因為幾乎所有人都被我們殺光了。所以，在那些人眼裡……死幾千個人……根本微不足道。那也就是為什麼他們隨隨便便就可以殺人。」

「誰？是妳哥哥殺的嗎？是誰幹的？」

夏綠蒂擦掉臉上的眼淚，搖搖頭。「不是。唐諾絕對不會幹這種事。那是……我不知道該怎麼形容那個人的身分，因為我不知道妳懂不懂那個字眼。很久以前，他統治從前那個世界。攻擊我哥哥的人就是他。我們做的事情被他發現了。」夏綠蒂轉頭瞄瞄門，感覺那扇門彷彿隨時都會被踢開，然後瑟曼衝進來，像對付她哥哥一樣對付她。「就是他毀滅了世界，毀滅了你們的地堡。他是一個……他的身分，有點像你們的首長。」

「你們的首長毀滅了我們的世界。所以，不是妳哥哥幹的，而是另外這個人。那麼，我們現在這個地方也是被他毀滅的嗎？第十七地堡？這裡已經毀滅好幾十年了。也是他幹的嗎？」

夏綠蒂忽然明白，茱麗葉以為地堡就是整個世界。她回想起從前在伊拉克，她跟一個女孩子問路，要怎麼去另外一個小鎮。當時，那是另外一個世界，說的是另外一種語言，可是跟當時比起來，現在跟茱麗葉溝通反而困難得多。

「是的，抓住我哥哥那個人毀滅了全世界。那是一個更廣大的世界，不是只有地堡。」夏綠蒂看到檔案夾裡有一張備忘錄，上面貼了一張標籤寫著「公約」。她心裡想，該怎麼解釋呢？

「妳是說，地堡外面的世界？那個世界，農作物長在地面上，而那個世界的地堡，裡面放的是種子，不是人。妳說的是這個嗎？」

夏綠蒂吁了一口氣。她哥哥一定跟茱麗葉說過很多不能說的事。

「對，就是那個世界。」

「那個世界已經毀滅了好幾千年。」

「只有幾百年。」夏綠蒂說。「而我和我哥哥……我們活了很久很久。我……我從前就是在那個世界生活的。當時世界還沒有毀滅。我要告訴你的就是，毀滅全世界的，就是第一地堡的人。」

茱麗葉又不說話了。此刻的沈默，就像爆炸後的真空狀態，震撼之後的塵埃落定。很顯然，茱麗葉相信了。夏綠蒂成功了。哥哥長久以來一直很想做的事，她辦到了。承認自己的罪惡，把自己當成箭靶，讓別人射幾箭，罪有應得，只有這樣才有機會贖罪。

「如果妳說的是真的，那我真想把你們全部殺光。妳明白嗎？妳知道我們過的是什麼日子嗎？妳親眼看過外面世界是什麼樣子嗎？妳看過嗎？」

「我看過。」

「妳親眼看過？告訴妳，我可是親眼看過。」

夏綠蒂倒抽了一口氣。「沒有。」她坦白承認。「我並沒有親眼看過，我是透過攝影機看的。

不過，我比妳看得更遠。所以我一定要告訴妳，外面有些地方比這裡好得多。妳剛剛說，我們叫人出去清洗鏡頭，然後把毒氣放到外面的世界，我想，妳應該說得沒錯，不過，我認為那範圍是有限的。我認為，我們地堡上面被一大團煙霧籠罩住了，在那團煙霧外面，天空是蔚藍的，說不定還會有生命。妳一定要相信我，要是我有辦法讓你們脫離這個地方，彌補我們的過錯，我一定毫不遲疑。」

茱麗葉又很久沒說話。很久很久。

「要怎麼做？」

「我……我想目前我恐怕沒辦法幫妳。我剛剛是說，要是我辦得到，我一定會幫助你們。我知道你們那邊現在碰到麻煩了，可是我自己也一樣。要是被他們發現我躲在這裡，我就死定了。就算不死，結果也一樣。我做了……」她摸摸工作檯上的螺絲起子。「我做了很可怕的事。」

「要是我們地堡的人發現我在跟妳聯絡，我也死定了。」茱麗葉說。「他們一定會把我送出去清洗鏡頭，只不過這一次，我是不可能回得來的。這樣看來，我們兩個也算是同病相憐。」

夏綠蒂笑了起來，抹掉臉上的眼淚。「真的很對不起。」她說。「我真的很遺憾，害你們遭受這種命運。真對不起，對你們做了這種事。」

茱麗葉好一會兒沒說話。

「謝謝妳。我願意相信妳，相信妳和妳哥哥並不是兇手。我願意相信，主要是因為，有一個跟我很親近的人願意相信妳哥哥真的想幫忙。不過，要是我真的有辦法到你們那邊去，妳最好還是躲遠一點。還有，妳剛剛說妳做了可怕的事，那麼，妳對付的是壞人嗎？」

夏綠蒂忽然挺起身體。「對。」她輕聲說。

「那就好。這是個好的開始。現在，我要告訴妳外面的世界是怎麼樣。這輩子，我曾經愛過兩個男人，而他們兩個都一直想告訴我這件事。他們說，外面的世界是一個很美好地方，我們可以讓它變得更好。先前，我一直想打通坑道到第十七地堡，那個時候，我找到了鑽土機。我本來以為這是個好辦法，沒想到，結果卻很悲慘。那兩個男人滿腦子都是夢想，夢想外面的世界，結果呢？他們都死了。這就是我們現在的世界。」

「鑽土機？」夏綠蒂問。她不太懂茱麗葉在說什麼。「你們是從氣閘門走到外面，然後走到那座地堡的，不是嗎？」

茱麗葉沒有立刻回答。「我已經說太多了。」她說。「我該走了。」

「等一下。先不要掛。這件事很重要，我一定要問清楚。妳說妳挖坑道到另一座地堡，是嗎？」

夏綠蒂整個人湊向前，又開始翻桌上的筆記，拿起那張地圖。有很多東西她一直想不通，而現在，她又有新的資訊可以做參考了。她手指循著紅線移動到地堡範圍以外的某個點，那個點上方寫了兩個字「種子」。

「這很重要。」夏綠蒂很興奮。她已經想通整個地堡計劃，知道兩百年後那個點會變成什麼樣的地方。「我是從前那個舊世界的人。這一點，妳一定要相信。我親眼看過那個世界到處都是農作物……就像妳說的那樣，農作物都種在地面上。雖然外面世界現在是一片廢墟，不過我不認為會永遠這樣。我曾經操控無人機瞥見過一種景象。至於妳剛剛說的鑽土機，我想，我已經知道那是幹什麼用的。妳聽我說，我這裡有一張地圖，而我哥哥一直說這張地圖很重要。上面有好幾條線連接到一個地方。那個地方叫『種子』。」

「種子？」茱麗葉說。

「沒錯。地圖上那些線，看起來很像飛行路線，可是我卻一直看不懂。不過，我知道那些線連接的地方，是一個好地方。我認為，妳找到的那些鑽土機，並不是用來連接地堡。我認為——」

這時候，她聽到背後有聲音。一時之間，夏綠蒂忽然不知道該怎麼反應。本來她一直有心理準備，覺得幾個鐘頭或是幾天之後，就會有人來找她。雖然她很清楚他們在找她，也很怕他們真的找上她，不過，她已經習慣這裡只有她一個人，潛意識裡總覺得應該不會有人來。

「妳認為什麼？」茱麗葉問。

夏綠蒂轉身，看到操控室的門猛然被踢開，有個人站在走廊上，而且她很快就認出他身上穿的衣服。那天來抓走哥哥的人，身上穿的就是那種工作服。他朝她走過來，一個人，大吼著叫她不准動，叫她手舉起來。他舉槍指著她。

無線電裡依然傳來茱麗葉的聲音。她一直叫夏綠蒂告訴她，那些鑽土機是做什麼用的，叫夏綠蒂趕快回答。可是夏綠蒂已經沒辦法回答她了，因為她必須乖乖聽那個人的話，把手舉起來。她一手高高舉到頭頂上方，另一手只能勉強抬起來，因為肩膀太痛。她心裡明白，一切都結束了。

47 第十七地堡

發電機啟動了，偌大的鑽土機內部迴盪著低沈的隆隆聲。接著，第十七地堡亮起一長串的燈，照亮了抽水機房、發電廠、主通道。那些累得筋疲力盡的工人大聲歡呼，拚命鼓掌。那一剎那，茱麗葉忽然明白，這些小小的成就有多麼重要。這個地方曾經是暗無天日的積水，而現在卻大放光明。

對她來說，每一次呼吸都是一次小小的成就。盧卡斯死了。還有彼得、瑪莎和尼爾森。他們的死是如此沈重，壓在她的胸口，壓得她無法呼吸。還有資訊區的全體工作人員。先前，她跟他們越來越熟之後，慢慢也就原諒了他們。而現在他們也走了。還有大餐廳的員工。事實上，物資區以上的樓層，幾乎所有的人都已經死了。每一個人的死都是如此的沈重，壓在她胸口。她深深吸了一口氣，沒想到自己還能呼吸。

柯妮現在負責帶那群機電區的工人，接替雪莉。架設電燈，拉電線，啟動抽水機，加裝自動抽水裝置，這一切都是柯妮帶著那群工人做的。而茱麗葉到處走來走去，彷彿遊魂一樣，不過只有少數幾個人會注意她。她爸爸，還有少數幾個跟她最要好的朋友。只有他們能夠包容她的過錯。

她走到鑽掘機後頭去找沃克。沃克一直窩在那裡。那裡像是個密閉空間，而且電力穩定，感覺上比較像他的老家。他正在檢查她的無線電，說無線電沒問題，只是沒電。「給我幾個鐘頭，我很快就可以做出一個充電器。」他口氣好像有點不好意思。

那座工作檯，就是鑽土機中間那條輸送帶，上面的土石都清光了，充當工作檯，給老沃克和坑道挖掘小組的人用。沃克正在幫柯妮做好幾樣東西。他把抽水機拆開，重新纏繞銅線。另外，他還要組裝好幾個炸坑道用的引爆器。茱麗葉跟他說了聲謝謝，不過還是告訴他，她很快就要上樓去了。上面的保安分駐所和三十四樓的資訊區有充電器。

接著，她看看輸送帶遠處的另一頭，那裡有一群礦工正湊在一起看一張圖。茱麗葉拿起無線電和手電筒，拍拍老沃克的背，然後就走到那邊，擠到那群礦工旁邊。

艾瑞克是礦工領班，他拿著一支圓規，正在圖上標示距離，茱麗葉擠進人群裡，想湊近一點看清楚。那張是地堡分佈圖，是幾個禮拜前她從資訊區拿出來的。那張格線圖上有很多圓圈，其中有幾個上面畫了叉叉。其中兩座地堡中間畫了路線，標示出鑽土機挖的坑道。挖礦小組用那張分佈圖來規劃他們的路線。茱麗葉大概推估了一下她當初走哪個方向，走了多遠，提供給他們做參考。

「我們兩個禮拜就可以挖到第十六地堡。」艾瑞克估算了一下。

巴比哼了一聲。「算了吧，我們挖到這裡都不止兩個禮拜。」

「謝謝你的鼓勵。沒有你的鼓勵，我們恐怕沒辦法離開這裡。」艾瑞克說。

旁邊有人笑起來。

「那邊會不會有危險？」費茲問。

「可能有危險。」茱麗葉說。

那些臉上髒兮兮的礦工都轉過頭來看她。

「每一座地堡裡大概都有妳的朋友吧。」費茲諷刺她特別不留情。茱麗葉感覺得到那種劍拔弩張的氣氛。這群礦工，絕大多數都把家人也帶過來了，太太孩子，兄弟姐妹。不過，不是每個人都這麼幸運。

茱麗葉從巴比和海拉中間擠過去，伸手指著圖上的一個圓圈。「這裡有我的朋友。」她說。

地圖上方，有一盞燈泡從天花板垂掛下來，搖搖晃晃，圖上的陰影也跟著搖擺。艾瑞克看看茱麗葉手指的那個圓圈，看到上面有標示。「第一地堡。」他說。地圖上，第一地堡和第十七地堡中間還隔著三排地堡。「挖到那裡，需要很久很久的時間。」

「這不是問題。」她說。「我要一個人去。」

每個人都抬起頭來看她，現場陷入一片沈默，只聽得到鑽土機底端發電機的嗡嗡聲。

「我會從上面走過去。我知道你們這裡的炸藥不太夠用，不過，坑道挖通之後，我注意到那邊還剩幾箱。我想帶一些過去，在那座地堡頭上炸一個大洞。」

「妳是什麼意思？」巴比問。

茱麗葉湊近地圖，伸手指著一條路線。「我要穿防護衣，從上面走過去。我會帶一些炸藥，能帶多少就帶多少，到那座地堡的門口，把那裡他媽的炸個稀巴爛。」

費茲咧開嘴笑得很猙獰。「妳說妳在那邊有朋友，能不能請教一下是什麼樣的朋友？」

「死了活該的朋友。」茱麗葉說。「毀滅我們地堡的人，就在那裡。外面那個世界也是被他們搞爛的，搞到沒辦法住人。現在時候到了，也該讓他們自己嚐嚐滋味。」

現場鴉雀無聲，後來，巴比終於開口了：「那邊氣閘室的門有多厚？我的意思是，妳親眼看過。」

「大概七到十公分。」

艾瑞克搓搓鬍子。茱麗葉感覺得到，在場的礦工似乎都在計算，好像沒有人想勸她不要去。

「大概需要二三十條炸藥。」有人說。

茱麗葉轉頭看看是誰在說話，結果發現那個人她不認識。可能是中段樓層的人，僥倖逃出來，不過，他身上穿的是機電區的工作服。

「當初你們在樓梯井最底下的門口裝了三公分厚的鋼板，我們用八條炸藥才把鋼板炸破。所以，我估計大概需要三到四倍的份量。」

「你是資訊區調派下來的嗎？」茱麗葉問。

「是的。」他點點頭。他頭髮又髒又亂，咧開嘴笑著。看到他那種神態，茱麗葉感覺得到他確實是高段樓層的人。暴動後，機電區人手不足，資訊區派人下去支援，這個人就是其中之一。暴動期間，機電區的人在門口裝上鋼板，結果還是被資訊區的人炸破了。顯然他是有經驗的。

茱麗葉轉頭看看其他人。「在我出發之前，我會先跟其他地堡聯絡，看看有沒有人願意收容你們。不過，我必須先警告大家，這些地堡真正的首領都是第一地堡的爪牙。如果你們在他們牆上鑽洞，他們不但不會收容你們，反而很可能會宰了你們。我不知道這裡的設備還有多少搶救得回來，不過，你們待在這裡可能會比較好。想像一下，如果有好幾百個陌生人闖進你家，要你收留他們，你會怎麼樣？」

「我一定會收容他們。」巴比說。

費茲冷笑了一下。「說得倒輕鬆，你自己已經有兩個小孩了，可是我們呢？我們這些還在排隊等抽籤的人怎麼辦？再多幾個人來排隊嗎？」

這時候，好幾個人開始議論紛紛。艾瑞克忽然用力拍了一下輸送帶的鋼板，叫大家安靜。「夠了。」他瞪著那些人。「她說得沒錯，我們必須先搞清楚什麼地方能去。這段時間，我們可以先展開籌備工作。我們要把這個地堡礦坑裡的支柱全部拿出來，換句話說，我們要先把礦坑的水抽乾淨，還要花很多時間探測。」

「還有，我們到底要怎麼操縱鑽土機的方向？」巴比問。「這玩意兒很難操縱，它不會轉彎。」

艾瑞克點點頭。「這我已經想過了。我們在它四周挖出一個範圍，讓它可以在原地轉圈圈。柯妮說，我們應該可以一次只讓一組履帶轉動，一邊的履帶先前進一點距離，另一邊的履帶倒退一點距離，而且，四周的土都已經挖掉了，這樣它應該就會原地轉圈圈。」

雷夫忽然出現在茱麗葉身邊。大家在討論的時候，他一直退在一邊。「我要跟妳去。」他說。

茱麗葉知道他並不是真的在問她。她點點頭。

這時候，艾瑞克已經交代清楚接下來該怎麼做，大家就各自散開了。茱麗葉走到艾瑞克面前，拿無線電給他看看。「我出發之前，會先去看看柯妮和我爸爸。我那幾個朋友已經先到農場那邊去了。我會找找看有沒有多出來的無線電，如果找到了，我會儘快派人帶一部下來給你，還有充電器。我會和其他地堡聯絡看看，如果有人肯收留你們，我會馬上告訴你。」

艾瑞克點點頭，然後張開嘴好像想說什麼，不過，他打量了一下還逗留在附近的幾個人，忽然揮揮手叫她跟他到旁邊去。茱麗葉把無線電拿給雷夫，然後就跟在他後面。他們走了幾步，艾瑞克又轉頭看看四周，然後又揮揮手叫她再走遠一點。就這樣，一次又一次，他們越走越遠，一直走到輸送帶尾端最後一盞燈泡底下。

「我剛剛有聽到那些人在說什麼。」艾瑞克說。「所以我想告訴妳，他們說的全是狗屁，懂嗎？」

茱麗葉皺起眉頭，感到有點困惑。艾瑞克深深吸了一口氣，眼睛瞪著遠處的幾個礦工。「出事的時候，我太太正在一百二十幾樓工作。她旁邊的人都往上跑，而她也很想跟他們一起跑，不過，她還是忍住了，反而跑下來接我們的孩子。結果，她是那個樓層唯一逃出來的人。大家都瘋了一樣，拚命往上跑，她拚了命在人群裡面擠，好不容易才跑下來。」

茱麗葉拍拍他的手臂。「我很高興她逃出來了。」她看到艾瑞克眼睛裡反映著搖晃的燈光。

「他媽的，祖兒，妳認真聽我說。昨天晚上，我睡在一片生鏽的鋼板上，早上醒過來的時候，我脖子痛到很想喊救命。那兩個死小孩趴在我身上睡，好像把我當床墊。鋼板冷得像冰塊，我屁股整個麻了——」

茱麗葉忍不住笑起來。

「——可是，我看到蕾絲莉在旁邊看我，好像已經這樣看我看了很久。然後，我太太轉頭看看這個鬼地方，忽然說，謝天謝地，還好有這個地方可以安身。」

茱麗葉撇開頭，揉揉眼睛。艾瑞克抓住她兩邊的手臂，硬要她面對他。他沒打算讓她逃避。

「她恨死這次挖坑道的事。恨死了。恨我沒日沒夜的加班。當初妳叫我把支柱全部拆掉，叫我把廢土通通倒進六號礦坑，我回到家就一直咒罵，所以她痛恨挖坑道的事。她會痛恨，是因為我痛恨。妳明白嗎？」

茱麗葉點點頭。

「還有，我跟大家一樣，知道這裡是什麼狀況。我們被困住了。而且我認為，這次再挖坑道，結果恐怕還是改變不了我們的命運。不過，在最後那一天來臨之前，最起碼還有點事可以做。這段期間，每天早上醒來的時候，我還是一樣會全身痠痛，不過，最起碼我深愛的女人還在我身邊。如果運氣好，隔天早上也還是一樣。所以，對我來說，每天早上都是上天的恩典。這裡不是地獄。這裡是上天的恩典。這是妳送給我們的。」

茱麗葉擦掉臉上的眼淚。內心深處，她很痛恨自己在他面前哭，然而，在內心深處的另一個角落裡，她又很渴望抱住他痛哭一場。此刻，她感到很無助，而在這樣的時刻，她就特別想念盧卡斯。

「我不懂妳為什麼想去幹這種傻事，不過，需要多少炸藥，妳儘管拿。就算因為這樣，我被逼得要用手去挖土，我也不在乎。妳去料理那些王八蛋。我一定要親眼看到他們比我先下地獄。」

48 第十七地堡

茱麗葉的爸爸把一間生鏽的儲藏室清乾淨，當成臨時診療室。茱麗葉到那裡去找他，看到蕾莉躺在臨時床鋪上。她已經懷孕九個月。她丈夫是一個晚班電工，就在旁邊陪她，兩個人手都放在她肚子上。茱麗葉和他們打了聲招呼，忽然想到，他們的孩子將會是第一個出生在另一座地堡的孩子，不過，也有可能是最後一個。那孩子將永遠不會知道機電區是多麼生氣蓬勃的地方，也永遠沒機會體驗熱鬧的市集，聽音樂看戲，甚至也沒機會到頂樓的大餐廳，從大螢幕認識外面的世界。如果生的是女孩，她很可能會像漢娜一樣，懵懵懂懂就生了小孩，沒人可以教她該怎麼保護自己。

「妳要出發了嗎？」她爸爸問。

她點點頭。「我是來跟你說聲再見。」

「聽妳的口氣，一副我們就要生離死別的樣子。等底下這邊的事情忙完，我會到上面去看看那幾個孩子。等我先迎接這個小小的新生命。」說著他對蕾莉和她丈夫微微一笑。

「只是跟你說聲再見而已。」茱麗葉說。先前她逼知道的人發誓，絕對不准把她的計劃告訴任何人，特別是柯妮和她爸爸。此刻，她上前抱住爸爸，最後一次擁抱。她極力壓抑自己，不敢抱得太用力。

接著她放開他，然後對他說：「我想，你應該知道，我一直把那幾個孩子當作自己的孩子，所以，我不在的時候，你能不能替我照顧一下，幫幫孤兒……有時候，我覺得他自己根本也還是個小孩子。」

「妳放心，我會的。我知道妳的感覺。還有，馬克思出了事，我很遺憾。都是我不好。」

「爸，別這樣，別這樣。那就……我忙的時候，就麻煩你幫我照顧他們。你也知道，我常常會幹傻事。」

他點點頭。

「我愛你。」說完她趕緊轉身走開，怕自己克制不了情緒，也怕爸爸繼續追問她想幹什麼。來到走廊，雷夫把一個很重的袋子揹到肩上，茱麗葉也揹起另一個，兩個人沿著走廊往前走，天花板上是一長串剛接上的燈泡，後來，他們走到燈泡線的盡頭，四周逐漸陷入黑暗，然而，他們並沒有打開手電筒。機電區的走廊他們很熟悉，摸黑都可以走。

他們穿過十字旋轉門的時候，茱麗葉又看到那條輸氣管，忽然想起自己曾經潛水來到這裡。前面不遠的地方，樓梯井散發出昏暗的綠光，她和雷夫開始上樓梯，踏上漫長的路程。茱麗葉已經想好，這一路上該去找誰，該去拿什麼東西。那些孩子在底層的土耕區，那裡是他們的老家，他們終於回到家了。孤兒也一樣。她很想看看他們，然後，她要到樓上的保安分駐所拿充電器，順便看看能不能找到另外一部無線電。要是運氣好，進度夠快，她預計在天黑以前就能夠趕到防護衣實驗室。那裡曾經是她的窩，她就要在那裡組裝最後一套防護衣。

「你應該沒有忘記跟老沃克拿引爆器吧？」茱麗葉問。她總覺得自己好像忘了什麼東西。

「沒忘。而且我還拿了妳要的電池。另外，兩個水壺都裝滿了。沒問題啦。」

「我只是問問。」

「那改裝防護衣需要的東西呢？都有了嗎？」雷夫問。「妳需要的東西，妳確定上面的實驗室都有嗎？上面還剩多少東西？」

「綽綽有餘了。」茱麗葉說。她本來想說的是，兩套防護衣已經嫌多了。她知道雷夫真以為她會讓他跟著一起去。其實，她早就打算一個人去。

「是哦，可是，到底有多少？我只是有點好奇，那些東西從前連提都不能提……」

茱麗葉忽然想到三十四樓和三十五樓中間那個密室，那無窮盡的庫存。「大概有……兩三百件吧。」她說。「多到我數不完。我只改裝過幾件。」

雷夫吹了聲口哨。「就算一年送一個人出去清洗鏡頭，也夠用好幾百年了吧，對不對？」

茱麗葉想想，差不多就是這樣。接著她又想到，現在她已經知道外面的空氣為什麼會有毒，那麼，那些人的盤算應該就是：定期把人送出去，而送這些人出去，並不是為了要把什麼東西弄乾淨，而是正好相反，要把這個世界搞得更髒。

「嘿，妳還記不記得物資區的吉娜？」

茱麗葉點點頭。物資區有很多人逃出來了，可是吉娜沒有。

「妳知不知道我們兩個在一起？」

茱麗葉搖搖頭。「我不知道。不好意思，雷夫。」

「沒關係。」

他們又繞了一圈螺旋梯。

「有一次，吉娜在分析備用零件數量。有一部電腦是專門用來清點東西的，比如庫存放在哪裡，訂製量有多少，諸如此類，這妳應該知道吧？嗯，資訊區的伺服器用晶片用得很兇，因為在某些個禮拜，伺服器會一直故障——」

「這我記得。」茱麗葉說。

「呃，吉娜很好奇，還要多久，他們的庫存備用晶片就會用光？這種零件是他們物資區沒辦法製造的，因為太複雜。於是，她開始清查晶片的平均消耗率，再清查目前的庫存量，進行分析，最後算出來的時間是兩百四十八年。」

茱麗葉等著他繼續說。「那個數字有什麼玄機，是不是？」茱麗葉問。

「沒有，一開始她也不覺得那數字有什麼特別。不過後來，就在幾個月前，她也是基於好奇，針對別的東西又做了一次類似的分析，結果得出來的也類似這個數字。這下子，她開始對這數字感到好奇了。過了幾個禮拜，她辦公室裡有一個燈泡燒掉了。她正在忙的時候，燈泡突然閃了一下，然後就滅了。因為這件事，她才忽然想到了什麼。妳應該看過燈泡的倉庫吧？」

「老實說，沒有。」

「呃，那倉庫大得嚇人。有一次她帶我下去過，然後……」

雷夫忽然猶豫了幾秒鐘。

「呃，那倉庫裡大概有一半是空的。於是，吉娜又開始根據全地堡的使用量分析燈泡的庫存，結果算出來的數字還是差不多，兩百五十一年。」

「數字差不多。」

「沒錯。這下子，她是真的好奇了。這就是她最討人喜歡的地方。她開始利用空閒的時間做更多類似的分析，例如比較貴重的東西，像燃料電池，避孕晶片，計時晶片。結果算出來的數字也都差不多是兩百五十年。就是那個時候，她開始認為我們只剩下兩百五十年的時間了。」

「兩百五十年。」茱麗葉說。「這是她告訴你的嗎？」

「是啊。當時她和我們幾個人一起喝酒。不過我要強調，當時她已經醉得差不多了。我還記得……」雷夫忽然笑起來。「我還記得，當時強尼笑她是杞人憂天，不過吉娜物資區的一個同事說，打從她祖母的時代開始就有類似的說法，沒什麼大不了，永遠都會有人說這種話。可是吉娜說，大家都沒把這個當一回事，唯一的原因就是時候還沒到。等兩百五十年後，大家到底下去，看到空空的倉庫，東西只剩一點點的時候，大家才會知道事態嚴重。不見棺材不掉淚。」

「很遺憾，她沒有逃出來。」茱麗葉說。

「我也很遺憾。」他們繼續往上爬了幾步。「不過，我會提到這個，並不是因為想到她，而是因為妳剛剛說上面有好幾百套防護衣。算起來好像也差不多，對吧？」

「我只是大略估計。」茱麗葉告訴他。「放防護衣的地方我只去過幾次。」

「不過，我覺得應該差不多就是那麼多。感覺上，好像在倒數計時，妳不覺得嗎？要嘛，就是那些神知道該準備多少庫存，要不然就是他們一開始就沒打算讓我們撐很久。我覺得，他們根本沒把我們當一回事，妳不覺得嗎？當然啦，這只是我個人的感覺。」

茱麗葉轉頭看著雷夫，看到綠色光暈映照在他蒼白的臉上，顯現出一種詭異的色澤。「也許吧。」茱麗葉說。「說不定你的朋友真的想通了某種道理。」

雷夫用力吸了一下鼻子。「是啊，不過，管他媽的。到那個時候，我們都不知道已經死了多久了。」

說完他笑起來，笑聲迴盪在空蕩蕩的樓梯井。然而，茱麗葉卻覺得有點感傷，不過，那並不是因為她想到，那一天來臨的時候，她的親人朋友早就已經死了。她想到的是，這個數字凸顯出一個很殘酷的事實：每個人的時間都是有限的。所以，如果你想挽救什麼東西，那可以算是一種愚蠢的念頭，特別是挽救生命。在人類歷史上，從來沒有人能夠真正挽救生命。他們頂多只能幫生命拖延一點時間。萬事萬物都有盡頭。

49　第十七地堡

土耕區裡一片黑暗，計時控制的燈都是關著的。有一條走道很長，兩邊枝葉茂密，最裡面好像有人為了分東西吵得不可開交，有人說這塊菜圃是我的，可是另一個人也說是我的。聽他們吵鬧，漢娜不由得回想起從前那段黑暗的歲月。她依偎在瑞克森旁邊，孩子緊緊抱在胸口。

邁爾斯拿著一把快沒電的手電筒在前面帶路。每次手電筒快熄掉時，他就用手拍一下，然後手電筒又會亮起來。漢娜回頭看著樓梯井。「孤兒怎麼這麼久還沒來？」她問。

沒有人回答。孤兒去追艾莉絲。艾莉絲老是這樣，一看到什麼新鮮的東西人就不見了，可是現在情況不一樣了，現在，這裡到處都是陌生人。漢娜很擔心。

這時候，她懷裡的嬰兒忽然哭起來。他肚子餓了。小嬰兒餓了本來就會哭。只可惜，漢娜不能像他那樣餓了就哭。其實她自己也餓了。她解開工作服的肩帶，抱著小嬰兒湊近自己的胸部。現在，她還必須多餵一個人，所以更容易肚子餓。平常，菜圃裡總是長滿茂密的果菜，走在通道上，枝葉都會在身上摩擦。她從來不會擔心餓肚子。可是現在，菜圃裡卻是一片空蕩蕩的。被搶光了。被分光了。

瑞克森爬過欄杆的時候，菜莖菜葉窸窣作響。他在第二座和第三座菜圃裡到處搜尋，看看有沒有蕃茄、小黃瓜或莓果。平常，莓果總是長得特別茂密，覆蓋在別的作物上。過了一會兒，他走回來了，把一些東西塞到漢娜手裡。那東西小小的，而且某些部位有點爛爛的，顯然是掉在地上太久。

「來，這個先給妳。」說完他又走回去繼續找。

「他們為什麼一次採這麼多？」邁爾斯問。他自己也到處在挖東西吃。漢娜把那個小東西拿到鼻子上嗅嗅，味道聞起來有點像南瓜，可是還沒熟。這時候，在裡面的那些人越吵越大聲。她咬了一小口，感覺有點苦苦的。

「他們會拿這麼多，是因為他們不是同一家人。」瑞克森說。他在作物叢裡穿梭，所到之處枝葉搖晃，他說話的聲音從裡面傳出來。

邁爾斯拿手電筒照向瑞克森。瑞克森剛從玉米叢裡冒出來，兩手空空的。「可是我們也不是同一家人啊。」邁爾斯說。「嚴格講起來不能算同一家人。可是我們也從來不會這樣。」

瑞克森趴在欄杆上。「我們當然是一家人。」他說。「我們就像一家人一樣，住在一起，一起工作。可是這些人不一樣，你沒看到嗎？你看他們每個人穿的衣服都不一樣，就是為了表示他們是不一樣的人。他們都沒有住在一起。這些陌生人會打架，就像我爸媽和你爸媽那樣。你爸媽和我爸媽不是一家人。」瑞克森解開頭髮上的束帶，把散落在臉上的頭髮拉到後面，然後重新紮緊。他說得很小聲，眼睛一直瞄向黑暗中吵鬧的那群人。「他們會像我們的爸媽一樣，為了搶食物和女人打打殺殺，到最後一個也不剩。也就是說，要是我們想活下去，就要跟他們打。」

「我不想跟他們打。」漢娜說。她皺起眉頭，把小嬰兒從乳房前面抱開，然後拉開衣服另一邊，露出另一邊的乳房，繼續餵奶。

「妳用不著跟他們打。」瑞克森幫她拉開衣服。

「從前他們沒有來騷擾我們。」邁爾斯說。「我們一直住在最裡面，住了好幾年。他們有時候會進來，拿到他們想要的東西就走了，不會找我們麻煩。說不定這些人也一樣。」

「那已經是很久以前的事了。」瑞克森說。他看著小嬰兒趴在媽媽胸前，然後沿著欄杆往裡面走，又隱沒在黑暗中繼續尋找。「當年他們放過我們，只是因為我們是小孩子，而且是自己的孩子。當年漢娜和我年紀才跟你現在一樣大，而當時你還在學走路。不管我們兩家的爸媽打打殺殺有多兇，他們不會對小孩子下手。他們讓我們自生自滅，其實，他們不管我們，對我們來說反而是一種福氣。」

「可是，他們來找過我們啊。」邁爾斯說。「而且還拿東西給我們。」

「給我們什麼東西？艾莉絲和她的雙胞胎妹妹嗎？」漢娜說。她和瑞克森各自養大了一對雙胞胎。她已經明白，土耕區現在只剩下死亡與失落，所有的東西都被連根拔起。「打鬥是免不了的。」她告訴邁爾斯，可是他好像還不是很相信。「瑞克森和我已經不再是小孩子了。」她搖搖懷裡的嬰兒。看到那個拚命吸奶的嬰兒，她忽然領悟到，童年距離自己已經太遙遠了。

「真希望他們趕快走。」邁爾斯愁眉苦臉的說，然後狠狠敲了一下手電筒，那聲音聽起來很像小嬰兒在打嗝。「真希望我們可以再像從前一樣，真希望馬克思還活著。少了他，感覺怪怪的。」

「有一顆蕃茄。」瑞克森大喊了一聲，興沖沖從一團陰影中衝出來，手上抓著一團紅紅的圓球，邁爾斯的手電筒正好照在上面，反射出紅光閃過每個人的臉。接著，他掏出一把刀，把番茄切成三份，然後先拿給漢娜。紅紅的番茄汁沿著他的手往下流，沿著漢娜的嘴角往下流，沿著刀子往下流。他們默默吃著，而遠處那些人的吵鬧聲令人畏懼。

吉米一邊爬樓梯一邊咒罵。他以前也常常咒罵，不過只罵給自己聽，有點像是喃喃嘀咕，只會傳進自己耳朵裡。他一邊咒罵自己，一邊踩著樓梯往上走。樓梯在震動，不過，不只是因為他在爬樓梯，而是因為還有更多人。盯緊艾莉絲已經變成一種艱難的任務。眼睛稍微看一下旁邊，她就不見了，就像他當年的夥伴「影子」一樣，燈一開，那隻黑貓立刻就一溜煙不見了。

「不對，她不像影子。」他自言自語。影子整天黏在他腳邊，他老是被牠絆倒。艾莉絲就不一樣了。

他又爬上了一層樓，感覺好孤單，好空虛。然而，這並不是艾莉絲第一次跑掉，吉米並不覺得意外。艾莉絲整天跑來跑去，完全隨自己高興。不過，從前，這座地堡空蕩蕩的時候，他根本不會擔心她亂跑。此刻，他開始思考，為什麼某個地方會開始變得危險。或者應該說，任何一個地方，本身並不會導致危險，真正的危險來自於……

「喂！」

吉米又爬到另一層樓的平台。一百二十二樓。有人站在門口朝他招手。他穿著金色的工作服。他還記得，很久很久以前，那種工作服代表某種意義。他已經爬了十幾層樓，這是他碰到的第一個人。

「請問你有沒有看到一個小女孩？」吉米問他。雖然他看得出來這個男人也有問題想問他，但他還是先開口問了。「大概這麼高，七歲，少了一顆牙齒。」說著他指著自己的牙齒。

那個人搖搖頭。「沒看到。不過，你就是從前住在這裡的那個人，對吧？就是那個逃過一劫的人，對吧？」那個人手上拿著一把刀，銀光閃閃，乍看之下有如水裡的一條魚。接著，那個人忽然笑起來，探頭看看欄杆外面。「這麼說來，我們都是逃過一劫的人，對吧？」說著他忽然伸出手抓住牆上的橡皮管。那是當初他和茱麗葉安裝的，用來排除底下的積水。接著，只見刀光一閃，那條橡皮管立刻斷成兩半，然後那個人開始把下半截往上拉，把那條垂到底下的水管慢慢拉上來，水管左右擺盪。

「那是用來排除積水的——」吉米驚叫了一聲。

「你一定很熟悉這個地方，對吧？」那個人說。「不好意思，我叫泰瑞，泰瑞哈爾森，是計劃委員會的——」說到一半，他瞇起眼睛看著吉米。「算了，你才不在乎我是誰，對吧？我們都是從另外一座地堡來的，跟這裡一模一樣的地堡。」

「吉米。」他說。「我叫吉米，不過大多數人都叫我孤兒。呃，那條水管——」

「你知不知道這邊的電力從哪兒來的？」泰瑞歪歪頭，指向牆上的緊急照明燈。「我們還要再往上爬四十層樓，那邊的無線電還有電。這裡的電線是從上面接下來的，有些都還有電。這是你接的嗎？」

「有些是我接的。」吉米說。「不過有一些是早就有的。呃，有個叫艾莉絲的小女孩跑到上面來了，請問你——」

「我認為電力是從上面來的，可是湯姆叫我到底下來檢查。他說，在我們的地堡裡，電力永遠是從底下來的，這裡也應該一樣。所有的東西都一樣。可是，我注意到底下那邊牆壁上有很高的水位痕跡，顯然底下有過積水。所以，我認為有很長一段時間電力並不是從底下來的。你應該知道的，對不對？你能不能告訴我們，這個地方還有什麼祕密？我很想知道電力是從哪裡來的。」

那條水管已經在男人腳邊纏成一大綑，然後，那個人又拔出刀子，刀子在他手中閃閃發亮。「你有沒有想過要加入委員會？」

「我要趕快去找那個小朋友。」吉米說。

接著又是刀光一閃，不過，電線並沒有那麼容易就切得斷，因為中央是銅線。那個人抓起黑色的電線，用刀子慢慢鋸。他滿身大汗，髒兮兮的衣服都濕透了，黏在手臂上，看得出肌肉很結實。他用力鋸了很久，後來，電線終於被他鋸成兩段。

「如果那位小朋友不是在土耕區，那她有可能在樓上那些唱詩班的人那邊，我下來的時候碰到過他們。他們找到了一座教堂。」泰瑞舉起刀子朝上面指了一下，然後收進套子裡。接著，他開始把電線纏在自己手臂上。

「教堂。」吉米說。他知道那座教堂。「謝謝你，泰瑞。」

「沒什麼。」那個人聳聳肩。「我也要謝謝你願意告訴我電力是從哪裡來的。」

「電力是從——？」

「是啊，你剛剛不是說電力是從上面來的，好像是從哪一樓……」

「三十四樓？我剛剛有說嗎？」

那個人露出意味深長的微笑。「你真的說過。」

50
第十七地堡

艾莉絲在最底下看過一些人。那裡是從前積水的地方。坑道就是那些人挖的，電線也是他們接的，電燈也是他們裝的。另外，她也看到一些人在農場那邊搶蔬菜水果，討論要怎麼分配食物。而現在，她又碰到第三種人了。這些人忙著擺設家具，擦地板，把地方整理乾淨。她搞不懂他們究竟想幹什麼。

剛剛她碰到一個好人，他說他有看到小狗，現在，他站在旁邊和另外一個穿白袍的人說話。穿白袍的人頭頂上有一圈禿頭，可是，他看起來好年輕，怎麼會禿頭呢？而且，他穿的衣服好奇怪，像一條毯子，整個人看起來像一根柱子，而且那件衣服好大，披散在地上，把他整個人包住，根本看不到他的腳。那個嘴唇上有黑鬍子的好人好像在爭執什麼，而那個穿白袍的禿頭的人則是皺著眉頭站在那裡，而且，兩個人還偶爾會瞄瞄艾莉絲。她很怕他們是為了她在吵架。不過，說不定他們是在討論去哪裡找小狗。

裡面的椅子被排成一條條的直線，越來越整齊，全部朝向同一個方向。不過，這裡沒有桌子，跟土耕區裡面那個房間不一樣。從前，她都是在那個房間裡吃飯，有時候也會躲到桌子底下，假裝那裡是一個洞，假裝自己是一隻老鼠。可是這裡只有椅子和長椅，而且都面向同一面牆，牆上有一張彩色玻璃圖片，不過玻璃上有些地方破了。有一個穿工作服的男人在牆後面工作，從玻璃上的破洞可以看得到他。他正在和別人說話，而和他說話的那個人剛從門外拉了一條黑線進來。他們好像在做什麼東西。過了一會兒，牆壁後面的燈忽然亮了，光線透過玻璃變成五彩繽紛的光束映照在房間裡。有幾個正在排椅子的人忽然停止動作，轉頭看著那漂亮的光線，其中有幾個人開始喃喃嘀咕，而且每個人嘀咕的聲音幾乎一模一樣。

「艾莉絲。」

那個黑鬍子的好人跪到艾莉絲旁邊，她嚇了一跳，緊緊抱住懷裡的揹袋。「什麼事？」她輕聲問。

「妳有沒有聽說過『公約』？」那個人問。另外那個穿白袍的人站在他後面，還是那副皺著眉頭的表情。艾莉絲忽然覺得那個人可能從來不會笑的。

她點點頭。「『公龜』？公龜就是公的烏龜呀。」

那個人笑了一下。「我說的是公約，不是公龜。」可是對艾莉絲來說，兩種東西聽起來很像。

「公龜是一種動物。」

可是艾莉絲懶得聽他說。她在那些書裡看過烏龜的圖片，她知道烏龜是一種動物。

「妳怎麼會知道烏龜這種東西？」那個穿白袍的人問。「妳們這裡也有童話書嗎？」

艾莉絲搖搖頭。「我們這裡有真的書。我看過烏龜的圖片。烏龜的樣子看起來好好玩，牠們住在水裡。」

那個穿橘色工作服的好人似乎對烏龜沒什麼興趣，不過那個穿白袍的人就比較有興趣。艾莉絲轉頭看看門口，心裡覺得很奇怪，她認識的人都跑到哪裡去了？孤兒呢？他不是應該要來幫她找小狗的嗎？

「公約是一本很重要的書。」那個好人說。這時候，艾莉絲忽然想到他的名字叫做拉斯先生。剛剛他自我介紹過，可是她老是記不住名字，因為她從小只需要記幾個人的名字。拉斯先生對她很好。「公約就是一本書，不過比較小。」他說。「就好比說，妳是一個女人，只不過比較小。」

「我已經七歲了。」艾莉絲說。她覺得自己已經不小了。

「對呀，再過不久，妳就會變成十七歲了。」拉斯先生忽然伸手摸摸艾莉絲的臉頰。艾莉絲嚇了一跳，往後一縮，拉斯先生立刻皺起眉頭。他轉頭往上看看那個穿白袍的人，而那個人正在打量艾莉絲。

「妳剛剛說的書是什麼樣的書？」穿白袍的人問。「那些有動物圖片的書，這座地堡裡有嗎？」

艾莉絲不自覺的伸手抱住揹袋，保護她的書。她很確定烏龜的圖片就在她的書裡。她很喜歡書裡那些東西，有綠色的世界，有釣魚和動物，還有星星太陽。她咬住嘴唇，不肯再說。

拉斯先生跪到她旁邊，手上拿著一張紙，還有一根紫色粉筆。他把紙和粉筆放在她腿邊的長椅上，手按住她的膝蓋。另外那個穿白袍的人立刻走過來。

「如果妳知道這個地方有那些書，那妳就應該告訴我們書放在什麼地方。這是妳對上帝應盡的責任。」穿白袍的人說。「妳相信上帝嗎？」

艾莉絲點點頭。漢娜和瑞克森教過她怎麼禱告，還告訴她上帝是誰。她忽然覺得眼前有點模糊，這才想到自己已經在流眼淚了。她抬起手擦掉眼淚。瑞克森很討厭她哭。

「艾莉絲，那些書放在哪裡？總共有多少書？」

「很多。」她說。她從很多書裡撕掉很多頁。她想到那些書。有一次，孤兒很生氣，因為他發現她撕掉書裡的圖片和一些教學的內容。不過，這些教學內容教會了她怎麼樣才能更容易釣到魚。後來，孤兒教她怎麼用針線把那些頁面縫成一本書，兩個人還一起釣過魚。

那個穿白袍的人跪到艾莉絲面前。「那些書到處都有嗎？」

「這位是雷米神父。」拉斯先生退到一邊，讓位給穿白袍的人。「雷米神父會帶領我們度過這段苦難歲月。我們是一個群體。從前我們追隨的是溫德爾神父。不過，一個群體總是有人會離開，有人會加入。比如說妳。」

雷米神父當神父似乎太年輕了，他好像比瑞克森大沒多少。接著神父又問：「那些書就在這附近嗎？我們應該去哪裡找？」他忽然抬起手揮向牆壁，揮向天花板，講話的聲音好奇怪，好大聲，艾莉絲胸口都感覺得到震動。聽到那種聲音，她忽然忍不住想回答。還有，他的眼睛——綠得像底下那些積水。她和孤兒曾經在那水裡釣魚。看到他那綠油油的眼睛，她忽然很想說實話。

「都放在一個地方。」艾莉絲抽噎著說。

「在哪裡？」那個人忽然又變得輕聲細語。他握住她的手，而拉斯先生看著他們，表情很奇怪。「那些書在哪裡？孩子，這很重要。妳應該知道，世界上只有一本書是真的，其他的書都是騙人的。來，告訴我，那些書在哪裡。」

艾莉絲忽然想到袋子裡那本書。那本書才不會騙人，不過，她不想讓這個人碰她的書，而且不喜歡這個人碰她。她想往後退，可是那個人抓她抓得越緊。他眼睛裡好像有什麼東西在閃爍。

「三十四樓。」她悄悄說。

「三十四樓？」

艾莉絲點點頭，那個人立刻放開她。她立刻往後退，可是拉斯先生卻朝她靠近，摸摸她的手。

他摸的地方，就是她剛剛被抓得很痛的地方。

「神父，我們是不是可以……？」拉斯先生問。

雷米神父點點頭，於是，拉斯先生拿起長椅上那張紙。那張紙有一邊是印刷的字，一邊是手寫的字。旁邊有一根紫色粉筆。拉斯先生問艾莉絲會不會拼字，認不認識字母。

艾莉絲點點頭，手又不自覺的抱住袋子裡的書。她認識的字比邁爾斯多。漢娜教過她。

「妳能不能在紙上面寫出妳的名字？」拉斯先生問。他把那張紙拿到她面前。那張紙最底下畫了兩條橫線，其中一條線上已經簽了兩個名字，另外一條線上面是空白的。「來，寫在這裡。」他指著那條線，然後把粉筆塞進艾莉絲手裡。她看看旁邊那些字，可是那些字很潦草，好像寫得很快。而且，她視線有點模糊，看得更不清楚。「寫名字就好了。」他又說。「來，寫寫看。」

艾莉絲很想趕快脫身。她很想趕快去找小狗，找孤兒，找祖兒，甚至找瑞克森都可以。她擦掉眼淚，強忍住哭泣，喉嚨都哽住了。她心裡想，如果她乖乖聽他們的話寫名字，說不定他們就會放她走。裡面的人越來越多，其中有些人看著她，嘴裡唸唸有詞。她聽到一個男人說有個人運氣很好，因為這裡男人比女人多，不認真一點就沒份了。他們都在看，都在等。椅子都已經排得很整齊，地板擦得乾乾淨淨，舞台上撒滿了綠色的葉子。

「來，寫在這裡。」拉斯先生說。他拉住她的手腕，把她的手拉到那條線上方，粉筆對著那個位置。「寫妳的名字。」大家都在看。艾莉絲知道名字怎麼寫，她認識的字比瑞克森多。可是，眼前一片模糊，什麼都看不清楚。她忽然覺得自己彷彿變成從前釣的那條魚，從水裡看著上面，模模糊糊看到那些肚子很餓的人。結果，最後她還是寫了自己的名字。她希望這樣他們就會放她走。

「乖孩子。」

拉斯先生忽然彎腰在她臉上親了一下。旁邊的人開始鼓掌。然後，穿白袍的人嘴裡開始唸唸有詞，聽起來有點像在唱歌，很宏亮，可是很好聽。他好像說了什麼奉公約之名，什麼丈夫妻子，那一剎那，她胸口都感覺得到那種震動。

51 第一地堡

達西搭電梯到了軍火庫。他把裝子彈的小袋子擺到一邊，把血液樣本塞進口袋裡，踏出電梯，伸手到牆上摸索電燈開關。他本能的感覺到，緊急應變小組冬眠庫那個失蹤的飛行員，一定躲在這個樓層。不久前，那個冒充「老師」的人就是躲在這裡。另外，大概一個月前，好幾個飛行員就駐守在這裡，進行一連串的任務。他和史蒂芬還有好幾個警衛已經在這個樓層搜索了好幾次，毫無結果，但達西相信自己的直覺。他做出這種研判，第一個依據是，要搭這座電梯到軍火庫，識別證必須是最高安全層級。

只有警衛隊和少數幾個最高層的人才有這種安全層級，而先前他來過這裡幾次，這才明白為什麼需要這種管制。陳列架上擺滿了彈藥箱，而且有很多東西用防水布蓋著，顯然那就是軍用無人機。架子上有很多炸彈，堆成金字塔的形狀。因為這裡全是這種東西，當然需要安全管制，免得有哪個冒失的伙房人員想到底下的倉庫拿馬鈴薯罐頭，結果按錯電梯按鈕。

先前幾次搜索毫無結果，不過，那些高大的陳列架上有難以數計的塑膠箱，所以，可以藏身的地方多到數不清。達西打開開關，庫房頂上的電燈立刻就亮起來，於是，他瞇起眼睛打量著那些陳列架。他想像自己是這個飛行員，不久前剛殺了一個人，然後搭乘血跡斑斑的電梯到這裡來，接下來，他一定是要趕快找地方躲。

他趴到地上，仔細檢查電梯門外的水泥地面。接著，他站起來，往後退了一步，歪著頭打量地面反射出燈光的光澤。電梯門口的地面特別亮，不過，說不定那是因為進進出出的人多，太多鞋子踩在上面，久而久之就磨得特別亮。他又爬下來湊近地面，用鼻子嗅嗅，聞到一股新鮮的松葉味和檸檬香。那氣味屬於一段被遺忘的時光，當時的世界萬物欣欣茁壯，瀰漫著這股清新的氣息。

他心裡想，有人洗過這裡的地板，而且是剛洗沒多久。他趴在地上，轉頭看著一排排的軍火架之間的走道，立刻就察覺到這裡有人。照理說，他應該立刻去找布瑞瓦，找人來支援。這裡有一個殺人兇手，而且是緊急應變小組的成員，受過嚴格的軍事訓練，而且還有很高的安全層級，可以接近武器彈藥。不過，這個人受了傷，躲在這裡一定很害怕。所以，好像不需要找人來支援。

達西抽絲剝繭拼湊線索，這個案子才有了眉目，功勞應該是他的，不過，他決定不向上級報告，並不完全是這個原因。真正的原因是，他越來越確定，這件謀殺案指向最高層。牽涉到這案子的人，是最高層級，他的檔案資料都被篡改過，而照理說，這些都應該是不可能發生的。所以，達西的上級也有可能涉案。當時，真正的「老師」用腳猛踹那個人的時候，在旁邊扶著他的人就是達西。這一切都已經脫離了體制。這是私人恩怨。達西認識那個挨打的人，因為他擔任夜班警衛的時候老是碰到他，他偶爾會跟達西聊天。很難想像那個人會殺人。整件事真是一團亂。

達西從屁股後面掏出手電筒，開始搜索陳列架，想找點別的東西。夜間警衛只配備了手電筒，問題是，這實在不太夠。他需要別的東西。貨架上箱子都有物品名稱標籤，他先前輪值的時候似乎看過，但記憶已經很模糊了。他撬開好幾個箱子的蓋子，最後終於找到他要的東西：點四五手槍。一種既古老又現代的東西。這是當年工廠生產出來的最頂級的東西，然而，那些工廠幾乎都已經被人遺忘。他把彈匣插進槍柄裡，心裡暗自祈禱，希望這些子彈還能用。現在，手上有槍，他開始有自信了。於是，他開始躡手躡腳走進軍火庫，現在，他目標很明確了，不像前一天那樣，匆忙搜索八層樓。

他掀開每一片防水布看看底下，其中有一架無人機下方散落滿地的工具和零件，而且機身還沒有組裝完成，要不然就是在修理。這是最近的作業嗎？很難說。地面上看不到灰塵，不過，蓋著防水布，本來就不會有灰塵。他繞著飛機走了一圈，看看地上有沒有天花板隔板掉落的塑膠粉。接著，他走到最裡面的辦公室，看看櫃子有沒有人爬上去的痕跡，檢查擺在高處的每一個箱子。然後，他朝營房走過去，注意到營房外面有一部無人機的搬運台車，車邊有一道拉門。這是他第一次注意到。

達西發現門上的卡榫沒有閂上，於是就抓住門上的把手，把門拉開，然後趴到地上，一手拿槍，一手拿手電筒照向黑漆漆的內部。

那一剎那，他差點就開槍射擊那片床墊。床墊上有一堆枕頭和毯子，乍看之下好像有人正在睡覺。另外，他還看到一些檔案夾。那檔案夾看起來很像他在會議室幫忙整理的那一種。他們追捕的那個人很可能就躲在這裡。他一定要叫布瑞瓦來看看，徹底搜索這個地方。他很難想像有人竟然能這樣過日子，像老鼠一樣。他把門拉上，沿著牆壁走到一扇門前面。那是營房的門。他把門推開一道縫，仔細看看裡面。裡面沒有人。接著，他悄悄走進每一個房間，仔細檢查。臥鋪房顯然沒有人住。浴室裡靜悄悄的，感覺有點毛骨悚然。後來，他從女浴室走出來的時候，好像聽到有人在說話。很小聲，好像是從走廊另一頭傳過來的。

來到走廊盡頭，達西舉起槍，耳朵貼在門上仔細聽。

有人在說話。他抓住門把轉了一下，發現門沒鎖，於是，他深深吸了一口氣。等一下只要一看到那個人有拿槍的動作，他就立刻開槍。他腦海中已經開始想像自己在跟布瑞瓦解釋事情的經過。他會跟布瑞瓦說，他忽然有種預感，追查一條線索，一時忘了要請求支援，就自己一個人下來，結果就看到這個人受傷流血。是那個人先拔槍的，他只是自衛。於是，又多了一具屍體，結案了。達西已經想好了，萬一出了什麼狀況，以上就是他的說詞。在開門的那一剎那，他舉起槍，這些思緒像閃電一樣迅速閃過他腦海。

房間最裡面那個人忽然轉身。達西大喊不要動，然後慢慢靠過去，那一剎那，從前受過的訓練立刻本能的展現出來。「不准動！」他大吼了一聲，那個人立刻舉起手。是一個年輕人，穿著灰色工作服，一隻手高舉在頭頂上，另一手鬆軟無力的舉了一半。

接著，達西立刻發現事情不太對勁。非常不對勁。那個人不是男人。

「不要開槍！」夏綠蒂哀求他。她舉著一隻手，看著那個人逐漸朝她逼近，槍對準她的胸口。

「站起來！離開桌子旁邊！」那個人說話的口氣很堅定。他揮揮手上的槍，指向牆邊。

夏綠蒂瞄瞄無線電。茱麗葉還在說話，一直問她有沒有聽到，要她繼續把話說完，可是夏綠蒂根本不敢伸手去按通話鈕，因為她怕這個人會開槍。接著，她瞄到滿地的工具，螺絲起子，剪線鉗，忽然又想到前幾天那場血腥的纏鬥。她纏著紗布的肩膀還在隱隱作痛，就算手臂只舉到肩膀的高度，感覺就痛得難以忍受。那個人越走越近。

「兩隻手都舉起來！」

看到他那種準備姿勢，拿槍的模樣，夏綠蒂忽然想到從前新兵訓練的時候。她很確定那個人會開槍。

「這隻手沒辦法再舉高了。」她說。這時候，茱麗葉還在催她繼續說。那個人瞄瞄無線電。

「妳在跟誰說話？」

「另外一座地堡。」她慢慢伸手想去調音量鈕。

「不要碰。靠到牆邊去，快點。」

她乖乖去靠在牆邊。此刻，她唯一感到安慰的，是他很可能會帶她去找哥哥，這樣一來，最起碼她還可以知道他們是怎麼處置他，而且她再也不用孤零零的一個人了。她忽然覺得鬆了一口氣，有點高興自己終於被逮到。

「轉過去面對牆壁。手放在後面，雙手交叉。」

她乖乖照著做，而且還側身轉頭看著他，注意到他腰帶上掛著一條白色的塑膠繩。「眼睛看牆壁。」他說。接著，她感覺到他逐漸逼近，幾乎聞得到他身上的味道，聽得到他的呼吸聲。那一剎那，她腦海中忽然閃過一個念頭，如果那個人用塑膠繩綁她的手，她可以轉身和他搏鬥。

「還有別人嗎？」他問。

她搖搖頭。「只有我。」

「妳是飛行員？」

夏綠蒂點點頭。這時他抓住她的手肘，把她的身體轉過來。「妳在這裡幹什麼？」說著他看到她肩膀上的紗布，眼睛忽然瞇起來。「是艾倫開槍打妳嗎？」

她沒吭聲。

「妳殺了一個好人。」他說。

夏綠蒂眼裡又湧出淚水。她忽然好希望他趕快帶她走，把她送去冬眠，或是帶她去見唐諾，什麼都可以。「我不是故意的。」她辯解得很心虛。

「妳怎麼會跑到這裡來？妳是和其它飛行員一起的嗎？我還以為……女人不會……」

「我哥哥把我弄醒的。」夏綠蒂朝那個人胸口點點頭。那個人胸口有警徽。「他被你抓走了。」接著她忽然想起來，那天他們來抓唐諾的時候，有一個年輕人扶著瑟曼。她認出他就是那個年輕人，眼裡又開始湧出淚水。「他……他還活著嗎？」

夏綠蒂感覺到眼淚沿著臉頰往下流。

那個人又看著她。「他是妳哥哥？」

她點點頭。兩手被反綁在背後，她沒辦法伸手去揉揉鼻子，擦掉滴在肩膀上的淚水。她有點驚訝，沒想到這個人竟然一個人來，沒有找人來支援。「我可以去見他嗎？」她問。

「恐怕有困難。他們今天就要把他送下去冬眠了。」接著他又舉槍指指無線電。茱麗葉還一直在催她說話。「這樣不太好，妳知道嗎？妳會危害到這些人。妳到底在想什麼？」

她仔細打量這個人。他年紀看起來和她差不多大，大概只有三十出頭，那模樣看起來不太像警衛，反而比較像軍人。「你們的人呢？」她轉頭瞄瞄門口。「你為什麼不把我交給他們？」

「我會的。不過，我要先搞清楚一些事。妳和你哥哥怎麼……妳怎麼會出現在這裡？」

「我剛剛告訴過你了，我哥哥把我弄醒的。」夏綠蒂瞄了桌上一眼。唐諾的筆記就擺在那裡，攤開著，地圖就在最上面，「公約」的備忘錄就在旁邊。那個警衛轉身看向她視線的方向，然後走過去，伸手去摸檔案夾。

「那麼，是誰把妳哥哥弄醒的？」

「你為什麼不去問他？」夏綠蒂開始擔心了。他不把她交給上級，感覺不太對勁，好像他脫離在體制之外。她在伊拉克看過那種脫離體制的人，那些人絕對不幹好事。「拜託你帶我去見我哥哥。」她說。「我投降了，逮捕我吧。」

他瞇起眼睛看著她，然後又轉頭去看檔案夾。「那些是什麼東西？」他拿起那張地圖打量了一下，放下去，然後又拿起另一張紙。「我從會議室裡搬走了好幾箱這種東西，你們到底在搞什麼？」

「拜託你趕快把我抓回去吧。」夏綠蒂懇求他。她開始害怕了。

「等一下。」他轉頭看著無線電，把音量鈕關掉，然後轉身背向桌子，靠在桌邊，手抓著槍垂在屁股後面。那一剎那，夏綠蒂忽然明白，他要脫褲子了，他會逼她跪在他面前。他已經好幾百年沒見過女人了，他很想知道要怎麼樣才能讓自己真的醒過來。這就是他想要的。夏綠蒂忽然有一個念頭，想朝門口衝過去，希望他會開槍射她，要嘛就沒打中，要嘛就一槍命中她的心臟——

「妳叫什麼名字？」他問。

夏綠蒂又感覺到眼淚流到臉上。她很費力的說出自己的名字，聲音在顫抖。

「我叫達西，別緊張，我不會傷害妳。」

夏綠蒂開始發抖了。男人要幹壞事之前，通常都是這麼說的。

「我只是想，把妳抓回去之前，我必須先把狀況搞清楚。為什麼呢？因為今天我看到的每一種東西，都顯示這件事牽涉的層級太高，並不只是妳和妳哥哥這麼簡單，不是我這種階級能應付的。媽的，不用猜也知道，要是我把妳帶回辦公室，他們很可能會把我送下去冬眠，然後把妳放回來這邊繼續工作。」

夏綠蒂笑起來，抬起肩膀擦掉下巴的淚水，轉頭看著他。「應該不會吧。」她說。她開始覺得這個人可能真的沒打算傷害她，真的只是好奇。她轉頭看看那些檔案夾。「你知不知道他們打算怎麼處理我們？」她問。

「很難說。妳殺了一個大人物，而且，妳本來應該在冬眠。我猜，他們應該會把妳放回去冬眠，不管是死是活。」

「你錯了。他們不會這樣處理我或是我哥哥——或者應該說，他們並沒有打算這樣處理所有的人。你有沒有想過，等我們輪值期滿之後，我們會怎麼樣？」

達西想了一下。「我……我不知道。我從來沒想過這個問題。」

她朝他旁邊的檔案夾點點頭。「都在裡面。我被送回去冬眠的時候，是死是活已經不重要了。我永遠不會再醒過來了，而且，不光是我，還有你的姊姊妹妹，你媽媽或是太太，她們也都永遠不會再醒過來了。」

達西瞄瞄檔案夾，這時候，夏綠蒂忽然意識到，他沒有馬上逮捕她，對她來說並不是麻煩，而是機會。這也就是為什麼他們不能讓任何人知道真相。如果大家知道真相，大家就不會再乖乖聽話了。

「這都是妳瞎編的吧？」達西說。「妳怎麼會知道以後會怎麼樣——」

「你可以去問問你老闆，看看他會怎麼說。或者，你可以直接去問你老闆的老闆，然後繼續往更高層追問，看看會怎麼樣。他們應該會把你丟進冷凍艙，而且就擺在我旁邊。」

達西看了她一眼，然後把槍放到桌上，解開鈕釦，一顆接著一顆，一直解開到腰部。那一剎那，夏綠蒂忽然明白，剛剛自己猜得沒錯。她已經準備要撲向他，用腳踹他胯下，張嘴咬他——

達西把檔案夾塞進背後，塞進內褲裡，然後又開始扣上鈕釦。

「我會看看。好了，我們走吧。」他拿起槍，朝門口的方向揮揮。夏綠蒂立刻鬆了一口氣。她開始走向無人機操控室門口，這時候，她開始難過了。她本來還希望這個人趕快逮捕她，可是現在，她忽然又想多告訴他一點。她本來很怕他，可是現在她又很渴望他能夠相信她。被逮捕，被送回去冬眠，似乎是一種解脫，可是現在，似乎突然出現另一種解脫的方式。

她沿著走廊往前走，心臟怦怦狂跳。達西關上操控室的門。她一路經過臥舖房，經過浴室，來到走廊盡頭，站在那裡等他開軍火庫的門。她兩手被反綁在背後，沒辦法開門。

「我認識妳哥哥。」達西幫她拉開門的時候說。「他看起來實在不像壞人。妳也不像。」

夏綠蒂搖搖頭。「我從來不想傷害任何人。我們只是想查出真相。」她穿越軍火庫，走向電梯。

「真相是一種很麻煩的東西。」達西說。「說謊的人和說真話的人都宣稱自己說的是真相，搞得我們這種位階的人很尷尬。」

夏綠蒂忽然停下腳步，達西嚇了一跳，立刻往後退了一步，握緊手槍。「繼續走。」他告訴她。

「等一下。」夏綠蒂說。「你想知道真相嗎？」她轉頭朝防水布蓋著的無人機點點頭。「你可以試試看，不要再相信那些人告訴你的東西。你應該靠自己的直覺判斷自己應該相信誰。你要不要試試看？來，我拿東西給你看看，你可以自己親眼看看外面是什麼樣子。」

52 第一地堡

唐諾身體側邊滿是瘀青，又黑又紫。他把工作服解開到腰部，掀開襯衣，對著鏡子檢查肋骨的部位。他看到一片青紫，中央有一小塊黃橙色，於是就用指尖輕輕去碰了一下，那一剎那，感覺彷彿有一股猛烈的電流竄到大腿和膝蓋，整個人差點癱軟到地上。他痛得猛喘氣，好一會兒呼吸才恢復正常。他小心翼翼放下襯衣，扣上工作服的鈕釦，然後倒回床上。

他小腿很痛，因為當初瑟曼猛踹他的時候，他用小腿去擋。還有，他小臂上腫了一大塊，看起來就像有兩個手肘。而且，每次一開始咳嗽，他就會巴不得自己趕快死。他試著想睡覺。睡覺最適合用來打發時間，逃避眼前的時刻。對那些沮喪的人、不耐煩的人、快死的人來說，睡覺是最好的藥方。這三種狀況唐諾都有。

他關掉床邊的燈，躺在黑暗中。他忽然想到，冷凍艙和輪值只不過是晚上睡覺和早上醒來的另一種形式，只是時間比較長。這種看似不自然的形式和正常的形式比起來，其實只不過是程度上的差別。熊會冬眠一整個冬季，人只睡一晚，而白天的時間就像一次輪值期，就像生命中的一段時間，所有短期的計畫最後都會走向一段黑暗。很少人會想把那無數短暫的白天串連成為有用的東西。對絕大多數人來說，只不過是又多活一天罷了。

接著，他又咳起來，肋骨又開始一陣劇痛，眼前開始冒金星。唐諾暗暗祈禱，希望自己趕快昏過去，可是主宰他命運的神偏偏喜歡折磨他。他受夠了——但他又罪有應得。他彷彿聽得到他的傷口在竊竊私語：不要讓這個人死，要想辦法讓他活著，這樣他才能夠為他的所作所為受盡折磨。

咳嗽過後，他嘴裡嚐到一絲血腥味，血霧噴到他衣服上。然而，他已經不在乎了。他頭靠回枕頭上，滿身大汗，因為剛剛太痛，已經筋疲力盡。他聽得到自己嘴裡發出細微的呻吟。

時間慢慢過去，可能是幾分鐘，可能是幾個鐘頭，或甚至幾天。後來，他聽到有人在敲門，接著是鉸鏈被拉開的聲音，然後，門一開，他看到有人影在燈光裡晃動。應該是警衛送飯來給他吃，要不然就是又有人來做一些雜七雜八的例行公事。說不定是瑟曼又要來訓話，來偵訊他，或是送他下去冬眠。

「唐諾？」

是夏綠蒂。她背後的走廊光線昏暗，所以現在應該是大夜班的時間。她走進來之後，背後還有一個男人站在門口。是警衛。他們抓到她了，準備把她也關起來，不過他們還是給了他最後一次機會，讓她來看看他。兩個人擁抱的時候都皺著眉頭。

「噢，我的肋骨好痛。」唐諾說。

「我的手臂也很痛。」他妹妹說。

然後，她放開哥哥，往後退了一步，這時候，唐諾正想開口問她手怎麼了，她忽然伸出手指抵住他的嘴唇。「快點。」她說。「跟我來。」

唐諾瞄瞄她後面那個站在門口的人。那警衛一直轉頭觀望著走廊兩邊，好像比較擔心會不會有人過來，而不是擔心他和妹妹會不會跑掉。這時候，唐諾立刻就明白是怎麼回事，忽然覺得肋骨好像沒那麼痛了。

「我們要走了嗎？」他問。

他妹妹點點頭，然後扶他站起來。唐諾跟在她後面走到外面的走廊。

他有太多問題想問，可是現在絕對不能出聲。現在不是時候。那個警衛關上門，把門鎖上。夏綠蒂已經朝電梯走過去了。唐諾跟在她後面一瘸一拐，打著赤腳，走路的時候左腿還會嘎吱嘎吱響。他們在管理樓層。他從總務部辦公室前面經過，看到裡面堆滿了備用零件和各種物資。接著又經過資料部辦公室，這裡負責記錄每一座地堡的重大事件，把資料儲存到伺服器。然後是人口控制部。他有很多檔案都是從這個部門取得的。現在是大清早，所有的辦公室都靜悄悄的。

十字旋轉門的崗哨沒看到警衛，更前面，電梯門已經開著在等他們。電梯門被卡住，持續發出嗶嗶聲。唐諾注意到電梯裡飄散著濃濃的清潔劑味道。夏綠蒂把延遲關門的按鈕壓回去，然後拿出識別證輕觸一下感應器，按下軍火庫樓層的按鈕。門要關上那一剎那，那警衛立刻側身擠進來，唐諾注意到他手上還拿著槍。這時候，他忽然明白，那個人還拿著槍，並不是因為怕有人會發現他們。他和妹妹還是他的囚犯。那年輕警衛站在電梯另一頭，小心翼翼看著他和妹妹。

「我認識你。」唐諾說。「你是夜班警衛。」

「我叫達西。」那警衛並沒有伸手要跟他握手。唐諾又想到，剛剛警衛崗哨沒人，可能是因為值班的就是這個年輕人。

「對了，你是達西沒錯。到底怎麼回事？」他轉頭看著妹妹，看到她手臂上纏著紗布，露在她短袖襯衣的袖子外面。「妳沒事吧？」

「沒事。」她從電梯門縫裡看著燈光時明時滅，一層樓又一層樓過去，顯得很緊張。「我們又派出一架無人機。」她轉頭對唐諾說，眼中射出興奮的神采。「它飛到了。」

「妳看到了嗎？」他立刻忘記傷口的疼痛，忘記那個拿槍的警衛。上次派出無人機的時候，他曾經短暫瞥見蔚藍的天空，可是後來又開始懷疑自己看到的是不是真的，懷疑那一切根本就不存在。後來的幾次飛行都失敗了，沒辦法飛到像上次那麼遠。而現在，距離當時已經很遙遠了。這時候，電梯已經快到軍火庫，速度開始慢下來。

「世界並沒有全部毀滅。」夏綠蒂很堅定的說。「毀滅的只有我們這裡。」

「好了，到電梯外面。」達西揮揮手上的槍。「然後，你們就得要跟我解釋，這一切到底是怎麼回事。還有，你們聽著，我並沒有打算把你們兩個關起來，我會等早班警衛來再說。到時候，我不會承認跟你們說過話。」

一走進軍火庫，唐諾深深吸了一口氣，然後摸摸他的後口袋，掏出一條抹布，開始掩住嘴巴咳起來，同時彎下腰來，以免肋骨太痛。咳完之後，他趕緊把那塊抹布摺好，免得被妹妹看到。

「我去弄點水給你喝。」她轉頭去看看儲藏室。

唐諾揮揮手表示不要，然後轉頭看著達西。「你為什麼要幫我們？」他聲音很嘶啞。

「我沒有要幫你們。」達西說。「我只是想聽聽看你們有什麼說法。」他朝夏綠蒂點點頭。「你妹妹說了一些很奇怪的事，後來，她去組裝無人機的時候，我看了一些資料。」

「我拿了一些你的筆記給他看。」夏綠蒂說。「而且，我讓那架無人機飛出去了，是他幫我的。飛機降落在一片草原上。唐諾，是真的草原啊！鏡頭對準那片草原整整半個鐘頭，我們就坐在那邊一直看一直看。」

「問題是。」唐諾看著達西說。「你對我們並不了解。」

「我對我的老闆也不了解。不算真的了解。不過，我親眼看到他用腳踹你，覺得這樣不太對。

你們兩個好像努力想做什麼，雖然那可能是壞事，是我應該要阻止的，不過，我注意到一種模式。每次我問上面一些工作範圍以外的事情，永遠得不到答案。上面的人就是一直要我擔任夜班警衛，負責早上泡咖啡。但問題是，我好像還記得一些從前的事，感覺上有點像是上輩子的事。上面一直叫我要奉命行事，不過，那有個限度。」

唐諾很嚴肅的點點頭，忽然有點好奇，這年輕人從前是不是曾經被派到海外去，是不是有創傷後壓力症候群，有沒有接受過藥物治療。他似乎想到一些從前的事，類似潛意識。

「我來告訴你這是怎麼回事。」唐諾說。他帶他們從電梯口走向放水和口糧的陳列架。那種口糧可以放很久，非常難吃。「我的老闆，也就是你親眼看到把我打得半死的那個人，他告訴過我一些事。其實那是他無意間洩露的，他本來不想說那麼多。有一大部分是我自己早就拼湊出來的，不過，他告訴我的事，補了很多漏洞。」

唐諾掀開一個已經被他妹妹撬開的木箱，忽然痛得皺起眉頭，夏綠蒂趕緊過去幫他。他拿出一罐水，打開瓶蓋，喝了一大口，這時候，夏綠蒂又拿出另外兩罐。達西把槍換到另一隻手上，拿了一罐。這時候，唐諾感覺到四周全是一箱又一箱的槍，非常不自在。他恨透了那些東西。不知道為什麼，他忽然不怕達西手上那把槍了。他胸口的劇痛比被子彈打到還難熬，能夠被一槍打死，倒也是一種解脫。

「我們並不是第一個想幫助地堡的人。」唐諾說。「這是瑟曼告訴我的。現在，很多事情越來越明朗了。來，我帶你去看。」唐諾帶他們兩個走出那條走道，換到另一條，然後打開開關，頭頂上的燈閃了幾下才亮起來。看樣子，那燈泡差不多要壞了。唐諾忽然想到，燈泡還需要換嗎？會不會多此一舉？接著，他終於找到他要找的塑膠箱。那個箱子和其他箱子混在一起，藏得很隱密。他想把箱子拉下來，可是肋骨忽然一陣痛，他慘叫一聲，倒抽了一口氣，還是硬把箱子拉下來。夏綠蒂跑過去拉住箱子另一邊，兩個人合力抬下來，然後抬著箱子走向會議室。達西跟在他們後面。

「這是安娜的傑作。」他嘀咕了一聲，把箱子甩到會議桌上。達西走過去打開燈。桌面上覆蓋著一大片玻璃，底下壓著一張地堡分佈圖。玻璃上有一些用蠟筆畫的註記，其中一些有摩擦的痕跡，已經模糊不清，可能是長期被手肘摩擦造成的，也可能是被檔案夾或威士忌酒杯磨壞的。他的筆記檔案都被拿走了，不過沒關係，現在他要看一些更古老的東西，一些屬於過去年代的東西，也就是他上一次輪值留下的東西。他從箱子裡拿出好幾個檔案夾，攤開在桌子上。夏綠蒂開始翻閱那些檔案夾，而達西還站在門口，偶爾低頭看看走廊的地面。地面上還有乾掉的血跡。

「先前曾經有一座地堡被摧毀，因為有人用無線電的通用頻道向大家宣告禁忌的事。不過，那件事並不是發生在我輪值的期間。」他指著圖上的第十地堡。那個圓圈上畫了一個叉叉。「那個人突然良心發現，從好幾個頻道向所有的地堡廣播，沒多久，那座地堡就被關掉了。不過，讓安娜花費很多精神的，是第四十地堡。為了那座地堡，她忙了將近一年。」說著他找到了那個檔案夾，拿起來翻開。看到安娜的筆跡，他不由得淚眼盈眶，有點猶豫的伸出手，用手指摸摸她的筆跡，又再次回想起自己的所做所為。安娜愛他，一直在幫助他，而且，向其他地堡伸出援手的人，也是她，而他卻殺了她。他殺她，就只因為他不想接受她的愛，為了一種莫名其妙的罪惡感。「這個檔案簡要記載了一連串地堡被摧毀的過程。」他又回過神來。

「說重點吧。」達西說。「這究竟代表什麼?再過兩個鐘頭我就要交班了，而且天也快亮了。到時候，我就必須把你們兩個關起來。」

「我馬上就要說了。」唐諾揉揉眼睛，打起精神，揮揮手指向桌子的角落。「很久很久以前，這些地堡的畫面都突然黑掉，大概有十幾座。從第四十地堡開始。那裡一定發生過寧靜革命，一場沒有流血的革命，因為當時我們沒有接到任何報告。他們沒有發現任何異狀，有點像現在的第十八地堡……」

「那已經過去了。」夏綠蒂說。「我從無線電裡聽到他們的狀況，他們已經被摧毀了。」

唐諾點點頭。「瑟曼告訴我了。不過，我想說的是，瑟曼曾經私下說過，他們本來沒打算設立那麼多地堡，可是後來卻一直增加，當做備用。我看過一些報告，顯示他說得沒錯。你們知道我有什麼感覺嗎?我認為他們增加了太多地堡。到最後，他們根本沒辦法嚴密監控。就好像在每一個路口架設攝影機，到頭來卻沒有足夠的人力監視所有的畫面。於是，第四十地堡就這樣逃過了他們的監視。」

「你說地堡的畫面突然黑掉是什麼意思？」達西問。他慢慢湊近桌子旁邊，低頭看著桌上的地堡分佈圖。

「有一天，架設在那座地堡裡的攝影機線路突然全部中斷，而且他們也不接我們的電話。『指令』上有指示，碰到這種狀況，必須立刻摧毀那座地堡，免得他們造成危險。於是，我們就把奈米氣體灌進去，打開外面的門。沒多久，又有另一座地堡畫面變黑，然後又是另一座，一座接著一座。當時輪值的指揮官認為，那些地堡不但切斷了攝影機連線，說不定也拆掉了輸氣管。所以，他們下達了『崩塌指令』——」

「崩塌指令？」

唐諾點點頭，喝了一大口水，把咳嗽壓下去，然後抬起袖子擦擦嘴。看到桌面上那些檔案，他感到很安慰。所有的線索都已經逐漸拼湊在一起了。

「那些地堡從一開始就是註定要毀滅的，最後只剩下一座地堡能夠存活。地堡不可能像一般樓房一樣崩塌，因為它四周被土壤圍住。所以，當年他們叫我們把地堡樓與樓之間的地板做得很厚。是他們故意叫我設計的。」他搖搖頭。「當時，我覺得莫名其妙，因為那樣一來必須挖得更深，成本暴增，而且使用的水泥量非常驚人。他們告訴我，那是為了應付鑽地炸彈，也是為了防止輻射外洩。但事實上，他們真正的目的非常可怕，因為地堡圍牆外面被土包圍，水泥被炸碎了，周圍的泥土就會跟著崩塌，整個地堡就會這樣被埋在底下。」他又喝了一口水。「那也就是為什麼要用水泥，因為水泥才夠重。另外，地堡沒有電梯，是為了方便灌奈米氣體。當初我一直搞不懂，為什麼地堡不設計電梯，結果他們說，他們希望空間更『開闊』。如果有電梯，每層樓就會各自成為一個密閉空間，奈米氣體就很難貫通全地堡。」

這時候，他又抬起手臂，用臂彎掩住嘴巴咳嗽，然後用另一手指著會議桌。「那些地堡就像癌細胞。第四十地堡一定和其他地堡聯絡過，要不然就是他們想出辦法入侵其他地堡的系統，切斷了他們的視訊連線。當時我們地堡的指揮官開始喚醒很多人，讓他們幫忙處理這種狀況。當時，他們下達的崩塌指令完全失效，所有的方法都失效了。安娜認為，第四十地堡發現了引爆器，阻擋了引爆電波的頻率——大概就是這樣。」

他停了一下，忽然想到安娜無線電的靜電雜訊，還有她說話的時候滿口術語，他一聽就頭痛，而她卻顯得那麼聰明，那麼有自信。這時候，他的眼睛忽然看向會議室的某個角落，那裡本來擺著一張床。很久以前，安娜常常在三更半夜溜進來，鑽進他懷裡。唐諾喝完了水，心裡想著，真希望自己有什麼地方比安娜強。

「後來，她終於入侵了他們的引爆器，摧毀了那些地堡。」他說。「不摧毀他們，有一天他們就會想辦法走到外面去偵察。『指令』最後一頁就是在處理這種狀況。就印在那本書背後。」

「那就是我們正在做的。」夏綠蒂說。

唐諾點點頭。「在還沒有喚醒妳之前，我就已經派出過很多無人機，當時這個樓層全是飛行員。」

「所以，這些地堡的下場就是這樣？全部崩塌？」

「安娜是這麼說的。一切看起來都很順利。地堡的指揮官很依賴她，什麼都聽她的。後來，我們都被送下去冬眠。本來我以為，那是我最後一次冬眠，永遠不會再醒過來了。深度冷凍。可是沒想到，後來我又被喚醒，再次輪值。那時候，大家都叫我另外一個名字，我忽然變成了另外一個人。」

「瑟曼。」達西說。「也就是老師。」

「沒錯，只不過，我其實比較像個學生，不像老師。」

「當初差點爬過山丘那個人就是你嗎？」

唐諾聽到夏綠蒂倒抽了一口氣。他沒吭聲，又繼續看檔案夾的內容。

「你剛剛提到的那個女人。」達西問。「篡改資料庫檔案的就是她嗎？」

「沒錯。為了讓她幫忙解決問題，他們給她最高權限使用資料庫。就是那些伺服器。基於好奇心，她開始調閱其他資料。後來，她無意間看到一個檔案，裡面是她爸爸和其他人所做的整個計畫的內容。這時候，她終於明白，崩塌指令和奈米氣體並不是用來作危機應變，而所有的地堡都只是一顆顆的定時炸彈，全部都是。她終於明白，她會被送進冷凍艙，永遠不會再醒過來。雖然，當時她能夠隨心所欲的改變任何東西，只可惜，她改變不了自己的性別，不可能會有人再喚醒她。所以，她想辦法讓我來幫她忙。於是，她精心設計，讓我取代了她爸爸的位置。」

說到這裡，唐諾停了一下，忍住眼淚。夏綠蒂伸手搭在他背上，整個會議室裡忽然陷入一陣沈默。

「可是，我搞不懂她到底要我做什麼。我開始自己摸索真相。而當時，第四十地堡並沒有被摧毀。那地方還在。我會想通這一點，是因為另一座地堡畫面忽然黑掉。」唐諾停了一下。「當時我是輪值的指揮官，偏偏頭腦不夠清楚，於是我簽署了轟炸指令。不管用什麼方法，就是要讓那座地堡徹底消失。我才不管會不會震動，會不會被人看見，反正轟炸就對了。於是，無人機開始瘋狂投彈，從上面一寸一寸的炸掉那座地堡。」

「我還記得。」達西說。「我就是那個時候輪值的。頂樓的大餐廳整天都看得到飛行員。他們常常在半夜執行任務。」

「他們就是在這裡執行任務。後來，任務結束之後，他們被送下去冬眠，這時候，我喚醒了我妹妹。我一直在等他們走。我根本不想丟炸彈。我真正想要的，是看看外面的世界有什麼東西。」

達西看看牆上的時鐘。「現在我們都看到了。」

「大概再過兩百年，所有的地堡都會被摧毀。」唐諾說。「你有沒有想過，為什麼只有這座地堡有電梯，卻沒有半座樓梯？你想不想知道，電梯的速度明明那麼慢，為什麼他們偏偏要說那是『高速電梯』？」

「因為這裡也裝了炸藥。」達西說。「而且，這裡的樓層地板，水泥也是一樣厚。」

唐諾點點頭。這年輕人反應很快。「要是我們走樓梯，我們就會看到。我們就會知道真相。這裡有很多人知道這種設計是幹什麼用的。搞不好每個人桌子底下都被安裝了炸藥。如果知道了真相，大家會發瘋。」

「兩百年。」達西說。

「對其他人來說，那可能是很長的時間，可是對我們來說，那只不過是睡了幾次覺。不過，你注意，這就是整個計畫的重點。我們非死不可，因為這樣一來，這一切就不會有人記得。這整個計劃——」唐諾朝桌上的地堡分佈圖揮揮手。「這不只是定時炸彈，也是時光機器。他們用這種方法把地球上所有的東西剷除乾淨，然後放進另一群人。那群人是隨機選出來的，讓他們到未來繼承這個世界。」

「可是，感覺上比較像把他們送回過去。」夏綠蒂說。「回到比較原始的狀態。」

「沒錯。我第一次聽說奈米微型機的時候，伊朗已經在發展那種東西，他們的目標是鎖定某個人種。當時我們已經發展出可以進入人體細胞的奈米機，做醫療用，下一步，就是用來殺人了。問題是，要發明那種只毀滅一個種族的奈米機並不容易，不過，要發明可以殺人的奈米機就容易多了。沒有人會捨近求遠。發明這種機器的人是厄斯金，他曾經說過，這是無法避免的，早晚會有人動手，發明出一種無聲炸彈，毀滅全人類。我認為他說得對。」

「那麼，你到底想在這些檔案裡找什麼東西？」達西問。

「瑟曼想知道，安娜有沒有進過這個軍火庫。我確定她進來過。我常常找不到陳列架上的東西，可是那東西卻出現在會議室裡。而且，他還提到什麼輸氣管——」

「再過一個半鐘頭，我就要帶你們回去了。」達西說。

「呃，我知道了。所以，我認為瑟曼在這座地堡裡發現了某種東西。那是他女兒的傑作。她從這裡偷零件出去，做了那個東西。我認為她還做了一件事會讓大家感到意外。瑟曼提到，他們把奈米氣體灌進第十八地堡，結果成功了。他們修正了某個人動的手腳。我認為，他說的就是我，因為我拚命想挽救那個地方。然而，真正能夠扭轉乾坤的人是安娜。我認為她調換了某些輸氣閥門，或者，如果那是電腦控制的，她很可能變更了密碼。奈米機有兩種，現在，我的血液裡兩種都有。有一種是用來治療我們的身體，就像冷凍艙裡用的。另外一種是釋放到地堡外面，或是灌到地堡裡面殺人的。那是兩種極端的對決。我認為安娜動了手腳，這樣一來，等下一次我們想毀滅某一座地堡的時候，灌進去的氣體很可能就是醫療用的奈米機。她就像細胞世界裡的羅賓漢。」

這時候，他終於找出那份文件。文件已經破破爛爛，因為他看了千百次。

「第十七地堡。」他說。「那座地堡被摧毀的時候，我不在。不過，我看到這份文件。那裡被灌進氣體之後，卻還有一個人接電話。所以，我認為當初被灌進去的並不是殺人機。灌錯了。我認為安娜動手腳掉了包，換成我們冷凍艙醫療用的奈米機。」

「為什麼？」夏綠蒂問。

唐諾抬頭看看上面。「為了阻止他們毀滅這個世界。為了不讓他們再殺人。為了讓大家看到人性。」

「這麼說來，第十七地堡的人都沒死囉？」

唐諾翻翻那份文件。「那倒不是。」他說。「不知道為什麼，她沒有動手腳讓氣閘門打不開。那是程序的一部份。外面的空氣有殺人的奈米機，他們死定了。」

「我和第十七地堡的人聯絡過。」夏綠蒂說。「你的朋友……那個首長現在就在那裡。那裡還有其他人。她說，她要挖坑道過來我們這邊。」

唐諾微微一笑。點點頭。「那當然。那當然。她是要我認為她是來追殺我們的。」

「嗯，我認為她現在已經過來了。」

「我們要趕快和她聯絡。」

「現在我們必須做的。」達西說。「是要趕快想想，等一下我要交班的時候，該怎麼辦。再過一個鐘頭，就會有大隊人馬衝進來這裡。」

唐諾和夏綠蒂轉頭看著他。他站在門口，而不久前唐諾就是躺在那裡被人踢得死去活來。

「我是說我的老闆。」達西說。「等他醒過來，發現犯人跑了，而執勤的人就是我，他會氣炸。」

53 第十七地堡

茱麗葉和雷夫來到底層的保安分駐所，想找找看有沒有另一具無線電和備用電池，結果什麼都沒找到。充電座還在牆上，可是並沒有接上從樓梯井拉上來的臨時電線。茱麗葉開始考慮，到底要不要在這裡停一下，想辦法找電源讓手提無線電充一下電，還是快點趕路上去到中段樓層的保安分駐所，或甚至資訊區——

「嘿。」雷夫忽然壓低聲音說。「妳有沒有聽到聲音？」

茱麗葉舉起手電筒照進辦公室裡面。她也覺得好像聽到有人在哭。「來吧。」她說。她把充電的問題暫時先撇到一邊，開始朝裡面的羈押室走過去。有一個黑黑的人影坐在最裡面那一間，那個人在哭。茱麗葉本來以為是漢克，他跑到上面來，想找一個比較像家的地方，沒想到這裡已經變成廢墟。然而，那個人穿著袍子。是溫德爾神父。他隔著欄杆看著他們。在手電筒照耀下，他眼中的淚水閃爍晶瑩。他旁邊的板凳上點了一根小小的蠟燭，蠟滴到地面上。羈押室的鐵門並沒有完全關上。茱麗葉拉開門走進去。「神父，你怎麼了？」

那老人看起來很憔悴，手上抓著那本破破爛爛的古書。嚴格說起來，那已經不是書，而是一堆零落的紙。板凳上，地面上，到處都是散落的紙。茱麗葉拿手電筒往下面照，看到地面上是滿滿的高級紙，每一張紙上的文字都畫滿了線，根本沒辦法讀了。茱麗葉曾經看過那本書。當時那本書放在一個籠子裡，裡面的句子，平均五句她才看得懂一句。

「不要管我。」溫德爾神父說。

她確實不太想管他，不過她不能這樣。「神父，是我，我是茱麗葉。你在這裡幹什麼？」

溫德爾抽咽了幾聲，翻翻手上那些書頁，彷彿在尋找什麼東西。「以賽亞書。」他說。「以賽亞書在哪裡？整本書都亂了。」

「你的信徒呢？」茱麗葉問。

「他們已經不再是我的信徒了。」他揉揉鼻子，這時候茱麗葉忽然感覺到雷夫在扯她的手肘，要她趕快走。

「你不能待在這裡。」她說。「你有水或食物嗎？」

「什麼都沒有。你們走。」

「走吧。」雷夫悄悄說。

茱麗葉拉了一下背後沈重的背包。裡面全是炸藥和引信。溫德爾神父把更多書頁撒在腳邊，邊撒邊檢查書頁的兩面。

「最底下有一群人正在計畫挖另一個坑道。」她對他說。「我要幫他們物色一個比較好的地方，讓他們帶大家過去那裡，離開這個地方。你要不要跟我們一起上去，到土耕區吃點東西，然後看你願不願意幫點忙。底下那些人會很需要你。」

「需要我？需要我做什麼？」溫德爾神父問。他把手上那疊紙往板凳上一丟，紙張散落一地。「要地獄火還是希望？」他說。「妳自己選。要哪一種？要詛咒還是救贖？隨便選一頁，自己選，自己選。」他抬頭看看他們，好像是在哀求他們。

茱麗葉拿起水壺搖一搖，轉開壺蓋，把水壺遞給溫德爾。板凳上的蠟燭冒著煙，火焰搖曳，四周黑影也跟著搖曳。溫德爾接過水壺，喝了一口，然後又還給她。

「我必須親眼看看。」他喃喃嘀咕著。「我走進黑暗中，是為了親眼看看魔鬼。結果，我真的看到了。就在這裡。在另一個世界。我究竟是把我的信徒帶到地獄……」他的臉開始扭曲，眼睛盯著其中一頁，看了好久。「還是帶他們找到了救贖。自己選。」

他抓起板凳上的蠟燭，把一頁書頁舉到面前看清楚。「噢，找到了，以賽亞書在這裡。」接著，他用一種做禮拜時的洪亮聲音高聲朗誦。「在悅納的時候，我應允了你，在拯救的日子，我濟助了你，我要保護你，使你做眾民的中保，復興遍地，使人承受荒涼之地為業。」然後，溫德爾拿著那頁紙湊近燭火，然後又嘶吼了一聲：「使人承受荒涼之地為業。」

那頁紙快燒光的時候，他終於放手了。黃澄澄的火焰在半空中飄散。

「我們走吧。」雷夫又悄悄說，這次更堅持了。

茱麗葉伸出一隻手，慢慢靠近溫德爾神父，蹲到他面前，手按住他的膝蓋。因為馬克思的事，她本來很恨他。當初他鼓動信徒，反對她挖坑道，她本來很恨他，但此刻，她心中那股憤恨卻已經消失無蹤，反而多了一絲愧疚，因為她終於明白，他們的恐懼和不信任不是沒有理由的。

「神父。」她說。「我們的人如果繼續留在這裡，一定會下地獄。我沒辦法救他們，因為我不在這裡。他們需要你的引導，才有辦法到另外一個地方。」

「他們已經不需要我了。」他說。

「你錯了，他們很需要你。現在，地堡底下那些媽媽都在哭，因為她們失去了孩子。男人也都在哭，因為他們沒有了家。他們需要你。」她知道自己說的是真心話。越是在最苦難的時刻，他們越需要他。

「妳會照顧他們。」溫德爾神父說。「妳會照顧他們。」

「不行，我沒辦法。你才是他們的救贖。現在我要去找那些毀滅我們的人。我要對付他們。我要把他們送進地獄。」

溫德爾抬頭看著她。熔化的蠟燭流到他手指上，但他似乎毫無知覺。燒紙的氣味瀰漫了整個羈押室。他忽然抬起手按住茱麗葉的頭頂。

「如果妳是要去找他們，那麼，孩子，我祝福妳一路順風。」

神父為她祈福之後，上樓梯的旅程反而感覺更沈重。不過，也可能只是因為背包裡那些沈重的炸藥。茱麗葉知道，這些炸藥本來是應該用來炸坑道的，非常重要，可是卻被她帶走了。這些炸藥本來可以用來救人，可是卻被她拿來準備殺人。這些炸藥就像溫德爾那本書裡的紙頁一樣，可以用來救贖，也可以用來毀滅。後來，她終於快走到土耕區了，這時候，她提醒自己，是艾瑞克堅持要她帶走炸藥的。另外還有很多人也渴望看到她點燃這些炸藥。

她和雷夫終於抵達底層的土耕區。一跨進門，茱麗葉立刻就感覺到不太對勁。門才剛打開一道縫，她立刻就感覺到一股熱浪迎面襲來。她第一個念頭就是這裡可能失火了，而且，她曾經待過這座地堡，所以她知道這裡根本找不到水管。不過，當她看到整條主要通道和外圍的菜圃燈火通明，她立刻就明白並不是失火。

接著，她看到有一個人躺在十字旋轉門旁邊的地上，橫在走廊口，身上的工作服被解開，露出內褲和襯衣。過了一會兒，茱麗葉快步走到他旁邊的時候，這才認出那個人是漢克副保安官。這時候，他動了一下，茱麗葉才鬆了一口氣。他一手遮住眼睛，一手抓緊胸口的槍，滿身大汗，全身的衣服都濕透了。

「漢克？」茱麗葉問。「你還好吧？」她自己也開始感到全身濕熱，而一旁的雷夫則似乎快被烤乾了。

漢克坐起來，揉揉脖子後面，然後伸手指向旋轉門。「我一個人應付不了那麼多人。」

茱麗葉轉頭看著走廊裡面刺眼的燈光。真難想像他們消耗了多少電。每一片菜圃上的植物燈都是亮的，所有的燈全開了，她幾乎聞得到那股熱氣，聞得到植物被烤焦的味道。她開始擔心，從上面資訊區接下來的臨時電線能夠承受得了電力這樣消耗多久。

「定時器都壞了嗎？怎麼回事？」

漢克朝門廳的方向點點頭。「大家都各有盤算，昨天大家打起來了。妳應該認識吉恩山普吧？」

「吉恩？我認識。」雷夫說。「管衛生設備的。」

漢克皺起眉頭。「吉恩死了。昨天燈熄掉的時候死的。然後，大家開始吵起來，搶著要埋葬他。可憐的吉恩，根本就是被他們搶去當肥料。有些人聯合起來，要聘請我出來維護秩序。我叫他們把燈打開，等事情解決了再說。」他又摸摸脖子後面。「我知道妳一定會罵我，我也知道這樣會傷到農作物，不過，反正作物都已經被拔光了。我只是想用這種方法讓他們熱到受不了，把一些人逼出去，這樣大家才有呼吸的空間。我再試一天。」

「再過一天，這裡搞不好會失火。漢克，就算輪流開植物燈，外面接進來的這條電線就已經會發燙了，現在，看到燈全開，我真的嚇到了。沒想到這條電線竟然撐得住。萬一三十四樓的繼電器燒壞了，你們這裡就會暗無天日很久很久。」

漢克轉頭看看走廊，看到十字旋轉門裡面到處都是散落的果皮果核。「他們拿什麼聘請你？食物嗎？」

他點點頭。「那些水果蔬菜早晚會壞掉。他們把東西都拔光了。一到這裡，大家都跟瘋了一樣。好像有些人往上面走了，不過，我聽到很多謠言，說這座地堡的大門是開的，要是爬太高，你會死，可是到下面去，你也會死。這種謠言很多。」

「嗯，你一定要消除這些謠言。」茱麗葉說。「我很確定，不管是上面還是下面，一定都比這裡好。對了，你有沒有看到孤兒和那幾個孩子？他們從前就住在這裡。我聽說他們到上面來了。」

「有啊。我開燈的時候，看到那幾個孩子好像在走廊上商量什麼，不過，幾個鐘頭前他們就已經走了。」漢克看看茱麗葉的手腕。「現在幾點了？」

茱麗葉瞄瞄手錶。「兩點十五分。」接著她看到他好像還要問，於是就接著說。「下午。」

「謝謝妳。」

「我們要上去，看看能不能追上他們。」茱麗葉說。「電燈的問題讓你來處理沒問題吧？你不能用這麼多電。還有，儘量勸大家上去，中段樓層的土耕區狀況更好，最起碼，當初我還在這裡的時候，那裡狀況比較好。還有，你這邊如果有人想找事做，叫他們到底下的機電區去。」

漢克點點頭，掙扎著站起來。雷夫已經朝門口走過去了，他身上的工作服全是汗。茱麗葉拍拍漢克肩膀，然後也跟著走出去了。

「嘿。」漢克忽然叫了一聲。「妳剛剛跟我說了時間，可是今天是哪一天啊？」

茱麗葉在門口猶豫了一下，然後轉頭一看，看到漢克正盯著她，手遮在眼睛上方。「哪一天有什麼差別嗎？」她問。漢克沒有反應，而她心裡想，他大概也很難有什麼反應。現在，每個日子都一樣，而且，日子已經不多了。

54　第十七地堡

吉米決定再往上走兩層樓去找艾莉絲，再找不到就只好回去了。他開始懷疑自己可能已經走過頭了，說不定她跑進某一層樓裡去找小狗，或是去上廁所，結果他沒進去找，就錯過了。說不定她早就回土耕區跟大家在一起了，結果他還傻呼呼的一個人在地堡裡跑上跑下。

來到另一座樓層平台，他看看大門裡面，發現裡面靜悄悄的，一片漆黑。他大聲叫艾莉絲的名字，然後開始猶豫，到底要不要再多爬一層樓去找。他走回平台上，這時候，他忽然瞥見上面的樓梯上有一團棕色的東西。他抬起手遮在眼睛上方擋住緊急照明燈的綠光，瞇起眼睛仔細看，看到一個男孩正趴在欄杆上看著他。那孩子在跟他揮手，但吉米並沒有跟他揮手。

他滿腦子只想著趕快回底層土耕區，這時候，他忽然聽到上面那孩子的腳步朝他過來。他想到的是：又多了一個小孩要照顧。他沒有等那孩子，繼續往下走，後來，繞了樓梯一圈之後，那孩子追上他了。

吉米轉頭，本來想叫那孩子不要來煩他，不過那孩子一靠近，他立刻就認出他是誰了。那件棕色工作服，還有那一頭顏色像玉米一樣的卷髮。就是在市集追艾莉絲的那個男孩。

「嗨！」那孩子氣喘吁吁的說。「你就是那個人。」

「我就是那個人。」吉米說。「你大概是在找東西吃吧，呃，我這裡沒有——」

「不是。」那孩子搖搖頭。他大概是九歲到十歲，和邁爾斯差不多大。「你一定要跟我來，我需要你幫忙。」

每個人都要找吉米幫忙。「我有點忙耶。」說著他轉身就要走了。

「是艾莉絲。」那孩子說。「我從礦坑那邊一路跟她到這裡來。上面有人不讓她走。」他抬頭瞄瞄樓梯井上面，說得很小聲。

「你看到艾莉絲了？」吉米問。

那孩子點點頭。

「你剛剛是什麼意思，什麼人？」

「一大堆教會的人。我爸爸跟他們一起做禮拜。」

「你是說他們抓了艾莉絲？」

「是啊。而且我還找到了她的狗。我在下面幾層樓的地方找到了她的狗。那裡有一扇門卡住了，那隻狗被困在裡面。我把牠抱出來了。後來，我還看到他們把艾莉絲帶進那個地方。我想進去找她，可是門口有個人叫我滾蛋。」

「她在哪裡？」吉米問。

那孩子指著上面。「再兩層樓。」

「你叫什麼名字？」

「休爾。」

「幹得好，休爾。」吉米匆匆跑下樓梯。

「我說她在上面耶。」那孩子說。

「我要先去拿點東西。」吉米告訴他。「我馬上就上來。」

休爾跟在他後面。「好啊，呃，對了，先生，我希望你知道，我肚子好餓，可是我絕對不會吃那條狗。」

吉米停下腳步，那孩子跟上來。「我不認為你會吃小狗。」他說。

休爾點點頭。「一定要讓艾莉絲知道。」他說。「一定要讓她知道我絕對不會吃她的小狗。」

「我一定會告訴她。」吉米說。「好了，來，我們趕快。」

下了兩層樓，吉米看看裡面黑漆漆的走廊，拿手電筒照照牆壁，然後忽然轉身看看休爾，表情有點不好意思。「跑錯樓了。」吉米說。

他又轉身跑上樓，回到上一層樓，對自己感到無奈。很難記得住每一樣東西藏在什麼地方。太久了。他曾經做過備忘錄，記錄所有藏東西的地方。他在五十一樓藏了一把步槍。他記得這件事，是因為用步槍需要兩隻手，一手端著槍身，一手扣扳機。5和1。那把步槍用一條被子裹著，藏在一口舊箱子最底下。不過，他也另外藏了一把在這裡。很久以前，他帶著那把步槍到物資區，沒想到在這看到一隻貓。那隻貓就是後來和他形影不離的夥伴「影子」。那時候，為了抱那隻貓，他就沒有手再拿槍了。一百一十八樓。沒錯，就是這裡。不是一百一十九樓。他匆匆走到平台，兩腿痠痛，然後立刻走進門廳。剛剛休爾已經先跑進去了。

這裡就對了。住宅區。他在這裡留下過不少東西。主要是大便。當年他不知道可以到土耕區上廁所，直接拉在泥土上。那是後來那幾個孩子教他的。或者說，是艾莉絲教他的。這時吉米又想到，那些人會不會對艾莉絲做不好的事？因為他回想起，小時候他曾經對別人做過很不好的事。當時他還年輕，學會了用步槍。他還記得那驚天動地的槍聲，還記得子彈打到空罐頭和人身上是什麼樣子。被子彈打到，人會飛起來，然後就掉到地上不動了。左邊第三間住宅。

「幫我拿著。」他把手電筒交給那孩子，走進那房間。休爾舉著手電筒對準房間中央。吉米抓住靠牆的那個大鐵櫃，拖出來一點點，那種感覺彷彿就像昨天一樣，差別只在於，鐵櫃頂上已經積了厚厚的一層灰，當年留下的鞋印已經不見了。他爬到鐵櫃頂上，推開天花板的隔板，然後叫那孩子把手電筒遞給他。他拿手電筒照進天花板上面的時候，有隻老鼠叫了一聲，一溜煙跑掉了。那把黑色步槍還在那裡。吉米把槍拿下來，拍掉上面的灰塵。

艾莉絲不喜歡她的新衣服。他們把她的工作服拿走了，說顏色不對，然後在她身上披了一條很像毯子的東西，前面沒有拉鏈，穿在身上窸窣作響。有好幾次她說她想走，可是拉斯先生不讓她走。沿著那條走廊兩邊有很多房間，裡面有一些舊床，味道很難聞，不過有人拚命想把那些床弄乾淨，看起來舒服一點。可是，艾莉絲只想去找她的小狗，去找漢娜和孤兒。有人帶她去看一個房間，說那裡就是她的新家，可是艾莉絲一直住在荒野後面，她根本不想住別的地方。

他們把她帶回她剛剛寫字的那間大廳，叫她坐在那條長椅上。只要她站起來想跑，拉斯先生就會緊緊抓住她的手腕，她一哭，他抓得更緊。接著，他們叫她坐到另一條長椅上，而那條椅子上貼著一張奇怪的名牌，還有一個人站在前面唸一本書。那個穿白袍的禿頭的人已經不見了，另外一個人代替他唸那本書。有一個女人和另外兩個男人站在旁邊，她看起來很不高興。很多人坐在後面的長椅上，一直看那個女人，並沒有人在聽那個男人唸書。

艾莉絲又想睡又害怕。她只想趕快走，找個地方睡覺。後來，那個男人唸完了書，把那本書舉到半空中，而圍在她旁邊的人開始唸唸有詞，而且每個人唸的東西都一樣，感覺很奇怪，彷彿事先就已經知道要唸什麼，而且他們的聲音聽起來很奇怪很空洞，彷彿他們只會唸，卻不知道那是什麼意思。

接著，拿書那個人忽然揮揮手，叫旁邊那個女人和那兩個男人過來，感覺上那個女人是被他們兩個抬著走。那扇彩色窗戶射出五彩繽紛的光線，前面有兩張桌子並排在一起。那個女人忽然發出奇怪的聲音，兩個男人就把她抬到桌上。那女人身上穿的衣服和艾莉絲一樣，只不過比較大，而且可以從前面掀開露出大腿。坐在後面長椅上的人忽然都坐直起來，看得目不轉睛。艾莉絲忽然覺得沒那麼想睡了。她悄悄問拉斯先生他們在幹什麼，可是他卻叫她安靜，不要說話。

這時候，拿書那個人忽然從袍子裡抽出一把刀，很長，像魚一樣閃閃發亮。

「願妳繁衍不息。」他說。他轉過來面對大家，而那女人躺在桌上扭來扭去，可是卻動彈不了。艾莉絲很想叫他們不要把她的手抓得那麼緊。

「大家注意。」那個人忽然大喊了一聲，又開始唸那本書。「我與你們和你們的後裔立約。」這時候，艾莉絲心裡想，他們是不是要把東西放進那女人身體裡。不過，那個人又繼續唸。「我使雲彩蓋地的時候，必有虹現在雲彩中，我便記念我與你們和各樣有血肉的活物所立的約，就再不氾濫毀壞一切有血肉的物了。」

然後，他高高舉起那把刀，坐在後面長椅上的人開始唸唸有詞，就連一個比艾莉絲小的男孩都知道要唸什麼。他和其他人一樣嘴裡唸唸有詞。

那男人拿著刀走到女人前面。一個男人抓住她的腳，一個男人抓住她的手腕，而她自己也儘量不再動。這時候，艾莉絲知道他們想幹什麼了。就像她媽媽和漢娜的媽媽一樣。刀子刺進那女人身上的時候，那女人慘叫了一聲，可是艾莉絲卻不由自主的一直看，看到血沿著那女人的大腿往下流，那一剎那，艾莉絲感覺那把刀彷彿刺在她自己腿上，不由得掙扎起來，可是她的手腕也被人抓住，動彈不得。她終於明白，有一天她也會跟這個女人一樣。那女人躺在那裡慘叫，而那男人用刀子割開她的肉，手指伸進去。他額頭上全是汗水，轉頭跟另外兩個男人說了幾句話。那兩個男人已經快抓不住她了。坐在後面長椅上的人又開始唸唸有詞。艾莉絲忽然覺得好熱。那女人腿上流了更多血。然後，那男人忽然把刀和手指抽出來，轉過來面向大家，手指上拿著某個東西，血沿著他的手臂流到手肘，身上的毯子掀開了，臉上露出笑容。慘叫聲漸漸停息了。

「大家注意！」他又大喊一聲。

大家開始拍手。另外那兩個男人開始幫那女人包紮大腿的傷口，然後扶她下桌。然而，她幾乎快站不住了。艾莉絲看到另一個女人站在講台旁邊，然後又有更多女人走過去排隊。拍手的聲音持續不斷，甚至開始產生一種一致的節奏，就像她和那兩個雙胞胎看著對方的腳一起爬樓梯，腳步聲一致。啪！啪！越來越大聲。突然間，後面忽然傳來碰的一聲巨響，大家立刻安靜下來。艾莉絲嚇得心臟差點從嘴裡跳出來。

大家立刻轉頭去看後面，艾莉絲被那聲巨響震得耳朵有點痛。有人開始大叫，伸手指向後面，艾莉絲轉頭一看，看到有一個人站在門廳。是孤兒。白粉從天花板上灑下來，他手上抓著一根又黑又長的東西，而站在他旁邊那男孩，就是在市集裡穿著棕色工作服的休爾。艾莉絲心裡很奇怪，他怎麼會在這裡。

「不好意思。」孤兒說。他掃視著坐在長椅上的人群，過了一會兒，他一看到艾莉絲，臉上立刻露出笑容。「我要帶那位小朋友走。」

有人開始大吼大叫。很多男人從椅子上站起來，伸手指著孤兒大喊。而拉斯先生好像在嚷嚷什麼他太太和他的財產之類的，罵孤兒怎麼敢這樣闖進來。接著，那個滿手是血拿著刀的男人氣壞了，沿著走道衝向孤兒，那一剎那，孤兒立刻把那根黑黑的東西舉起來撐在肩上。

然後又是一聲轟然巨響，彷彿上帝的咆哮，那聲音震得艾莉絲胸口發痛。接著，她聽到一陣玻璃碎裂的聲音，立刻轉頭一看，看到那扇彩色玻璃窗又破得更厲害了。

大家不敢再大吼了，紛紛往後退。艾莉絲覺得這是好現象。

「走吧。」孤兒對艾莉絲說。「快點。」

艾莉絲站起來，開始走向通道，可是拉斯先生還是抓著她的手腕。「她是我太太！」拉斯先生大喊。那一剎那，艾莉絲忽然明白太太一定是很不好的東西，因為當他太太，她就不能走了。

「你們辦婚禮的動作倒是挺快的。」孤兒對著那群人揮揮手上那根黑黑的東西，那些人好像很緊張。「要不要辦場葬禮試試看？」

接著他舉起那根黑黑的東西對準拉斯先生，艾莉絲立刻感覺到他慢慢放開她的手了。她立刻衝到走道上，從那個滿手是血的男人旁邊衝過去，衝向門廳，衝向孤兒和休爾。

55 第十七地堡

茱麗葉感覺自己彷彿又被淹沒，水淹進她的喉嚨，刺痛她的眼睛，她的胸口彷彿有火在燒。她沿著螺旋梯一步步往上爬，彷彿感覺得到昔日的積水環繞著她，感覺窒息。而這次，淹沒她的是迴盪在樓梯井那些聲音。樓梯井裡處處看得到破壞和偷竊的痕跡。牆上的電線和水管都不見了，地上到處散落著菜葉和泥土，顯然是有人偷了土耕區的作物，走得很匆忙。

她好渴望在末日來臨之前擺脫這一切罪惡，擺脫這一切無法無天的行徑。她心裡明白，末日快來臨了。然而，她和雷夫越爬越高，越爬越高，她還是免不了看到有人打開門把裡面的東西劫掠一空，宣稱那裡是他的地盤。有人站在平台上朝底下大喊，說他發現了什麼東西，底下的人也七嘴八舌問東問西。剛剛在底層的機電區，她本來還感嘆僥倖存活的人太少，但現在看起來，似乎又嫌太多了。

停下來制止這些人，根本就是浪費時間。茱麗葉很擔心孤兒和那幾個孩子，擔心土耕區被破壞殆盡。然而，背包裡那沈甸甸的炸藥給了她目標，而眼前的災難反而令她決心更堅定。她要出去，想辦法讓這一切永遠不會再發生。

「我覺得自己好像運送員。」雷夫邊說邊喘氣。

「要是你跟不上，我會先到三十四樓等你。那裡和中段樓層的土耕區應該會有食物。你可以到水耕區的抽水機去弄點水。」

「沒問題，我跟得上。」雷夫很堅持。「我只是覺得自己可能不太適合當運送員。」

茱麗葉笑起來。這個礦工實在蠻驕傲的。她本來很想告訴他，這樓梯她不知道已經爬過多少次了，而孤兒老是落在後面，叫她先走，說他很快就會追上來。她腦海中又湧現出一幕幕昔日的回憶，剎那間，她忽然覺得她的地堡彷彿依然繁榮茁壯，洋溢著文明的生命力，遠遠走在前面，把她丟在後面——她的地堡依然存在。

然而，已經不在了。

不過，其他地堡還在。還有幾十個地堡，還有許多人在那裡生活。此刻，就在某個角落裡，有爸媽在訓孩子，有年輕人在約會擁吻，有人正吃著熱騰騰的晚飯。無數的紙張被熔化成紙漿，重新再做成紙。有人從地底抽出石油，做成燃料發電，而廢氣被排放到外面那禁忌的世界。這些地堡裡的人依然繼續過他們的日子，根本不知道還有其他地堡的存在。而在某個角落裡，還是有人懷著夢想，結果被送出去清洗鏡頭。有人死了，被埋進土裡，長出新的生命。

茱麗葉又想到第十七地堡那幾個孩子，他們生來就有暴力傾向，什麼都不懂。這種事會一次又一次的發生，而且，此刻已經又發生了。本來，她對計劃委員會和溫德爾神父非常不滿，但此刻，那種不滿已經煙消雲散。她手下的工人不是也有暴力傾向嗎？她自己不是也有暴力傾向嗎？所謂的群體也不過就是一大堆人，而人不就是一種最容易感到恐懼的動物嗎？就像老鼠畏懼腳步聲？

「──我等一下會追上妳。」她忽然聽到雷夫在叫她，聲音在後面很遠的地方。這時候，茱麗葉才意識到自己又超前了。於是，她慢下腳步等他追上來。此刻，她忽然很不想孤單一個人爬樓梯。不久前，在這座與世隔絕的地堡裡，她之所以會愛上盧卡斯，正是因為他的聲音永遠陪伴著她，他的精神永遠與她同在。此刻，她想他想到心痛。希望已經被剝奪了。愚蠢的希望。儘管她非常確定，她很快就會到另一個世界和盧卡斯再度相遇，但此刻，沒有他在身邊，看不到他，她依然感覺到強烈的痛苦。

他們在中段樓層的土耕區找到一些食物，不過，他們是走到很裡面才找到的。印象中，茱麗葉覺得從前好像不需要走到那麼裡面。雷夫用手電筒照到某些痕跡，顯示最近有人來過這裡。泥土裡還有未乾的鞋印。水管被折斷，水一直滴出來。地上有一顆被踩爛的蕃茄，卻還沒有螞蟻爬過來。茱麗葉和雷夫儘量收集現場還看得到的東西──青椒，小黃瓜，黑莓，一顆罕見的橘子，還有一些還沒熟的蕃茄，能拿多少就拿多少，夠他們吃好幾餐。茱麗葉吃了很多黑莓，拚命吃，因為黑莓很難帶在身上。從前她最痛恨這種東西，不屑一顧，因為那老是把她的手搞得髒兮兮。可是現在，她最痛恨的東西突然變成上天的恩典。這也就是為什麼這些僅剩的食物會很快就被劫掠一空，好幾百個人拼命搶，明明吃不了那麼多還是拚命拿。

從土耕區到三十四樓，路程不遠。對茱麗葉來說，感覺有點像是回家。那裡電力充足，工具應有盡有，還有她的床跟無線電。在生命最後的時刻，她還有個地方可以工作，可以思考，懊悔，做她生命中最後一套防護衣。此刻，她終於感覺到兩腿和背後那強烈的痠痛，這才明白自己又像從前一樣，為了想出去，爬樓梯爬得太快。不過，她想出去，並不光是為了想報仇。更重要的原因是，她想逃避，逃避她那些朋友的目光。她害了他們。這種感覺，就像她想找個洞躲起來。從前，孤兒躲在伺服器底下的洞裡，不過，她和孤兒不一樣的地方是，她想在別人頭上敲開一個洞。

「祖兒？」

她走到三十四樓平台上，忽然停下腳步。前面就是資訊區的門。雷夫走到最上面那級樓梯的時候，忽然停下來，蹲下去摸摸樓梯板，然後抬起手，讓茱麗葉看看他手指上的東西。某種紅紅的東西。他伸出舌頭舔舔手指。

「是蕃茄。」他說。

已經有人在裡面了。她忽然又想到盧卡斯。那天，她躺在鑽土機裡，整個人蜷曲成一團，哭泣著聽盧卡斯最後一次跟她說話。當時，盧卡斯就是在這個地方。

「不用怕。」她對他說。她又回想起當時追逐孤兒的情景。當時她衝下樓梯，發現這裡的門被橫桿擋住，於是她拚命撞門，撞斷了卡住門的掃帚柄，從門縫裡擠進去。而現在，門很輕易就推開了。裡面燈火通明，可是卻看不到半個人影。

「走，我們進去。」她說。她躡手躡腳，走得很快。不能被陌生人看到，她可不想被跟蹤。她忽然想到，不知道先前孤兒離開的時候，有沒有記得關上伺服器房的門，蓋上伺服器背板。很不幸，他顯然沒關。她看到走廊盡頭伺服器房的門開著，聽到有人在說話，看到裡面霧氣瀰漫，空氣中飄散著一股煙味。難道是她產生了幻覺，看到盧卡斯被毒氣籠罩？難道她到這裡來，就是為了這個？難道，她不是來找無線電，不是來為她的朋友找一個家，不是來做一套防護衣，而只是因為來到這個地方，她就會想起另外一座地堡裡有一個同樣的地方，而她說不定會在底下找到盧卡斯，而他還活在這個死亡世界裡，正在等她——？

她推開門走進伺服器房，發現裡面真的在冒煙，煙霧盤踞在天花板下方。茱麗葉在伺服器間快步穿梭。這種煙味聞起來不太一樣，不像抽水機過熱的臭油味，不像電線走火的焦味，不像渦輪葉片空轉的橡皮焦味，也不像發電機的廢氣臭味。那是一種純粹燒東西的味道。她抬起手臂，用臂彎掩住口鼻，忽然想起盧卡斯曾經抱怨裡面有臭味。她匆匆衝進煙霧裡。

煙霧是從放電話的伺服器後面冒出來的，一條煙柱。孤兒的密室失火了。可能是他的床墊燒起來了。茱麗葉立刻就想到底下的無線電和庫存食物。她解開工作服的鈕釦，拉起汗水濕透的襯衣掩住臉，聽到雷夫在背後喊她，叫她不要過去。可是她立刻爬下鐵梯，甚至是直接滑下去，兩腳重重地踩在底下的地上。

她壓低身體，煙霧瀰漫中勉強看得到前面。她聽得到火焰的劈啪聲，一種很奇怪的清脆的聲音。這裡有食物，有無線電，有電腦，還有牆上那珍貴的地圖，不過，她並沒有想到這裡還有另一種珍貴的東西。她快步向前，忽然看到燒起來的東西是藏放在這裡的的書。

一大堆書，一大堆空鐵盒。有一個穿白袍的年輕人把書丟進火堆裡。空氣中瀰漫著一股燃料的味道。他背對著她，頭頂上有一圈禿頭，上面全是汗，然而，他似乎被火焰迷住了，對其他的一切渾然無覺。他一直把書丟進火堆裡，丟完了又回書架去拿。

茱麗葉從他後面繞到孤兒床邊，拿起一條毯子，這時候，一隻老鼠忽然從褶縫裡竄出來。她拿著毯子飛快跑向火堆，眼睛刺痛得直流眼淚，喉嚨像火在燒。接著，她把那條毯子蓋到燃燒的書堆上，剎那間，火焰被掩蓋了，但很快又從毯子旁邊冒出來。接著，毯子開始冒煙了。茱麗葉用襯衣掩住口鼻，一邊咳嗽一邊跑回孤兒床邊。她一定要撲滅火焰。這時候，她忽然想到隔壁房間那個空的蓄水池，可惜裡面沒水。

她拉起床墊的時候，那個穿白袍的人看到她了。他立刻飛身撲過來，兩個人撞在一起，倒在床墊上。那個人抬起腳踢向她的臉，她立刻往後仰，躲開那一腳。那年輕人大吼大叫，茱麗葉大喊，叫他讓開。火焰越竄越高。他還躺在床墊上，茱麗葉用力一拉，他立刻從床墊上滾下來，滾到旁邊。現在分秒必爭，一定要馬上撲滅火焰，要不然裡面的東西會全部燒光。分秒必爭。接著她又拿起孤兒的另一條毯子拚命拍打火焰。她沒辦法同時滅火又要和那個人糾纏。沒時間了。她一直咳嗽，一直大喊叫雷夫過來。這時候，那個人又撲過來了，目露兇光，兩手瘋狂揮舞。茱麗葉立刻彎腰撞上他的肚子，把他整個人揹起來甩到後面去。他掉到地上，立刻抱住她的腿，把她也拉倒在地上。

茱麗葉掙扎著想甩開他，可是他抓著她的腳踝，沿著她的身體往上爬，然後抓住她的手腕。他背後的火焰越竄越高，毯子也燒起來了。那個人完全瘋了，高聲嘶吼。茱麗葉用力推開他的肩膀，扭著屁股拚命想掙脫他。她已經快喘不過氣來了，眼睛也幾乎什麼都看不到了。這時候，壓在她身上那個人忽然慘叫起來，原來，他身上的袍子著火了。火焰迅速竄燒到他背後，燒向茱麗葉。那一剎那，茱麗葉感覺自己彷彿又回到了氣閘室，身上蓋著一條膠帶布，被火焰吞噬。

這時候，她忽然看到有一隻腳飛過她眼前，踢到那年輕人身上。那一剎那，那年輕人的手慢慢鬆開了。接著，她感覺有人在後面拖她，立刻猛踢雙腳，把前面那年輕人踢開。煙霧瀰漫，她什麼都看不見了。她已經咳得上氣不接下氣，摸不清東西南北，滿腦子想的都是無線電在哪裡。她知道，無線電已經完了。接著，她感覺有人拖著她穿過那條窄窄的通道，在一片煙霧中，雷夫那張蒼白的臉看起來有如鬼魅。他催她趕快先爬上鐵梯。

伺服器房煙霧瀰漫。等底下的東西都燒光了，剩下焦黑的鐵皮牆面和焦黑的電線之後，火焰就會熄滅。茱麗葉幫忙把雷夫從鐵梯通道裡拉出來，然後拿起蓋子，封住洞口，可是發現這樣根本沒用，煙還是一直冒上來，因為那是網格鐵板。

這時候，雷夫跑到伺服器後面。「快點！」他大喊。茱麗葉立刻跪到地上，看到雷夫正在那台放電話的伺服器後面，一腳踩在背板上，用盡全力猛踩。

茱麗葉立刻過去幫他，兩個人一起踩在伺服器後面，用盡全身力氣拚命踩，想把那台伺服器推倒。一開始，伺服器一動也不動，這時候，茱麗葉想到伺服器底座是用螺絲鎖在地面上的。不過，伺服器本身的重量產生效果了，螺絲釘開始鬆動了，底座發出嘎吱嘎吱響。接著，兩個人用力一踹，螺絲釘鬆了，伺服器巨大的黑色機身立刻歪向一邊，倒在地上，蓋住了洞口。

茱麗葉和雷夫癱軟在地上，拚命咳嗽，拚命喘氣。裡面煙霧瀰漫，可是已經沒有煙再冒上來了。後來，底下的慘叫聲終於消失了。

56 第一地堡

台車外面有腳步聲來來去去。很多人在找他們。

唐諾和夏綠蒂抱在一起，躲在黑漆漆的狹小空間裡。夏綠蒂一直想辦法要把門拉緊，問題是，那片金屬門板上就只有一個彈簧鎖，根本找不到地方拉。唐諾拚命忍住咳嗽，覺得喉嚨裡有一股難忍的奇癢漸漸擴散到全身。他兩手掩住嘴巴，聽著外面悶悶的喊叫聲。「檢查完畢。」「檢查完畢。」

夏綠蒂終於放棄了，不再拚命想拉緊門。於是，她和唐諾兩個人就緊緊抱在一起，儘量不要動，因為只要動一下，身體的重量就會壓得地板格格作響。他們已經在裡面躲了一整天，不敢出去，等著搜查的人再次回來。達西已經走了，因為他必須在所有的人醒來之前回到崗位上。這一整天，唐諾和他妹妹根本沒辦法睡覺，因為他們知道，搜索會越來越徹底，人會越來越多，因為現在，不但有一個殺人兇手下落不明，而且還有一個準備送下去冬眠的囚犯逃脫了。唐諾不難想像瑟曼會有多震驚。他不難想像，萬一他們被逮到了，下場會有多悲慘。他們會被活活打死。他只能暗暗祈禱，希望這些人趕快離開。然而，他們還是沒走，而且越來越逼近他們藏身的角落。

這時候，忽然有人在門板上用力敲了一拳。夏綠蒂嚇得緊緊抱住唐諾的背後，壓迫到他的肋骨。接著，那個人開始拉門板，唐諾拚命想用手去頂住門板，可是很難使力。他手心全是汗，門板嘎吱嘎吱響。夏綠蒂想幫忙頂住門，可是已經來不及了，那個人已經把門拉開。接著，手電筒的光束照進來，正好照在他們的眼睛上。

「檢查完畢。」那個人喊了一聲。唐諾聞得到達西嘴裡散發出來的咖啡味。門板又被關上，達西還在門板上拍了兩下。夏綠蒂幾乎癱軟，唐諾趁這個機會清清喉嚨。

後來，一直到了吃晚飯的時間，他們兩個終於出來了，筋疲力盡，餓得頭昏眼花。軍火庫裡靜悄悄的，一片漆黑。達西說過，等他輪班的時候，他會想辦法回來。不過，他擔心的是，這天晚上應該不會太平靜，輪班恐怕沒有平常那麼悠閒，可能沒辦法溜過來找他們。

唐諾和夏綠蒂匆匆走進營房，分別走進男女浴室。唐諾聽得到她妹妹沖水的聲音。他站在水槽前面一直咳嗽，咳出很多血，然後湊著水龍頭吸一口水，把水吐掉，看著水的漩渦裡盤旋著一條條的血絲。然後再吸一口水再吐掉。後來，等血絲吐乾淨了，他才進去上廁所。

後來，當他來到走廊盡頭的時候，夏綠蒂已經掀開無線電的塑膠布，打開電源。她一直呼叫，看看有沒有人聽到。唐諾站在她後面，看著她在十七和十八中間不斷的切換頻道，不斷的呼叫。可是沒有人回答。最後，她把頻道保持在第十七地堡，默默聽著那靜電雜訊。

「妳上次是怎麼和他們聯絡上的？」唐諾問。

「就像這樣。」她一直盯著無線電，看了好一會兒，然後才轉過椅子面對他，眉頭深鎖。唐諾本來以為她會拚命追問他：再不多久他們是不是就會被逮捕？所以，接下來該怎麼辦？找得到安全的地方躲嗎？然而，她什麼都沒問。她就只是悄悄問他：「你什麼時候要出去？」

唐諾愣住了，不由得往後退了一步，不知道該怎麼回答。「妳是什麼意思？」他問。其實，他知道她在問什麼。

「我聽到達西說，你差一點就爬過那些山丘。那是什麼時候的事？最近你還有出去嗎？你不在我旁邊的時候，是不是就是跑到外面去？你是不是因為這樣才會生病？」

唐諾靠在一座無人機操控台上。「沒有。」他眼睛一直看著無線電，希望那陣靜電雜訊會突然中斷，有人開始說話，妹妹就不會再逼問他。然而，他妹妹還是一直在等他回答。「我只出去過一次。我出去……並沒有想要再回來。」

「你是想出去死在外面。」

他點點頭。然而，她並沒有生氣，也沒有大哭大鬧。他一直以為她很可能會大哭大鬧，所以從來不敢告訴她。此刻，她就只是站在那裡，然後慢慢靠近他，伸手攬住他的腰。唐諾哭了起來。

「他們為什麼要這樣對待我們？」夏綠蒂問。

「我不知道。可是，我想阻止他們。」

「不能用這種方式。」妹妹往後退了一步，揉揉眼睛。「唐諾，你一定要答應我，以後不要再這樣。」

他沒有回答。剛剛被她抱住，他肋骨還在痛。「我想去看看海倫。」他終於開口了。「我想去看看她從前住的地方，她死去的地方。當時……當時日子很難熬。我被困在這裡，被迫和安娜在一起。」這時候，他又想起當時他是多麼的痛恨安娜，可是現在，他又是多麼的愧疚。他犯了太多錯誤。在每一個關鍵時刻，他一直不斷的犯錯。後來，他已經沒辦法再做任何決定，再採取任何行動。

「一定有什麼辦法。」夏綠蒂說。這時候，她眼睛忽然亮起來。「對了，我們可以想辦法減輕無人機的重量，坐在飛機上逃走。那些鑽地炸彈應該有六十公斤重，下次我們再派無人機出去的時候，你可以坐在飛機上。」

「要怎麼飛？」

「我留在這裡操控。」她注意到他皺起眉頭。「最起碼我們之中有一個人可以逃出去。」她說。「你應該明白我說得沒錯。我們可以在天亮之前讓無人機起飛，載著你遠走高飛，越遠越好。至少你可以遠遠離開這個地方，再多活一天。」

唐諾腦海中開始想像坐在無人機裡的感覺。戴著頭盔迎著風，最後蹦蹦跳跳的降落，然後躺在草地上看著天上的星星。這時候，他又掏出抹布，掩住嘴巴咳出血，然後搖搖頭，把抹布收起來。

「我快死了。」他對她說。「瑟曼說，我頂多只能再活一兩天。這句話是他一兩天前說的。」

夏綠蒂默默無語。

「說不定我們可以想辦法喚醒另外一位飛行員。」他說。「我可以拿槍抵著他的腦袋，叫他把妳和達西送走。」

「我不會丟下你一個人在這裡。」妹妹說。

「可是妳剛剛不是說要用無人機把我載走嗎？」

她聳聳肩。「我有雙重標準。」

唐諾笑起來。「一定是因為這樣，軍隊才會徵召妳。」

於是，他們又繼續聽無線電。

「外面那些地堡現在究竟是什麼狀況？」夏綠蒂問。「你和他們聯絡過，你應該知道，他們那邊的生活也像我們這裡一樣可怕嗎？」

唐諾想了一下。「我不知道。我覺得，他們有些人活得很快樂。他們會結婚，會生小孩，有工作可以做，完全不知道外面的世界是怎麼回事。所以，他們不會像我們這樣，迫不及待想去搞清楚外面的世界。不過，我認為他們擁有一些我們沒有的東西。內心深處，他們會覺得怪怪的，為什麼會過這樣的生活。我的意思是，他們會覺得奇怪，為什麼要在地底下生活。我們知道為什麼，所以我們很痛苦，可是，我認為他們就只是會有一種潛在的焦慮。應該是這樣吧。」他聳聳肩。「在這裡，我看過有人高高興興的完成他們的輪值期，也看過有人發瘋崩潰。我曾經一個人關在樓上，玩電腦裡的撲克牌遊戲，一玩就是好幾個鐘頭。在那樣的時刻，我的腦子才會變成一片空白，感受不到任何痛苦。可是，這樣活著，跟行屍走肉好像沒什麼兩樣。」

夏綠蒂拉住他的手，緊緊握住。

「我認為，那些被關閉的地堡才是最美好——」

「不要說這種話。」夏綠蒂說。

唐諾抬頭看著她。「不是，我不是那個意思。我認為他們沒有死。沒有全部都死。我認為有些地堡把自己隱藏起來，隨心所欲平平靜靜的過他們的日子，再也沒有人會去威脅他們。他們就是希望這樣過自己的日子，不受任何人控制，隨心所欲的活，隨心所欲的死。我認為，安娜就是希望讓他們這樣過日子。她自己一個人在這裡生活了一年，沒辦法出去，可是又必須想辦法讓自己的日子可以過得下去。我認為這種生活改變了她對這整個計畫的看法。」

「說不定她覺得這樣就等於短暫的逃到外面去，而不是一直被關在裡面。」夏綠蒂說。「也許她不喜歡那種被封閉在冷凍艙裡的感覺。」

「也許吧。」唐諾說。接著，他又想到，當初他喚醒她的時候，如果能夠多信任她一點，多聽她的話，說不定現在情勢就改觀了。要是現在安娜跟他們在一起，幫助他們，事情一定會更順利。想到這個，他又感到一陣痛苦。然而，現在他非常想念她，就跟他想念海倫一樣。

夏綠蒂放開他的手，轉身去調整無線電。她又試著切換頻道，呼叫那邊的人，伸手撥撥頭髮，聽著靜電雜訊。

「有一段時間，我認為這裡的人做得很對。」唐諾說。「他們的所作所為，是為了要解救世界。我相信他們說的，消滅人類是必要的，免不了的，因為戰爭快爆發了，每個人都會遭殃。不過，妳知道後來我的看法是什麼嗎？我認為他們知道，萬一戰爭爆發了，雙方都用各自的奈米機攻擊對方，這樣一來，某些地方可能會有少數人存活。所以，他們設計了這個計劃。他們徹底毀滅全世界，這樣一來，他們就能夠控制這個世界。」

「他們想要的，就是要確保這些少數存活下來的人是他們能夠控制的人。」夏綠蒂說。

「沒錯。他們並不是真的想拯救全世界——他們只想拯救自己。就算我們滅絕了，世界還是會繼續存在，不管有沒有我們。大自然自己會找出路。」

「人也會自己找出路。」夏綠蒂說。「你看看我們兩個。」她笑起來。「我們就像野草一樣，不是嗎？我們兩個。跟大自然一樣會找出路。我們就像那些不肯乖乖聽話的地堡一樣。這裡的人為什麼會認為他們有辦法控制一切？為什麼會認為這個世界不會出現像我們這樣的人？」

「我不知道。」唐諾說。「說不定，那種想改造世界的人總覺得他們比宇宙大自然更聰明。」

夏綠蒂又開始來回轉換頻道，以免某個頻道忽然有人回答。她開始懊惱了。「那些人實在應該不要管我們。」她說。「他們實在應該放手，讓我們可以自然的成長。」

這時候，唐諾猛然站起來。

「怎麼了？」夏綠蒂趕緊伸手去調整無線電。「你聽到什麼了嗎？」

「就是這個。」唐諾告訴她。「不要管我們。」他又掏出抹布咳起來。夏綠蒂放開無線電。

「走。」他朝工作檯揮揮手。「把妳的工具拿過來。」

「要組裝無人機嗎？」她問。

「不是。我們要再組裝另一套防護衣。」

「另一套防護衣？」

「我們要出去。妳說過，那些鑽地炸彈有六十公斤重。可是，一公斤到底是多重？」

57 第一地堡

「你真的覺得這樣好嗎？」夏綠蒂問。她把輸氣管連接到頭盔上鎖緊，然後再接到那巨大的氧氣瓶上。「到了外面我們要做什麼？」

「去死啊。」唐諾說。他注意到她那種表情。「不過，說不定可以撐一個禮拜才會死。」他看著地上那一大堆補給品，露出滿意的表情，然後開始把那些東西塞進一個小軍用背包裡。軍用口糧，水，急救箱，手電筒，手槍，兩個彈匣，備用子彈，打火石，還有一把刀。

「你認為氧氣瓶能撐多久？」夏綠蒂問。

「那些氧氣瓶是用來讓部隊從地面上去其他地堡，所以，容量一定可以讓他們撐到最遠的地堡。我們只需要再加碼就可以了，而且，我們的裝備沒有軍隊那麼重，所以，可以再多帶一個氧氣瓶。」他封好背包，放在另一個背包旁邊。

「你的意思是，就像減輕無人機的重量。」

「沒錯。」他拿起一卷膠帶，從口袋裡掏出一張摺好的地圖，然後把地圖黏在防護衣的袖子上。

「這是我的防護衣嗎？」

唐諾點點頭。「妳對方位的概念比我強。我跟在妳後面。」

這時候，他們聽到陳列架後面傳來電梯的叮噹聲，唐諾立刻丟下手邊的東西，壓低聲音叫夏綠蒂動作快點，兩個人開始快步走向無人機運送台車。這時候，他們聽到達西在大喊，告訴他們只有他一個人。然後，他從陳列架後面走出來，手上捧著一堆東西，有兩套工作服，還有一個擺滿食物的餐盤。

「不好意思。」他注意到他們兩個被他嚇到了。「忘了先提醒你們。」他有點不好意思的端起餐盤。「我只弄得到剩菜剩飯。」

他把餐盤放下來，夏綠蒂立刻上前抱了他一下。唐諾注意到，在苦難的時刻，人跟人之間是多麼容易產生感情。他妹妹就像一個囚犯，而達西就像手下留情的警衛，沒有痛打她。唐諾很高興，知道自己準備兩套防護衣是對的。這是一個很棒的計劃。

達西看著散落滿地的工具和補給品。「你在幹什麼？」他問。

夏綠蒂看了哥哥一眼，唐諾搖搖頭。

「你們聽著。」達西說。「我很同情你們的處境。真的。我不喜歡這裡所發生的一切。還有，我想到越多從前的事，越回想起自己從前是什麼人，我就越覺得應該和你們並肩作戰。可是我並不完全同意你們的做法。還有這個——」他伸手指著防護衣。「這看起來不像什麼好東西，也不是什麼好辦法。」

夏綠蒂端了一個盤子和叉子給唐諾，而她自己坐在一個塑膠箱上，吃著盤子裡的東西。那看起來像罐頭火雞肉，甜菜，還有馬鈴薯。唐諾坐到她旁邊，用叉子叉起一塊火雞肉塞進嘴裡。「你還記不記得自己從前是做什麼的？」唐諾問。「你是不是記起了一些從前的事？」

達西點點頭。「是想到了一些。我已經很久沒吃藥——」

唐諾忽然大笑起來。

「什麼事？什麼事這麼好笑？」

「不好意思。」唐諾有點不好意思的揮揮手。「只不過……沒什麼。這樣很好。你從前在陸軍嗎？」

「是啊，不過沒有很久。我想我應該是特種部隊。」達西看著他們兩個吃東西。「那你們兩個呢？」

「我是空軍。」夏綠蒂說，然後舉起叉子指著塞了滿嘴東西的唐諾。「他是國會議員。」

「真的？」

唐諾點點頭。「其實我應該算是工程師。」他朝四周揮揮手。「我唸書就是為了做這個。」

「建造這類東西？」達西問。

「就是為了建造這個東西。」唐諾又吃了一口。

「老天。」

唐諾點點頭，喝了一口水。

「是誰把我們搞成這樣的？中國人嗎？」

唐諾和夏綠蒂互看了一眼。

「怎麼了？」達西問。

「是我們自己幹的。」唐諾說。「當初建造這個地方，就是為了以防萬一。這地方就是為了那個目的而設計的。」

達西轉頭看看他們兩個，目瞪口呆。

「我想你應該知道才對。這些都記錄在都在我的筆記裡。」唐諾心裡想，如果你知道要尋找什麼的話，你就看得到。要不然，那實在卑鄙下流到一般人無法想像。

「我不知道。我還以為這裡就像深山裡的碉堡一樣，用來保護政府高層——」

「沒錯啊。」夏綠蒂說。「而且還能夠百分之百掌握時機。」

唐諾和夏綠蒂繼續吃東西，達西一直低頭看著地上。以最後一餐的標準來看，這頓飯還算不錯。

唐諾低頭看看地上那件防護衣的袖子，忽然注意到上面有一個子彈孔。那是夏綠蒂借他穿的。當初他穿到身上的時候，她那種表情彷彿覺得他瘋了。這時候，坐在他們對面的達西忽然開始慢慢點著頭。「沒錯。」他說。「老天，沒錯。真是他們幹的。」他抬頭看著唐諾。「在很久以前的一次輪值期，我曾經把一個人送下去深度冬眠。他發瘋了，一直嚷嚷你剛剛說的事。他是統計部的人。」

唐諾把餐盤擺到一邊，拿起水瓶喝完。

「其實他並沒有瘋，對吧？」達西問。「他是個好人。」

「大概吧。」唐諾說。「最起碼他慢慢變成好人了。」

達西撥撥頭髮，又開始注意地上那些裝備。「這些防護衣。」他說。「你們想出去嗎？問題是，我恐怕不能讓你們出去。」

唐諾不理他。他走到通道最裡面，拉了一台手推車。先前他和夏綠蒂已經把鑽地炸彈裝到那台手推車上。彈頭上有一條塑膠片。夏綠蒂說過，要先拉掉那條塑膠片，炸彈才會啟動。她已經拆掉高度控制器和手動保險。她改裝完這顆炸彈的時候，形容它是「笨炸彈」。唐諾推著推車走向電梯。

「嘿！」達西喊了一聲，站起來擋住通道。這時候，夏綠蒂忽然清清喉嚨，達西立刻轉身看她，發現她手上拿著一把槍指著他。

「很抱歉。」夏綠蒂說。

達西的手慢慢伸向口袋，唐諾立刻把推車朝他推過去，他立刻往後一退。

「我們最好先談一談。」達西說。

「我們已經談過了。」唐諾告訴他。「不要動。」他推著推車來到達西旁邊，手伸進達西口袋裡，掏出一把手槍，塞進自己口袋裡，然後又繼續推著推車走向電梯。

達西遠遠跟在他後面。「冷靜一點。」他說。「你是打算把那東西送出去嗎？拜託一下，老兄，冷靜一下，我們談一談，這可不是鬧著玩的。」

「相信我，我絕對不是鬧著玩的。底下的反應爐供電給伺服器，而伺服器主宰所有人的命運。我們打算讓大家得到自由。讓他們自己決定自己的生死，自己決定要怎麼過日子。」

達西笑得有點緊張。「伺服器主宰他們命運？你到底在說什麼？」

「電腦會根據統計數字計算。」唐諾說。「然後決定哪一座地堡值得活下去。他們設計遊戲規則，讓地堡之間陷入一種無形的戰爭，最後挑出一個勝利者。而且，最後的期限已經快到了。」

「好吧，可是我們這裡只有三人，好像不應該做這種重大決定。說真的，老兄——」

唐諾推著推車走到電梯前面，停下腳步，然後轉身面對達西，看到他妹妹靠過去站在達西旁邊。

「要不要我告訴你，歷史上有哪些人一個人導致好幾百萬人死亡？」唐諾問。「大概有五到十幾個人做過這種事。至於我們這裡，你至少可以追溯到三個人身上。天曉得，也許其中一個人影響到另外兩個人。總之，如果一個人就可以蓋出這個地方，那麼，要把這地方搞垮，需要很多人嗎？當你用得著的時候，你就會發現地心引力的力量有多大。」唐諾指著通道上的箱子。「你去那邊坐下。」

達西沒有動，唐諾立刻從另一個口袋裡掏出一把槍，子彈已經上膛。那把不是警衛的槍。達西臉上顯露出失望和受傷害的表情，然後轉身去坐下。唐諾看到他那種表情，心裡也難過。唐諾跟在他後面沿著通道往裡面走，經過夏綠蒂旁邊的時候，忽然拉住她的手臂，輕輕捏了一下，然後在她臉上親一下。「去吧，去穿妳的防護衣。」他告訴她。

她點點頭，跟著達西一起坐到箱子上，開始穿防護衣。

「真沒想到。」達西眼睛瞄著夏綠蒂擺在旁邊的槍。夏綠蒂正在穿防護衣。

「少動歪腦筋。」唐諾說。「你應該趕快穿你的防護衣才對。」

這時候，達西和夏綠蒂忽然同時轉頭看著他，一臉困惑。夏綠蒂才剛把腿套進防護衣裡。「你說什麼？」她問。

唐諾從工具堆裡拿出鐵鎚，舉在前面給她看。「萬一炸彈沒有引爆就不妙了。我必須待在旁邊以防萬一。」他說。

她想站起來，可是她的腿卡在防護衣裡，沒辦法動。「你不是說過你可以用遙控引爆？」

「我是說過。妳來遙控引爆。」接著他舉槍對著達西。「趕快穿。再五分鐘你就要進搬運台車了——」

達西忽然撲過去想去拿那把槍，可是夏綠蒂動作比他更快，轉眼間就從箱子上抓起槍。唐諾往後退了一步，赫然發現妹妹手上那把槍瞄準的是他。「你來穿防護衣。」她告訴哥哥，聲音有點顫抖，眼裡噙著淚水。「這並不是我們說好的。你答應過我。」

「我是騙妳的」唐諾說。說著他又抬起手臂咳在臂彎裡，然後抬起頭露出笑容。「妳有雙重標準，我會騙人。」他又開始走回台車，手槍對準達西。「我知道妳不會開槍打我。」他對妹妹說。「槍給我。」達西對夏綠蒂說。「槍在我手上，他就會乖乖聽話了。」

唐諾大笑起來。「你也不可能開槍打我，因為那把槍根本沒子彈。好了，趕快穿吧。你們兩個要趕快離開這裡。你們只有半個鐘頭。無人機搬運台車要二十分鐘才能升到頂樓，然後，你們就要把外門砸破。要砸門，最好用的工具就是空箱子，我放了一個在台車裡面。」

夏綠蒂一直哭，拚命想把腿從防護衣裡面扯出來。唐諾知道她在幹傻事，知道她死都不肯一個人走。她一定會跑過來抱住他，哀求他一起走。她一定會說她要留在這裡陪他一起死。要想哄她離開這個地方，最好的辦法就是讓達西陪她去。他是個英雄。他一定有辦法帶著她一起脫困。唐諾按下電梯的按鈕。

「半個鐘頭。」他又說了一次。接著，他注意到達西已經開始穿防護衣了。妹妹還在哭喊，掙扎著想站起來，差點摔倒。接著，她不但沒有繼續穿防護衣，反而把防護衣踢開。這時候，電梯忽然叮噹一響，門開了。唐諾把推車推進電梯，淚眼盈眶，不忍心看自己害夏綠蒂這麼痛苦。她沿著通道朝他衝過來，但才到半路上，電梯門已經開始關上了。

「我愛妳。」他不知道她有沒有聽到。門關上了，看不見她了。他掏出識別證觸了一下感應器，然後按下按鈕。電梯又開始動了。

58 第十七地堡

雖然底下的密室有火在燒，但放電話的伺服器摸起來涼涼的，一縷煙霧從機身底下冒出來。茱麗葉檢查一下伺服器內部，發現裡面的電路板已經毀損，一長排的耳機插座已經破碎。還有，剛剛伺服器倒下的時候，底座好幾條電線都已經被扯斷。

「這裡會被燒光嗎？」雷夫看著那一縷煙霧。

茱麗葉咳了幾下。她喉嚨還感覺得到那股煙味，嘴裡彷彿還嚐得到燒紙的味道。「我不知道。」她抬起頭看看天花板上的電燈會不會閃爍。「這座地堡目前使用的電力就是從這底下來的。」

「這麼說，這座地堡隨時會像我們家那樣，變成一片漆黑？」雷夫掙扎著站起來。「我要去拿我們的袋子，把手電筒準備好。而且，妳需要多喝點水了。」

茱麗葉看著他漸漸走遠。她感覺得到那些書還在底下燒，而無線電裡的電線應該都已經燒熔了，不過，她不認為電力會中斷。但願不會。但問題是，他們失去了太多東西。比如說，牆上那些大地圖。她就是靠那些地圖才能夠找到他們地堡底下的鑽土機。而且，她也必須靠那些地圖才有辦法選擇應該去哪一座地堡，該朝哪個方向挖。現在都沒了。

四周那黑漆漆的伺服器依然嗡嗡作響，乍看之下彷彿一個個高大魁梧的巨大身影，一動也不動。不過，只有一個動了。茱麗葉站起來，仔細打量那座倒在地上的伺服器。此刻，看著那倒在地上的伺服器，她忽然聯想到所有的地堡。這座倒下去的伺服器，就像她的地堡一樣，就像孤兒的地堡一樣。接著，她打量著那一座座的伺服器，忽然想到，那種排列方式跟地堡的分佈一模一樣。這時候，雷夫帶著他們兩個人的袋子回來了。他把茱麗葉的水壺遞給她，她喝了一口，腦海中思緒起伏。

「妳的手電筒我拿——」

「等一下。」茱麗葉喊了一聲，趕緊蓋上水壺，跑進一座座的伺服器中間。她走到其中一座伺服器後面，看看訊號線接頭上方的銀色標籤。標籤上有一個地堡標誌，也就是三個倒三角形，中間是一個數字。而那座伺服器的數字是「29」。

「妳在找什麼？」雷夫問。

茱麗葉拍拍伺服器背板。「我記得聽盧卡斯說過，他要修理什麼六號伺服器還是三十號伺服器。他還告訴過我，這些伺服器的排列方式和地堡的分佈一模一樣。也就是說，這裡等於有一張地堡分佈圖。」

她跑向第十七號伺服器，雷夫跟在她後面。「電力會不會有問題？」他問。

「就算有問題，我們也沒辦法。底下那些地板和牆壁應該不會燒起來，所以，等底下的火燒完了，我們就知道結果了——」

茱麗葉在伺服器間繞來繞去，探尋分佈路徑。地上的網格鐵板底下有無數的訊號線，逐一接到每一座伺服器的底座，這時候，茱麗葉忽然注意到那一串串的黑線當中，有一束是紅色的。

「怎麼啦？」雷夫問。看茱麗葉那副模樣，他似乎有點擔心。「嘿，妳沒事吧？我從前看過礦工被石頭砸到頭，整天就怪怪的——」

「我沒事。」茱麗葉說。她指著電線的流向，想像那些電線在伺服器之間串連的圖像。「一張地圖。」她說。

「沒錯。」雷夫說。「一張地圖。」他忽然拉住她的手臂。「坐下來休息一下好不好？妳大概吸到太多煙——」

「你聽我說。我和第一地堡一個女孩子聯絡過，她提到有一張地圖上畫著紅線。當時我告訴她，我找到了鑽土機，結果她立刻就聯想到那張地圖。她似乎很興奮，說她已經明白那些紅線為什麼會連接到同一個地方了。她說到這裡的時候，通訊忽然中斷。」

「嗯。」

「這些就是地堡。」茱麗葉朝所有的伺服器揮揮手。「來，你看。」她快步繞到下一排，打量著後面那些標籤。十四。十六。十七。「到了，我們在這裡。我們挖的坑道就在這裡，那裡就是我們從前的地堡。」她指著旁邊那座伺服器。

「妳的意思是，我們要從這裡選一座地堡，用無線電跟他們聯絡，看看哪邊比較近？其實，這種地圖我們底下不就有一張嗎？在艾瑞克那邊。」

「不一樣。我說的是，這裡的紅色電線，就好像她那張地圖上的紅線。那些紅線埋在地底下。也就是說，鑽土機並不是用來在地堡之間挖坑道。上次巴比無意間跟我說的，就是這件事。他說鑽土機很難轉彎，感覺好像它設定走直線，通往某個地方。」

「什麼地方？」

「我不知道。我必須看到那張地圖才有辦法判斷。除非——」她忽然轉頭看著雷夫。她雷夫蒼白的臉上沾滿了黑煙灰。「當時你也是負責挖坑道的，我問你，鑽土機的油箱裡有多少燃料？」

他聳聳肩。「我們沒有量過油箱有幾加侖，就是把油箱加滿。柯妮有好幾次把手伸進油箱裡，想看看用了多少燃料。我還記得，當時她說油箱裡的燃料好像永遠用不完。」

「因為鑽土機本來就是設定要挖到很遠的地方。很遠很遠的地方。我們要想辦法把油箱灌滿，才算得出來鑽土機可以挖多遠。還有，艾瑞克的地圖上應該看得出來鑽土機原來指著什麼方向。如果——」那一剎那，她突然伸手到半空中打了個響指。「對了，我們還有另外一部鑽土機！」

「我不太懂。我們幹嘛要兩部鑽土機？我們只有一台發電機。」

茱麗葉用力掐了一下他的手臂，感覺得到自己滿臉笑容。她腦海中思緒起伏。「另外一部不是要用來挖的，只是要看它朝什麼方向。如果我們在地圖上根據那個方向畫一條線，然後再根據我們鑽土機原來的方向也畫一條線，那兩條線一定會交叉。如果根據油箱容量計算出來的距離，和地圖上那條線的長度吻合，那就是證據了。我們就可以算出，她跟我說的那個地方，距離有多遠。那個叫做種子的地方。聽她這樣講，感覺上那裡好像是另外一座地堡，不過那裡外面的空氣——」

這時候，他們忽然聽到伺服器房另一頭有人在講話，有人走進來了。茱麗葉立刻拉著雷夫靠在一座伺服器旁邊，伸手掩住自己的嘴巴。可是，她聽得到有人正朝他們跑過來，一種細微的嘎吱嘎吱聲，好像指甲刮在鐵皮地面上。茱麗葉忽然很想跑，接著，她看到腳邊忽然冒出一團棕色的東西，聽到一陣喘氣聲，看到一隻小腳抬起來，接著，她的鞋子被撒了一泡尿。

「小狗！」她聽到艾莉絲在大叫。

茱麗葉緊緊抱住幾個孩子和孤兒。自從她家的地堡被摧毀後，她一直沒有機會再見到他們。看到他們，她才猛然醒悟，她努力是為了什麼，她奮鬥是為了什麼，這一切為什麼值得她奮鬥。有一段時間，她心中曾經湧現出一種莫名的憤怒，滿腦子只想在地底下挖坑道，到外面去尋找答案。後來，她幾乎已經遺忘，一開始她挖坑道，不就是為了救孤兒和那幾個孩子嗎？不就是為了那些值得她付出一切的事物嗎？可惜後來，她滿腦子就只想著復仇，只想去找那個毀滅她家園的人。

而此刻，當艾莉絲摟住她的脖子，當孤兒的鬍子在她臉上摩擦，她心中的憤怒立刻煙消雲散了。這就是他們最後擁有的一切，所以，保護這一切比什麼都重要，比復仇重要。溫德爾神父後來也醒悟了。他讀聖書，卻一直讀到錯誤的篇章，那充滿仇恨的篇章，反而忽略了那充滿希望的篇章。而茱麗葉也曾經像他一樣的盲目。不久前，她還想不顧一切的衝出去，背棄所有的人。

此刻，孤兒、雷夫和那幾個孩子都在她身邊，大家坐在一座伺服器後面，互相依偎著討論他們在底下看到的種種暴力行徑。孤兒手上拿著一把步槍，他一直說一定要把門鎖緊，要準備長期待在裡面。

「我們應該躲在這裡，等他們自相殘殺。」孤兒眼中露出一種狂野的神色。

「你能夠在這裡撐了這麼多年，就是因為這樣嗎？」雷夫問。

孤兒點點頭。「我爸爸把我藏在裡面，很久很久以後我才敢出來。這樣比較安全。」

「你爸爸已經預見到接下來會發生什麼事。」茱麗葉說。「所以他把你藏在裡面。那也就是為什麼我們會在這裡，所有的人都在這裡，這樣過日子。很久以前，有人也和你爸爸一樣，做過同樣的事。他們把我們藏在地堡裡，是為了救我們。」

「所以我們應該再躲起來。」瑞克森轉頭看看大家。「對不對？」

「你的儲藏室裡還有多少食物？」茱麗葉問孤兒。「我猜應該沒有被火燒掉。」

他扯扯鬍子。「應該夠吃三年，或者四年。不過，我是照我一個人去算的。」

茱麗葉算了一下。「如果有兩百人還活著，當然，也許沒有那麼多，不過，如果照這樣算的話，能撐多久？五天嗎？」她吹了聲口哨。此刻，她忽然明白從前老家的農耕區有多神奇，在過去的幾百年裡養活了好幾千人。完美的平衡。「我們不能全部躲在這裡。」她說。「我們一定要……」她打量著大家的表情。面前這些人都是絕對信任她的人。「我們必須召開大會。」

雷夫大笑起來，以為她在開玩笑。

「召開什麼？」孤兒問。

「召開一場會議。每個人都要參加。每一個逃出來的人。我們必須趕快決定，究竟要躲在這裡，還是離開這裡。」

「我們不是已經決定要挖坑道到另外一座地堡了嗎？」雷夫說。「要把人遷到別的地方。」

「我認為我們已經沒有時間挖坑道了。那要花好幾個禮拜，而農耕區已經被毀了。更何況，我想到一個更好的辦法。一個更快的辦法。」

「那妳帶來的那些炸藥怎麼辦?我們不是要去找那些害死我們的人報仇嗎?」

「那個先不急。你們聽著,反正我們一定要出去,一定要離開這裡,否則的話,結果就會像剛剛吉米說的那樣。我們會自相殘殺。所以,我們要先把大家集合起來。」

「那我們一定要回底下的發電廠才有辦法開會。」雷夫說。「那裡才夠大,不然就是要到農耕區。」

「不行。」茱麗葉轉頭看看四周,看到那些高大的伺服器後面遠遠的圍牆,忽然發覺這個地方好寬敞。「我們就在這裡開會。順便讓大家看看這個地方。」

「在這裡?」孤兒問。「兩百多個人?在這裡?」很明顯看得出來他已經在發抖了,兩手猛扯鬍子。

「那大家要坐哪裡?」漢娜問。

「大家怎麼看得到前面?」艾莉絲也在問。

茱麗葉打量著寬闊的伺服器房,看著那些高大的黑色機殼,很多都還嗡嗡作響。伺服器頂上有一些電線延伸到天花板。當初她曾經在老家追蹤攝影機的連線,所以她知道這些伺服器都是相連的。而且她還知道,電源是連接在底座上,機殼的側板可以拆掉。她伸手摸摸其中一座伺服器的背板,上面有孤兒小時候刻日期的痕跡。上面的刻痕累積到幾十年。

「你去防護衣實驗室拿我的工具袋。」她對孤兒說。

「又有任務了嗎？」他問。

她點點頭，於是孤兒很快就消失在巨大的伺服器之間。雷夫和那幾個孩子一直看著她。茱麗葉對他們微微一笑。「你們小孩子一定會愛死這個。」

他們剪斷連接在天花板上的電線，拆掉底座的螺帽，接下來，只需要用力推就好了。比起那座放電話的通訊伺服器，其他的伺服器好推多了。茱麗葉抬起腳用力踹，伺服器被她踹得搖搖晃晃歪向一邊，然後轟隆一聲倒在地上。茱麗葉看著這一切，露出滿意的表情。邁爾斯和瑞克森兩個人合作，每次推倒一座，兩個人就擊掌一次，那模樣就像兩個搗蛋的小鬼。漢娜和休爾已經開始要推第二座伺服器了。茱麗葉把艾莉絲抬到伺服器頂上，讓她去剪那些電線，小狗在底下猛吠，彷彿在叫她要小心點。

「就像剪頭髮那樣。」茱麗葉在底下看她剪線。

「那下次我們應該來剪孤兒的鬍子。」艾莉絲說。

「那妳恐怕要先問問他肯不肯讓妳剪。」雷夫說。

茱麗葉轉頭一看，看到雷夫已經完成任務回來了。「我寫了一百多張紙條丟到下面去。」他告訴她。「寫到後來已經沒力氣寫，手都癱了。我沿著外牆邊緣撒，這樣一定會掉到最底下。」

「很好。你有沒有註明上面有很多東西可以吃，夠所有的人吃？」

他點點頭。

「這機器把洞口蓋住了，我們要趕快搬開，才有辦法下去拿東西給大家吃。要不然，上面的土耕區就完了。」

雷夫跟著她走到通訊伺服器旁邊，站在那裡看了一下，看到裡面已經沒有在冒煙了。茱麗葉伸手摸摸底座，看看還熱不熱。孤兒的密室四面牆都是鐵板，所以書堆的火應該不會波及到食物儲藏室。不過，很難說。他們兩個推開伺服器的時候，發出一陣刺耳的嘎吱聲，接著，底下立刻冒出一團黑煙。

茱麗葉伸手在面前揮了幾下，咳了幾聲。雷夫立刻走到伺服器另一邊，好像想把它推回去。「等一下。」茱麗葉喊了一聲。煙已經不再冒出來了。「沒有再冒煙了。」

伺服器房裡瀰漫著一片淡淡的煙霧，不過已經不再是濃煙。剛剛那陣煙只是悶在裡面的殘煙。雷夫正準備要爬進洞口的時候，被茱麗葉叫住了。茱麗葉堅持要先下去。她打開手電筒，慢慢往下爬。煙霧已經漸漸消散。

到了下面，她跪趴在地上，拉起襯衣掩住口鼻。在淡淡的煙霧中，手電筒的光束看起來像一根柱子，彷彿可以用來打人。如果有人突然衝出來，說不定可以用這根柱子打他。然而，並沒有人衝過來。房間中央有一個人體還在冒煙，那味道很難聞。過了一會兒，煙漸漸散了，茱麗葉喊了雷夫一聲，叫他可以下來了。

他飛快溜下來，鞋子重重踩在地上碰的一聲。茱麗葉跨過屍體，檢查裡面燒毀的程度。裡面空氣很悶熱，幾乎快喘不過氣來。她忽然想起盧卡斯，想像他就是被困在同樣的地方窒息而死。她並沒有被煙刺得流眼淚，但想到盧卡斯，她忽然淚眼盈眶。

「那是書呢！」

雷夫走到她旁邊，看著房間中央那具焦黑的屍體。剛剛雷夫把她拖出去的時候，一定有看到火燒的書堆。此刻，書架上書都不見了，都已經化成灰隨煙飄散，或是已經被他們吸入肺裡。想到從前，茱麗葉忽然有點哽咽。

她走到牆邊，檢查那具無線電。罩在無線電上那個鐵籠上次被她向下折彎，只剩底部還固定在牆上，現在還是保持原來模樣。她打開電源開關，無線電卻毫無動靜。塑膠轉鈕被烤軟了，摸起來溫溫的。茱麗葉猜，主機內的橡膠和銅線可能早就熔成一團。

「食物放在哪裡？」雷夫問。

「在這裡。」茱麗葉說。「開門要注意，找一塊抹布包住門把。」

於是，雷夫就進去檢查食物儲藏室，而茱麗葉走到那張舊辦公桌旁邊。桌子已經燒成焦黑，桌面中央的電腦螢幕已經扭曲變形，塑膠外殼都已經碎裂。孤兒的床鋪已經不見了，只剩滿地的鐵盒，其中有幾個被燒得扭曲變形。茱麗葉看到身後有一道黑色的鞋印，這才發現鞋跟的橡膠已經被高溫熔化了。這時候，她忽然聽到雷夫在隔壁興奮得大喊，於是就走進去，看到雷夫抱了滿懷的罐頭，頂到他下巴。他咧開嘴笑得好開心。

「裡面的架上滿滿都是這個。」他說。

茱麗葉走進儲藏室，舉起手電筒照向裡面。裡面像是一個巨大的山洞，裝滿各式各樣奇奇怪怪的罐頭。不過，越裡面的架子上放得越滿。「要是大家都來了，這裡的東西頂多只夠吃上幾天。」她說。

「也許我們不應該叫大家都上來。」

「不可以這樣。」茱麗葉說。「我們不能做這種事。」她轉身看著小餐桌前面那道牆。火沒有燒進來。那一大疊像毯子一樣巨大的地圖還掛在牆上，毫髮無傷。茱麗葉翻翻地圖，看看有沒有她需要的，然後把她要的扯下來，把地圖一張張摺好，這時候，她聽到天花板上傳來悶悶的碰撞聲。又一座伺服器倒了。

59　第十七地堡

一開始只有少數幾個人陸續進來，然後越來越多，成群結隊。他們看到大廳的電燈完全不會閃爍，每個人都露出驚訝的表情。他們從前都沒有進來過資訊區，大家跑進辦公室裡東看西看。絕大多數人都很少到上面來，只有在清洗鏡頭的時候才會特別上來看。有人一家大小都跑到辦公室裡面去看，一間一間的看。還有很多小孩子抓著滿手的紙跑來找茱麗葉，吵著要吃東西。他們手上拿的都是雷夫寫的紙條。才不過幾天，大家看起來都不一樣了。他們身上的衣服都髒兮兮破破爛爛，很多人更是滿臉鬍喳，削瘦憔悴，黑著眼圈。才不過幾天。茱麗葉已經意識到，他們只剩下幾天時間了，再過來，大家就走投無路了。每個人都知道這種狀況。

那些最先到的人都在幫忙準備食物，幫忙推倒剩下的幾座伺服器。整個房間裡飄散著熱騰騰的蔬菜味和湯的香味。有兩座伺服器溫度很高，第四十號和第三十八號。他們推倒這兩座的時候，小心翼翼沒有扯斷電源。然後，他們打開罐頭，擺在機殼側邊加熱。餐具不太夠，所以很多人乾脆就站著，直接拿著罐頭喝湯吃燉青菜。

漢娜幫著茱麗葉佈置會場，瑞克森在一邊照顧嬰兒。有一張大地圖已經掛在牆上，漢娜正在掛另外一張。茱麗葉很仔細的在地圖上畫出線條，漢娜又幫她檢查了一遍。線條是用炭條畫的，標出路線。這時候，茱麗葉看到又有一群人走進來，突然意識到這是她第二次出席地堡大會。第一次是很慘痛的經驗。接著她又想到，這也註定是她最後一次了。

大多數人是從土耕區上來的，不過後來有幾個機電區的工人和礦工也出現了。湯姆希金斯和計劃委員會的人是從中段樓層的保安分駐所來的。茱麗葉看到一個委員站在伺服器上，手上拿著一張紙，一根炭條，手指在半空中指來指去，想清點人數，可是現場人潮洶湧，很難清點，他不由得邊清點邊咒罵。茱麗葉忍不住笑起來，但她很快就明白，他正在做的是一件很重要的事。他們一定要知道人數。她腳邊擺著一套防護衣，是她等一下開會要用的道具。他們一定要知道總共有多少人，有多少防護衣。

柯妮也進來了，一路擠過人群。茱麗葉心中一震，立刻滿臉笑容衝上去抱住她的朋友。

「妳身上全是煙燻味。」柯妮說。

茱麗葉笑起來。「沒想到妳會來。」

「紙條上說人命關天。」

「真的？」她轉頭看看雷夫。

他聳聳肩。「有些紙條上可能是這樣寫。」他說。

「那麼，這到底怎麼回事？」柯妮問。「跑這麼遠的路，應該不是只為了來喝碗湯吧？到底怎麼回事？」

「等一下我會告訴大家。」接著她轉頭對雷夫說：「你去幫忙把大家叫過來好嗎？還有，你找個人到樓梯井那邊去看看還有沒有人正要上來。可以叫邁爾斯和休爾去，或是找運送員也可以。」

他才剛走，茱麗葉就注意到每個人都已經坐在伺服器上，背靠著背，拿著罐頭喝湯。孤兒站在那裡，背後是堆積如山的罐頭。他手上拿著一種很奇怪的電器，電線接在地板的插座上。他正在用那個東西幫大家開罐頭。有人從儲藏室裡拿出一堆又一堆的罐頭，大家都瞪大眼睛看著。不過，也有很多人正在看她，交頭接耳竊竊私語。

現場清點出來的人數越來越多，茱麗葉開始煩躁了，來回踱來踱去。休爾和邁爾斯回來了，說樓梯井已經沒什麼動靜，可能只剩下一兩個人還沒上來。從茱麗葉和雷夫撲滅火災到現在，感覺上好像已經過了一整天。她不想低頭看手錶，不想知道現在幾點。她覺得好疲憊，尤其是，大家都坐在那裡狼吞虎嚥吃罐頭，抬起袖子擦嘴巴，邊吃邊看著她。大家都在等。

有東西吃，大家暫時都很安靜，心滿意足。大家忙著吃東西，她也就暫時鬆一口氣。但茱麗葉知道，時候到了，再不說，她就永遠說不出口了。

「我知道大家一定很疑惑，到底怎麼回事。」她開始說了。「大家為什麼會到這裡來。」她拉高嗓門，現場竊竊私語的人就慢慢安靜下來了。「而且，我說的這裡，並不是指這個房間，而是說這座地堡。我們為什麼要跑到這裡來？我聽到很多謠言，所以今天在這裡我要告訴大家真相。這個房間是全地堡最機密的地方，我特別叫大家到這裡來，就是要告訴大家真相。我們的地堡已經被摧毀了。裡面全是毒氣。那些沒有逃出來的人都已經死了。」

又有人開始竊竊私語。「毒氣？誰放的毒氣？」有人大聲問。

「就是幾百年前把我們送到地底下的人。拜託大家，仔細聽我說。」

現場又安靜下來了。

「我們的祖先被送到地底下生活，是因為這樣我們才能夠活下來，等外面的世界變好。我相信很多人都知道，就在我們家被摧毀之前，我去過外面。我去採樣外面的空氣，回來做檢驗，結果發現，距離地堡越遠，空氣越乾淨。我做了檢驗之後，就開始覺得外面的世界可能沒有想像中那麼糟。而且，除了自己做檢驗，我還聽到另一座地堡的人告訴我，在很遠很遠的地方，有藍色的天空——

「狗屁！」有人大喊。「那根本就是騙人的，我聽說，他們會先搞壞你的腦子，然後再把你送出去清洗鏡頭。」

茱麗葉轉頭去看看是誰在說話。是一個老運送員。做這種工作的人，最大的專長，除了散布謠言之外，有時候也會洩露一些危險的機密。大家又開始竊竊私語了。這時候，她忽然看到又有人進來了。有人推開房間另一頭那扇厚厚的鐵門。是溫德爾神父。他兩手平放在胸前，雙手藏在寬大的袖子裡。巴比站起來大喊，叫大家安靜，於是大家又安靜下來了。茱麗葉朝溫德爾神父揮揮手，跟他打招呼。大家都轉頭過去看。

「等一下我要說的話，我希望大家能夠敞開心胸好好聽我說。」茱麗葉說。「我要告訴大家的，是我們現在所面臨的很殘酷的處境：我們可以留在這裡想辦法過日子，不過，我不知道能撐多久。而且，我們會生活在恐懼中，大家互相畏懼，而且還要擔心災難可能隨時會降臨。那些人隨時可以打開我們的大門，隨時可以把毒氣灌進我們的地堡裡，隨時可以要我們的命。我不知道這是什麼樣的生活。」

全場鴉雀無聲。

「除了留在這裡，我們還有另外一個選擇。那就是，我們可以離開這裡。不過，要是我們離開，我們就永遠不會再回來了——」

「離開？要去哪裡？」有人大聲問。「去另外一座地堡嗎？萬一那裡比這裡更糟糕怎麼辦？」

「我們不是要去另一座地堡。」說著茱麗葉走到旁邊，讓大家看得見牆上的地圖。「他們在這裡。五十座地堡。其中這個就是我們的家。」她指著地圖，現場的人群忽然都動了一下，大家都坐直起來想看清楚。茱麗葉忽然感到心中一陣激動，百感交集，有無邊的喜悅，也有悲傷，因為她終於能夠公開把真相告訴大家。接著，她指著地圖上旁邊那座地堡。「我們現在就是在這裡。」

「好多地堡。」她聽到有人在竊竊私語。

「離這裡有多遠？」另外一個人問。

「我在地圖上畫了一條線，那就是我們挖的坑道。」她指著地圖。「後面的人可能看不太清楚，不過，我要大家仔細看看這條線。這是我們的鑽土機原先面對的方向。」她的手指沿著那條線劃過地圖，超過地圖的邊界，畫到牆上。然後，茱麗葉朝艾莉絲揮揮手，叫她走到牆壁前面，伸手指著她先前在牆上畫的一個記號。

「這張圖是我們現在這座地堡的藍圖。」她走到旁邊另外一張地圖前面。「這張圖上可以看到地堡最底下有另外一部鑽土機——」

「我們不要再挖坑道了——」

茱麗葉轉頭看看大家。「我也不想挖坑道。因為，老實說，我們的燃料不夠了。當初挖坑道到這裡已經用了很多燃料。還有，我不想挖坑道，另外一個原因是，那台鑽土機很難轉彎。最後，還有更重要的原因，那就是，我們目前的食物只能勉強維持一兩個禮拜，甚至可能維持不了那麼久。

我們不挖坑道了。不過，有一點很重要的是，這張藍圖的比例非常精準，圖上畫的那台鑽土機，比例大小和我們地堡旁邊那部鑽土機實際的尺寸完全吻合，而且，就連鑽土機面對的方向也完全吻合。我讓大家看看這張圖，上面畫的就是這座地堡和鑽土機。」她手指在那張圖上移動了幾下，然後又回去指著那張大地圖。「大家看看這張圖上的線。每一座地堡都連著一條線，有些線會從其他地堡旁邊經過，可是卻不會碰到。圖上的每一條線都不會碰到其他地堡。」她沿著地圖往旁邊走，手指著一條線慢慢移動，最後她的手指碰到艾莉絲的手指。艾莉絲對她笑了一下。

「我們估算過挖坑道到這座地堡用了多少燃料，還剩多少燃料。我們知道一開始油箱裡有多少燃料，燃料消耗的速度有多快。最後算出來的結果顯示，油箱裡的燃料剛剛好夠用，或者可以說多了百分之十的備用量，可以一直挖到這一點。」這時候，她的手指又碰到了艾莉絲的手指。「而且，鑽土機的方向，微微有點上揚，所以，我們認為，地堡旁邊的鑽土機，它的用途就是把我們帶到這個點，帶我們離開這座地堡。」她停了一下。「我不知道從前那些人打算什麼時候才要告訴我們，或者，他們究竟有沒有打算要告訴我們。但不管怎麼樣，我認為我們不要再等了，也不用去問。我們直接去那個地方。」

「就這樣去？」

茱麗葉看了一下全場的人，看看剛剛是誰在說話。結果，她發現那個人是計劃委員會的人。

「我認為，我們離開這裡會比較安全，比待在這裡安全。我很清楚，如果留下來，我們會有什麼下場。我很想知道，如果我們離開，結果是不是會比較好。」

「那應該只是妳心裡希望那樣會比較安全。」有人說。

茱麗葉不想再管是誰在說話。她轉頭看著全場的人，發現大家好像都有同樣的感覺，包括她自己在內。

「沒錯。我是這麼希望的。這些事，是一個素昧平生的人告訴我的。而我的直覺告訴我，我應該抱著希望。而且，我相信地圖上畫的這些線。如果大家覺得這樣還不夠，我也無話可說。不過，大半輩子，我只相信自己眼睛看得到的東西。我需要證據。我需要看到結果。而且，就算看到了結果，我至少還要再看到兩次三次同樣的結果，我才有辦法搞清楚整件事。今天，我面臨的狀況是，我非常確定在這個地方我們絕對活不下去，不過，我們有機會找到一個更好的地方。我很想去看看，而且，我希望有更多的人願意跟我一起去。」

「我跟妳去。」雷夫說。

茱麗葉點點頭。現場起了一陣騷動。「我知道你一定會跟我去。」

孤兒也舉手了，另一隻手扯扯鬍子。接著，茱麗葉感覺到艾莉絲在拉她的手。休爾手上抱著拚命掙扎的小狗，但他還是想辦法舉了一隻手。

「既然我們不挖坑道，那我們要怎麼去？」有一個礦工問。

這時候，茱麗葉彎腰去拿地上的某個東西，而且趁彎腰的時候伸手去揉眼睛。過了一會兒，她站起來，一手提著一套防護衣，另一手拿著頭盔。

「我們從外面去。」她說。

60 第十七地堡

隨著工作的進行，食物的存量也日漸萎縮，那是很殘酷的倒數計時。儲藏室裡的罐頭一天天消失，土耕區的作物也即將消耗殆盡。這次的行動，地堡裡還是有很多人沒有參與。有很多人根本沒有來參加大會，有很多人整天晃來晃去，急著到土耕區搶地盤佔菜圃，因為他們知道如果動作夠快就有機會搶到。有好幾個機電區工人自願到底下去勸更多人上來，看看能不能勸得動老沃克，拉他一起上來。茱麗葉看到還有機會召集更多人一起走，欣喜若狂，但另一方面，當大家埋頭工作的時候，她卻也感覺到壓力與日俱增。

伺服器房變成了巨大的工坊，乍看之下有點像物資區的廠房，現場擺了大概有一百五十套的防護衣，等著要修改尺寸做調整。茱麗葉發現防護衣的數量遠超過參與的人數，心裡有點難過，但也鬆了一口氣。如果情況顛倒過來，那問題就大了。

她教會幾個機電區的工人組裝輸氣閥門。上次她和尼爾森在實驗室做檢驗的時候，就是用這種閥門呼吸。然而，資訊區現有的閥門數量不足，於是，茱麗葉就拿一些樣本給運送員，要他們到底下的物資區去拿。茱麗葉很確定，那裡還有很多備用零件。那些零件本來毫無用處，可是現在卻成為他們求生存的必需品。他們需要更多的墊圈、耐高溫膠帶，還有密封墊。另外，茱麗葉還叫他們到物資區和機電區，把焊接設備帶上來。她教他們辨認哪一種是乙炔瓶，哪一種是氧氣瓶，然後叫他們把氧氣瓶帶上來就好，乙炔瓶用不著。

艾瑞克根據掛在牆上的地圖計算距離，算出一個氧氣瓶可以供應十二個人使用。茱麗葉說十個人用就好，以策安全。現場有五十多個人正在趕製防護衣，那些翻倒的伺服器正好充當臨時工作檯，有人跪著，有人坐在地上，全都趴在伺服器上工作。她從那些人當中挑出幾個人，準備跟她到上面的大餐廳做另一件事。那是一件令人毛骨悚然的事。這個小組成員就是她爸爸，雷夫，道森，還有另外兩個老運送員。茱麗葉知道那兩個運送員處理過屍體。在上樓的途中，他們經過土耕區樓下的抽水機房，到裡面的驗屍官辦公室拿了五十幾個運屍袋。接下來，他們繼續往上爬，一路上都沒有人再說話。

第十七地堡已經沒有氣閘室。那裡還是跟幾十年前毀滅的時候一樣，外閘門開了一半。茱麗葉還記得，她曾經兩次進出那個閘門，第一次頭盔被卡住。他們要到外面去，最大的障礙就是內閘門，還有保安官辦公室門口。那薄薄的兩扇門阻隔了兩個世界。一個是外面的死亡世界，一個是裡面垂死的世界。

茱麗葉和大家一起搬開辦公室門口那堆積如山的桌椅。那堆桌椅間有一個小小的通道，是她兩個多月前硬擠出來的，而現在，他們需要更寬闊的空間。茱麗葉警告過他們，裡面有堆積如山的屍體，不過，剛剛在驗屍官辦公室拿運屍袋的時候，他們就已經心裡有數。好幾個人同時拿著手電筒照著門口，然後茱麗葉準備開門。她爸爸堅持要大家都戴面罩，戴橡膠手套。茱麗葉本來還在想，是不是應該穿防護衣上來。

裡面的屍體就和她印象中一模一樣，一大堆糾纏凌亂的灰色軀體。門一開，一股異樣的氣味立刻滲進她面罩裡。那是一種腐臭味，混雜著血腥味。茱麗葉還記得當時她把腐爛的湯淋在身上，洗掉外面空氣的毒素。這裡面除了死亡的氣息之外，還有另一種氣味。

他們把屍體一具一具拖出來，放進運屍袋裡。這是一種很可怕的工作。肢體上的腐肉會被扯離骨頭。「抓住關節。」茱麗葉提醒他們。「搬的時候抓胳肢窩和膝蓋。」

那些屍體並沒有碎爛，勉強還能搬。肌腱和骨頭讓屍體勉強保存了完整。每裝好一具屍體，都會有一種如釋重負的感覺。大家都在咳嗽，也有人一直乾嘔。

保安官辦公室裡的屍體多半堆積在門口，彷彿當時他們爭先恐爬到別人身上，拚命想擠進來，回大餐廳。另外有一些屍體散佈在辦公室地面上，比較沒有掙扎的痕跡。有一間羈押室門開著，裡面有一具屍體倒臥在破爛的床鋪上，一半垂到地上。那張床只剩下床架，床墊早就不見了。有一個女人躺在牆角，兩條手臂抱在胸前，彷彿在睡覺。最後幾具屍體，是茱麗葉和爸爸一起處理的，她注意到爸爸那種驚訝的表情，而且，他眼睛一直盯著她。她倒退著把屍體拖出辦公室的時候，眼睛盯著爸爸後面的閘門。門上的黃色油漆幾乎已經剝落殆盡。

「很不對勁。」她爸爸說。他戴著面罩，聲音聽起來悶悶的。他們把屍體放進一個運屍袋裡，拉上拉鏈。

「我們會幫他們舉行簡單隆重的葬禮。」她安慰他。她覺得他剛剛說不太對勁，意思是屍體不應該這樣草草率率丟進運屍袋了事。

他脫掉手套和面罩，蹲在地上，抬起手用手背擦擦眉頭。「不，我的意思是，這些屍體很不對勁。我記得妳好像說過，妳剛到這地方的時候，裡面幾乎沒有半個人。」

「是啊。只有孤兒和那幾個孩子。這些人已經死了很久了。」

「那怎麼可能。」她爸爸說。「他們的屍體還很完整。」他眼睛瞄瞄那些運屍袋，皺著眉頭，看不出是擔心還是困惑。「我認為，這些人才死了三個禮拜，頂多四、五個禮拜。」

「爸，我到這裡的時候，這些屍體就已經在這裡了。我從他們上面爬過去。而且，我還問孤兒有沒有看過這些屍體，他說他好幾年前就看過了。」

「根本不可能——」

「說不定是因為這些屍體都沒有埋葬。要不然就是因為外面有毒氣，所以沒有蒼蠅之類的昆蟲。總之，屍體有沒有腐爛應該沒那麼重要吧，不是嗎？」

「這些屍體的狀況，牽涉到很多問題，事關重大。還有，我告訴妳，這整座地堡都很不對勁。」說著他站起來，朝樓梯井走過去。雷夫正用杓子把水舀進杯子和空罐頭裡。剛剛他找了半天才找到幾個杯子和空罐頭。她爸爸拿了兩杯，一杯遞給茱麗葉。茱麗葉看得出來，她爸爸正在想事情。「妳知不知道艾莉絲有一個雙胞胎妹妹？」她爸爸問。

茱麗葉點點頭。「漢娜告訴過我。艾莉絲的妹妹一出生就夭折了，她媽媽也死了。她們很少提這件事，特別是艾莉絲在場的時候。」

「還有那兩個雙胞胎。馬克思和邁爾斯。又是雙胞胎。瑞克森說他好像也有一個雙胞胎弟弟，不過他爸爸不准他提這件事，而他媽媽也死了，根本找不到人問。」她爸爸喝了一口水，然後低頭盯著杯子。這時候，道森正在幫忙抬運屍袋。茱麗葉注意到他一直咳嗽，而且看起來好像快吐出來了。茱麗葉喝了一口水，想蓋掉嘴裡那種血腥味。

「是死了很多人。」茱麗葉說。她有點擔心爸爸會想到另一件事。她想到那個她從來沒有見過的哥哥。她打量著爸爸的表情，想看看他是不是又想到自己的太太和死去的兒子。其實，他腦海中正在拼湊線索，想解開另一個謎團。

「不對。是出生的人太多。妳沒有注意到嗎？六個小孩，三對雙胞胎？而且，沒有大人照顧，那幾個孩子竟然都健康得像是鐵打的。還有妳的朋友吉米，他竟然沒有半顆蛀牙，從來沒生過病。他們都沒生過病。這妳要怎麼解釋？那一大堆屍體好像才死了幾個禮拜，這妳又要怎麼解釋？」

茱麗葉忽然注意到自己的手臂。她一口喝掉杯裡的水，把杯子遞給爸爸，然後開始捲袖子。

「爸，上次我問你疤痕會不會消失，你還記不記得？」

他點點頭。

「我手上有幾個傷疤真的不見了。」她讓爸爸看看她的臂彎。「當初盧卡斯告訴我，我手上的傷疤不見了，我根本不相信他。不過，我這裡本來有一個傷疤，這裡也有一個，可是現在都不見了。當初我全身燒傷，最後卻活下來了，你說那是奇蹟，這你還記不記得？」

「那是因為當時妳很快就接受治療——」

「還有，我告訴過費茲，我潛到水裡去修抽水機，可是他根本不相信。他說，有一次礦坑淹水，他看過那種體型大我兩倍的男人潛進十公尺深的水裡，結果都得了潛水夫病，而我潛進三、四十公尺深的水裡，竟然沒事，他打死都不相信。他說，我要是真的潛水那麼深，早就死了。」

「我對挖礦的事一竅不通。」

「費茲就很懂。而且他認為我早就應該死了。還有，你認為這些屍體應該早就腐爛了——」

「應該早就變成一堆白骨了。」

茱麗葉轉頭看著牆上的大螢幕，忽然有點懷疑自己現在是不是在一個夢境裡。垂死的人好像都會這樣，拚命想抓住什麼東西，免得自己掉進那黑暗深淵。說不定，她被送出去清洗鏡頭，並不是幾個月前的事，而是現在。此刻她才剛出來清洗鏡頭，正倒在那山丘上奄奄一息，而後來所經歷的一切都是此刻她垂死前的幻覺。她根本沒有和盧卡斯相愛，甚至根本不認識他。此刻，她正處於一個虛無飄渺的鬼魅世界，而種種經歷都只是孤絕的夢境，神智恍惚中的幻覺。她早就已經死了，直到此刻才醒悟——

「說不定是水裡有什麼東西。」她爸爸說。

茱麗葉轉頭看著空蕩蕩的螢幕，然後伸手握住爸爸的手臂，靠向他。他緊緊摟住她，而她也摟住他。他臉上的鬍渣刺痛了她的臉頰。她強忍著不敢哭出來。

「沒事了。」她爸爸說。「沒事了。」

她沒有死。然而，事情真的不太對勁。

「不是水裡有什麼東西。」她說。雖然她在這座地堡裡喝了不少水，但她認為不是水的問題。

她放開爸爸，看著第一個運屍袋被抬向樓梯井。有人帶來一大捆電線皮做成的繩子，用來綁運屍袋，然後從欄杆上慢慢把袋子放下去。她深切感覺到，運送員真不是人幹的。就連運送員自己都說：運送員真不是人幹的。

「說不定是空氣裡有東西。」她說。「說不定那些氣體被灌進地堡之後，就造成了這種結果。天曉得。不過，我認為你說對了，這座地堡真的非常不對勁。而且，我認為現在正是時候，真的該離開這個地方了。」

她爸爸一口喝乾了杯子裡的水。「我們什麼時候走？」他問。「妳真的覺得這樣好嗎？」

茱麗葉點點頭。「我寧願死在外面，也不想留在這裡自相殘殺。」這時候，她忽然想到，她說話的口氣很像那些被送出去清洗鏡頭的人，那些愛做夢的人，那些瘋狂的傻瓜。從前，她總是嘲笑那些人，從來不曾真正了解他們。現在，她覺得自己就好像正要冒險啟動一部機器，而這部機器她甚至從來沒有拆開檢查過。

61 第一地堡

夏綠蒂猛拍電梯門。剛剛電梯門關上的時候，她趕緊按下按鈕，可惜已經來不及了。她身上的防護衣穿了一半，只能用一隻腳跳到電梯前面。而在通道另一頭，達西正急著穿防護衣。「他真的會幹嗎？」達西大喊。

夏綠蒂點點頭。他會的。他做另外那件防護衣，一開始就打算要給達西用的。他早有計畫。夏綠蒂又拍了一下電梯門，咒罵她哥哥。

「妳要趕快把防護衣穿上去。」達西說。

她轉身蹲到地上，兩手環抱著小腿。她根本不想動。她看著達西掙扎著穿防護衣，好不容易才把衣領從頭上套進去。接著，他手伸到背後想去拉拉鍊，可是卻搆不到。「我應該要先揹上背包嗎？」地上有兩個唐諾準備的背包，達西伸手拿起一個，打開背包，拿出一個罐頭，但立刻又放回去，最後終於找到裡面那把槍，掏出來放在外面。然後，他又繼續穿防護衣，可是卻一直穿不好。

「夏綠蒂，我們只剩下半個鐘頭了。我們要怎麼出去？」

夏綠蒂抬起手擦擦臉，掙扎著站起來。達西根本不知道要怎麼穿防護衣。她把腿伸進防護衣裡，頭和手臂還露在外面，不過她還不急著穿，而是先跑向達西。這時候，她聽到背後的電梯突然叮噹響了一聲，立刻停下腳步轉身看。她心裡想，一定是唐諾回來了，他改變心意了。但她似乎忘了，剛剛是她按了按鍵。

門一開，電梯裡那兩個穿淡藍制服的人立刻就看到她，目瞪口呆，然後低頭看看樓層指示燈，一臉困惑。接著，他們又抬頭看著夏綠蒂。眼前這個女人穿著防護衣，可是只穿了一半。接著，電梯門慢慢關上了。

「完了。」達西叫了一聲。「我們真的要趕快走了。」

夏綠蒂忽然驚慌起來，那是本能反應。她想起剛剛哥哥在電梯裡看著她，那種眼神。她想到哥哥在她臉頰上親了一下，跟她告別。想到這個，她心頭一陣翻湧。但她還是快步跑到達西面前，幫他穿好防護衣，抬起背包讓他揹上。等他完全穿好了，她立刻幫他拉上拉鍊。接著，她轉過身，換他幫她拉上拉鏈。然後，他跟在她後面衝向通道最裡面，夏綠蒂伸手指著拉門，拿起兩頂頭盔交給他。剛剛她哥哥說的那個箱子已經擺在門口了。「把門打開，然後把那口箱子塞進去卡住門，我先去啟動台車。」

她推開營房的門，沿著走廊跌跌撞撞往裡面跑。防護衣很笨重，行動很不方便。跑過下一扇門時，她聽到裡面的無線電還發出嘶嘶的靜電雜訊，心裡覺得有些可惜。當初花了那麼多時間收集零件，組裝，可是現在卻又要棄它而去。她走到無人機升降台車操控台前面，掀開塑膠布，把升降桿推到上升的位置。她相信自己應該已經給達西足夠時間把東西都塞進去。然後，她又跌跌撞撞的沿著走廊往回走，經過營房，回到軍火庫。她組裝的最後一架無人機正蓋在防水布下。這時候，她忽然聽到叮噹一聲。是電梯那邊傳來的。接著，她聽到劈哩啪啦的腳步聲朝她的方向過來。達西大喊，叫她趕快進台車。

唐諾在電梯裡，準備到六十二樓。電梯抵達六十一樓的時候，他按下緊急按鈕，電梯猛然停住，開始發出刺耳的嗶嗶聲。他扶著炸彈，掏出鐵槌，走到彈頭前面，拉掉保險塑膠條。他無法確定，如果他在電梯裡引爆炸彈，爆炸威力是否足夠摧毀這個地方。不過，要是有人來追他，他就只能這樣做了。他希望多給妹妹一點時間，不過，為了能夠順利摧毀這個地方，他會不惜任何代價。他看著電梯按鍵面板上的小時鐘，繼續等待。這樣，他多了一點時間可以思考。十五分鐘過去了，他沒有再咳嗽，也沒有再清喉嚨。他忽然覺得有點諷刺，難道他的病情真的改善了嗎？但接著他忽然想到他祖父和姑媽，當年他們兩個都是在臨終之前身體狀況突然好轉。說不定他自己也是這樣。

手上的鐵槌越來越沈重。此刻，他一手扶著炸彈，忽然覺得很不可思議。這顆炸彈可以毀滅一切，殺死那麼多人，改變這世界，而他竟然就站在它旁邊。又過了五分鐘，他心裡想，該走了。已經夠久了。要拖著炸彈到反應爐還要花很多時間。他又等了一分鐘，這時候，他腦海深處忽然意識到自己準備要做什麼，那潛藏的意識彷彿在呼喚他，叫他要考慮清楚，要有理性。

唐諾又按下緊急按鈕，讓按鈕跳起來。他必須趁自己還沒有失去勇氣之前趕快採取行動。他暗暗祈禱，希望他妹妹和達西已經平安上路了。

夏綠蒂飛快鑽進升降台車，頭盔撞到上面的頂板。她背後揹著氧氣瓶，只能側身躺在裡面。達西把頭盔丟進去，然後也跟著鑽進去。這時候，軍火庫那邊忽然有人朝他們大喊。夏綠蒂開始用力推塑膠箱。塑膠箱一推開，門就會關上，台車就會上升。達西也跟著她一起推，可是塑膠箱卡得很緊。這時候，外面的人又在大喊了，達西趕緊從背包裡把槍掏出來，然後側身舉槍朝外面射擊，台車裡槍聲震耳欲聾。夏綠蒂看到穿著銀色制服的警衛壓低身體躲到無人機後面，然後，他們聽到一聲槍聲，子彈碰的一聲打中台車裡面。外面的警衛開槍還擊了。夏綠蒂翻轉身體用腳去踢塑膠箱，可是箱蓋卡住了門板，慢慢被壓成梯形，箱子已經推不出去，只能往裡面拉。夏綠蒂想去拉，可是卻找不到地方使力。

達西忽然大喊了一聲，叫她待在裡面，然後他自己用手肘撐在地上，身體鑽出門口舉槍射擊，連開了好幾槍。那些警衛趕緊找地方掩蔽。夏綠蒂開始哭了。接著，他鑽出台車，從外面推箱子，要把箱子推進來。夏綠蒂哭喊著叫他趕快進來。萬一箱子推進來，門關上了，他會被關在外面。這時又響起一聲槍聲，咻的一聲子彈沒打中。達西開始用腳踢箱子，箱子往裡面推進了幾公分。

「等一下！」夏綠蒂哭喊著，掙扎著想鑽出去。她不想自己一個人走。「等一下！」

達西又踢了箱子一下，台車震了一下。箱子已經快要推開了，只剩幾公分。這時候，躲在無人機後面的警衛又開了一槍，然而，這一次沒有聽到子彈的呼嘯聲，卻只聽到達西哼了一聲。他忽然跪倒在地上，轉身朝後面瘋狂開槍。

夏綠蒂手伸到門外，想去拉他的手把他拉進來。「快點！」她大喊。

達西趴下來把她的手推進去，然後用肩膀頂著箱子，對她微微一笑。接著他忽然說：「沒關係，我已經想起來我是誰了。」說完他就把箱子撞進去。

電梯來到反應爐區樓層，開始慢下來，然後，門開了。唐諾按下手推車上的按鈕，讓推車往後仰，然後推著車走向十字旋轉門。警衛看著他慢慢走近，皺起眉頭露出好奇的表情。唐諾心裡想，目前的場面真的很詭異，這個警衛看到他推著炸彈，根本沒想到他是殺人兇手。他拿著達西的識別證，觸了一下感應器，看到綠燈一閃，警衛立刻揮手叫他進去。這個地方，每個人都會親眼看到爆炸，然後頭一個下地獄。

「謝謝你。」唐諾故意抬頭看著警衛，看看警衛會不會認出他。

「祝你好運。」

唐諾從來沒看過反應爐。反應爐有三層樓高，就在那扇巨大的門後面。在這裡，每一班輪值的工作人員，人數是整個地堡人員加起來的一半。這裡是這座邪惡地堡的心臟，也是最致命的要害。他繞著一條彎彎的走廊，四周都是粗粗的管子和沈重的的電纜。一路上他碰到兩個穿紅制服的工作人員，可是兩個人都沒有注意到唐諾衣服肩膀的部位有一個子彈孔，還有褪色的血跡。一路上，他就只是點點頭，眼睛瞄一下炸彈，然後迅速撇開視線，讓他們沒有機會開口說要幫忙。手推車有個輪胎發出嘎吱嘎吱響，彷彿在抗議唐諾的計劃，很不喜歡載著一種可怕的東西。很不喜歡載著這種可怕的東西。

唐諾終於來到主反應爐廠房門外。距離夠近了。他從口袋裡掏出鐵槌，開始想著自己即將要做的這件事意義有多重大。他想到海倫。海倫走得平平靜靜，就像一般人那樣。人生本來就應該這樣。盡你所能好好活著，做你該做的事，不要妨礙別人。讓後代的人自己做選擇，讓他們自己做決定，過他們自己的生活。人生應該這樣才對。

他雙手舉起鐵錘，那一剎那，忽然響起一聲槍聲。有人開了一槍，打中他的胸口。唐諾身體翻了一圈，鐵槌掉到地上，接著他兩腿一軟，開始往地上倒。那一剎那，他伸手想去抓炸彈，手指頭碰觸到彈頭，可是滑掉了，然後他的手抓到手推車的把柄，手推車被他身體的重量拖翻了。最後，唐諾仰天躺在地上，炸彈碰的一聲掉在地上，他的背都感覺得到震動。接著，炸彈慢慢滾向牆壁，他的手摸不到了。

無人機升降台車緩緩上升，最後終於來到頂樓，門自動開了。夏綠蒂遲疑了一下，在裡面摸索半天，想辦法要讓台車下降，回底下去。然而，操控台在底下距離一公里的地方，遙不可及。她開始慢慢爬出去，背後的氧氣瓶一直頂到台車上面。達西走了。她哥哥也走了。這不是她所期待的。

頭頂上，滿天烏雲翻騰扭滾。她爬上一片斜坡，眼前的一切是如此熟悉。她曾經看過這個地方，雖然不是親眼看到。她是透過無人機的攝影鏡頭看到的。她曾經操控四架無人機起飛，看過四次這樣的景象。只要按下油門按鈕，飛機就會衝上雲端，自由自在的迴旋翱翔。

可是這次，她必須親自爬上斜坡，她突然覺得渾身肌肉痠痛。後來，她終於爬到斜坡頂端，然後壓低身體，免得碰到上面的平台。此刻，她就像一隻落在地面的鳥，一個無法飛行的旅人。她攀著平台上去，然後倒在地上，彷彿一隻小鳥從鳥巢裡掉出來。

一開始她不知道該朝哪個方向走。她覺得好渴。然而，她的食物和水都在背包裡，而背包在她背後，壓在防護衣裡面，和她一樣都被困住了。她轉身看看四周，努力想辨識方向。她低頭看看她哥哥黏在她袖子上的地圖，忽然很氣他，但也必須感謝他。他已經計劃很久了。

她專心研究那張地圖。她比較習慣無人機的數位儀錶板，具有空中判斷方位的優勢，而且還有飛行計畫。不過，眼前這條斜坡走道一路延伸到下面的泥土地面，有助於她判斷方位。這條走道指向北方。地圖上的紅線就是指向北方。她慢慢走向山丘。站在高處可以看得比較遠。

接著，她忽然想起這座山丘是什麼地方了。她回想起那一天，剛下過雨，草地上滑溜溜的，山丘和緩的斜坡上，泥地中有兩條深暗的軌跡。夏綠蒂還記得，那天她離開機場之後，時間已經很晚了。她就站在這座山丘上，她哥哥從地堡裡面跑出來和她碰面。當時，世界還很美好。如果你抬頭往上看，說不定可以看到噴射客機劃過天際，在天上留下長長的煙痕。你可以開車去吃漢堡，可以和心愛的人在一起。當年，這座山丘也曾經屬於那個美好的世界。

她走過山坡上的一個位置。當年，她就是在這裡和哥哥互相擁抱。此刻，來到這個地方，她忽然很想把所有的計劃拋到腦後。她已經沒有動力再繼續走下去。她哥哥走了。這世界也已經毀滅了。就算她能夠活著看到青翠的草地，吃更多的軍用口糧，喝更多的水……這又是為了什麼呢？

她慢慢走上山丘，淚眼盈眶，兩條腿的動作只不過是一種本能。這一切又是為了什麼？

唐諾胸口像火在燒，鮮血湧到他脖子上。他抬起頭，看到瑟曼就站在遠處的走廊上，快步朝他走過來，兩個警衛在他旁邊，手上拿著槍。唐諾手伸進口袋裡摸手槍，只可惜已經太遲了。太遲了。他眼裡湧出淚水，然而，他哭泣，是為了所有活在這個體系下的生命，為了那成千上萬一代又一代受盡苦難的靈魂。他想舉起槍，可是卻沒力氣，手槍只能離地不到幾公分。那些人要來對付他了。他們會派無人機到外面去追殺夏綠蒂和達西。無人機俯衝而下，像老鷹一樣撲殺夏綠蒂。他們會繼續摧毀一座又一座地堡，只留下最後一座，而做出這一切冷血決定的，卻是那些冷漠的伺服器和沒有靈魂的密碼。

警衛的槍都指著他，只要他敢亂動一下，他們會立刻射殺他。唐諾用全身僅剩的最後一絲力氣想舉起槍。他看著瑟曼朝他走過來。他曾經開槍射殺過這個人，現在，他還想再殺他一次。他掙扎著想舉起槍，可是槍卻只能離地十公分。

但這樣就夠了。

唐諾手臂猛然往旁邊伸開，槍口朝向那顆足以毀滅這個邪惡地堡的炸彈。他瞄準彈頭，扣下扳機。接著，他聽到一聲驚天動地的巨響，只不過，他永遠無法知道那聲音是從哪裡來的。

地面猛烈震了一下，夏綠蒂往前摔倒在地上。那悶悶的碰的一聲，聽起來很像手榴彈在深深的湖底爆炸。整個山坡都在震動。

夏綠蒂翻身看著山坡底下，看到地面上裂開了一條縫，然後又是一條縫，接著，中央的水泥圓丘歪向一邊，地面上忽然出現一個大窟窿，彷彿隕石坑，然後，窟窿中央開始往下陷，範圍越來越廣，彷彿漩渦一樣把四周的泥土都吸進去，而裂縫裡不斷噴出白白的水泥粉。

山丘微微搖撼，細沙和碎石子開始往下滾，滾向底下那翻湧的洞穴。夏綠蒂掙扎著往上爬，爬向山丘頂，躲開那個逐漸擴散的坑洞。她心臟砰砰狂跳，腦海中一片混亂。

她轉身慢慢站起來，用最快的速度往上跑，身體往前彎，手摸向地面，慢慢的，地面的土壤漸漸變結實了。後來，她終於爬到山丘頂上，看著眼前那毀天滅地的景象，心中的震驚讓她忘了哭泣。狂風吹打在她身上，防護衣冰冷又笨重。

後來，她終於癱軟倒在山丘頂上。「唐諾。」她輕聲呼喚。夏綠蒂翻身看著那巨大的洞穴。那裡曾經是她哥哥的世界。她翻身躺在地上，飄落的塵土撒在她身上，狂風撲在她的面罩上，她的視線越來越模糊，塵土籠罩了一切。

62 美國喬治亞州 富爾頓郡

茱麗葉又想起那一天。那一天，她本來應該要死的。她被送出去清洗鏡頭，穿著同樣笨重的防護衣，從面罩的顯示器上看到的世界，是蔚藍的天空，綠草如茵，然後，當她走到山丘頂上，眼前的景象卻變成一片灰灰黃黃的大地，一個真實的世界。

而現在，她在風中舉步維艱，狂暴的風沙吹打在她的面罩上。她的頭盔裡迴盪著她急促的心跳聲，急促的呼吸聲。一路上，她一直看著眼前的景象，而不知不覺中，那黯淡灰黃的景致慢慢在變了。

景象的變化很緩慢。一開始，眼前漸漸出現淡淡的藍色，很難看得出來那是什麼。她那一組人走在最前面，成員有雷夫和她爸爸，還有另外七個人。他們一起拖著一個巨大笨重的氧氣瓶。一開始，景象的變化很緩慢，但沒多久，眼前的景象完全變了，彷彿他們穿過了一道隱形的牆。霧氣消散了，光線越來越明亮，而狂風也突然平息，眼前出現一個色彩繽紛的世界，有綠色，藍色，還有乾乾淨淨的白色。茱麗葉發現自己置身在一個鮮明亮麗的世界，一切都是如此清晰，如此燦爛，如此真實。腳邊棕色的野草有如一株株枯黃的玉米殘莖，然而，這是眼前唯一看得到的死亡的景象。更遠處，綠草隨風搖曳，天空飄著一朵朵的白雲。茱麗葉赫然發現，跟眼前的景象比起來，小時候看的那些圖畫書的色彩根本就是褪色的。

有人伸手搭住茱麗葉的背，她轉頭一看，看到爸爸正目瞪口呆看著那壯麗的景象。雷夫抬起手遮在眼睛上面，遮住刺眼的陽光，鼻子呼出的熱氣在面罩上凝成一片白霧。漢娜低頭看著防護衣裡懷中的嬰兒，露出笑容。她兩條手臂縮在胸前抱著嬰兒，兩條空蕩蕩的袖子隨風擺盪。瑞克森摟著漢娜的肩膀，眼睛看著天空。艾莉絲和休爾兩手高高舉向天空，彷彿想去抓天上的雲。巴比和費茲兩個人看得目瞪口呆，不自覺把氧氣瓶放到地上。

沒多久，又有一個小組從後面的風沙中走出來，彷彿穿破一層薄紗，那一剎那，每個人疲憊的臉上煥發出無比的活力神采。其中有一個人被人扶著，然而，當他看到眼前的景象，他竟然自己站起來了。

茱麗葉回頭看看上面，看到那團風沙漸漸飄向天空。而風沙掃過的地方，花朵瞬間枯萎，綠草瞬間化成灰。有一隻鳥在天空盤旋，似乎在打量底下這些銀光閃閃的物體，然後就越飛越高，想遠離危險，回到蔚藍天空的懷抱。

茱麗葉覺得有一股衝動拖著她迎向那青翠的草地，遠離背後那死亡的大地。他們剛剛才從那個死亡的世界走出來。她朝同組的人揮揮手，兩手舉到面罩前面，彷彿在朝大家大喊，要大家趕快跟上來。接著，她過去幫巴比搬氧氣瓶，然後兩個人一起緩緩走下山坡。接著，後面越來越多小組也走下來了，而每一組人一走出來都立刻停下腳步，目瞪口呆，那模樣就像剛出來清洗鏡頭的人。其中有一個小組抬著一具屍體，每個人臉上都是一片哀戚。但儘管如此，絕大多數人都沈浸在無邊的歡愉中。茱麗葉也感覺到了。她本來以為，這一天應該是她面對死神的日子。她感覺到那股喜悅像電流一樣流遍全身，撫平了她身上的每一處傷疤。她感覺自己的雙腿雙腳又恢復了力量，她可以再度向前邁進，迎向遠處那無涯的地平線。

她朝山坡上的小組揮揮手，叫他們趕快下來。後來，她看到一個人似乎想把頭盔摘下來，她立刻朝那個小組的人比了個手勢，叫他們阻止那個人。接著，她要大家也用同樣手勢通知後面的小組，不要摘掉頭盔。茱麗葉聽得到空氣灌進頭盔裡的嘶嘶聲，然而她卻有一股前所未有的衝動，迫不及待想趕快擁抱這個世界。踩在腳底下的世界，已經不再只是一種希望。這是上天的恩典。她忽然想到用無線電和她聯絡的那個女孩。她說的都是真的。唐諾真的想幫助他們。希望、信仰、信任，這一切帶領她的人擺脫了死亡的威脅，即使只是短暫的片刻。她從口袋裡掏出地圖，看著地圖上的線。然後，她催大家趕快走。

前面又有一座山丘，一座緩緩起伏的大山丘。這就是茱麗葉尋找的地方。艾莉絲走到她前面去了，輸氣管被她扯得緊繃，而她卻只顧著想嚇唬草葉上的小蟲。休爾在後面追她，兩個人的輸氣管差點纏在一起。茱麗葉聽得到自己的笑聲。她忽然想到，自己已經多久沒有這樣笑了。

他們很費力的爬上山丘，爬得越高，兩邊的視野就越遼闊。當他們爬到山丘頂上，這才發現前面還有另一座山丘，而兩座山丘中間是一片山谷。茱麗葉轉頭看看四周，發現這片山谷已經脫離了五十座地堡的範圍。她看向他們走過來的方向，隔著一片青翠的山谷，遠處是一團濃密的烏雲，乍看之下彷彿一面牆。或者說，那團烏雲比起說像是一面牆，更像是一座黑黑的半圓球，而五十座地堡就在那圓球中央。接著，她轉頭看著另一個方向，看到那座山丘後面是一片浩瀚的森林，就像「資源」庫那些書裡的圖片一樣，乍看之下有如一朵巨大到難以想像的綠色花椰菜。

茱麗葉轉頭看看其他人，抬起手拍拍自己的頭盔，然後伸手指著那群在天空盤旋的黑鳥。她爸爸抬起一隻手，意思是要她等一下。他知道她想做什麼。接著，他伸手想去按自己頭盔上的卡榫。看到自己深愛的人竟然搶先冒生命危險，茱麗葉忽然感到一陣恐懼。而她知道，她爸爸一定也感受到同樣的恐懼。雷夫過去幫她爸爸按卡榫，可是，戴著厚厚的手套實在很不方便。後來，頭盔終於拿下來了。她爸爸吸了一口氣，忽然露出驚訝的表情，然後露出笑容，接著又深深吸了一口氣，胸膛也隨之起伏，兩手不自覺的漸漸放鬆，頭盔掉到草地上。

人群裡立刻起了一陣騷動，大家都伸手去按旁邊的人頭盔的卡榫。茱麗葉把沈重的背包放到草地上，過去幫雷夫摘下頭盔。然後，雷夫也幫她摘下頭盔。頭盔摘下的那一剎那，茱麗葉最先注意到的是四周的聲音。她聽到爸爸和巴比的笑聲，還有孩子們的笑聲。接著，她注意到空氣中飄散的氣味。那是地堡土耕區和水耕區的果菜香，還有肥沃土壤的香氣。而天上那明亮的光有點像植物燈的光，只不過距離遙遠得多，而且無所不在地籠罩著他們。頭頂上是一片無垠的空曠，彷彿無窮無盡，只看得到朵朵白雲。

大家開始互相擁抱，防護衣的領圈撞在一起。後面那些小組腳步越來越快了。有人走太快摔倒，旁邊的人立刻把他扶起來。隔著頭盔，可以看到他們笑得很燦爛，淚眼盈眶，淚流滿面，彷彿忘了身上的輸氣管還拖著氧氣瓶，忘了他們還抬著一具屍體。

大家開始脫掉防護衣和手套。這時候，茱麗葉忽然明白，眼前的一切是他們做夢都難以想像的。她不需要再像上次一樣，用刀子割破身上的防護衣。從前，穿上那套防護衣就意味著永遠不會有機會脫掉。他們像那些清洗鏡頭的人一樣穿上防護衣，離開地堡，是因為他們在地堡裡已經很難活下去。於是，他們渴望越過那些山丘，就算走向死亡，他們也不後悔。

巴比用牙齒咬掉一隻手套，露出一隻手。費茲也學他那樣咬掉手套。大家互相幫對方拉開背後的魔鬼氈，拉開拉鏈，把手臂從袖子裡抽出來，拔掉脖子上的領圈，扯掉靴子。然後，小孩子穿著髒兮兮的襯衣，打著赤腳踩著青翠的草地，又叫又笑，互相追逐。艾莉絲把小狗放到草地上，小狗立刻一溜煙鑽進高高的草叢裡，艾莉絲又開始尖叫起來。然後，她立刻衝進草叢裡，把小狗抓出來。休爾笑得很開心，從自己的防護衣裡掏出她那本紀念冊。

茱麗葉蹲下去，伸手輕撫著草地，摸起來感覺像是土耕區的雜草，只不過，這片草地是如此遼闊，綿延無盡。這時候，她忽然想到有人在防護衣裡塞了一些水果蔬菜。一定要想辦法留住種子。那是很重要的。此刻，她已經開始相信他們不會只能活過這一天。他們可以再活一個禮拜，甚至更久。

雷夫脫掉防護衣之後，立刻過來抱住她，在她臉上親了一下。

「這是什麼鬼地方？」巴比大聲歡呼，舉著粗壯手臂在原地轉圈圈。「這是什麼鬼地方？」她爸爸走到她旁邊，伸手指著山坡下面的山谷。「妳看到了嗎？」他問。

茱麗葉抬起手遮在眼睛上面，仔細看著山谷中央。那裡有一座綠色的小丘。不對，不是小丘，而是一座塔。不過，那座塔上面沒有天線，最上面是一片銀色的平面屋頂，有一半覆蓋著藤蔓。整座水泥建築長滿了長長的草。

山頂上的人越來越多，大家都在笑。沒多久，草地上到處都是靴子和銀色的防護衣。茱麗葉仔細打量那座水泥高塔，心裡明白裡面會有什麼東西。那是一個種子，會滋長出一個全新的開始。她揹起袋子，袋子裡裝滿了炸藥。那是他們的救贖。

63 美國喬治亞州 富爾頓郡

「不要拿太多，夠用就好。」茱麗葉提醒大家。水泥高塔外面的空地上已經堆滿了東西，而且越來越多，多到根本拿不動。裡面有衣服和各種工具，罐頭，裝在密封塑膠袋裡的種子。其中有很多種子是他們聽都沒聽過的植物。艾莉絲查過她的紀念冊，不過她書裡的圖片上只有其中少數幾種植物。那些東西之間散落了很多水泥塊和碎石子，那是剛剛他們用炸藥炸破門所留下來的。那扇門從外面打不開，只好用炸的。

離大樓很遠的地方有一排柱子，柱子和柱子之間是一種很奇怪的纖維柵欄。孤兒和沃克在那裡研究那種柱子，搞不懂柱子怎麼有辦法豎立在地上。他們各自扯著鬍子爭執不休。茱麗葉有點驚訝，沃克的狀況看起來好多了。一開始他打死都不肯脫掉防護衣，後來，一直到氧氣瓶已經沒氣了，他才急忙拿掉頭盔，拚命喘氣。

艾莉絲就在他們旁邊，又笑又叫地在草叢裡穿梭，追她的小狗。不過，說不定是休爾在追艾莉絲。很難說到底是誰在追誰。漢娜坐在一個大塑膠箱上餵小嬰兒喝奶，抬頭看著天上的雲。瑞克森坐在她旁邊。

高塔四周飄散著熱騰騰的香味。費茲想辦法用氧氣瓶生了一堆火，在上面煮東西。茱麗葉心裡想，這真是天底下最危險的烹調方法。接著，她轉身走回高塔，到裡面多找一些工具，結果看到柯妮從地下室走上來，手裡拿著手電筒，滿面笑容。茱麗葉還來不及開口問，就看到高塔裡面的電源已經打開了，燈都亮起來了。

「妳是怎麼弄的？」茱麗葉問。先前他們已經到地下室去看過，一路走到最底下，總共只有十二層樓。他們驚訝的發現，每一層樓幾乎都是緊緊連在一起，感覺上好像只有七層樓高。在最底層，他們並沒有看到發電設備。他們從兩座並排的樓梯井走出來，看到整個樓層很像一個空蕩蕩的巨大山洞，地面都是平的。有人說，這裡應該是準備迎接鑽土機的地方，準備迎接新來的人。不過，這裡沒有發電機，沒有電力。但奇怪的是，樓梯井和每個樓層到處都有電燈。

「我跑去追查電線。」柯妮說。「我推開天花板上面那些銀色的板子，鑽進去看。我還叫我們那些弟兄把裡面的電線搞清楚，看看這裡的電是哪裡來的。」

他們發現樓梯井中央有一個會移動的大箱子，沒多久，他們就想出辦法讓那個箱子動起來了。那個箱子用好幾條整組的繩索吊著，可以上下滑動，繩索另一頭有很重的秤錘，最上面還有一個小馬達。機電區的工人都很驚歎，竟然會有這種裝置。小孩子更是玩瘋了，坐在箱子裡上上下下，嘴裡一直嚷嚷著說再玩一次。有了這個東西，要把樓上的東西搬到外面實在輕鬆多了。不過，茱麗葉一直覺得應該要多留點東西給以後的人，如果以後還有人再出來的話。

有些人想住在這裡。每次有人說應該到更遠的地方去看看，那些人反應都很冷淡。這裡有很多種子，有漫山遍野的土地，有很多儲藏室可以住在裡面。這是一個很棒的家。茱麗葉默默聽他們爭辯這些問題。

最後，艾莉絲平息了他們的爭議。她翻開她的紀念冊，找出一張地圖，然後根據太陽的方向，告訴他們哪一邊是北邊。她說，他們應該去有水的地方。她還說，她知道要怎麼抓魚，說泥土裡有很多蟲，而且孤兒知道要怎麼把蟲放到鉤子上。她指著紀念冊裡面的某一頁，說大家應該要去海邊。

大人都看著地圖，開始想這個問題。接下來又是一場爭辯，這一次，是那些主張留在這裡的人自己在爭辯。不過茱麗葉搖搖頭。「這裡不是家。」她說。「這裡只是一個倉庫。難道你們想活在過去的陰影裡嗎？」說著她朝遠處那團烏雲點點頭。那一團巨大的塵土。

「萬一以後還有人走出來呢？」有人想到這一點。

「那我們就更不應該留在這裡。」瑞克森說。

接著大家又吵起來了。有人說，他們總共只有一百多個人，可以留在這裡開墾農場，栽種作物，這樣一來，要是罐頭吃光了，以後還有東西可以吃。不過也有人說，他們應該把需要的東西都帶著，出發到海邊去，看看是不是真的像傳說那樣，那一大片水根本看不到盡頭，水裡有抓不完的魚。茱麗葉本來想告訴他們，這兩種選擇都可以，沒有絕對的規定，因為這裡有太多的土地和空間，大家不需要搶。人只有在資源不足的時候才會互相爭奪。

「那妳決定怎麼做，首長？」雷夫問。「是要在這裡住下來呢，還是繼續走？」

「你們看！」

有人指著山丘的方向，大家都轉頭去看。就在山丘上，有一個穿銀色防護衣的身影跌跌撞撞走下山坡。那裡的草地剛剛已經被他們這群人踩扁了，留下明顯的路徑。顯然有人改變了心意，又從他們的地堡逃出來了。

茱麗葉立刻沿著草叢衝過去。此刻，她一點都不恐懼，而純粹只是好奇，還有關心。那個人被他們丟在那裡，可是他卻跟著他們的足跡找到了他們。不知道是誰？

沒想到，茱麗葉還來不及靠近，那個人已經倒在地上了。他伸手去摸領圈，想把頭盔拿掉。茱麗葉快步衝過去，她看到那個人背後背著一個很大的氧氣瓶。她擔心是氧氣瓶已經空了。而且她很好奇，他們是怎麼弄出那種裝備？

「不要緊張。」她大喊，然後立刻跪到那個人旁邊。那個人一直掙扎。茱麗葉用拇指按下卡榫，卡榫卡嚓一聲。然後，茱麗葉幫那個人拿下頭盔，那個人拚命喘氣，一直咳嗽。這時候，茱麗葉注意到那個人有一頭長髮，頭髮都濕了。是一個女人。茱麗葉伸手搭在那個女人肩上，可是卻認不出她是誰。可能是教會的人，要不然就是中段樓層的人。

「不要急，慢慢呼吸。」她說。這時候，其他人也都趕到了，茱麗葉抬頭看看他們。他們一看到這個陌生人，立刻停下腳步。

那個女人抬起手擦擦嘴，點點頭，然後深深吸氣，胸口緩緩起伏。接著，她把黏在臉上的頭髮撥到後面。「謝謝妳。」她喘著氣說。然後，她抬頭看看天空，看看雲，臉上有一種異樣的表情。那並不光是驚奇，也是鬆了一口氣。她眼睛一直盯著天上的某個東西，茱麗葉轉頭一看，看到那幾隻鳥在天空盤旋。其他人都沒有靠過來，保持一點距離。有人開口問她是誰。

「妳不是我們地堡的人，對不對？」茱麗葉問。她最先想到是，這個人可能是附近的地堡送出來清洗鏡頭的，可是看到他們一行人，就跟上來了。另外，她也想到另一種可能性，不過，那幾乎是不可能的。沒想到她猜對了。

「我不是。」的女人說。「我不是你們地堡的人。我是從……從一個完全不一樣的地方來的。我叫夏綠蒂。」

說著，夏綠蒂伸出手，露出疲倦的笑容。看到那種溫暖的笑容，茱麗葉的警戒心剎那間消失無蹤。她很意外的發現，她對這個女人沒有半點的厭惡或憎恨。她告訴她真相，讓他們知道這個地方。

也許，她們心靈相通，而且更重要的，她們有了一個新的開始。於是，茱麗葉回過神來，也對夏綠蒂笑了笑，握住她的手。「我是茱麗葉。」她說。「來，我幫妳脫防護衣。」

「原來就是妳。」夏綠蒂笑著說。接著她轉頭看看旁邊那些人，還有那堆積如山的東西。「這是什麼地方？」

「這是我們的第二次機會。」茱麗葉說。「不過，我們並不打算留在這裡。我們要去有水的地方。妳應該會跟我們來吧？不過，我還是要先提醒妳，要走很遠的路。」

夏綠蒂伸手搭在茱麗葉肩上。「沒關係。」她說。「反正我已經走了很遠的路。」

終曲

雷夫看起來很猶豫。他手上抓著一根樹枝，好像在計算樹枝有多重。火焰搖曳，黃澄澄的火光映照在他蒼白的臉上。

「你他媽丟下去就對了。」巴比吼了一聲。

大家都笑起來，可是雷夫皺起眉頭，一臉驚駭。「這是木頭啊！」他說。他還在計算樹枝的重量。

「轉頭看看旁邊。」巴比朝頭頂上那片黑壓壓的樹枝揮揮手。「這裡的木頭，八輩子也用不完。」

「丟下去啦，小子。」艾瑞克踢了一下火堆裡的木頭，火堆裡立刻竄起漫天火花。最後，雷夫終於把樹枝丟進去，火堆立刻發出一陣劈啪響，又竄出火花。

茱麗葉躺在舖蓋卷上看著他們。森林中的某個角落裡，有一種動物在呼號，那種聲音是茱麗葉從來沒聽過的，很像小孩子在哭，很嘹亮，卻又有一點哀傷。

「那是什麼？」有人問。

黑暗中，大家開始七嘴八舌東猜西猜，說那可能是童書裡的某種動物，只不過不知道是哪一種。接下來，他們開始聽孤兒細數從前。孤兒說，他從「資源」庫那些書裡讀到過，在那個很古老的時代，有很多種動物，然後，他開始說出好幾種動物的名稱。接著大家又圍在艾莉絲四周，拿手電筒看她那本紀念冊上的圖片。每一種動物都很神祕，很令人驚嘆。

茱麗葉翻身躺回去，聽著火焰的劈啪聲，還有大塊木頭爆裂的聲音。她的身體感覺得到火的溫暖，火堆上飄著烤肉的香味，還有遍地的青草香和泥土香。頭頂上，透過枝葉的隙縫可以看得到星光閃爍。白天那朵朵白雲已經被風吹散，此刻的天空萬里無雲，只見數以百計一閃一閃的星光。也許上千吧。她看著天空越久，就會看到越多星星。她又想到盧卡斯，想到他對她的愛，於是，那成千上萬的星光就在她淚眼模糊中明滅閃爍。此刻，她忽然感覺胸中一陣激盪，有種想哭的衝動，因為她的生命中又出現了新的願景，渴望去尋找艾莉絲地圖上那無邊無際的水，在大地上散播植物的種子，在土地上建立一個家，在那裡好好過日子。

「祖兒？妳睡了嗎？」

艾莉絲站在她旁邊，遮住了星光。小狗濕冷的鼻子貼在茱麗葉臉頰上。

「來，躺在我旁邊。」茱麗葉往旁邊挪了一下，拍拍她旁邊的鋪蓋卷，艾莉絲立刻坐下來依偎在她身上。

「妳在做什麼？」艾莉絲問。

茱麗葉指著頭上那些枝葉。「我在看星星。」她說。「每一顆星星就像我們的太陽，可是它們離我們很遠很遠。」

「我知道那些星星。」艾莉絲說。「有些星星還有名字呢。」

「真的？」

「是啊。」艾莉絲頭靠在茱麗葉肩上，跟她一起看星星。這時候，森林裡那隻動物又開始呼號了。「妳看到那幾顆星星了嗎？」艾莉絲問。「妳覺不覺得那看起來有點像小狗？」

茱麗葉瞇起眼睛掃視天空。「也許吧。」她說。「嗯，說不定真的很像小狗。」

「我們可以幫那些星星取個名字叫小狗。」

「這名字很好聽。」茱麗葉笑了起來，揉揉眼睛。

「還有那幾顆，看起來很像男人。」艾莉絲指著一大堆星星，手指頭在半空中比出一個人形。

「這是他的手，這是他的腿，這是他的頭。」

「我看見他了。」茱麗葉說。

「妳可以幫他取個名字。」艾莉絲說。這時候，林間深處那不知名的動物又開始呼號，而小狗也跟著呼號起來。茱麗葉不禁淚流滿面。

「他不需要名字。」她悄聲說。「因為他已經有名字了。」

夜深了，火堆也漸漸熄滅。雲再度盤據了天空，掩蓋了星光，而孩子們也都在帳篷裡安睡了。茱麗葉看到有個帳篷裡有人影在晃動，有些大人大概太緊張，睡不著覺。某個地方似乎有人還在烤肉。那是白天孤兒用他那把步槍打到的一隻鹿。最近這幾天，孤兒彷彿變了一個人，令茱麗葉十分驚訝。那個從小孤孤單單長大的孩子，現在已經成了那群男人的領袖。他比其他任何人都更懂得在這個世界求生存。茱麗葉打算最近就叫大家重新投票。她的好朋友孤兒會是一個一流的首長。

遠處，有一個孤獨的人影站在火堆旁邊，朝火堆裡丟樹枝，讓奄奄一息的火堆重新燒起來。熊熊的火焰，煙霧瀰漫。這兩種東西是他們地堡的人唯一害怕的。在地堡裡，火焰是死亡的象徵，而煙霧則是會吞噬任何一個敢走出大門的人。然而，當火焰越燒越高，煙霧越來越濃，她卻忽然感到一種莫名的安慰。煙霧彷彿變成了一種屋頂，而火則是帶給人溫暖。在這裡，這些都沒什麼好怕的。這時候，枝葉的隙縫間又露出一顆明亮的星星，茱麗葉立刻又想到盧卡斯。

有一次，盧卡斯把他的星圖攤開在床上，然後告訴她，那些星星很可能都有一個自己的世界。茱麗葉還記得，當時她根本不懂他到底在想什麼。那種念頭實在太荒唐，太大膽。雖然當時她已經看過其他地堡，站在山丘上看到那幾十個窪地，她還是無法想像外面會有這樣的世界存在。然而，當她被送出去清洗鏡頭卻又活著回到地堡，她拚命想告訴大家外面還有其它的地堡，而對地堡裡的人來說，這豈不也是一種荒唐大膽的念頭——

這時候，她忽然聽到後面傳來樹枝被踩斷的聲音，聽到樹葉被踩得窸窸窣窣。她還以為艾莉絲又來找她撒嬌，說她睡不著。不過，也有可能是夏綠蒂。傍晚的時候，她曾經和茱麗葉一起坐在火堆旁邊，似乎有很多話想說，可是卻又默默無語。後來，茱麗葉轉頭一看，發現原來是柯妮。她手上好像拿著什麼東西在冒煙。

「我可以陪妳坐一下嗎？」柯妮問。

茱麗葉挪了一下身體，要她的老朋友坐在她旁邊的鋪蓋卷上。她把一個杯子遞給茱麗葉，裡面那熱騰騰的東西聞起來有點像茶葉……不過味道比較刺鼻。

「睡不著嗎？」柯妮問。

茱麗葉搖搖頭。「我只是想到盧卡斯。」

柯妮伸手摟住茱麗葉。「我很遺憾。」她說。

「沒關係。每次看到星星，有些事情我就會看得更清楚。」

「哦？那妳教教我。」

茱麗葉想了一下，看看該怎麼解釋，可是忽然明白，她不知道要怎麼表達。她只是有一種感覺，那浩瀚無垠的星空，那數不清的世界，似乎給了她一些希望，而不是絕望。要用語言表達那種感覺，實在很不容易。

「這幾天，我們看到的這些土地。」她思索著該怎麼表達她的感覺。「這麼浩瀚遼闊的地方，不論經過多少年，都不可能會有那麼多人把這麼大的世界全部佔滿。」

「那很好啊，不是嗎？」柯妮說。

「我也是這麼覺得。而且，我開始覺得，那些被送出去清洗鏡頭的人，都是好人。我認為，還有很多人也跟那些人一樣，都是好人，不過他們比較沈默，不敢採取行動，不想去搞清楚外面的世界究竟出了什麼事，不想阻止那種讓電腦主宰我們生死的該死的制度。然而，問題是，他們又能做什麼？就算身為首長，他們能做什麼？他們沒有主宰的權利。真正的主宰一直想盡辦法要扼殺我們的野心，只不過，他們扼殺不了盧卡斯。他沒有阻撓我，他一直支持我。就算他知道我在做危險的事，他還是一樣支持我。所以，今天我們才會在這裡。」

柯妮揉揉茱麗葉的肩膀，端起杯子啜了一口茶，而茱麗葉也喝了一口。當溫熱的茶水碰觸到嘴唇的那一刻，一股香氣立刻在嘴裡爆開，那種芬芳的氣味就像市集上那些攤販的花，又有點像土耕區肥沃的土壤。那種滋味，又有點像初吻的甜美，像檸檬和玫瑰。她腦海中一陣暈眩，眼前彷彿冒出萬點火花。茱麗葉心頭一震。

「這是什麼？」她差點喘不過氣來。「這是我們那天拿的東西嗎？」

柯妮大笑起來，靠在茱麗葉身上。「很好喝對不對？」

「太棒了。太……太神奇了！」

「也許我們應該回去再多拿一點。」柯妮說。

「要是真回去拿，我大概沒辦法拿別的東西了。」

兩個女人悄悄笑起來。她們坐在一起，看著滿天的雲在夜空中飄蕩，偶爾星光閃爍。她們旁邊的火堆劈啪作響，偶爾竄起火花。她們的私語迴盪在深深的林間，混雜著蟲鳴聲，還有那不知名動物的呼號。

「妳認為我們辦得到嗎？」柯妮沈默了很久，終於開口問。

茱麗葉又喝了一口那神奇的飲料，腦海中想像著未來他們會建立一個什麼樣的世界。他們有無盡的時間，無盡的資源，不需要遵守任何法則，而且，更重要的是，沒有人會扼殺他們的夢想。

「我相信我們一定辦得到。」她終於說。「我相信，只要我們喜歡，沒有任何事情我們辦不到。」

全文完

北與南

North And South

伊莉莎白 · 蓋斯凱爾／著　陳宗琛／譯

與《傲慢與偏見》並列的百年經典
埋沒了 150 年，台灣首部中文譯本

「工人吃得飽，生活有保障，才能安心幹活。這才是老闆的福氣，只有笨蛋才會不懂這個道理。」

150 年前，一個勞資嚴重對立的年代，作者創造了一個工廠老闆，說出一個遠遠超越那個年代的道理。150 年後，很遺憾的，還是有很多老闆不懂這個道理。

一個和《傲慢與偏見》同樣偉大的愛情故事，埋沒了 150 年卻在 2004 年石破天驚成為英國電視史上的傳奇

史上最暢銷的 BBC 古典劇集，DVD 銷量超越「傲慢與偏見」兩倍，狂熱蔓燒全球，影迷票選為「史上最動人的電視劇」

2004 年 11 月，古典劇集「北與南」在英國 BBC 首播。原先，這部戲並不被看好，沒有宣傳，而媒體也視若無睹。沒想到，播出幾個鐘頭後，BBC 的網頁討論區突然湧進排山倒海的觀眾點閱查詢，導致電腦系統癱瘓，電視台迫於無奈只好關閉網站。這是 BBC 創立以來史無前例的事件。

於是，一部掀起狂熱流行的電視劇，無意間讓一部埋沒了 150 年的文學經典重現人世。

1854 年出版的《北與南》，總是被形容為「工業革命版的《傲慢與偏見》」。事實上，《北與南》確實和《傲慢與偏見》一樣，也是一個極其浪漫動人的愛情故事，但截然不同的是，《北與南》的愛情只是表面，作者真正的關懷，是呈現一個充滿階級矛盾和勞資對立的鉅變的時代，並且尋找答案。

一百五十年後，我們在這本小説裡看到的，竟然是一種怵目驚心的「現代」。就像一面鏡子，我們在裡面看到了我們的時代，看到同樣的對立與衝突，看到和你我一樣在經濟困境中掙扎的人，最後，在寬容中看到了生命困境的救贖。

故事簡介

瑪格麗特在英國南部的田園小鎮出生長大，父親是基層牧師。她曾經在倫敦受過高等教育，能彈琴，會畫畫，文學素養深厚。高挑亮麗的她，原本可以躋身上流社會，成為名門公子競逐的天之驕子，然而，她個性獨立，有主見，有思考判斷力，對裝腔作勢的上流社會向無好感，不屑成為豪門世家的花瓶寵物。她內心深深依戀的，是南部老家那翠綠的森林，還有住在森林裏那些純樸窮苦的工人和農夫。她從小就跟著父親照顧他們，幫他們帶孩子，照顧生病的老人。在她心目中，他們就像自己的家人。

那是一個巨變的時代，正直的父親無法忍受變質的教會，於是就辭去神職，帶著家人搬到北方的工業城米爾頓，以私人教學維生。當時，勞資對立情勢嚴峻，棉織工人醞釀罷工，流血衝突一觸即發。一向同情工人的瑪格麗特偶然結識了工會領袖的女兒，不久就和那一家人成為朋友，而同時，一位年輕的棉織工廠老闆桑頓成為她父親的學生，研習古典哲學。他是一位刻苦出身、白手起家的企業家，早年因父親驟逝，為了扛起家計而大學中途輟學，如今事業有成，終於有機會重拾書本，尋回早年被迫中斷的求知熱忱。他有良知、對經營事業有獨到見解，不願像其他老闆一樣剝削工人，然而，他個性剛烈，面對工人的激烈罷工，卻又無論如何不願低頭……

一開始，同情工人的瑪格麗特對他懷有強烈敵意，但後來，當她漸漸明白他的為人之後，她內心開始陷入掙扎。一邊是親如家人的工會領袖，一邊是她欣賞的年輕老闆，她該如何面對…

作者簡介

伊莉莎白 · 蓋斯凱爾 Elizabeth Gaskell

那個年代，是《傲慢與偏見》《簡愛》《咆哮山莊》風起雲湧的年代，然而，相對於聲名不朽的珍奧斯汀和白朗特姐妹，那個年代還有一位同樣偉大卻被忽略了一百五十年的女性作家，一個文學史上陌生的名字——蓋斯凱爾夫人。

本名伊莉莎白 · 史蒂文生，1810 年生於英國倫敦。年少時，由於母親父親相繼過世，她輾轉寄住親戚群中，其中有一位是改革教派的威廉牧師，他那入世而充滿人道關懷的思想深深影響了伊莉莎白的一生，引導中產階級出身的她走入貧困艱苦的勞工階層世界。後來，1832 年，她嫁給了同為改革教派的蓋斯凱爾牧師。

身為改革派基層牧師的妻子、六個孩子的母親，除了在主日學校教書，還要為教會的慈善工作終日奔波。為了接濟貧民區那難以數計的貧苦家庭，伊莉莎白生活的忙碌已經達到疲於奔命的程度，很難想像後來她還能成為英國文學史上的偉大作家。

1846 年，小兒子不幸夭折，她忽然開始寫出數量驚人的長短篇小說。1848 年，她匿名出版了第一部長篇小說《瑪莉巴登》，立刻受到大文豪狄更斯的激賞，驚為天才，力邀她為自己的文學雜誌寫稿。她還因此結識了《簡愛》的夏綠蒂白朗特，兩人成為終生摯友。

1855 年，她出版了足以和《傲慢與偏見》千古輝映的《北與南》。

國家圖書館出版品預行編目資料

塵土記／休豪伊
Hugh Howey作；陳宗琛譯　初版
臺北市：鸚鵡螺文化，2014.01
面；公分。－－(infiniTime007)
譯自：DUST
ISBN 978-986-86701-6-7（平裝）

847.57　　　102027463

InfiniTime 007

塵土記

DUST

DUST: A Novel by HUGH HOWEY

Copyright:© 2013 by Hugh Howey. By arrangement with the author.

Published in arrangement with Nelson Literary Agency, LLC through The Grayhawk Agency.

Traditional Chinese edition copyright:

2014 Nautilus Publishing House. All rights reserved.

作　　者—休豪伊
Hugh Howey
譯　　者—陳宗琛
選 書 人—陳宗琛
美術總監—Nemo

出版發行—鸚鵡螺文化事業有限公司
新北市鶯歌區建國路85號11樓之7
電話：(02)86776481
傳真：(02)86780481
郵撥帳號—50169791號
戶　　名—鸚鵡螺文化事業有限公司
電子信箱—nautilusph@yahoo.com
總 經 銷—大和書報圖書股份有限公司
ISBN 9789868670167
定　　價—新台幣399元
初版首刷—2014年1月
初版21刷—2023年4月

版權所有，翻印必究
本書若有缺頁、破損、裝訂錯誤，
請寄回更換